CB030323

MARVEL
VIÚVA
NEGRA
VERMELHO ETERNO

São Paulo
2021
EXCELSIOR
BOOK ONE

Primeira edição Marvel Press: outubro de 2015

EXCELSIOR – BOOK ONE
TRADUÇÃO **Cynthia Costa**
PREPARAÇÃO **Fernanda Castro**
REVISÃO **Aline Graça e Tainá Fabrin**
ARTE, ADAPTAÇÃO DE CAPA E
DIAGRAMAÇÃO **Francine C. Silva**

1ª reimpressão – 2021

Dados Internacionais de Catalogação na Publicação (CIP)
Angélica Ilacqua CRB-8/7057

S882v Stohl, Margaret

Viúva Negra: Vermelho Eterno/Margaret Stohl; tradução de Cynthia Costa. – São Paulo: Excelsior, 2020.

368 p.

ISBN: 978-65-80448-31-9

Título original: *Black Widow: Forever Red*

1. Viúva Negra (Personagens fictícios) 2. Super-heróis 3. Ficção norte-americana I. Título II. Costa, Cynthia

20-1295 CDD 813.6

Este é para Kate Hailey Peterson,
chutadora de Traseiros
construtora de Mundos
Romanoff de Alma

1º ATO

"AMOR É PARA CRIANÇAS."

— NATASHA ROMANOFF

OITO ANOS ATRÁS,
EM ALGUM LUGAR DA UCRÂNIA

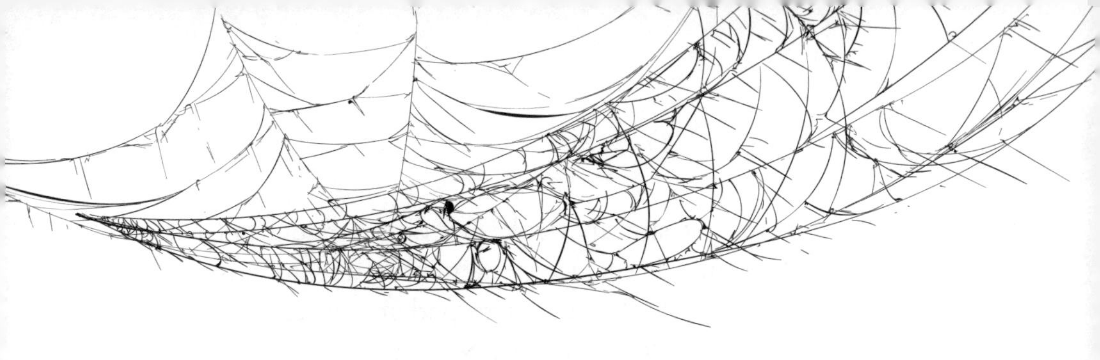

CAPÍTULO 1: NATASHA

NOS ARREDORES DE ODESSA, UCRÂNIA, PRÓXIMO AO MAR NEGRO

Natasha Romanoff odiava *pierogis*. Mais que isso, ela odiava mentiras.

Ela *mentia* sem problemas. Mentir era uma necessidade, uma ferramenta de trabalho. Mas odiava quando *mentiam* para ela, mesmo que ela tivesse sido criada desse jeito.

Tudo o que Ivan dizia era mentira.

Ivan Somodorov. Ivan, o Estranho. Até aquela noite, havia muito tempo que ela não pensava nele.

Anos.

E neste momento, pendurada na lateral de um armazém ucraniano enferrujado, na extremidade do complexo industrial portuário, para Natasha até a Lua parecia ser mais uma das mentiras de Ivan.

Bem-vinda ao lar, Natashka.

Foi aquele formato de bolinho no céu que a fez lembrar.

As palavras lhe vinham à mente conforme ela escalava, mas até mesmo Natasha Romanoff, agente recém-contratada da S.H.I.E.L.D., ex-filha da Mãe Rússia, não conseguia escapar de Ivan Somodorov. Não mais do que conseguia escapar dos *snipers* posicionados em todos os telhados ao redor, ou do arame farpado da cerca.

– Está vendo a Lua? – Ivan dissera à jovem Natasha. – Vê aquele *pierogis* pendurado no céu, tão baixo e tão pesado, parecendo que quer mergulhar na panela de água fervente com sal sobre o fogão da sua *baba*?

A menina fez que sim, apesar de, órfã de guerra que era, lembrar-se muito pouco de sua *baba* – ou mesmo de seus pais.

– Com uma Lua dessas, seus alvos podem enxergar você tão claramente quanto você os enxerga. Não é uma noite ideal para uma caçada, nem para uma morte limpa. Nem para desaparecer.

Era de Ivan que ela se lembrava.

Ivan, que lhe havia ensinado a atirar com um fuzil de precisão russo e a não usar nada além de uma pistola alemã, de preferência uma HK ou uma Glock – gostando ou não dos alemães. A trocar o cano de uma arma em segundos e a alterar o gatilho para que ficasse leve como uma pluma. A cobrir os seus rastros e a se esconder da SVR, da FSB e do FSO – todas as instituições oficiais derivadas da antiga KGB quando esta deixou de existir. Eram os chefes dos seus chefes, as organizações para as quais, e não com as quais, trabalhavam. Organizações que eles haviam jurado seguir, mas que os repudiavam. Organizações cujos nomes podiam ser mencionados nos jornais, ao contrário do dela.

Ao contrário da Sala Vermelha. Ao contrário da equipe de Ivan e, em particular, de suas favoritas, *Devushki Ivana*. As garotas de Ivan.

Natasha respirou fundo e balançou-se de um lado para o outro sob o luar, pegando impulso para subir pela parede de alumínio ondulado do armazém deteriorado. O metal áspero e desbeiçado machucava suas mãos. Por milagre, ela ainda estava conseguindo se segurar.

Milagre e anos de treinamento.

Natasha fechou os olhos e apertou mais forte. Na verdade, ela não precisava de sua roupa aderente.

Mesmo que eu quisesse soltar, não fui treinada para isso.

– Não vou lhe ensinar a matar, apenas – dissera Ivan. – Vou transformá-la na própria arma. Você se tornará tão automática e insensível quanto uma AK-47, mas duas vezes mais perigosa. Só depois lhe ensinarei a matar: como, quando e onde.

– E o porquê?

Ela era jovem naquela época, do contrário, não teria se dado ao trabalho de perguntar. A pequena Natasha era só olhos, sombras e ângulos. Solitária e indefesa, na maior parte do tempo, ela se sentia como um coelho se debatendo em uma armadilha.

Ele riu na cara dela.

– Sem porquês, minha Natashka. Nunca porquês. Porquês são para guitarristas e americanos. – Depois, ele sorriu. – Todos temos uma hora para morrer e, quando for a minha, quando eles a mandarem enterrar uma bala na minha cabeça, só tome cuidado para não fazer isso sob uma Lua de *pierogi*.

Ela assentiu, mas sem ter certeza se ele estava ou não falando sério.

– É tudo que peço. Uma morte limpa. Uma morte de soldado. Não me envergonhe.

Essa era a sua frase preferida. Dita mil vezes por ele, provavelmente.

E, agora que estava olhando para a Lua em forma de bolinho cozido, Natasha decidiu que seria a frase que lhe diria naquela noite. Quando finalmente o matasse, assim como ele previra que ela mataria.

Ele não é nenhum mártir, ela lembrou a si mesma. *Não somos santos. Quando morremos, ninguém lamenta. É sempre assim que acaba para todos nós.*

Mesmo que houvesse cem luas gorduchas no céu, Natasha se recusaria a sentir vergonha ou tristeza por Ivan Somodorov. De fato, ela não queria sentir nada por ninguém, mas menos ainda por ele.

Porque ele não sentia nada por você.

Natasha jogou as pernas para cima, equilibrando-se sobre um cano na lateral do armazém. Agora conseguia ver bem todo o edifício, o que a fez abanar a cabeça. Ela visitara canis abandonados da FSB em condições melhores.

Não. Latrinas.

Subiu ainda mais, agarrando-se a outra luminária como se fosse uma alça, impulsionando o corpo para cima – até arrancar a luminária, que se espatifou na doca apodrecida lá embaixo.

Ela estacou.

Der'mo.

– *Vy slyshite-to?*

Sob Natasha, um guarda gordo das docas andou em direção ao som, a arma ainda cruzada em suas costas. Dois outros guardas o seguiram.

Destreinados. Não são como os caras do Ivan. A menos que ele esteja ficando desleixado.

Natasha se repreendeu, achatando o corpo contra a parede enferrujada sob as calhas sombreadas do telhado de zinco. As luzes das lanternas varreram o armazém, passando a alguns centímetros de seu corpo. Ela prendeu a respiração.

Você não ouviu nada, mudak. *Só a sua velha latrina caindo aos pedaços.*

Os guardas se afastaram.

Natasha respirou, depois passou por cima das calhas, rolando em direção a uma claraboia suja. Os movimentos haviam se tornado instintivos, tão automáticos quanto respirar, piscar ou o bater de seu coração. Lentamente, ela moveu o rosto por cima do vidro rachado – espiou rapidamente, antes que pudesse ser vista. O mundo lá embaixo estava turvo, com apenas duas silhuetas deslocando-se pelas sombras do espaço central entre os contêineres.

Duas silhuetas. Uma grande, uma pequena.

Ela conseguiu distinguir uma criança. Uma menina. Ruiva. Olhos escuros. Parecia ter oito ou dez anos. Natasha achava todas as crianças iguais. A não ser por seus companheiros de Programa, a única criança que conhecera fora ela mesma – e nem dela tinha gostado.

A menina virou o rosto para Ivan, de pé entre ela e a janela, e Natasha viu que a garota estava chorando. Com uma boneca bailarina nos braços. *Daquelas com a cabeça de louça,* pensou Natasha. *Daquelas que são vendidas nas imediações do Teatro Bolshoi.* Ela tivera uma também, algumas vidas atrás.

Era assim que eu costumava olhar para você, Ivan?

Porque, agora, empurrando a menina e a boneca para o lado e caminhando em direção ao luar, lá estava seu antigo comandante – e novo alvo.

Ivan Somodorov.

O que tive de mais parecido com um pai.

Natasha inclinou-se sobre a claraboia para ver melhor. O que ele estava fazendo? Colocando algo na cabeça da menina. Eletrodos, talvez? Com certeza. Em suas têmporas. Mais fios nos braços, nas mãos e até em suas perninhas grossas. As outras pontas dos fios estavam ligadas a uma caixa de metal do tamanho de uma cabine telefônica, parafusada no chão de concreto, com a superfície remendada e soldada, aparentemente montada a partir de várias máquinas menores. Dela saía um emaranhado de fios fortemente encapados, espiralando e faiscando em todas as direções como cordões umbilicais. Havia fios ligados a outras caixas, das quais saíam mais fiações, como se tudo fizesse parte da anatomia de um organismo muito maior – e sem fim aparente.

Um experimento. Então os relatórios falavam a verdade.

Ela é um dos pequenos projetos de Ivan. Outra Devushka Ivana.

Natasha observou. Não piscou, nem desviou o olhar. A cena lhe parecia muito familiar, com a diferença de que ela fora acorrentada a um aquecedor, não amarrada a uma cadeira, e Ivan ainda não usava eletrodos naquela época. De toda forma, pouco importava. Era preciso dar um basta.

Natasha assimilou a cena diante de seus olhos, depois rolou para trás e levou o pulso à boca.

– Alvo confirmado. Diga ao MI6 que o rastreador deles deu certo. A Intel funciona.

– Vou mandar uma cesta de frutas para a Rainha. Jesus, você viu o tal Ivan, o Estranho? Londres chama o cara de Frankenstein. – A voz de Coulson estalava no comunicador preso à orelha dela. – Experimentos com humanos, ele tá nessa agora?

Natasha espiou pela claraboia.

– Assim parece.

– Está vivo! – Coulson fez sua melhor voz de cientista maluco.

Natasha olhou para a Lua em formato de *pierogi*. Dali de onde estava, deitada sobre o telhado, podia desfrutar ainda mais da vista.

– Não por muito tempo. Vou invadir.

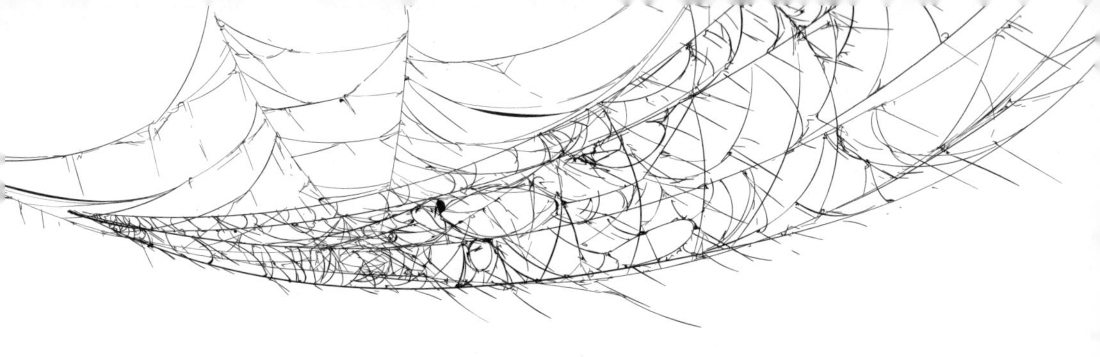

CAPÍTULO 2: NATASHA

ARMAZÉM NO ESTALEIRO DE ODESSA, UCRÂNIA, PRÓXIMO AO MAR NEGRO

No instante em que Natasha Romanoff prendeu o mosquetão na moldura de aço da claraboia, sua mente se fechou. Entrou em modo de batalha. A adrenalina subiu, e ela surfou a onda da maneira como fazia com qualquer outra coisa – rápida e vigorosamente, sem desculpas nem arrependimentos. Ela não sentiu nada disso enquanto desparafusava os painéis de vidro da claraboia do armazém, tampouco quando os retirou sem fazer barulho da moldura de metal. Ela só sentiu a adrenalina agora que estava descendo.

Conforme ia soltando a corda e invadindo o armazém na vertical, em silêncio, passavam por sua mente as jogadas óbvias de Ivan, depois as jogadas lógicas e, por fim, as menos lógicas; ela conhecia todas. Era um jogo de xadrez rápido e violento, protagonizado por uma mulher só – ao fim da partida, Natasha quase sempre saía ganhando.

Como uma Kalashnikov, pensou ela. *Como uma Romanoff.*

É isso que sou. É isso que faço.

Seus olhos cintilaram pelo interior do armazém enquanto ela examinava o lugar. *Então há cinco brutamontes no perímetro tentando disfarçar, como se não estivessem esperando por mim. Onde você arrumou esses idiotas, Ivan?*

Natasha baixou mais um metro para enxergar melhor o alvo.

Eu sei que me ouviram rolar sobre o telhado até a claraboia. Foram vocês que me ensinaram o movimento. O que estão planejando?

Natasha pendulou 180 graus até conseguir ver o rosto da menina. *Qual era a dela? Parecia realmente assustada. Criança. Vulnerável. Confere.*

Contou as cabeças presentes enquanto girava o corpo. *Cabeamento pesado saindo das paredes e um odor forte de ozônio, além de uma quantidade assustadora de eletricidade. Confere. Vamos tentar não explodir o lugar.*

Era hora de calcular para valer os riscos do combate.

Brutamontes Um está ao lado de Ivan, ligeiramente na diagonal, fora do foco de luz. Parece ser o único com uma arma visível a tiracolo.

Ela ergueu uma sobrancelha.

Estão todos com pistolas na cintura? Não têm medo de acabar estourando os testículos, não? Isso significa que foram instruídos a me levar embora, não a me matar. Ela revirou os olhos apesar da escuridão.

Boa sorte para eles.

Brutamontes Um não será o primeiro a vir para cima. Ele espera atirar facilmente por trás – caso precise – enquanto eu estiver lutando com o Dois e o Três. Eles virão dos dois lados assim que eu pisar no chão.

O Quatro parece ser o mais rápido.

Seus olhos captaram o último dos capangas nas sombras.

E o Cinco parece preguiçoso – mas está armado, talvez com uma faca. Certamente uma faca.

Assim que perceber a derrota dos outros, o Brutamontes Um vai entrar em pânico e apelar para a arma – olhe para ele, até já está suando –, então é melhor eu dar um jeito nele antes disso. Não há necessidade de eu levar um tiro.

Ela olhou de novo para o teto acima dela. *Os* snipers *eram apenas precaução. Eles já deveriam ter me abordado àquela altura. Ivan claramente queria conversar.*

Natasha soltou a corda mais um pouco e foi descendo em direção ao alvo. Estava bem perto agora. Já conseguia ver o brilho da careca de Ivan. Ele costumava raspar a cabeça todos os dias para que ficasse lisa. Pelo jeito, continuava a fazer isso. *Por que será que ele estava suando*, ela se perguntou.

Porque sabe que é o meu alvo?

Neste momento, Natasha Romanoff relaxou as mãos e deslizou até o chão do armazém, silenciosa como uma aranha – mas não silenciosa o suficiente para Ivan Somodorov.

– Pequena Natashka – disse ele, sem tirar os olhos da menina. – É dia de Lua de bolinho. Se for para ser tão óbvia, da próxima vez é só tocar a campainha.

Uma tatuagem de arame farpado dava a volta em seu pescoço, a marca de um ex-prisioneiro russo. Ele se virou para ela.

– Assim você me envergonha.

Natasha o inspecionou: jaqueta de couro barata e colares que, junto à camiseta suja com decote em V, o faziam parecer um mafioso russo.

Ela suspirou.

– Toc, toc, Ivan. Quem está aí? É a S.H.I.E.L.D.

– Não entendi – disse ele sem expressão.

Natasha o socou no rosto com o máximo de força. Enquanto ele caía para trás, ela esfregou o punho.

– Desculpe, era só uma brincadeira.

A garotinha começou a gritar – mas Natasha não conseguia ouvir nada além do próprio coração batendo em seus ouvidos. Ela não estava pensando. Não era hora de pensar, mas sim de movimento e reflexo. Ação e reação. Adrenalina. Memória muscular. E os músculos de Natasha Romanoff tinham uma memória quase perfeita.

Ela derrubou os Brutamontes de Dois a Cinco exatamente como havia planejado, com a diferença de que o Brutamontes Cinco sacou um *nunchaku* – com uma inscrição ninja – em vez de uma faca.

– Você tá tirando uma com a minha cara? – Ela pareceu quase impressionada. – Mas admiro a criatividade.

Enquanto falava, disparou seu bracelete de viúva-negra, fazendo o ninja voar com um raio de eletricidade – de forma não muito lisonjeira para um ninja.

Brutamontes Um posicionou a arma, mas não antes de Natasha esmagar o braço dele com a bota esquerda. O atirador caiu, e a bala saiu à deriva.

Quando se tratava de calcular os riscos de um combate, não havia ninguém melhor do que Natasha Romanoff.

Ivan Somodorov jogou-se na cadeira ao lado da menina e conectou os eletrodos à própria cabeça. A máquina faiscou entre eles. Ele sorriu para a antiga pupila, sua mão sobre a alavanca da máquina.

– Você demorou para vir. Estou esperando há semanas. Minha Natashka.

Natasha o encarou, tentando descobrir se ele estava mentindo e, caso não estivesse, o que aquilo significaria. *Os brutamontes não passaram de uma distração. Agora é que o jogo vai começar.*

Ivan bufou.

– Aí você me aparece numa Lua de *pierogi*? E nem se preocupa em desligar as câmeras de segurança primeiro? Será que não aprendeu nada comigo?

– Quem me dera. – Natasha posicionou-se em frente a ele, afastando um cacho de cabelo vermelho do rosto.

– Como você cresceu desde os tempos em que tinha aulas comigo na Sala Vermelha. – O olhar dele faria qualquer uma tremer, mas Natasha nem hesitou. – Naquela época você parecia mais um *ptenets* caído do ninho.

Ela o ignorou. Não podia tirar os olhos da máquina entre ele e a menina. Nela havia uma etiqueta militar russa com a sigla "O.P.U.S.". Era também por causa daquela máquina que ela estava lá, embora a S.H.I.E.L.D. não tivesse lhe dado detalhes. Fazia pouco tempo desde que ela tinha entrado para a agência americana, e eles não lhe passavam muita informação. Tudo que ela sabia era que precisava enfiar três balas em seu antigo Yoda e levar o pacote com ela.

– O que é isso? Não devia estar num museu? Dizem por aí que a nova invenção de Ivan, o Estranho, é ainda mais estranha do que as outras.

Ele apontou para a sigla O.P.U.S.

– Tecnologia da antiga Sala Vermelha. Venho brincando com ela desde a queda da nossa gloriosa união popular. O Programa, sabe, já esteve em melhor forma. Mas isso não significa que não possamos juntar umas peças e ganhar dinheiro.

– Certo. Pelo que me lembro, você mal conseguia fazer uma ligação direta em um Yugo, Ivan.

– Que Yugo, o quê. Agora eu dirijo um Prius. – Ele encolheu os ombros. – Contratei uns físicos mercenários aqui e ali. Remanescentes da Sala Vermelha. – Ele sorriu. – Dinossauros como eu, lutando contra a extinção.

Natasha não se comoveu e apontou com a cabeça para a menina de olhos arregalados.

– E ela? Por que está aqui?

Ivan falou como se não tivesse importância:

– Que diferença faz? Outro *ptenets* indesejado. – Seu sorriso obscureceu. – Você se identifica?

Natasha Romanoff apertou a mão em sua arma.

– Era isso que eu era? Indesejada?

– Não, você era um pé no meu *zadnitse*, isso sim.

– Resposta errada – disse ela, esmagando-o com os dois pulsos e mais uma vez disparando a ferroada de seus braceletes de viúva-negra.

Ivan encolheu-se sob a surpresa do choque elétrico, atirando o rosto para trás e afundando na cadeira.

Ele ergueu a cabeça. Agora, seus olhos estavam como os de um louco.

– Para sempre vermelhos. É assim que chamam os que são da sua espécie. Você pode até fingir, mas é tão americana quanto eu.

– Eu não sou nada como você, Ivan. – Ela apontou a arma para ele, e sua mão vacilou.

Vamos, acabe logo com isso. Ele merece.

Você já devia ter feito isso há muito tempo.

A boca de Ivan entortou-se com um sorriso perverso.

– Você é uma bomba-relógio. – O rosto dele ainda estava pálido de choque. – É só questão de tempo. Você não vai conseguir cortar os laços, *ptenets*. Nem comigo e nem com a Mãe Rússia. – Ele cuspiu sangue. – Só espero estar presente quando a bomba detonar.

Mas Natasha já havia parado de ouvir. Estava tudo errado. Algo não estava fazendo sentido.

O que ele estava esperando? Qual era a dele?

Natasha olhou para os soldados bloqueando a saída, mas, enquanto fez isso, Ivan aproveitou para agarrar a alavanca da máquina entre ele e a menina.

É um sinal. Está começando. Algo vai acontecer.

Natasha ouviu os primeiros círculos de fogo atirando assim que ele puxou a alavanca. Ela deu um salto para a frente, e a linha de tiro saltou com ela, empurrando-a na direção de Ivan, o Estranho, e de sua caixa metálica mais estranha ainda. Todos estavam sob a tempestade de fogo – Natasha, a menina e Ivan.

Ivan gritou, mas era tarde demais. Uma chuva de balas perfurou a máquina, que explodiu, provocando um incêndio de fumaça preta – ele saiu voando com o impacto.

Natasha desviou das linhas de fogo, escapando de Ivan e jogando-se na direção da menina.

– Vou tirar você daqui! – ela berrou, tentando soltar a criança da cadeira.

A criança gritava a cada tiro, esperneando instintivamente, os olhos escuros arregalados de medo.

Natasha conseguiu soltá-la e, por um momento, a menina se agarrou a ela.

Só por um momento.

Antes que Natasha pudesse colocá-la no chão, um forte pulso elétrico surgiu da máquina, passando pelos fios ligados aos eletrodos e erguendo o corpo da garota, quase como se fosse atirá-lo pelos ares. Uma vez que estava com a menina no colo, Natasha também foi erguida pelo choque.

Por um breve segundo, Natasha Romanoff e a criança ruiva e sem nome ficaram paralisadas na mesma luz branco-azulada.

Era isso que ele queria. E eu caí direitinho.

Falhei ao calcular os riscos do combate. Resultado final: zero.

Mas a dor era tanta que não havia como pensar em nada que não fosse ela.

Pregos, pensou Natasha. *Parecem pregos envenenados.*

Perfurando minha mente e meu corpo inteiro.

Ela nunca estivera tão exposta. Uma avalanche de imagens percorreu sua mente, tão rápida que não seria possível processá-la. Seu cérebro estava fervendo, e a dor era lancinante. Ela se encolheu. E então a luz branco-azulada desapareceu, talvez porque tudo ao redor estivesse pegando fogo. O armazém inteiro estava em chamas.

Houve uma segunda explosão – muito maior do que a primeira. Depois outra. E outra.

Natasha deu-se conta de que a O.P.U.S. não era uma máquina só, mas um conjunto de geradores. Pelo padrão de acionamento, concluiu que todos os contêineres lá dentro estavam conectados por fios e faziam parte do conjunto. O que significava que a onda de explosões seria maior do que ela estava esperando.

Muito, muito maior.

E o número de mortos também.

Ivan gritou, caindo no chão com as mãos na cabeça. Havia fumaça preta saindo dos eletrodos na testa dele.

Morto?

A menina gritou. Natasha não pensou duas vezes.

Agarrou a criança e rolou para debaixo de um armário de armas, soltando dela os últimos eletrodos. Cobriu as orelhas da menina com as mãos e assistiu ao armário, ao armazém e a tudo ao redor delas desmoronar.

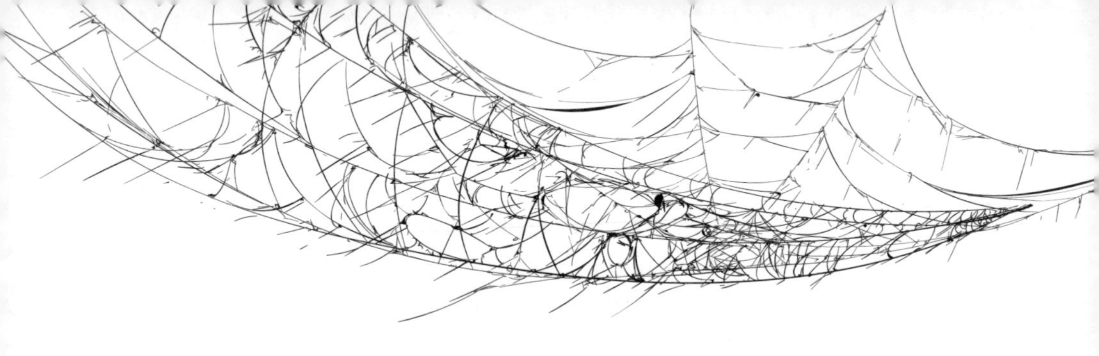

CAPÍTULO 3: NATASHA

RUÍNAS DE UM ARMAZÉM ESTALEIRO DE ODESSA, UCRÂNIA, PRÓXIMO AO MAR NEGRO

Quando acabou, Natasha derrubou o armário. Rolou sobre a lateral do corpo, ainda segurando a menina. Seus ouvidos estavam zumbindo. Quando a visão clareou, examinou os vestígios da cena. As chamas estavam se espalhando de contêiner em contêiner. Soldados caídos no chão. Os que não tinham sido derrotados por ela haviam sido atingidos por estilhaços.

De toda forma, já não importava mais.

Natasha olhou para menina, que havia ficado imóvel sobre o chão de concreto. Sirenes soavam de todas as direções. Ela levantou a criança dos escombros.

Os olhos dela se abriram.

– Você está bem? – perguntou Natasha, erguendo a menina nos braços e correndo para a porta do armazém.

Posicionou a garota sobre o ombro, ignorando as chamas que as cercavam. As chamas, as cinzas e os corpos.

– Não olhe.

Mais uma vez, Natasha xingou Coulson por tê-la designado para uma missão envolvendo crianças.

Os olhos da garota refletiam apenas perda e medo. Ela estava agarrada à boneca bailarina, agora suja de fuligem, pelo pescoço. *Sestra*, ela havia dito. Irmã. Ela esticou o braço para tocar em um cacho do cabelo da Viúva Negra. Vermelho como o dela.

– Não exatamente.

Natasha quase a derrubou. Sentiu algo estranho, um tipo de afetuosidade desconfortável saindo de seu peito. *Compaixão. Familiaridade. Algum tipo de vínculo.* Não era algo que ela sentia com frequência, e não era algo que ela sabia como sentir ou que entendesse. E Natasha Romanoff não gostava de sentimentos que não conseguia entender. Aliás, ela não gostava de sentimentos.

Mas sabia o que significava ser uma menina com aqueles olhos.

Natasha baixou a voz, falando em russo no ouvido da criança:

– Você está segura agora. Não sei quem é a sua família, mas prometo que encontraremos pessoas boas para levá-la de volta ao lugar ao qual pertence, seja lá que lugar for.

Hesitando, ela passou a mão pelo cabelo da menina enquanto a carregava.

– *Mamotchka* – a menina balbuciou tristemente.

– A sua mãe? Ele tirou você dela?

Natasha sentiu-se mal. Ela não sabia se a criança tinha família, ou se tinha alguém ou algum lugar para o qual voltar. Conhecendo Ivan Somodorov como ela conhecia, a chance de haver um ou outro era quase nula.

Mas a garotinha fez que sim, fechando os olhos sobre o ombro da Viúva Negra. Ela deixou a boneca cair no chão ao desmaiar de exaustão. Natasha podia sentir a outra mãozinha agarrada ao seu cabelo.

Conforme Natasha a carregava para fora do armazém em chamas, patrulhas de apoio da S.H.I.E.L.D. chegavam por todos os lados. Natasha conhecia o procedimento. Dali a minutos, Ivan, ou o que restava dele, pertenceria à S.H.I.E.L.D. O mesmo valeria para a máquina – a O.P.U.S. não sei das quantas. De resto, era só limpar o local, o que não era problema dela. Até agentes tinham outros agentes para fazer o trabalho sujo.

Graças a Deus. Ela já não suportava mais Ivan Somodorov. Nunca mais queria ver seu rosto. Natasha Romanoff havia passado uma vida inteira tentando se afastar dele. E, assim, ela colocou a criança nos braços de um oficial médico, que a embrulhou com um cobertor. Para Natasha, missão cumprida.

A menina começou a chorar, estendendo os braços para sua salvadora ruiva. Natasha olhou para ela. A garotinha não parou. Natasha virou-se para o outro lado. A menina continuou chorando. Natasha virou de novo, frustrada. Agachou-se diante da criança e falou em russo:

– *Kak tebya zovut, devochka*? – "Qual é o seu nome, menina?"

– Ava – respondeu a garota, fungando. Ela parecia sem fôlego para falar.

Natasha assentiu.

– *Slushay, Ava. Perestan' plakat,' kak mladenets. Ty uzhe bol'shaya devochka.* – Em tradução livre, algo como "Ouça, Ava. Não seja chorona. Você já é grandinha".

Ela tentou não se sentir mal ao dizer isso. Tinham falado a mesma coisa para a própria Natasha, não tinham? Naquele dia em Stalingrado, muitos anos atrás? Quando seus pais morreram, e ela fora levada à KGB, e depois para a Sala Vermelha.

E depois para Ivan.

A menina a encarou, lágrimas silenciosas escorrendo pelo seu rosto.

Natasha respirou e tentou de novo.

– *Amerikantsy otvezu tebya domoy. Oni naydut tvoyumamu. Ya obeshchayu.* – Não fazia ideia se o que estava dizendo era verdade, mas disse de toda forma. "Eles a levarão para casa. Encontrarão a sua mãe. Prometo." Ela imaginou que era o que a garotinha precisava escutar.

– *Obeshaesh?* – "Promete?"

– Pode acreditar em mim, Ava. Sou igualzinha a você. Está vendo? – Natasha puxou um cacho de cabelo ruivo. – *Ya kak i ty* – ela repetiu. "Sou igualzinha a você."

A menina tentou recuperar o fôlego, mas não conseguiu. As lágrimas continuavam saindo.

Natasha bufou, ficando de pé para pegar a carteira de um soldado que estava passando sem que ele percebesse. Ela tirou uma nota de cinco euros e derrubou o restante no chão. Depois surrupiou a caneta de outro oficial veterano que estava passando, e que se virou para olhar para ela, confuso.

O Agente Coulson suspirou.

– Será que posso ajudá-la, Romanoff?

Ela não olhou para ele ao rasgar a nota ao meio e anotar algo nela.

– Não, Coulson, eu é que posso ajudar você. Tomei o cuidado de deixar as câmeras de segurança funcionando. – Ela o encarou. – Você terá uma boa filmagem, seja lá do que for.

Coulson estendeu a mão.

– Ótimo. Mas quero a minha caneta de volta. É uma edição limitada da Montblanc 1935 de olho de tigre...

Natasha revirou os olhos e atirou a caneta na mão dele.

– É uma Bic. Melhor investigar.

– Você faz as coisas do seu jeito, eu faço do meu – disse ele, pegando a caneta. – Aliás, você fez um bom trabalho aqui. Segundo seus registros, você também foi levada à Sala Vermelha. Deve ter sido uma experiência pessoal para você. Emocionalmente complexa.

– Não, não foi – ela disse, tentando passar por ele.

Coulson sorriu.

– Bem, talvez seja melhor assim, já que a maior parte do edifício parece ter acabado de cair sobre o seu amigo Ivan.

– Ele não é meu amigo – rebateu Natasha automaticamente. – Eu não tenho amigos.

– Que chocante – disse Coulson, virando-se para o outro lado. – E, só para constar, essa coisa de não ter amigos? Muito emocionalmente complexa.

Natasha o encarou.

– Só para constar, fique longe dos meus registros.

Ele não respondeu.

Ela passou por dois oficiais médicos da S.H.I.E.L.D. até ajoelhar novamente em frente à garotinha. Falou de novo em um russo rápido, colocando a nota de euro rasgada na mão dela:

– Está vendo isto aqui? Se precisar de mim, vá até a sua embaixada. Entregue isto a eles. Eu ficarei com a outra metade para me lembrar de você.

Ava assentiu. Natasha sussurrou no ouvido dela, também em russo:

– Se você pedir, eu virei, *sestrenka*. Prometo, irmãzinha – disse, ficando de pé. – Mas se eu consegui, Ava, você também consegue. – Apontou novamente para o cabelo ruivo. – Certo? Somos iguaizinhas. *Tot zhe samoye*. Iguais.

E, com isso, ela foi embora.

* * *

Ava olhou para o pedaço de papel em sua mão. Nele havia duas palavras e um desenho pouco caprichado de uma ampulheta no interior de um círculo.

VIÚVA NEGRA.

O símbolo dela.

– Vou lembrar, *moya starshaya sestra* – disse a garotinha lentamente. Irmã mais velha.

Depois, seus olhos se fecharam, e o fogo, o caos, a morte e o barulho desapareceram.

Assim como a mulher de cabelo vermelho.

OITO ANOS APÓS ODESSA,
EM ALGUM LUGAR DOS EUA

arquivo editar exibir

S.H.I.E.L.D. – CASO 121A415

REF: INVESTIGAÇÃO DE MORTE EM SERVIÇO
DE: AGENTE PHILLIP COULSON
PARA: DIRETOR EM EXERCÍCIO NICK FURY
ASSUNTO: INQUÉRITO ESPECIAL
INDICIADA: NATASHA ROMANOFF OU VIÚVA NEGRA
OU NATASHA ROMANOVA
TRANSCRIÇÃO: INQUÉRITO DO DEPARTAMENTO DE DEFESA
AGENTE ENCARREGADO: PHILLIP COULSON
CODINOMES DO CASO S.H.I.E.L.D.: REGISTRO VERMELHO,
OPUS, SCHRODINGER, ODESSA, VIÚVA VERMELHA,
TEMPESTADE DE INVERNO

AUTORIZAÇÃO: Inquérito segue Ordem Executiva OVAL14AEE32 Acesso exclusivo do Presidente dos Estados Unidos / Acesso do Congresso negado / Observação: o seguinte resumo inclui excertos de arquivos, registros, correspondências, transcrições, audiências e descobertas resultantes do Inquérito Especial da Agência Nacional de Segurança - S231X3P.

Resultados da autópsia dos restos mortais [pelo médico legista da S.H.I.E.L.D.] foram lacrados. Designação para Medalha Presidencial da Liberdade [citação confidencial] pendente.

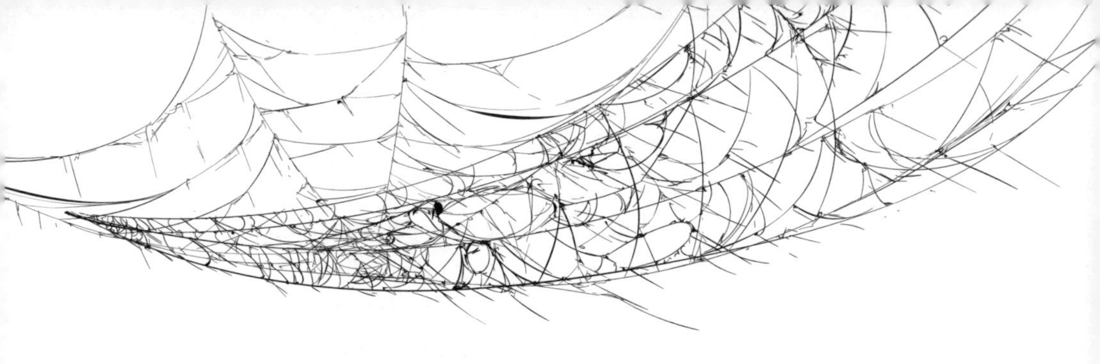

CAPÍTULO 4: ALEX

CASA DE DANTE CRUZ, MONTCLAIR, NOVA JERSEY

– Papai Noel! Papai Noel!

Um grupo de estudantes do Ensino Fundamental animou-se ao ver o velho – ou jovem, no caso – Papai Noel, como se este fosse um ídolo do rock ou um dos astros de uma *boy band. O bom velhinho*, pensou Alex Manor. Seu chapéu de loja de 1,99 escorregou por cima do olho.

– Que porcaria é essa? Ninguém vai torcer por mim? E aí, pessoal? – Dante Cruz, o melhor amigo de Alex, resmungou por baixo de sua fantasia de rena: – Poxa, vocês são difíceis de agradar.

Alex, um adolescente de dezessete anos suado e com o rosto vermelho, parecia prestes a desmaiar. Já Dante – igualmente suado e com dezessete anos – parecia se divertir. Os dois amigos se enfrentavam sobre a mesa de pingue-pongue no que parecia ser a queda de braço do século, ou pelo menos da semana, ou no mínimo da festa de Natal da irmãzinha de Dante. A competição havia começado como tudo entre eles começava: primeiro, como piada; depois, como desafio; por fim, como aposta. E havia rapidamente escalado para uma luta de vida ou morte – morte, no caso, da velha mesa de pingue-pongue.

Uma vez que a sua adrenalina disparava, Alex Manor não conseguia mais desligar. Dante Cruz tinha mais controle, mas era igualmente competitivo. Juntos, eles equivaliam a um fósforo aceso e a um pavio de dinamite que decidiram ser amigos – ou irmãos.

– Já deu, né? – Alex olhou para Dante por cima do punho.

– Não está conseguindo lidar com a pressão, Papai Noel? – Dante sorriu.

Seu rosto reluzente e moreno estava brilhando com o esforço, e seu riso era contagiante. Criado em uma unida família proveniente de Porto Rico, Dante havia adotado Alex no primeiro dia em que o amigo aparecera no clube de esgrima, dois anos antes. Talvez por ser filho de policial, Dante reconhecesse um bom parceiro logo de cara. E porque seu pai era capitão de polícia, nunca havia festas na casa da família Cruz – nem do tipo festinha de adolescente – a menos que os adultos estivessem fora.

– Pressão? Que pressão? – rebateu Alex, cerrando os dentes.

Alex era tão bonito quanto Dante, mesmo que seu longo cabelo escuro quase cobrisse seus olhos ainda mais escuros. Quase duas cabeças mais alto que o amigo, o esbelto Alex não tinha cara de coroinha de igreja, mas também não parecia um delinquente. E, embora houvesse algo de desajustado nele, uma brutalidade ou inquietude que parecia vir de dentro – algo que lhe causava olheiras e lhe trazia o reflexo ágil de um filhote de lobo em uma armadilha –, o próprio Alex seria o último a saber de onde aquilo vinha e como poderia mudar. Alex Manor até que estava sob controle, ao menos por enquanto.

Sob controle na vida e, agora, nessa competição.

O braço de Alex inchou dentro da camiseta puída, e quanto mais força ele colocava contra o braço de Dante, mais aparecia sua tatuagem sob a manga. Era vermelha e preta e circular. Dentro, o desenho de uma ampulheta. Não havia ninguém na escola que não soubesse o que aquela tatuagem significava: era o símbolo da Viúva Negra, considerada uma heroína entre jovens do mundo inteiro, assim como o Homem de Ferro, o Hulk e o Capitão América. Além disso, era uma tatuagem descolada. Todos falavam isso e Alex também, mesmo que a sua mãe discordasse. Ao menos ele fazia o tipo. Mas o que Alex nunca dissera a ninguém é que ele não tinha ideia de como ganhara a tatuagem. Ao acordar com ela, seu desespero fora tão grande que virara um ataque de pânico, e ele ficara uma semana sem dormir. *Só mais uma razão para me manter sóbrio e para ficar na escola,* ele pensou. *Mas era de se imaginar que eu me lembraria de algo assim.*

Alex fez uma careta e se esforçou mais.

– Cara, eu tô brilhando como uma árvore de Natal! – disse Dante.

– Porque tomou energético? Na festinha do Ensino Fundamental? – Alex cerrou ainda mais os dentes, pressionando o braço de Dante. – É essa a sua tática de combate? Mais cafeína? – Ele se inclinou para a frente.

– Melhor do que batatinha Pringles – Dante replicou, o rosto ainda mais vermelho.

Alex tinha um apetite sem fim para comer besteira, e não conseguiu controlar o riso quando o amigo chamou sua atenção para isso – era a oportunidade de Dante, que pegou impulso para a frente e empurrou o braço de Alex até quase tocar a mesa.

No mesmo instante, Alex contra-atacou. Ele avaliou rapidamente suas opções ao alavancar mais e mais o peso contra o alvo. *Dante mais parece um disco quebrado. E agora está sem equilíbrio. O que significa que está quase na hora. Espere... ainda não... deixe ele ir um pouco mais. Um pouco mais. Quase. Três, dois, um...*

Alex derrubou o braço de Dante contra a mesa, que despencou sob eles. Dante caiu para trás, emaranhado na rede de pingue-pongue e na madeira pintada, enquanto Alex pulava com os braços para cima.

– E o vencedor é... Papai Noel! Salvamos o Natal! A torcida pira!

Ao ouvir isso, a pequena multidão entupida de cafeína, bêbada de energético e dopada de açúcar, vibrou.

Dante bufou de raiva. Alex o ignorou.

– Obrigado, Colégio Montclair, muito obrigado. – Alex acenou para os seus fãs (alguns reais, outros imaginários) como um futuro Tony Stark. – Vou colocar todos vocês na minha lista de presentes. – Os estudantes do oitavo e nono anos comemoraram. – Bebidas por minha conta!

– Acho que a bebida acabou – disse Dante, ainda no chão, cheio de copinhos vermelhos de plástico ao seu redor, junto à mesa de comida. – Em cima de mim.

– Tecnicamente, é você que está em cima dela. – Alex sorriu, abrindo caixas de pizza vazias em busca de uma fatia esquecida. Encontrou uma – de *pepperoni* – e a mergulhou no molho apimentado para asinhas de frango. Como sempre, quanto menos saudável fosse a comida, mais ele gostava, e, para aquele momento, a pizza seria perfeita.

Dante berrou:

– É sério isso? Você é nojento.

Alex deu de ombros. A boca ainda estava cheia quando um som distante chamou sua atenção. Ele olhou para a escuridão do quintal dos fundos, para além das luzinhas coloridas penduradas no telhado e do rebanho de renas puxando o trenó de mentirinha na grama. Parecia ser um galho mexendo, ou talvez um animal.

– Você ouviu isso? – Por um segundo, pareceu que algo se esgueirava pelas sombras atrás da cerca-viva.

Alex estreitou os olhos. *Havia algo lá no fundo.*

– Vocês agora têm cachorro, D.?

– Sim, a minha irmã. – Dante piscou, ainda deitado no chão. – Por quê?

Alex franziu a testa.

– Nada. Devo ter ouvido algum animal de rua passando.

– Na verdade ela é o nosso bichinho de estimação, né – Dante falou, sorrindo.

Sofi, a irmã de Dante, era uma menina bonita usando uma camiseta *vintage* do Thor. Ela passou por cima do irmão, pisando em suas costelas com as sandálias tipo anabela.

– Você acabou de me chamar de cachorro? Sério? Qual de nós comia ração em troca de dinheiro, Dante Cruz?

– *Você*? – Alex já estava rindo.

Dante rolou no chão.

– Eu tinha oito anos.

Sofi olhou para a mesa de pingue-pongue quebrada.

– Papai vai te matar. Ele ainda está bravo por você ter quebrado os rodos e as vassouras naquele seu jogo idiota. – Sofi balançou a cabeça.

– Rodos? Está falando das espadas? – Dante ficou ofendido. – E o nome é RPG, sua ridícula. É um esporte. – Ele puxou a canela dela. – Vai lá ficar com os elfos do Ensino Fundamental.

– Cale a boca, rena. – Sofi pegou uma garrafa de refrigerante em cima da mesa de jogos bamba e encheu um copo. – Por que você é amigo do meu irmão, Alex?

Alex limpou as mãos gordurosas na calça jeans.

– Caridade. Pena. Porque sou bonzinho.

– Diga isso para a mesa quebrada – Dante zombou.

– Talvez eu seja um pouco... competitivo. – Alex pareceu envergonhado. Ele estava tentando trabalhar nisso, mas parecia não conseguir se controlar, não quando seus instintos o tomavam.

– Um pouco? Se eu sou um cachorro, você é um pitbull, cara. – Dante apoiou-se sobre os cotovelos.

Sofi ergueu o copo.

– Pelo menos vocês têm um ao outro. Não consigo imaginar por que alguém mais ia querer andar com vocês. Ah, espere... Ninguém quer. – Ela derramou o refrigerante na cara do irmão.

Dante tentou agarrar a canela da garota, que foi embora.

Alex viu a luz da varanda da casa vizinha brilhar por um momento, como se algo tivesse acabado de se mover e sair da frente.

Tentou não se apegar à visão. *Você está sendo paranoico. Deve ser só o Papai Noel com as suas renas.*

Mas ele manteve os olhos na escuridão da cerca-viva. *E se houvesse mesmo algo lá?*

No fundo do quintal, bem para lá das sombras, uma mão com luva preta ajeitou a cerca-viva de volta no lugar. Risos distantes eram ouvidos acima das música natalinas – os sons indicavam se tratar de uma festa.

Era o som de desconhecidos se divertindo, da época de fim de ano sendo celebrada como deveria – ao menos para as pessoas comuns.

Mas não para todas.

Um rosto mergulhou novamente na escuridão, deixando para trás o mundo de cercas-vivas, quintais e copos vermelhos. Porque Alex Manor tinha razão: havia algo lá fora, e tinha mais a ver com destino do que com renas voadoras.

arquivo editar exibir

S.H.I.E.L.D. – DOCUMENTO CONFIDENCIAL
NÍVEL DE ACESSO X

INVESTIGAÇÃO DE MORTE EM SERVIÇO
REF: S.H.I.E.L.D. CASO 121A415
AGENTE ENCARREGADO: PHILLIP COULSON
INDICIADA: NATASHA ROMANOFF OU VIÚVA NEGRA
OU NATASHA ROMANOVA
TRANSCRIÇÃO: INQUÉRITO DO DEPARTAMENTO DE DEFESA

DEPARTAMENTO DE DEFESA: Vamos começar pelo menino.
ROMANOFF: Sim, senhor.

DD: Com base nesta pilha de papéis cedidos tão gentilmente pela S.H.I.E.L.D., parece que ele não teve nada a ver com isso.
ROMANOFF: Pelo visto, não.

DD: Era esse o caso?
ROMANOFF: [pausa] Isso é informação confidencial, senhor.

DD: E este é um inquérito confidencial de investigação de morte em serviço do Departamento de Defesa, Agente.
ROMANOFF: [afasta-se do microfone]

DD: Agente Romanoff? Gostaria de lembrá-la de que está sob juramento.
ROMANOFF: Vamos direto ao ponto, senhor. Eu sei o que eu fiz e sei por que fui responsabilizada. Se quer saber em que ponto as coisas começaram a dar errado, tudo começou comigo e com Ava. Era isso o que queria ouvir?

DD: O que quero ouvir, Agente, é o porquê.
ROMANOFF: Isso é tão... americano.

DD: Estou aguardando.

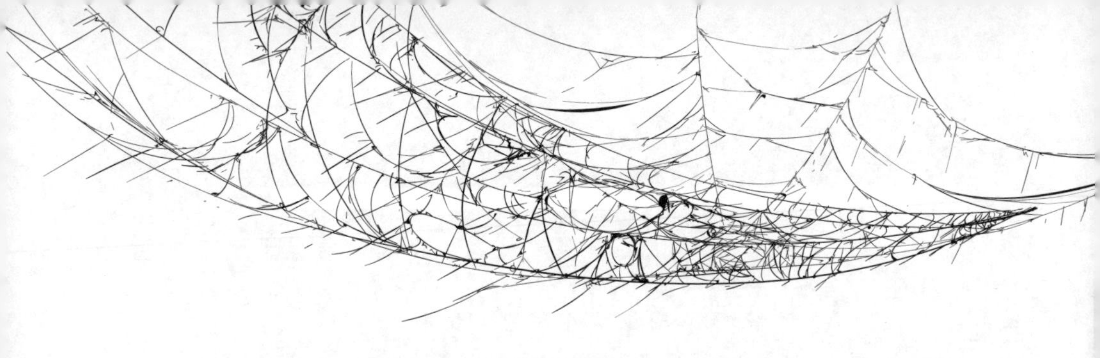

CAPÍTULO 5: AVA

PORÃO DA YWCA[1] DE FORT GREENE BROOKLYN, NOVA YORK

Sempre que abria os olhos de manhã, Ava Orlova ouvia *O Lago dos Cisnes*. Quando ela era bebê, sua mãe a ninava cantarolando Tchaikovsky. E também mais tarde, quando a colocava na cama à noite, já grandinha.

Isso era tudo o que Ava se lembrava sobre ela. Não sabia o que ocorrera com sua mãe, nem com seu pai. Só sabia que eles haviam sumido e que, quando deixou Odessa, anos atrás, ela já não tinha razão para ficar.

Ava podia sentir o chão duro sob o colchão fino e encaroçado, que em nada lembrava penas de ganso, quanto mais de cisne. Sentindo o frio irradiado pelo piso, ela puxou o saco de dormir (que tinha roubado de um abrigo para sem-tetos em Auburn) até os ombros e tremeu. Exceto por uma gatinha esquálida com uma barriguinha igualmente esquálida, a Gata Sasha, Ava estava sozinha naquele cômodo vazio.

E, possivelmente, no mundo.

Havia uma única lâmpada pendurada no teto do quarto, se é que podia chamar aquilo de quarto. As janelinhas altas eram a primeira pista de que, na verdade, se tratava de um porão. Outras pistas eram a poça úmida no chão de concreto, a pilha de jornais para reciclagem em um canto da parede e os sacos cheios de latinhas e garrafas.

1 Sigla em inglês para Associação Cristã de Mulheres Jovens. (N.T.)

Parecia uma cela de prisão, mas Ava não era prisioneira. Não tecnicamente, e certamente não estava em um presídio. Não mais. Ao trazê-la para o país, a S.H.I.E.L.D. a havia levado para três lugares: um jogo de basebol (para ter um gostinho dos Estados Unidos), uma loja de departamento (para comprar roupas americanas) e para o 7B (um bunker militar desativado que ainda parecia uma prisão). A casa secreta não tinha nome, mas Ava pensava nela como 7B – como constava na porta reforçada de aço do quarto. Por cinco anos, suas únicas companhias haviam sido os tutores e os guardas que se revezavam, uma televisão velha com acesso apenas aos canais públicos e um estoque infinito de macarrão instantâneo.

Nunca mais.

Agora, já fazia três anos que Ava estava sozinha, e ela não olhava para trás. Não desde o seu aniversário de catorze anos, quando driblou seu cuidador e escapou do 7B com apenas aquilo que conseguira roubar e colocar dentro de uma velha mochila militar. Ava não encarou aquilo como roubo, mas como sobrevivência. Além disso, ela vinha afanando trocados dos bolsos dos guardas durante anos, e descobriu ter dinheiro suficiente para comprar uma passagem só de ida para Nova York, onde foi de abrigo em abrigo até encontrar um lugar onde pudesse ir e vir como bem entendesse. O lado bom de morar em um porão úmido da YWCA era que ninguém notava quando ela saía, nem se importava com o horário do seu retorno. Liberdade e independência eram as grandes vantagens de ser uma fugitiva.

Ava estava com 17 anos e quase tão esquálida quanto a Gata Sasha, que ela encontrou ali no porão. Seu cabelo ainda era cor de canela, como quando era criança em Odessa, mas agora os banhos gelados nos vestiários da YWCA não lhe permitiam se dar ao luxo de passar condicionador. Nem de penteá-los. A essa altura, seus cachos ruivos estavam rebeldes e emaranhados. Ava mataria por um banho quente, não que ela tivesse tomado muitos desde que saíra da custódia da S.H.I.E.L.D. (E não que tivesse tomado muitos banhos quentes antes também; não era fácil encontrar água aquecida na Ucrânia, assim como não o era na YWCA de Fort Greene.)

Sasha miou, e Ava virou-se. Puxou um caderno surrado de debaixo do colchão e tirou o lápis preso na espiral. Começou a desenhar rapidamente, sem tirar os olhos da página; ela havia adquirido o hábito de desenhar seus sonhos assim que acordava, caso se lembrasse deles. E se tivesse uma cama, papel e lápis. O que nem sempre acontecia.

Sasha mordeu a pontinha do papel. Ava a empurrou sem prestar atenção. Estava rascunhando um retrato do garoto que vira ao fechar os olhos. Era o mesmo garoto de sempre, aquele de olhos escuros e tatuagem no braço. *Garoto da Tatuagem*. Era assim que Ava o chamava para a Gata Sasha e às vezes também para Oksana, quando conversavam sobre ele. Nunca mostrara seus desenhos para Oksana, embora ela fosse a única amiga que Ava fizera no novo país. Ela não saberia explicar – sonhar tão frequentemente com alguém que ela só tinha a impressão de conhecer – e, de toda forma, Oksana havia ficado no abrigo de Auburn quando Ava fora embora, então ela não a via mais desenhando pela manhã.

A mão de Ava envergava sobre a página conforme o retrato ia ganhando forma. A curva do nariz do garoto. As linhas amplas de sua mandíbula pronunciada, as maçãs do rosto. Seus olhos escuros e grandes. As ondas desordenadas de seu cabelo, que quase lhe cobriam o rosto.

Ela o desenhou de pé nos fundos de um quintal cheio de gente, olhando diretamente para ela.

Meu Alexei.

Alexei Manorovsky.

Era esse o nome dele, ao menos em russo, que ainda era a língua dos sonhos de Ava. Ela ouvira alguém o chamando de Alex, o que Ava considerou curto e esquisito, como se estivesse faltando alguma coisa. Naquela noite, ele estava erguendo os braços em sinal de vitória após vencer algum tipo de jogo, ela pensou.

Parecia estar se divertindo com os amigos, o que só fazia com que ela se sentisse ainda mais sozinha ao observá-lo.

Você não precisa de amigos, Ava. Precisa do seu cérebro. Precisa ser forte como um touro e afiada como uma navalha. Prometa para mim.

As últimas palavras ditas por sua mãe sopraram em sua mente enquanto ela encarava a página. Como uma das físicas quânticas mais importantes do Leste Europeu, Dra. Orlova havia aprendido da pior forma a brigar por tudo que conquistara.

Mas outra voz tentou falar por cima daquela, e Ava tentou ignorá-la, como sempre fazia.

Se eu consigo, você também consigue... Somos iguais.

Tot zhe samoye. Iguais.

Fora o que a mulher de preto dissera antes de desaparecer. Mas Ava já não era igual a ninguém – muito menos a ela – e agora sabia disso. Ela estava sozinha, e sempre estaria. Tinha de ficar forte e afiada.

Porque a minha mãe tinha razão.

Ela suspirou e adicionou mais um detalhe: o chapéu de Papai Noel do garoto.

– Feliz Natal, Sash.

Sasha miou de volta, cutucando com uma das patinhas a ponta do papel.

Ava fez carinho no pescoço da gata com uma mão enquanto folheava o caderno com a outra. Há anos aquele era o único registro de seus sonhos malucos. Se ela mesma não tivesse feito os desenhos, não teria acreditado. Alexei estava em quase todas as páginas. Praticando esgrima ou *kickboxing*, andando na garupa da moto de um amigo. Olhando para fora da janela da sala de aula. Brincando com um cachorrinho de olhos castanhos. Ava esfregou o lápis carvão com o dedo, sombreando as linhas.

Quem é você, Alexei Manorovsky?

Por que eu só o vejo em meus sonhos?

E o que você tem a ver comigo?

Sem respostas, ela virou a página. Lá estava o seu lar. Odessa e, antes disso, Moscou, ou o que ela conseguia lembrar das duas cidades.

O rosto da mãe dela emoldurado pelo colarinho do jaleco.

Maçãs assadas.

Sua amada boneca bailarina, aquela com a cabeça de porcelana. Karolina. Ela fora um presente de seus pais, e há muito tinha ficado no passado.

Esses eram os momentos escassos resgatados de sua infância – as muitas contas espalhadas de um colar arrebentado.

Ela gostaria de saber mais.

Passou para um novo desenho, para memórias mais sombrias.

O armazém de Odessa, onde ela havia perdido tudo, anos atrás.

O homem careca com a tatuagem de arame farpado no pescoço. O monstro que a havia arrancado de seu mundo. Ela sempre o desenhava com olhos pretos e vazios, como os de um demônio.

Que era o que ele era.

Ela não conseguia lembrar de muita coisa, mas não se esquecia dos olhos pretos a ridicularizando. *Ninguém virá atrás de você, pequena ptenets. Ninguém a quer. Ninguém se importa.*

Nem mesmo a sua preciosa MAMOTCHKA.

Ava virou mais páginas, forçando a mente a passar para outras coisas.

Como as suas palavras-fantasma.

Além dos desenhos, ela havia rabiscado palavras estranhas em todas as margens. Algumas eram muito repetidas, como as únicas peças de um quebra-cabeça perdido. Ela já não sabia o que significavam, apenas que elas invocavam seus sonhos, suas memórias, seu passado. Sua cabeça doeu quando ela olhou o emaranhado de letras; ela as encarava com muita frequência.

KRASNAYA KOMNATA.

OPUS.

LUXPORT.

Era sempre a mesma coisa. Ela não se lembrava de nada mais sobre as palavras, apenas que elas tinham vagamente a ver com aquela noite em que a S.H.I.E.L.D. a havia encontrado nas docas em Odessa. Ela não se recordava de nada além disso, nada que fosse compreensível. E, além dessas quatro palavras, ela tinha apenas mais uma coisa.

Um pedaço de papel sem sentido.

Gata Sasha agarrou a pontinha da página.

Lá estava, na última página, onde ela o havia colocado depois que parou de carregá-lo no bolso. Era a única coisa que sobrara de sua vida na Ucrânia – afora uma ou duas fotos desbotadas: uma velha nota de euro rasgada ao meio, com duas palavras rasbicadas e uma imagem, um desenho na forma de uma ampulheta.

VIÚVA NEGRA.

O símbolo de Natasha Romanoff. A mulher de preto que vinha assombrando seus sonhos até mesmo antes de o Garoto da Tatuagem fazer o mesmo.

Aquela que a salvara do homem louco que assassinara sua mãe – apenas para, em seguida, largá-la no programa de proteção, trancafiada e esquecida, mais uma refugiada indesejada a um oceano de distância.

A Viúva Negra lhe havia dado essa vida. Esse privilégio. De ser sem-teto, órfã de mãe e sozinha. Sempre uma estranha em uma terra estranha.

Ava sabia que Natasha Romanoff era considerada uma heroína. Ela e os seus amigos poderosos cuidavam, supostamente, da humanidade. E Natasha Romanoff, supostamente, devia cuidar *dela.*

Se você pedir, eu virei, sestrenka. *Prometo, irmãzinha.*

Ava havia pedido. Ava havia procurado, agarrando a nota de euro desbotada com o símbolo da ampulheta. Mas Natasha Romanoff nunca viera ajudá-la.

E Natasha Romanoff fazia parte dos Vingadores. Eles eram superiores a nós. Ao menos, era assim que o mundo inteiro pensava. Só Ava sabia que aquilo não era verdade.

A Viúva Negra nunca seria uma heroína para Ava Orlova.

Seria apenas uma decepção.

Outra.

Gata Sasha saltou por cima do caderno, aconchegando-se como de costume sobre os ombros de Ava.

As pessoas nos decepcionam, até mesmo os heróis. Era uma lição que Ava não esqueceria. *Forte como um touro e afiada como uma navalha.* Era assim que ela era agora.

Sua mãe teria ficado orgulhosa.

arquivo editar exibir

S.H.I.E.L.D. – DOCUMENTO CONFIDENCIAL
NÍVEL DE ACESSO X
INVESTIGAÇÃO DE MORTE EM SERVIÇO
REF: S.H.I.E.L.D. CASO 121A415
AGENTE ENCARREGADO: PHILLIP COULSON
INDICIADA: NATASHA ROMANOFF OU VIÚVA NEGRA
OU NATASHA ROMANOVA
TRANSCRIÇÃO: INQUÉRITO DO DEPARTAMENTO DE DEFESA

DD: Então você sabia que havia um problema, mesmo antes de fazer contato com o alvo?
ROMANOFF: Não, senhor. Não sabia.

DD: Mas ela estava tendo aqueles sonhos. Estava recriando memórias. Estava claramente sintomática.
ROMANOFF: Não sou terapeuta, senhor.

DD: [risos] De fato.
ROMANOFF: Depois que o alvo desapareceu do escritório da S.H.I.E.L.D., não tínhamos como saber como ela estava, muito menos sobre a sua condição mental. Não sabíamos nem mesmo onde ela estava.

DD: Está me dizendo que uma agência administrada por espiões não conseguiu controlar uma adolescente?
ROMANOFF: Palavras suas, senhor.

DD: E o menino?
ROMANOFF: Como eu disse...

DD: Eu sei, eu sei. É confidencial. Faça-me rir.
ROMANOFF: Não tem nada que vá fazê-lo rir nesse caso, senhor.

DD: Você precisa me dar algo com o qual eu possa trabalhar, Agente.
ROMANOFF: Você não vai gostar.

DD: Eu raramente gosto.

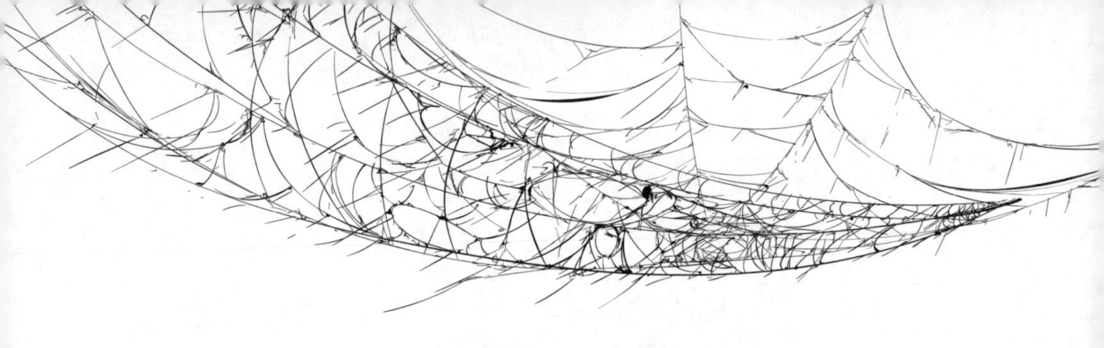

CAPÍTULO 6: ALEX

CASA DE ALEX MANOR
MONTCLAIR, NOVA JERSEY

Na manhã seguinte, bateram na porta antes de o despertador parar de tocar. O velho rádio-relógio tocava uma canção das antigas, "Nobody Loves the Hulk", da banda The Traits. O som se ergueu sobre a escrivaninha ao lado da cama de Alex, mas ele nem se mexeu com o barulho.

Aliás, continuou roncando.

Alex ficara acordado até tarde no dia anterior fazendo a mala para a viagem, e é por isso que um furacão parecia ter passado em seu quarto, com roupas para todo lado (limpas e sujas, como se não precisassem ficar separadas...), pilhas de histórias em quadrinhos e objetos colecionáveis em todas as prateleiras (mas não nas embalagens originais – Alex se recusava a ser esse tipo de colecionador) e um excêntrico pôster do Homem de Ferro na parede. (Não parecia importar a Alex que a cabeça da Taylor Swift estivesse colada sobre o corpo do Tony Stark. Taylor Stark era a piada mais duradoura de Dante.)

No canto do quarto, havia uma fileira de medalhas de esgrima penduradas no varal da cortina, e agora elas estavam tilintando conforme as batidas na porta ficavam mais barulhentas que as do rádio.

– Alex! Desligue isso! Você já está atrasado para o ônibus.

A voz de sua mãe era pior do que mil despertadores. Bastava ela para matar qualquer sonho.

Alex resmungou:

– Ou eu estou adiantado demais para o ônibus de amanhã. Já pensou nisso?

Como resposta, mais batidas na porta. Ele abriu um olho e se remexeu nos lençóis.

Lá estava.

Ele puxou uma maçã comida pela metade e a atirou contra o rádio e a escrivaninha. O rádio se desfez em pedaços de plástico, mas ao menos a música parou. A sua mira era melhor do que o seu juízo.

Alex se sentou.

– Pare de gritar. Se você quer mesmo saber, já estou vestido.

Ele pulou da cama de cueca, tremendo um pouco ao pisar no chão frio. A sensação o fez lembrar do pesadelo que tivera – ele estava perdido em uma floresta no inverno, afundando mais na neve a cada passo, ficando coberto até a cintura pela massa branca e gelada, apenas com as árvores peladas e um céu pálido ao seu redor.

E daí a neve me cobriu por inteiro, e eu não pude mais respirar...

Não parecia ser um sonho. De tão real, parecia mais uma memória. Seus pés estavam quase dormentes de congelamento.

– Não estou ouvindo nenhuma movimentação – gritou a voz do outro lado da porta, interrompendo-o.

Alex se moveu.

Sua mãe o parou na porta, arrancando os fones de seus ouvidos. Com um aceno de cabeça, assimilou o visual dela, composto por um moletom estampado com uma gatinha vestida de havaiana e uma calça jeans de mãe.

– Moletom novo? – Não era, e ele deu um sorrisinho ao dizer isso.

A Sra. Manor revirou os olhos. Ela era agente de viagens e tinha um moletom exótico de gatinho para cada destino. Neste estava escrito "MIAU-NA KEA BEACH, HAVAÍ".

Afinal, por que não fazer um trocadilho?

A mãe de Alex acreditava firmemente que todo mundo deveria ter uma marca, e parecia que gatos e férias – de preferência, gatos *de* férias – eram a dela. Stanley, seu gato tigrado, ia para todo lado com ela.

– Está esquecendo alguma coisa? – Com um ar sabichão, a Sra. Manor mostrou uma passagem de ônibus.

– Nunca. – Alex colocou a passagem no bolso e pegou a mochila da esgrima de dentro do armário, porque ele a havia esquecido também. – Obrigado, mãe.

– O ônibus parte logo depois da aula. Você vai direto para a Penn Station. Fique com o grupo. Não se afaste da vista dos treinadores. Caso se meta em alguma encrenca, estarei na casa dos seus avós.

A Sra. Manor parecia estressada. Pelos cálculos de Alex, isso tinha algo a ver com o último torneio, quando a equipe inteira perdeu por ter se empolgado com os caça-níqueis de Atlantic City.

Alex sorriu com confiança.

– Que encrenca? É a Copa Norte-Americana de Esgrima, mãe, não uma zona de guerra.

Ela balançou a cabeça.

– Você é um ímã para *qualquer encrenca*, Alexander Manor. Está no seu sangue. Qualquer lugar é uma zona de guerra quando você está lá.

– Não... – Alex conferiu a passagem. – Não a Filadélfia.

Era para lá, pelo jeito, que ele ia. Fez uma anotação mental: *sanduíche de carne desfiada com queijo derretido.*

Ele abraçou a mãe o máximo que pôde, colocando a mochila nas costas e arrastando seu equipamento de esgrima.

– Vou me comportar. Sem confusões. Sem guerra. Nem mesmo uma briguinha.

– Sem brigas e sem mordidas – ela disse. – E sem cartões pretos desta vez. Por favor. Nem mesmo um vermelho.

– Prometo.

– Não diga isso. Acho que nós dois sabemos que é o primeiro passo para a decepção. – Ela suspirou. – Melhor manter as expectativas baixas.

– Que tal "desta vez não vou acabar na cadeia"? Talvez eu possa prometer isso.

Alex deu um beijo na bochecha da mãe.

– Até domingo. *Não* limpe o meu quarto enquanto eu estiver fora. Se você jogar uma coisinha que seja fora, eu vou saber.

Ela deu de ombros, inabalável.

– E eu já disse que vou chamar aquele programa de televisão sobre acumuladores. Se eles vierem, não vou impedi-los de fazer o trabalho.

– E eu já expliquei que é uma coleção. Nem uma coisinha. Nem a Taylor Stark, nem o Jabba the Hutt, nem nenhum dos Vingadores. – Ele sorriu enquanto a mãe se fazia alegremente de desentendida. – Jure.

Ela respondeu enfiando o costumeiro *donut* de café da manhã na boca dele.

Conforme Alex seguia andando pela calçada, o sorriso da mãe foi esmaecendo. Por um momento, a Sra. Marilyn Manor pareceu ser feita de aço. Assim que Alex dobrou a esquina, ela pegou o celular e digitou alguns números. Depois, saiu na varanda para verificar a rua, como se estivesse procurando algo. Seus olhos passaram de carro em carro, de cerca em cerca, de telhado em telhado. Se havia algo ali, ela não conseguiu ver.

A Sra. Manor tremeu, apesar do moletom, e colocou o celular no bolso.

Atrás de uma chaminé vizinha, uma mão de luva preta soltou um par de binóculos. Não havia dúvida. Marilyn Manor estava preocupada com a encrenca certa; só estava procurando no lugar errado.

Havia olhos vigiando a família Manor. Aquela era a *qualquer encrenca.* E, se Alex Manor tinha ou não tinha a encrenca no sangue, como suspeitava a sua mãe, não fazia diferença. Havia mais coisas com as quais se preocupar no momento do que com adolescentes soltos em Atlantic City.

arquivo editar exibir

S.H.I.E.L.D. – DOCUMENTO CONFIDENCIAL
NÍVEL DE ACESSO X
INVESTIGAÇÃO DE MORTE EM SERVIÇO
REF: S.H.I.E.L.D. CASO 121A415
AGENTE ENCARREGADO: PHILLIP COULSON
INDICIADA: NATASHA ROMANOFF OU VIÚVA NEGRA
OU NATASHA ROMANOVA
TRANSCRIÇÃO: INQUÉRITO DO DEPARTAMENTO DE DEFESA

DD: Então o menino estava sendo vigiado?
COULSON: Não, senhor. Não que eu soubesse.

DD: Não pela S.H.I.E.L.D., Agente Coulson?
COULSON: Vou dizer o seguinte: seja lá o que estivesse acontecendo com Alex Manor, ou como preferir chamá-lo, isso não estava ao meu alcance.

DD: E estava ao alcance de quem?
COULSON: Não no meu. É tudo que sei.

DD: E a adolescente? Ava Orlova. Quando a encontrou pela primeira vez?
COULSON: Em Odessa, acho. Quando Ivan Somodorov queria fritá--la no micro-ondas. Do restante você já sabe. A refém resgatada. E, depois, Filadélfia.

DD: Ah. O que nos leva à Filadélfia.
COULSON: Nada daquilo foi culpa dela.

DD: Porque ela era uma adolescente comum? Acho difícil de acreditar.
COULSON: Ava Orlova nunca foi uma adolescente comum. Se fosse, não estaríamos tendo esta conversa, certo?

DD: Responda você, Agente.

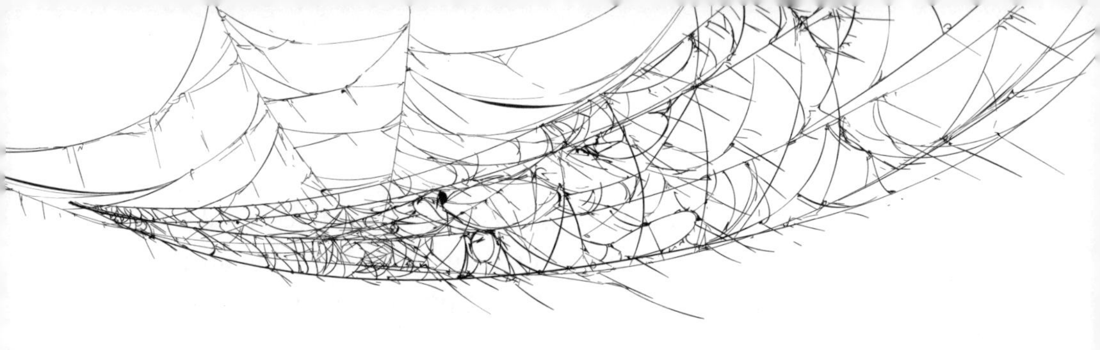

CAPÍTULO 7: AVA

YWCA DE FORT GREENE
BROOKLYN, NOVA YORK

– *Prosypaysya*, Ava! Acorde!

O toque do florete contra seu peito trouxe Ava de volta à realidade. Quando abriu os olhos, o devaneio se dissolveu.

O Garoto da Tatuagem despedindo-se da mãe, aquela com os estranhos olhos duros. Mas havia algo mais também. Alguém. Do outro lado da rua, assistindo à cena.

Alguém armado.

A lâmina a tocou de novo, e Ava se viu automaticamente chutando a perna de sua atacante – em um movimento, derrubou-a no chão. Seu coração estava acelerado.

Aquilo era algo novo.

Agora Ava estava olhando constrangida para sua amiga Oksana, que estava estirada sobre as tábuas do piso.

– Desculpe. Não sei por que fiz isso.

– Esqueça o porquê... Onde você aprendeu a *como* fazer isso?

Oksana Davis estava rindo. Ava conseguia vê-la franzindo os olhos castanhos e a pele escura sob a malha da máscara. Ainda assim, ficou surpresa.

– Em lugar nenhum. Simplesmente aconteceu, eu acho.

Ava puxou a máscara. Sabia que aquela não era uma boa explicação, mas era a verdade; ultimamente, todo tipo de coisa vinha *simplesmente acontecendo* a Ava, que não sabia explicar nenhuma delas.

– Jesus. As suas aulas estão começando a dar resultado – Oksana se sentou.

Dois anos antes, a YWCA havia começado a oferecer aulas de esgrima, e Ava e Oksana não perdiam uma. Elas tinham permissão para usar o equipamento sempre que quisessem, então, na maioria das tardes, ficavam na sala de treinos, desde que não estivesse ocupada com aulas para crianças da pré-escola ou para idosos.

Ambas se apegaram ao esporte. Nenhuma delas tinha lugar certo no mundo e, gradualmente, adquiriram o hábito de não ter lugar certo juntas. Quando se encontraram no abrigo de Auburn, em Fort Greene, Ava quase não abria a boca – mas Oksana falava russo. Sua falecida mãe era bailarina. O pai, taxista. Cada conversa entre Ava e Oksana trazia um pouco da terra natal para elas. Ainda que Oksana nunca houvesse estado lá, o russo era a sua língua materna.

Foi isso que as levou à prática da esgrima, algo que Ava já havia começado na Ucrânia, nos primeiros anos de escola, quando tinha seis anos. Oksana deixara Ava arrastá-la para a primeira aula com o florete na YWCA, mas, desde então, era ela quem havia se dado melhor graças a seus membros infinitamente longos. Embora fosse rápida e forte, e às vezes destemida ao extremo, Ava era alguns centímetros mais baixa do que a amiga longilínea.

Então por que venci essa luta hoje? Ela não se lembrava de ter treinado aquele ataque. E se encontrava ainda tão desorientada devido ao que tinha visto no sonho que estava despreparada para se defender.

– Foi uma jogada de sorte. – Oksana deu um sorrisinho. – Além disso, você está pensando de novo no seu namorado dos sonhos. O Garoto da Tatuagem inspira você.

Oksana tirou a máscara. Metade de seus cachos castanhos havia escapado do lenço hippie que trazia enrolado na cabeça.

– Não, não inspira. – Ava sentiu o rosto corar. – É, nada a ver.

Ela se sentou contra a parede e abriu o zíper da jaqueta de esgrima emprestada, que tinha as iniciais já desbotadas do nome de outra pessoa.

– Você sabe que é ruim em mentir. Essa é uma das suas melhores qualidades. – Oksana sentou-se ao lado de Ava. – Então, me diga. O que o Garoto da Tatuagem estava fazendo de bom hoje?

Ava baixou a cabeça. Os sonhos tinham se tornado uma piada entre elas, como se o Garoto da Tatuagem fosse um amigo imaginário que elas compartilhassem.

– Tem algo errado. E os sonhos estão mudando. – Ela olhou para a amiga. – Estão se tornando pesadelos.

– Conte mais.

Ava desviou o olhar.

– Não sei. Não importa. Não é real.

Oksana riu.

– Estamos nos Estados Unidos, Ava. Tem gente que voa com uma armadura de ferro. Outros escalam prédios como aranhas. E ainda tem os que esmigalham cidades inteiras com um punho verde gigante ou um martelo alienígena. Como você vai saber o que é real, *myshka*?

Ava sabia que era muito fácil embarcar numa fantasia sobre ser salva por um super-herói, especialmente quando se está presa em uma vida como a delas. Então apenas ergueu os ombros.

– Você acha que eles são heróis, Sana?

– Claro que sim. Você não acha?

Ava não respondeu. Ela queria contar a Oksana sobre a Viúva Negra, assim como queria lhe contar mais sobre os sonhos e mostrar-lhe seus desenhos. Mas havia partes suas que ela não conseguia compartilhar, nem mesmo com a única amiga. Porque havia partes suas que não faziam sentido, nem mesmo para ela.

Nem mesmo em um mundo onde pessoas voam com armaduras de ferro.

Será que Alexei é real?

Talvez.

Possivelmente.

Também era possível que ela o houvesse inventado. Mas Ava sabia que não inventara a Viúva Negra e que ela – a mulher de preto, pois era assim que pensava nela – estava também em seus sonhos. Claro, elas haviam se encontrado uma vez, então talvez fosse só uma ladainha psicológica. Memórias traumáticas revividas de maneira segura na terra dos sonhos, ou algo assim.

Mas não Alexei.

Ele não estava em Odessa naquela noite, estava?

Como que aproveitando a deixa, as palavras-fantasma flutuaram de volta à sua cabeça, aquelas com as quais convivia por quase oito anos.

OPUS.

LUXPORT.

KRASNAYA KOMNATA.

Quando tinha 10 anos, Ava conseguiu pesquisar "*OPUS*" sorrateiramente no computador de seu tutor. Só descobriu se tratar de um tipo de composição musical ou de um personagem de desenho animado. "*LUXPORT*" era o nome de uma grande companhia exportadora ucraniana, com uma aparência mais entediante do que criminosa. Já sobre "*KRASNAYA KOMNATA*" ela não sabia de nada.

Krasnaya Komnata.

Sala Vermelha.

Essa era a tradução literal. Mas e daí? De que importava uma sala vermelha para Ava ou para a mãe dela? Vermelha como a bandeira russa? Vermelha como seu sangue russo?

Ou, talvez, apenas vermelha como as chamas que incendiaram tudo após a explosão do armazém. Talvez a mente dela estivesse apenas lembrando aquela noite, tentando dar-lhe sentido. Talvez a sala fosse apenas uma memória.

Vermelha o quê?

Oksana cutucou a amiga com o florete.

– Falando em viagem, temos que sair bem cedo amanhã de manhã. Umas seis horas.

Ava tentou entender do que a amiga estava falando.

– O primeiro ônibus sai às seis? E como pagaremos a passagem para a Filadélfia?

Oksana riu.

– Quem falou em ônibus? – Ela deixou a espada cair no chão com um barulho. – Chamei um táxi para nós.

Ava pareceu surpresa.

– O seu pai vai levar a gente até a Filadélfia?

Oksana deu de ombros.

– Quando Nana disse que já podíamos competir, meu pai concordou. Ele não quer desencorajar nossos sonhos. – Ela deu um sorrisinho. – Bem, os meus sonhos. Nós sabemos bem com quem você sonha.

Ava deu um empurrão nela.

– Pelo menos não é com a Nana.

Nana era a treinadora voluntária de esgrima, uma armênia escandalosa que dava aulas gratuitas às terças-feiras. Convivendo com essas três, todos os outros colegas de classe já haviam aprendido a xingar em russo.

– Você sabe que temos de fazer uma inscrição para competir, né.

Foi o que Ava encontrou de melhor para dizer. Naquele momento, o torneio de esgrima não passava de um pensamento distante em sua mente. Ela se sentira agitada o dia inteiro, e agora estava ficando nauseada.

Foi a arma no sonho. Não consigo parar de pensar nela.

– E se eu dissesse que podemos fazer a inscrição no próprio dia? E que a Nana quer que a gente vá? – Oksana sorriu.

– Acho que eu diria que nós não temos equipamento – Ava respondeu, ainda distraída.

Talvez seja uma premonição, ela pensou. *Coisas ruins estão para acontecer.*

Oksana olhou ao redor.

– Aí eu diria que podemos usar os equipamentos daqui.

– E aí eu diria *que ótimo*. Porque essas luvas nem cheiram mesmo como se alguém tivesse morrido dentro delas...

Ava tirou as luvas, jogando-as no chão.

Oksana sorriu.

– Ai, meu Jesus, Ava. Está com medinho, é? *Ty trushish?* Será?

– Não estou com medinho. – Ava tirou a jaqueta, três vezes maior do que o seu tamanho.

– Você? Ava Orlova, a que nada teme? – Oksana estava chocada.

Ava ficou indiferente.

– Não tenho medo de uma laminazinha com uma borracha na ponta, se é isso que você está perguntando. Sou russa.

Sobrevivi a um louco em Odessa, e a uma explosão e à Viúva Negra também.

Ela nunca conversara com Oksana sobre aquela noite. Nem sobre o armazém, nem sobre Odessa. Mas não significava que ela não pensasse sobre isso.

A noite em que tudo desmoronou.

– As lâminas do torneio não têm borracha na ponta, lembra? – Oksana disse por fim.

– Grande coisa.

– Tá bom. – Sana desistiu. – Você não precisa ir.

Elas permaneceram sentadas em silêncio. Não havia mais nada a dizer. Ava sabia o quanto Oksana queria ir ao torneio; Oksana só falava com o pai o estritamente necessário, como se ele tivesse algo a ver com a morte da mãe dela ou com o fato de ela estar sozinha agora.

Mas ela não estava. Elas tinham uma à outra.

Ava sentiu os olhos de Oksana a encarando.

– Ok – Ava disse devagar, tentando espantar a sensação que a tinha invadido. Não havia premonições. As coisas ruins já haviam acontecido, e garotos de sonho não morriam. Aliás, eles nem vivos estavam. – Ok, tudo bem. Você ganhou. Nós vamos.

Oksana ergueu o punho fechado, sorrindo, e Ava retribuiu dando um soquinho nele. Depois, a amiga deitou a cabeça no ombro suado de Ava e começou a catalogar o conjunto aleatório de equipamentos usados que estavam na sala.

Entre as espadas desgastadas, as máscaras fedidas, as jaquetas enormes e as calças com zíper emperrado, Ava acabou esquecendo da arma, das palavras-fantasma e da mulher de preto. Parou de se perguntar por que e como seus pais haviam desaparecido – ou no responsável por isso. Parou de pensar, ainda, sobre garotos que não eram reais e heróis que não eram heroicos.

Tudo já tinha voltado ao normal quando elas foram tomar o banho gelado de sempre – se é que morar no porão da YWCA como – e com – uma gata vira-lata podia ser considerado normal. Era tão normal para Ava quanto todo o resto que ela já tinha vivido.

O jato de água era quase entorpecedor.

Mas trazia alguma clareza.

Era por isso que Ava não se incomodava com a água gelada; ela dependia dela, na verdade.

O frio afastava suas memórias e fazia com que a sua cabeça doesse menos, o que era importante, já que Ava não podia se dar ao luxo de sentir coisas.

Já tinha sentido demais.

Já sabia que teria de ser a sua própria heroína.

arquivo editar exibir

S.H.I.E.L.D. – DOCUMENTO CONFIDENCIAL
NÍVEL DE ACESSO X
INVESTIGAÇÃO DE MORTE EM SERVIÇO
REF: S.H.I.E.L.D. CASO 121A415
AGENTE ENCARREGADO: PHILLIP COULSON
INDICIADA: NATASHA ROMANOFF OU VIÚVA NEGRA
OU NATASHA ROMANOVA
TRANSCRIÇÃO: INQUÉRITO DO DEPARTAMENTO DE DEFESA

DD: Você não fez nenhum contato com a refém antes de envolvê-la?
ROMANOFF: Não, senhor. Após refletir bem, decidi que seria melhor cortar... cortar vínculos.

DD: Por quê?
ROMANOFF: Perdão?

DD: Por que cortar vínculos? Pelo que ouvi dizer, você a salvou de um incêndio. Você fala a língua dela e se identificou com ela por serem, as duas, órfãs de guerra. Quase como uma irmã.
ROMANOFF: Não sei se eu diria isso.

DD: Tenho curiosidade de saber o que você diria, então. Que, depois de ter salvado a vida dela e a trazido para este país, você nunca mais tenha falado com a criança é uma coisa que desafia a credibilidade, Agente Romanoff.
ROMANOFF: Eu não faço o tipo irmã mais velha, senhor.

DD: E isso não a impediu de envolvê-la em operações de campo? Sabendo que poderia colocar a vida de uma ex-refém menor de idade em risco?
ROMANOFF: Não, senhor.

DD: E? Não lhe causou preocupação nenhuma?
ROMANOFF: Como eu disse, não faço o tipo irmã mais velha.

DD: Estou começando a entender isso.

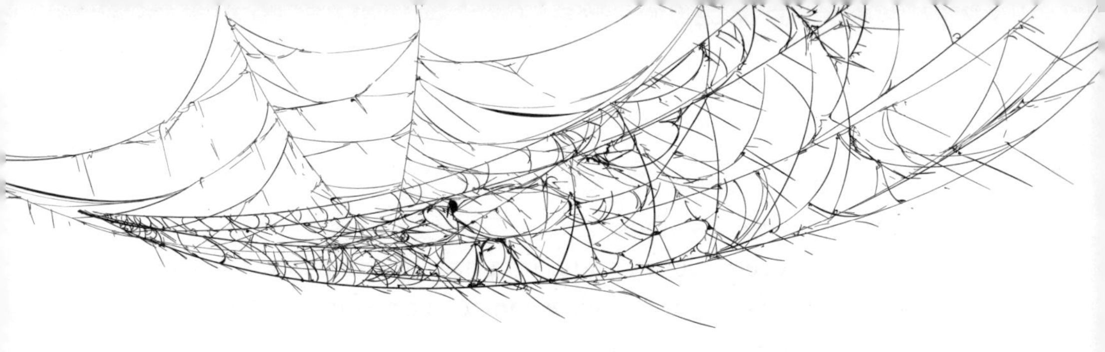

CAPÍTULO 8: ALEX

CENTRO DE CONVENÇÕES DA FILADÉLFIA, CIDADE DO AMOR FRATERNAL

– Você está louco. – Dante balançou a cabeça. – E nós estamos atrasados.

Mas Alex estava paralisado na calçada em frente ao centro de convenções.

– Estou falando sério. Alguém está nos seguindo. Uma mulher. Estou apavorado. Eu a vi na Penn Station e acho que a vi agora de novo.

Ele olhou para os dois lados da rua movimentada no centro da cidade. Enquanto fazia isso, sacou de dentro do bolso meio sanduíche de carne desfiada com queijo, embrulhado em um papel cheio de gordura. Alex sempre comia quando estava estressado – e quanto pior fosse a porcaria, melhor para seu paladar. Deu uma mordida.

– Talvez ela seja da CIA.

– Esse é o mesmo sanduíche de ontem à noite? Nem responda. Você tem problemas. – Dante fez cara de nojo. – De toda forma, não vou perder o credenciamento, nem mesmo por uma agente gostosa da CIA.

– Eu não disse que ela era gostosa. – Alex fez uma nova varredura ao redor. Tinha certeza de que a mulher estava por ali.

Dante deu uma de engraçadinho.

– Então por que você está se importando?

Alex o encarou.

– Você é um idiota, sabia disso?

Dante revirou os olhos.

– Bom, você pode ficar aqui fora na companhia do seu sanduíche. – Ele pegou a mochila e começou a andar. – E depois eu é que sou o idiota...

Alex o seguiu.

Nas jaquetas dos dois rapazes, estava escrito "ALIANÇA DE ESGRIMA - MONTCLAIR/NJ", mas eles já não estavam mais em Nova Jersey. O centro de convenções estava lotado de atletas, todos com roupas parecidas, representando mais de cem clubes como o deles. As fileiras com pistas de esgrima pareciam calçadas metálicas, tantas delas que ocupavam o ginásio inteiro. As paredes estavam cobertas de bandeiras e pôsteres, além de cartazes, e o perímetro do imenso salão estava repleto de vendedores. Era o Circuito Norte-Americano, como estava escrito no painel digital. E um torneio do circuito não era pouca coisa.

Era quase tão angustiante quanto ser seguido pela CIA, Alex pensou.

Os meninos desviaram pela multidão até o local onde uma porção de garotos e uma porção ainda maior de mochilas de esgrima estavam espalhados em um círculo mal-arrumado. Sobre eles – colada com fita-adesiva na parede – havia uma cartolina com os dizeres "ALIANÇA MONTCLAIR".

Alex fez careta ao ver os colegas de equipe.

– O que o Jurek está fazendo aqui? Ele não estava com a gente no trem.

– Ouvi dizer que ele perdeu o trem por apenas dois pontos.

Era sempre a mesma piada. Jeff Jurek, o capitão da equipe da Aliança Montclair, nunca conseguia simplesmente informar seus pontos; ele também tinha que saber sobre os dos outros, e gostava de salientar o quão próximo ele chegara de atingir uma marca superior. Segundo Jurek, ele perdia tudo o que merecia na vida *por apenas dois pontos*.

– Ah, cara. Se ele nos fizer chamá-lo de Capitão de novo, vai sobrar pra ele – Alex resmungou.

Jurek era fã do Capitão América, o que não era lá muito incomum: a maioria dos estudantes do Ensino Médio idolatrava um ou outro super-herói – ou, ao menos, se identificava com algum deles. Nesse caso, porém, a ironia estava no fato de o capitão da equipe de esgrima não ter absolutamente nada em comum com o capitão super-herói.

– Onde estão os supervilões quando precisamos deles?

– Fique longe daquele infeliz. Falando sério, Sr. Cartão Preto. – Dante balançou a cabeça. – Ele não vale a pena.

– Sei disso – Alex concordou. – Eu só...

– Eu sei – Dante suspirou.

Eles não falaram mais nada e se juntaram aos outros, todos em variados estágios de preparação para a esgrima. Não era fácil se aprontar para um campeonato, ainda mais com toda aquela roupa de nylon balístico. Não se pode colocar um pé em uma das pistas de esgrima do Circuito Norte-Americano sem o traje de proteção completo, de acordo com o regulamento da Associação de Esgrima dos Estados Unidos. A menos que se queira terminar como aquele russo, que morreu no Mundial com uma espada atravessada no cérebro. Agora, era preciso usar o plastrão de Kevlar e jaquetas ainda mais reforçadas do mesmo material, além de roupas de baixo, também de Kevlar, com a sigla "EUA" e as estrelas e as faixas da bandeira estampadas. Ou seja, mesmo antes de pisar na pista, o atleta já estava suando em bicas.

– Olha só. – Dante apontou para o outro lado. Ele era sempre o primeiro a se vestir, o que, segundo ele, era resultado de ter crescido com muitos irmãos e irmãs. Havia poucas meias limpas, então o mais rápido as pegava primeiro. – Manor e Cruz. Fama e glória. Do jeito que a gente gosta.

Alex olhou para cima. No painel digital, Alex Manor aparecia em primeiro no ranque dos juniores. Dante Cruz vinha em segundo. Era sempre assim, revezavam-se nos dois primeiros lugares. A principal competição era a de um contra o outro – o que não a tornava menos disputada.

– Bate aqui – Alex disse, erguendo o punho.

– Só que deveria estar dizendo Cruz em primeiro e depois Manor – Dante argumentou quando eles uniram os punhos.

– Claro que deveria – disse Alex.

– Depois de hoje, será assim.

– Nos seus sonhos.

Alex pegou a máscara e uma porção de espadas com a mão livre. Estava escrito "MANOR" nas costas de sua jaqueta, mas ele nem precisava dessa identificação: alto e esbelto como era, ele seria inconfundível em qualquer ginásio.

– Ah, é? Não estou sonhando agora. *En garde*, perdedor. – Dante ergueu a espada. – Vamos lá.

– Vamos, Cruz. Mas sem choro desta vez. – Alex foi até a pista mais próxima, que já estava sendo usada pela equipe para as lutas de aquecimento.

No momento em que se virou, porém, sentiu uma espada cutucá-lo nas costas. Ele se voltou com tudo, instintivamente, os músculos tensos e o coração disparado. Sentiu os dentes rangendo uns contra os outros.

Jeff Jurek riu, balançando a arma.

– Não faça isso – disse Alex automaticamente. Não havia nada que ele odiasse mais do que ser tocado pela lâmina, mesmo que de brincadeira. Havia algo nele que respondia a qualquer ataque como se fosse letal. O corpo dele não era programado para saber a diferença, embora o cérebro devesse ser.

Tente fazer isso de novo, babaca. Só tente.

– Comece a correr, Senhorita Boas Maneiras. Depois vá para o aquecimento.

Jurek apontou a pista com a espada. O cara era um conjunto de clichês reunidos em uma só pessoa, das meias brancas esticadas por cima das canelas até as correntinhas de ouro. A personalidade difícil de Jurek também ajudara em sua ascensão despótica ao posto de capitão; ninguém queria ser seu assistente. Mesmo agora, os outros meninos fingiam que não o estavam vendo.

Alex afastou a espada, fazendo uma careta para o apelido sem graça.

– Tô de boa – respondeu. – Corro depois. O Dante e eu íamos começar uma lutinha para treinar.

– Tô de boa...? – repetiu Jurek, erguendo a voz de forma inquisitiva. Ele falava em tom de brincadeira, mas Alex sabia que de brincadeira aquilo não tinha nada.

– Tô de boa, capitão. – Alex revirou os olhos.

Jurek espetou sua perna.

– Vamos lá, vá se aquecer.

Alex se encolheu.

– Já disse para não fazer isso.

Strike dois.

– Ele vai. Nós vamos. Não esquenta não, Jurek. – Dante tentou puxar Alex, como se soubesse o que estava prestes a acontecer. E ele sabia mesmo.

Jurek sorriu.

– Todo mundo corre. Até a *Senhorita Boas Maneiras.*

– Mas que apelido mais original. Você inventou sozinho? Que tal você só me chamar assim agora? – Alex estava perdendo a paciência com o garoto, embora não quisesse. Ele já estava ouvindo o sermão da mãe no fundo de sua mente.

O pavio curto explode na sua própria cara, Alex.

– E que tal você chegar na hora certa? – Agora Jurek cutucou Alex no braço... e Alex agarrou a lâmina. Bastou aquilo. Alex perdeu de vez a paciência.

Strike três.

– Que tal você me obrigar?

Alex não conseguiu impedir as palavras. Pior que isso, ele não conseguia controlar sua mão puxando a espada o máximo que podia – o que desequilibrou Jurek.

Dante já estava sacudindo a cabeça, mas era tarde.

Jurek contra-atacou.

Agora.

Alex deixou a mente entrar em modo de sobrecarga – era o efeito da adrenalina. Acontecia em todas as lutas, mesmo quando estava competindo com Dante. Ele não sabia explicar exatamente o que sentia quando entrava nesse estado. Era quase como jogar videogame, só que Alex era tanto o jogador quanto o personagem na tela. Tudo ao mesmo tempo.

Ele vai começar com os punhos, mas vai usar o corpo também. Vai mirar na minha cabeça. O cara só sabe dar cabeçada. Alex agarrou a mão de Jurek no ar, rápido como um relâmpago.

Do jeito que eu pensei. Alex sorriu.

Baseando-se na maneira como Jurek estava posicionado (centro de gravidade baixo), na altura dele (15 centímetros menor), no peso (quase 14 quilos mais lento), em como ele pensava (ira, instinto, falta generalizada de estratégia) e em seu ídolo (força bruta acima da vantagem tática), assim como em suas inseguranças (tamanho, complexo de inferioridade) e em seus tiques comportamentais (tender ao lado direito), Alex já sabia a exata coreografia do que fazer.

Cada luta era um novo problema, e cada oponente pedia uma nova fórmula. Alex sabia que seu trabalho tinha de ser disciplinado e meticuloso, mesmo que fosse o tipo de cálculo que acabava com alguém machucado e ensanguentado.

E acabava mesmo.

No instante em que começou a se mover, Alex tornou-se metódico, eficiente. Tal qual um soldado treinado, recuou, ergueu a perna e derrubou Jurek com uma rasteira lateral.

É quase fácil demais, pensou.

Quase.

Enquanto Alex e Jurek rolavam pelo chão brigando, um apito soou e os dois garotos foram apartados. Alex tentou recuperar o fôlego, mas, de tanto levar cabeçadas, parecia não restar ar em seus pulmões.

Como previsto.

Jurek estava com o lábio inchado e o olho roxo. Foi só então que Alex se deu conta da encrenca em que havia se metido.

Droga.

Encrenca.

De novo.

Alex tentou escapar das mãos dos guardas. Um treinador calvo e um lutador de esgrima sênior do clube estavam segurando Jurek pelos dois braços.

Lá vem.

Alex não entendia por que fazia metade das coisas que fazia. Às vezes ele sentia que passava a maior parte da vida em piloto automático. Como se estivesse buscando uma luta eterna. Seja lá o que fosse, Alex apenas sabia que não conseguia controlar e nem mesmo se arrepender – não até aquele momento. Que sempre chegava. Mais um cartão preto de que Alex Manor não precisava. Mais uma razão para ficar de castigo e sentar no banco de reservas.

A minha mãe vai me matar.

Alex olhou para os guardas, dando início ao discurso de sempre.

– Vocês não estão entendendo. Eu não estava fazendo nada. Foi ele que começou.

Desde sempre ele dizia as mesmas coisas.

E queria saber por quê.

arquivo editar exibir

S.H.I.E.L.D. – DOCUMENTO CONFIDENCIAL
NÍVEL DE ACESSO X
INVESTIGAÇÃO DE MORTE EM SERVIÇO
REF: S.H.I.E.L.D. CASO 121A415
AGENTE ENCARREGADO: PHILLIP COULSON
INDICIADA: NATASHA ROMANOFF OU VIÚVA NEGRA
OU NATASHA ROMANOVA
TRANSCRIÇÃO: INQUÉRITO DO DEPARTAMENTO DE DEFESA

DD: Então o adolescente tinha uma instabilidade emocional diagnosticada.
ROMANOFF: Não foi isso que eu disse. Ele não era um anjo, mas também não era um criminoso. Não como...

DD: Como o resto de vocês?
ROMANOFF: Depende de para quem perguntar, senhor.

DD: Foi levantada a hipótese de que você pretendia reunir os dois menores. Em prol da missão.
ROMANOFF: Não, senhor.

DD: Então não arquitetou o encontro?
ROMANOFF: Era um campeonato de esgrima. Não faço parte da Associação.

DD: Você é conhecida por ser versátil, Agente Romanoff. Eu não me surpreenderia.
ROMANOFF: Eu não arquitetei nada.

DD: Foi a primeira vez que você presenciou as habilidades de combate de Alex Manor?
ROMANOFF: Sim. Foi... surpreendente. Cheguei a contatar a S.H.I.E.L.D., para ver se ele era um de vocês.

DD: E aí?
ROMANOFF: O senhor sabe que não.

DD: Devo insistir que eu só sei o que me dizem, Agente.
ROMANOFF: E eu estou dizendo que ele era só um menino

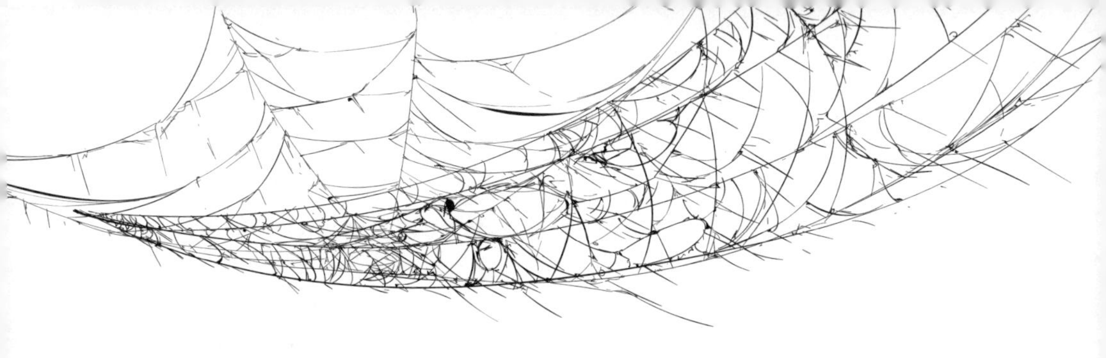

CAPÍTULO 9: AVA

CENTRO DE CONVENÇÕES DA FILADÉLFIA, CIDADE DO AMOR FRATERNAL

– Imagine, não é nada importante. Só há o quê, umas três mil pessoas por aqui? Talvez quatro? – Oksana estremeceu.

– Eu preferia estar no horário de pico da Grand Central – Ava disse, engolindo com dificuldade. – Ou talvez na Times Square.

As duas meninas estavam lado a lado na porta do centro de convenções, paralisadas em meio à multidão de atletas vestidos de branco. Como os outros, elas também estavam vestidas dos pés à cabeça com suas roupas de proteção largas demais, uma versão emprestada dos trajes corretos. Fora ideia de Oksana chegarem já devidamente trajadas, de modo que pudessem se misturar à multidão com maior facilidade.

Com menos cara de porão da YWCA, com mais cara de atletas.

Mas agora pouco importava, porque nenhuma das duas conseguia entrar no ginásio.

– Essa foi uma má ideia – disse Ava.

Na noite anterior, ela não havia sonhado com nada, o que não acontecia com frequência. Ela não sabia o que isso significava, mas tinha ficado nervosa.

– Ou uma grande ideia – disse Oksana. – Nunca saberemos se não entrarmos. Vamos.

Não se moveram nem um milímetro.

Oksana respirou fundo.

– Ok. Sabe como sempre tem alguém que você adoraria atravessar com a espada?

– Só um alguém? – Ava sorriu, apesar da sensação ácida em seu estômago.

– Pois finja que todas as pessoas de hoje são esse alguém. – Oksana pegou a mão de Ava e a apertou. Sem mais procrastinação. – Está na hora de começarmos a lutar pelo que queremos.

– Ou, pelo menos, de entrarmos nesse prédio – Ava assentiu.

Mas Oksana tinha razão. Estava na hora.

Elas se deixaram empurrar pela multidão e entraram pela porta – e em seu primeiro torneio. Ava nunca tinha visto nada como aquilo. Ficou impressionada com a quantidade de uniformes, bandeiras, rostos e palavras. Viu jaquetas com indicações de lugares dos quais só tinha ouvido falar pelo zunido do canal de TV por assinatura ao qual assistia no 7B, quando achava que nunca ficaria livre para ir a lugar algum. De outros, ela nunca tinha sequer ouvido falar. Windy City. Alamo. Chevy Chase. Bowling Green. Mas ela conhecia as universidades norte-americanas mais famosas, cujos atletas apareciam um por vez para o aquecimento. Columbia. Harvard. Princeton. Stanford. Ava reconheceu os nomes pelos moletons dos americanos engomadinhos que pegavam o trem Q para ir às festas descoladas do Brooklyn, para comprar bolas de sorvete por cinco dólares cada ou picles caseiros vendidos em potinhos de vidro.

Ava sabia que nunca colocaria os pés em nenhuma daquelas universidades. Ela provavelmente nunca voltaria à escola. Tentava não se importar com isso: escola não era para todo mundo. Ela mesma era filha de uma física quântica, e olhe no que deu.

Mas Ava observou duas meninas com tranças perfeitas passarem ao seu lado, e aí percebeu que não era só uma questão de escola. Eram os quartos, as banheiras e as piscinas, além, claro, das lavanderias. Os cãezinhos de coleira, e a grama bem cortada. Ava estava deslocada ali. Aquelas pessoas respiravam outro ar.

– Credenciamento. E conferência de equipamento. – A voz de Oksana parecia estar vindo de longe. – Foi isso que Nana falou para fazermos em seguida. Mas vamos ficar sem as luvas até o último minuto. Elas cheiram a xixi de gato.

Ava não estava ouvindo. Apenas encarava a realidade ao redor.

Alienígenas. Poderiam ser de outro planeta.

Daí uma das meninas de trança olhou de volta para ela e riu. Inclinou-se, cochichando com a amiga, que também se virou para medir Ava com os olhos. As duas estavam usando camisetas com baleias gigantes estampadas.

Por que baleias? Por que gente rica gosta tanto de baleias?

Quanto mais as garotas alienígenas olhavam para ela, mais Ava sabia o que estavam vendo. A jaqueta gasta e grande demais que só indicava o nome dela em um pedaço de fita-adesiva colado nas costas. As calças largas que ela teve de prender com um alfinete na cintura, com um suspensório dependurado. Os cachos de seu cabelo, que ela mesma havia cortado com uma tesoura emprestada. Os tênis furados que mal passavam por tênis, muito menos por calçados de esgrima.

Ava tocou em um cacho desgrenhado, sentindo o rosto corar.

Der'mo.

E então...

Vão se ferrar.

Ela não tinha como não se sentir uma forasteira, mas tinha como não se sentir uma perdedora. Não precisava se deixar atingir. A essa altura, ela era mais forte que isso.

Forte e afiada, Ava. Lembre-se.

Ela seguiu as meninas alienígenas com os olhos conforme estas andavam pela lateral do ginásio, até chegarem em um grupo de meninos se aquecendo numa das pistas.

Um deles chamou sua atenção.

Era mais alto que os outros, com cabelos castanhos e ondulados em desalinho, caindo-lhe sobre o rosto enquanto ele ria.

– Não chegue perto das luvas. Vou repetir. Sem as luvas – Oksana riu, mas Ava quase não escutou o que ela disse. Havia um zunido em seus ouvidos, e o sangue estava lhe subindo à cabeça.

Há algo de muito familiar...

Ava paralisou.

Oksana deu um tapinha em seu braço.

– *Privet*? Oi? *Ty slyshish*? Tá me ouvindo? Terra chamando Ava!

Ava não conseguiu responder. Estava ocupada demais encarando o garoto na pista do outro lado do ginásio lotado.

Agora pôde ver o seu rosto – e ela o conhecia. Ela o reconheceu.

Era impossível, mas, até aí, tudo relacionado àquele menino havia sido impossível.

Porque era ele. *Ele*.

Alexei Manorovsky.

Garoto da Tatuagem.

O menino dos seus sonhos.

Ava tinha certeza. Tinha de ser ele. Lá estava, bem na frente dela. Do outro lado do ginásio, conversando com um amigo.

– Oksana – Ava mal conseguia falar. – Ali.

Ela não conseguia parar de olhar.

Ele está aqui. Agora. E eu estou acordada.

É real. Está acontecendo.

– O quê? – Oksana pareceu confusa. – Você está bem?

– É ele. Alexei. – Ava respirou. O salão estava expandindo e contraindo em volta dela. Por um momento, ela pensou que fosse desmaiar.

Oksana relaxou.

– É sobre o Garoto da Tatuagem? – Ela sacudiu a cabeça, zombando. Chacoalhou o braço de Ava. – Ele é invisível? Só você consegue vê-lo? Ele está fazendo contato telepático com você? Consegue sentir o cheiro do sangue dele, como nos filmes de vampiro?

– Oksana. Eu não estou brincando. Veja você mesma. – Ava revirou a mochila e tirou de dentro o caderno gasto, em meio a roupas de esgrima e garrafas de água. Como a maioria das pessoas que conhecera em abrigos, ela também carregava consigo quase tudo o que tinha – o que não era muito.

Folheou as páginas até achar um desenho de Alex que fosse parecido com a versão real. Um de muitos.

– Este aqui. – Ava mostrou o retrato sombreado para a amiga. – Veja. É a mesma pessoa.

– O quê? – Oksana olhou para a página. – Olha... Você é muito boa desenhista. Por que nunca me mostrou antes? Posso ficar com esse? Ou melhor... pode desenhar o Thor para mim?

Ava revirou os olhos.

– Não estou falando do retrato. Olhe para lá. Para ele. Aquele com o cabelo bagunçado.

Ela apontou, e Oksana mirou a pista mais distante, do outro lado do ginásio. Depois, fez uma careta e olhou novamente para o retrato.

Ava ficou observando enquanto ela comparava a imagem.

– Eu não estou louca, certo? Sana?

Oksana não respondeu.

Mas era ele, e Ava sabia que não havia dúvida disso. Ela acreditava, pela primeira vez na vida, que estava diante do verdadeiro Alexei Manorovsky, ou Alex Manor, ou seja lá como o chamavam.

O garoto de aparência durona lá na frente – com o cabelo bagunçado e o visual de roqueiro – era inconfundível. Tinha o mesmo sorriso capcioso e os mesmos olhos pretos de sempre. Ava examinou os traços conhecidos com o olhar de uma artista. Ele era alto e magro, com um corpo de nadador ou de mergulhador. Seus braços longilíneos pareciam ainda mais compridos empunhando a espada, como agora. Tudo nele, da longa coluna arqueada à jaqueta branca e larga que deixava entrever o quão forte ele era, parecia pertencer a um guerreiro.

E foi aí que o Garoto da Tatuagem começou a se mover.

Ele estendeu a mão e empurrou a espada de um garoto nervoso, vermelho de raiva, atirando-o longe.

O garoto o xingou e contra-atacou.

– Ai. Meu. Deus. – Depois disso, até Oksana, que sempre tinha algo a dizer, ficou muda.

Com um só movimento fluido, Alexei lançou-se na pista, alongando-se como se impulsionado por uma mola e arremessado para o outro lado do ginásio. Ele estava sem sua espada e não parecia querer ferir – mas sim aniquilar.

Ao menos era o que parecia, lindo e predatório, se é que a combinação era possível. Como se tudo aquilo já estivesse escrito nas estrelas, ou como se o próprio Alexei estivesse destinado a agir assim – especialmente nesse tipo de luta.

Ele certamente é um lutador.

Ava agarrou a mão de Oksana.

– Sei que não estou louca.

Assistindo à cena, isso já nem vinha mais ao caso. Alexei estava sendo apartado do outro garoto por dois brutamontes, ambos com cara de que estavam prestes a expulsá-lo do torneio.

Oksana franziu a testa ao comparar mais uma vez o garoto no retrato com aquele que estava diante dela.

– É incrível. Você acha mesmo que...?

Ainda sem conseguir falar, Ava fez que sim. As duas olharam de novo para ele.

– Uau. – Oksana estava boquiaberta. – Definitivamente, não é um amigo imaginário.

– Né? – Ava virou-se para a amiga. – Você tem certeza absoluta de que o está vendo também, certo? Ele é cem por cento real?

– Definitivamente real. Muito, muito real. E muito, muito...

E então, naquele exato momento, Alex virou para o lado delas. Ele estava furioso, envergonhado e chateado – mas as meninas conseguiram vê-lo perfeitamente pela primeira vez. E, o que era mais constrangedor, Ava tinha quase certeza de que ele também as estava vendo.

E de que ele era lindo.

Oksana fez o sinal da cruz e agarrou o braço da amiga.

– Muito.

– Não pode ser coincidência – Ava disse, sem mover os olhos.

– O que mais poderia ser?

Ava não sabia o que responder, então nem tentou. Finalmente, desviou o olhar.

– Eu vou até lá. – Ela respirou fundo. – Eu tenho de ir, certo? – Seu coração estava martelando como se tentasse escapar de seu peito.

– Não olhe agora, mas acho que ele te viu. – Oksana apertou o braço da amiga.

Ava deixou os olhos retornarem para Alexei. Ele devia tê-la percebido o encarando. Agora estava de pé no meio do ginásio, olhando de volta para ela com seus indomáveis olhos escuros e seu cabelo mais indomável ainda. Os homens que o haviam segurado já não estavam mais por ali.

As bochechas coradas de Ava ficaram vermelhas, e ela se deu conta de que mal estava respirando. Ela se permitiu olhar para ele – olhar mesmo para ele.

Alexei sorriu para ela, um pouco sem graça.

Força. Enfrentaremos isso. Aqui estou, enfrentando isso.

Ava forçou-se a respirar.

Ela conseguia senti-lo. Sentia os olhos dele a explorando e sentia o peso da atração entre os dois. Ela sabia o que ele estava fazendo: analisando-a em detalhes, do mesmo modo que ela fazia enquanto esperava o fim da luta entre dois colegas na aula de esgrima, sabendo que teria de enfrentar o vencedor. Analisava os pontos fortes e fracos, os padrões de movimento e o ritmo. Como Nana gostava de dizer, havia um tipo de observação que, por si só, já dava abertura para a interação. Era isso que Alexei estava fazendo, e Ava sentia. O que significava e por que ele estava fazendo aquilo, aí já era outra história.

Ela não fazia ideia.

Será que ele sonha também? Será que me conhece?

Ava sentiu-se tão estranha. Química e psicologicamente estranha. Como se houvesse um ímã poderoso atraindo um ao outro, que era exatamente o que acontecia nos sonhos, pelo menos para Ava. Por que mais ela teria imaginado a existência dele, a ponto de Alexei estar ali agora, diante dela?

Ela não sabia o que estava acontecendo, não exatamente, mas sentiu que, quanto mais tempo ficasse no mesmo local com ele, menos ela se importaria com isso.

Ava não notou que seus pés haviam começado a se mover até Oksana agarrá-la pelo braço.

– Não, não. Não faça isso.

– Por que não? – O feitiço foi quebrado, e Ava virou-se para a amiga.

– Você vai fazer papel de idiota. O que vai fazer, mostrar o desenho para ele? Tipo "oi, bonitão, não sou assassina nem *stalker*"? Você vai assustá-lo.

Oksana tinha um bom argumento. Ava fez uma careta.

– Eu não vou me jogar nele. Só quero conversar e tentar desvendar todo esse mistério.

– Isso de eu-vejo-você-sempre-que-fecho-os-olhos? Sim, porque é supernormal mesmo... – Oksana sacudiu a cabeça. – Olhe, eu não sei o que está acontecendo aqui, mas sei que você precisa agir com naturalidade. Seguir as regras.

Ava sabia que a amiga estava certa.

– Bom, então o que eu faço?

– Precisa de um plano. – Oksana olhou para ela. – E talvez de uma escova de cabelo.

Ava hesitou.

Talvez esse seja, na verdade, o plano.

Talvez eu tenha levado dezessete anos para chegar aqui, mas, agora que estou aqui, talvez exista uma razão para isso.

Talvez seja esse o sentimento de cumprir o destino.

Uma campainha soou.

Oksana tirou um punhado de floretes gastos e tortos da mochila velha.

– De qualquer maneira, isso vai ter de esperar. Eu não passei todas aquelas horas em um carro com o meu pai para vir aqui e não praticar esgrima. Ele foi para as barracas. Daqui a dez minutos, finalizarão o credenciamento. Precisamos passar pela conferência de armas.

Ava sabia de tudo isso; embora o torneio fosse classificado como aberto ao público, todo esgrimista presente tinha de se credenciar – viesse ele de Yale ou da YWCA.

Ela olhou para o ginásio, em dúvida. O garoto que parecia Alexei estava agora conversando com um amigo de forma concentrada. O amigo também lhe parecia familiar. Enquanto observava, ela teve de segurar a perna com a mão para que parasse de tremer.

Tudo isso é real. Ele é real.

Era tudo tão confuso. Ela não sabia o que estava para acontecer, mas também sabia que uma parte daquilo já vinha acontecendo havia tanto tempo, que uma única pessoa não seria capaz de impedir sua continuação.

Forte como um touro. Seja forte como um touro.

Você precisa pensar. Precisa resolver o que fazer.

Mas não era tão fácil. Havia gente demais por todo lado, e fazendo muito barulho. Seu coração estava disparado, e ela estava começando a entrar em pânico. Onde estava a clareza de um banho gelado quando ela precisava?

Talvez não haja chuveiro por aqui, mas, pelo menos...

Ava virou para Oksana.

– Vou encontrar o vestiário. Preciso de um minutinho. Encontro você depois na checagem de armas.

Oksana assentiu, depois segurou Ava pelos ombros.

– Respire, *myshka*.

– Estou respirando – disse Ava. – E não sou uma ratinha. – Ela sorriu.

Myshka era o apelido que Oksana havia lhe dado assim que elas tinham se encontrado nas lixeiras do fundo do abrigo.

Apenas uma ratinha iria se esconder no vestiário logo quando o mundo inteiro se abre diante dela.

E eu não sou uma ratinha.

– Veremos – disse Oksana enquanto ela desaparecia em meio à multidão.

Ava pegou suas espadas lentamente.

Não sou.

Ela virou na direção do garoto e se forçou a começar a andar.

arquivo editar exibir

S.H.I.E.L.D. – DOCUMENTO CONFIDENCIAL
NÍVEL DE ACESSO X
INVESTIGAÇÃO DE MORTE EM SERVIÇO
REF: S.H.I.E.L.D. CASO 121A415
AGENTE ENCARREGADO: PHILLIP COULSON
INDICIADA: NATASHA ROMANOFF OU VIÚVA NEGRA
OU NATASHA ROMANOVA
TRANSCRIÇÃO: INQUÉRITO DO DEPARTAMENTO DE DEFESA

DD: E a amiga?
ROMANOFF: Oksana Davis.

DD: Russa?
ROMANOFF: Cidadã norte-americana.

DD: Um primeiro nome russo e um sobrenome americano não a deixaram desconfiada? Considerando-se a sua história.
ROMANOFF: Todo nome me deixa desconfiada. Considerando-se a minha história, senhor.

DD: Pensou em checar essa amiga?
ROMANOFF: Não.

DD: O pai? A mãe falecida? Meios-irmãos? Como ela vivia?
ROMANOFF: Naquela época eu não imaginava que seria indiciada em um inquérito investigativo, senhor. Não a considerei importante.

DD: Todo mundo é importante, Agente Romanoff...
ROMANOFF: Que comovente, senhor.

DD: Principalmente quando começam a voar balas.
ROMANOFF: E a culpa?

DD: Pior ainda.
ROMANOFF: E quando as balas param de voar?

DD: Aqui estamos nós.

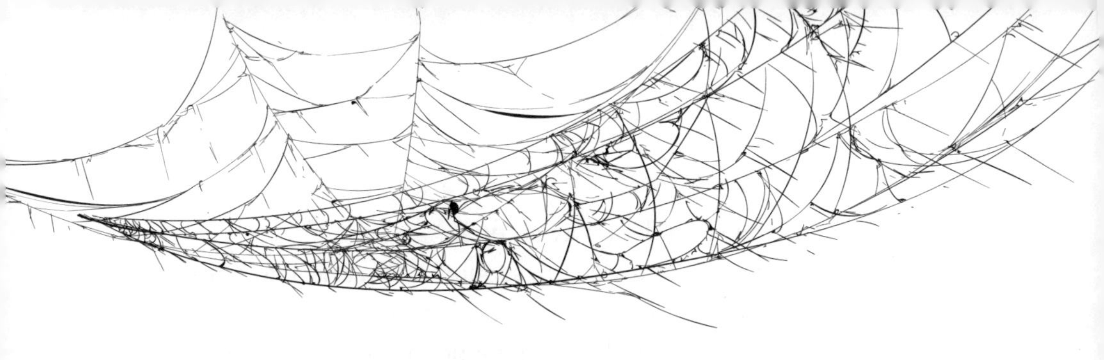

CAPÍTULO 10: ALEX

CENTRO DE CONVENÇÕES DA FILADÉLFIA, CIDADE DO AMOR FRATERNAL

– A gente conhece aquela garota?

Alex não pôde deixar de notar a menina de cabelo cor de canela que o estava encarando lá do outro lado do ginásio. Em um salão de convenções lotado por milhares de pessoas, ela se destacava.

– Que garota? Uma que não seja da nossa escola, nem da escola da Sofi, nem do clube? – Dante suspirou, amarrando o cadarço de seu Nike de primeira linha. – Provavelmente, não.

Mas não podia ser coisa da imaginação de Alex. Havia uma garota, e ela o estava encarando. Por quê? Alex olhou para baixo; o cartão preto em sua mão significava que ele não praticaria esgrima nenhuma naquele dia. Na verdade, ele tinha apenas alguns minutos para juntar as suas tralhas e sair do ginásio. Em geral, era só nisso em que ele estaria pensando. Mas nenhuma dessas coisas era tão interessante quanto a garota impactante do outro lado do ginásio.

Alex não conseguia parar de olhar. Não se deu conta de que estava sorrindo, mas estava.

Dante lhe deu uma cotovelada.

– Cara, pare de encarar. Pega leve. Uma vez na vida.

Alex rebateu:

– Não sou eu que estou encarando. Ela está me encarando.

– E daí? Ela é... Uau. Certeza que *não* é do oitavo ano. – Dante olhou para cima, depois olhou para baixo de novo. – Eu disse: pega leve.

A campainha soou. Era o aviso final.

– Eu preciso ir. – Dante deu um soquinho sem graça no braço de Alex. – Que chato isso do cartão preto. Da próxima vez, quem sabe você me escute quando eu disser para ignorar o Capitão Cueca.

Alex nem estava ouvindo. Ela definitivamente o estava encarando, e, quando seus olhares se cruzaram por um instante, os olhos dela demonstraram reconhecimento. Era como se houvesse uma corrente elétrica entre eles, e Alex sentiu seu rosto ficando quente.

– Quem é ela?

– Uma esgrimista, cara. Deve estar na competição de juniores feminina, que começa junto com a nossa. – Dante deu um sorrisinho. – Bem, que começa junto com a *minha*.

– Não conte para a minha mãe que ganhei um cartão preto – Alex falou automaticamente.

– Também não conte para o meu pai. O nobre capitão de polícia Guillermo Cruz já pensa que você é uma má influência para mim. Não posso dar a ele essa satisfação.

– Eu? Má influência?

Dante riu.

– Preciso ir para a minha pista. – Ele puxou a máscara até a metade do rosto, pegou a garrafa de água, um cabo elétrico de reserva e mais três espadas. – Me deseje boa sorte.

Ainda olhando para a garota do outro lado do ginásio, Alex tomou uma decisão.

– Bom... Você que *me* deseje sorte.

Dante percebeu o que ele iria fazer e assoviou.

– Você vai precisar de mais do que sorte, cara. Que menina bonita olharia para você? – ele brincou, erguendo o punho fechado, mas Alex não bateu de volta.

Não na frente dela.

Quando ele já havia cruzado meio ginásio, a menina de cabelo cor de canela estava caminhando com um punhado de espadas na mão.

Não apenas caminhando. Na verdade, estava vindo em sua direção.

Alex tentou manter a compostura.

Aja normalmente.

É só uma garota.

Prosseguiu caminhando em direção a ela. Aquela corrente elétrica poderosa – o ímã que parecia existir entre eles – começou a fervilhar, faiscando por dentro de um jeito que ele nunca sentira antes.

Seja lá quem for, ela não é só uma garota.

* * *

– Oi.

Alex sorriu, segurando-se para não tropeçar em um galão de água com a marca Gatorade.

Muito natural.

– Oi.

A menina sorriu de volta, parando bem na frente dele, um pouco hesitante. Seus cachos rebeldes esvoaçavam ao redor do rosto como um fogo vermelho-dourado, e seus olhos castanhos eram sombrios e selvagens.

Há algo de diferente nela – mas o quê?

Ela era linda, mas havia algo mais.

Tinha de haver.

Seu rosto parecia levemente encoberto por uma sombra, algo melancólico e triste, que comovia Alex. Seu sorriso podia até parecer frágil, mas havia força em seus olhos. Da forma como brilhavam, pareciam algo quase fora de controle, como se pudessem explodir a qualquer momento – e, na mesma hora, ele entendeu. Era como olhar para si mesmo no espelho.

Ela era poderosa, mesmo que nem ela e nem as outras pessoas soubessem o quanto.

E, provavelmente, era também uma exímia esgrimista.

Alex nem se perguntou como poderia saber de tudo isso. Estava ocupado pensando em como poderia conhecê-la ainda mais – e o mais rápido possível.

Por que você estava me encarando? Será que eu sou tão sortudo assim?

– Oi – ele repetiu, sem saber o que mais dizer, especialmente quando não podia dizer o que queria de verdade.

Quem é você? O que quer de mim? Por que seus olhos são tão tristes? Quer fugir comigo?

– Oi – ela ecoou.

Agora estavam cara a cara no centro do ginásio. Ao redor deles, as espadas estavam tilintando, com esgrimistas saltando para lá e para cá nas pistas metálicas – tirando o máximo de proveito dos últimos minutos de aquecimento.

O silêncio entre eles ficou esquisito, e Alex se censurou por ter pensado que dessa vez seria diferente das outras vezes em que tentou falar com garotas da sua idade. Apesar de toda a segurança na esgrima, ele era tímido. Quando se tratava de falar com a maioria das garotas, ele parecia estar tentando explorar outro país, até mesmo outro planeta.

Ficaram em pé ali por outro longo minuto.

Finalmente, a menina falou:

– Acho que isso vai soar estranho, mas... Você me reconhece?

Ele nunca a vira antes na vida – tinha certeza disso. Mas ela de fato lhe parecia familiar, de uma forma que ele não conseguiria articular.

– Claro – Alex mentiu. – Lógico.

– Né?! – Ela balançou a cabeça, olhando-o nos olhos. – Sabe do que estou falando?

Não faço ideia.

Alex sentiu o peso do olhar dela até nos tênis Nike calçados em seus pés. Tentou não dar atenção ao quanto estava suando – e ele nem estava mais com a jaqueta de esgrima. Estava amarrada em sua cintura.

Quando ela o olhava, o resto do ginásio ficava embaçado ao redor dele, como se fosse um efeito de câmera.

Que louco.

Quanto mais tempo ficavam ali, mais parecia que ela o estava esperando falar algo, então foi o que ele fez.

– Nós nos encontramos no campeonato nacional, não foi? Você estava em Atlantic City?

– Não. – Ela balançou a cabeça. – Não é isso.

Ela parecia quase decepcionada.

– Você é de Nova Jersey? – Ele tentou de novo.

– Do Brooklyn. E, antes disso, da Ucrânia. E de Moscou. – Ela o olhou de forma estranha.

Ele ficou ainda mais confuso.

– Qual é o seu clube? – Alex passou a mão no cabelo emaranhado. Aquilo não estava indo como ele imaginava.

Como esperava.

– Não pertenço a nenhum clube – disse a menina com um suspiro.

– Ah, então você é independente. Legal.

– Muito legal – ela riu.

Ele sorriu, aliviado.

– Sim, logo imaginei. Vocês do Brooklyn são descolados. – Ele acenou com a cabeça para o três *piercings* enfileirados em uma das orelhas dela.

– Ah, claro, muito descolada – ela riu de novo. – E você é de Mont Clear, certo?

– Quase. Montclair – Alex disse. *Espere...* – Mas como você sabe disso?

Ela pareceu assustada, depois apontou para o logo na calça dele.

– Porque eu sei ler.

Alex forçou-se a sorrir.

– Ah.

Manor, você é um idiota.

A campainha soou.

Ela se encolheu um pouco, erguendo a mão com as espadas.

– Preciso ir me credenciar.

– Sim, melhor ir logo.

Ela virou para ir embora, mas parou.

– Você não sabe mesmo quem eu sou?

Olha, bem que eu queria saber.

Eu quero saber.

Ele fingiu estar pensando.

– Claro que sei. Acho que foi na autoescola. É isso. Frequentamos a mesma autoescola. Com o Sr. Marty? Aquele cara grandão?

– Eu não dirijo. Mas continue tentando – disse ela, abraçando as espadas. – Preciso ir.

– Eu vou. Continuar tentando, quero dizer. E boa sorte – falou Alex.

– Para você também. – Ela acenou com a cabeça.

– É um pouco tarde para isso... – Alex fez um gesto para a camiseta puída e a jaqueta amarrada na cintura. Ele não estava devidamente vestido, o que, para um esgrimista, podia significar apenas duas coisas: que fora eliminado ou que decidira sair da competição.

– Você não vai lutar? – Uma sombra cruzou o rosto dela. – Está ferido?

– De ferido, só o meu orgulho. Cartão preto – Alex explicou. – Sou o Sr. Cartão Preto. Sempre acontece comigo.

Ela arregalou os olhos.

– Acho que vi quando aconteceu. Eu nunca ganhei nenhum.

– E eu nunca não ganhei nenhum.

– Jura?

– Não.

Ela caiu na risada.

– Bem, então a gente se vê por aí – ele disse.

– A gente se vê, Alex. – Ela sorriu e saiu andando.

Não vá. Volte.

Droga.

Você é péssimo nisso, Manor.

Dante nunca vai te perdoar por isso.

Por um momento, Alex fixou ali, paralisado. Depois, gritou na direção dela, no meio do ginásio:

– Espere... Qual é o *seu* nome?

– Ava. – Ela se virou para trás para responder. – Ava Orlova. Me avise se começar a se lembrar de algo.

E assim ela se foi, e Alex sentiu como se ela tivesse levado junto todo o ar do recinto.

Ava Orlova.

Ava achava que ele a conhecia, mas ele nunca a vira antes em sua vida. Ele apenas desejava tê-la visto.

Desamarrou a jaqueta da cintura e olhou para ela. Estava do avesso, o que significava que ela não poderia ter lido nada.

Ainda assim, estranhamente, ela sabia o nome dele.

arquivo editar exibir

S.H.I.E.L.D. – DOCUMENTO CONFIDENCIAL
NÍVEL DE ACESSO X
INVESTIGAÇÃO DE MORTE EM SERVIÇO
REF: S.H.I.E.L.D. CASO 121A415
AGENTE ENCARREGADO: PHILLIP COULSON
INDICIADA: NATASHA ROMANOFF OU VIÚVA NEGRA
OU NATASHA ROMANOVA
TRANSCRIÇÃO: INQUÉRITO DO DEPARTAMENTO DE DEFESA

DD: Dante Cruz é filho de um policial do Estado de Nova Jersey. Correto?
ROMANOFF: Sim, senhor.

DD: E amigo do adolescente. Melhor amigo.
ROMANOFF: [concorda com a cabeça]

DD: E é um dos nossos?
ROMANOFF: Perdão?

DD: Este relatório afirma que Dante Cruz e/ou o capitão Guillermo Cruz foram marcados como possíveis candidatos a agentes de vigilância em campo, para vigiar o adolescente conhecido como Alex Manor.
ROMANOFF: Não, senhor. Creio que não.

DD: Esse Dante Cruz era da S.H.I.E.L.D.?
ROMANOFF: Esse Dante Cruz não era nada que chamasse minha atenção, senhor.

DD: Por que não?
ROMANOFF: Eu teria suspeitado. Eram adolescentes. Gostavam de RPG. E de esgrima. E... de super-heróis e histórias em quadrinhos. E... super-heróis.

DD: Ora, ora, que ironia.

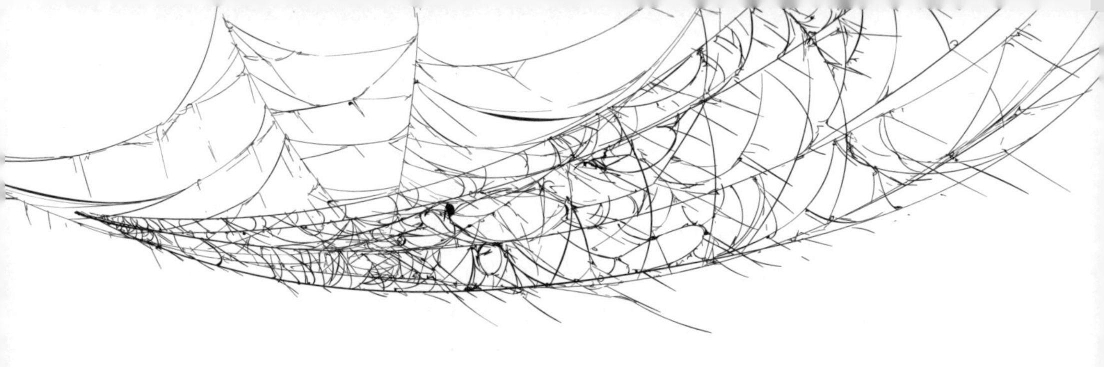

CAPÍTULO 11: AVA

CENTRO DE CONVENÇÕES DA FILADÉLFIA, CIDADE DO AMOR FRATERNAL

Ava entrou na fila para o credenciamento, desejando conseguir se acalmar. Seu estômago estava revirando. A cabeça, latejando. Quanto mais esperava, pior ela ficava. Só esperava não acabar vomitando.

Você não é assim, Ava Orlova.

Recomponha-se, myshka.

A fila andou.

Então ele não sabe quem você é. Então ele não tem os mesmos sonhos.

E daí?

Ela olhou para cabeça da menina à frente dela na fila por um bom tempo. Mais tranças perfeitas. Outra alienígena. *Onde elas arrumam todas essas camisetas de baleia?* Esta estava falando ao telefone sobre um lugar chamado Squaw Valley. Ava se perguntou o que era um *squaw* e por que ele tinha um vale só para ele.

Mas nada a distraía de seu pulso acelerado.

Agora você sabe que ele é real. E que está aqui.

Vocês dois estão aqui.

Isso não quer dizer alguma coisa?

Alguma coisa importante?

Além disso, de que importava que ela estivesse sozinha com seus sonhos? O que ela queria, que as noites dele fossem magicamente habitadas por ela, como ele habitava as suas?

Quem ligava para isso?

Talvez os sonhos só tenham servido para nos unir.

Como uma sina. Ou destino.

Talvez eu não precise mais dos sonhos.

Talvez eles sempre tenham sido para isso.

Estava quase chegando a vez de Ava na fila, mas sua mente ainda se encontrava a quilômetros de distância. E a cabeça latejava tanto que parecia que iria partir em duas.

Como seria não ter mais esses sonhos?

Como seria não sentir mais aquela conexão com ninguém, exceto, talvez, com Oksana?

Eu poderia ser mais solitária do que já sou agora?

Tentou se recordar do rosto de sua mãe, mas apenas a sua sombra lhe vinha à mente. Seus olhos escuros e profundos. Suas costelas duras por baixo do jaleco quando Ava a abraçava.

Forte como um touro e afiada como uma navalha.

– Está certo, Alexei Manorovsky – ela disse para si mesma. – Vamos nessa.

– Nessa qual? – uma voz calma perguntou.

Ava levou um susto. Não tinha se dado conta de que chegara a sua vez e de que uma mulher asiática de visual atlético, usando óculos de sol modelo aviador e um boné da Associação de Esgrima dos Estados Unidos, a estava olhando de trás da mesa.

O nome dela era Jasmine Yu. Era o que dizia o crachá.

Ava respirou fundo.

Jasmine falou de novo:

– Você não estava se dirigindo a mim?

– Não. – Ava lhe entregou o formulário preenchido. – Desculpe, Sra. Yu.

– Credenciamento no local? Bem, vamos registrar você no sistema. Você chegou a tempo. – Jasmine digitou algumas palavras no computador e fez uma careta. – Que estranho. Parece haver um problema.

Claro que sim, pensou Ava.

– Não entendi.

– Diz aqui que você não tem registro de certidão de nascimento.

Claro que não.

Ela se perguntou se Oksana tinha um e concluiu que devia ter, sim. Ava tentou parecer inabalável.

– Deve ser algum erro... – E depois, tentando parecer uma adolescente metidinha o máximo que pôde, disse: – A minha mãe deve ter feito alguma confusão. De novo. Ela sempre faz isso.

Jasmine assentiu, compreensiva.

– Mas eu não posso credenciar você sem a certidão. – Ela devolveu o formulário para Ava. – Algum dos seus pais está aqui? Ou você pode ligar para um deles?

Claro que não.

Ava fingiu raciocinar.

– Eles estão no trabalho. Mas você poderia ligar para a minha treinadora.

– Ótimo. Os formulários estão no escritório. Pode vir aqui? – Jasmine fez um gesto para ela. – Dê a volta no balcão.

Colocou sobre a mesa a placa de "CREDENCIAMENTO ENCERRADO".

– É só você seguir em frente por ali. Vai levar só um minuto.

Jasmine atrapalhou-se com a porta, mas depois conseguiu abri-la. Ava notou que ela não tinha nenhuma chave na mão.

Foi só quando Ava passou para o outro lado da porta com a placa "ACESSO RESTRITO" que ela percebeu que havia algo errado.

Elas não estavam em um escritório. Estavam em uma escadaria industrial escura, que parecia percorrer toda a lateral do centro de convenções.

A porta bateu atrás dela.

Isso não está certo. Isso não está bom...

Seus instintos começaram a falar mais alto.

Ela se virou para ir embora, mas Jasmine a agarrou pelo braço da jaqueta.

– A porta está trancada, garota. Você não vai a lugar nenhum.

Ava olhou para ela, incrédula.

Mesmo pela manga da jaqueta de Kevlar, o braço dela latejou como estivesse queimando sob os dedos da mulher.

Cada célula do corpo de Ava se incendiou. Ela tentou se desvencilhar, mas não conseguiu.

– Você é uma louca ou o quê? Me solte!

– Não tenha tanta pressa, Ava. Precisamos trocar uma palavrinha.

O tom de voz de Jasmine era tão cortante quanto a força com que segurava o braço de Ava. A pele da menina começou a arder com uma dor lancinante.

– Ah, é? A próxima pessoa com quem vou falar é com o policial que vai jogá-la na cadeia – Ava disse, forçando-se a ficar calma.

Preciso pensar.

Preciso sair daqui.

Jasmine suspirou.

– Vamos pegar um arzinho, ok?

Ela arrastou Ava pela escada do centro de convenções, puxando-a alguns degraus por vez.

Sua mão sobre a jaqueta de Ava parecia feita de ferro.

A cabeça de Ava estava doendo agora, com tanta intensidade que ela temeu perder a consciência.

Para cima? Isso não faz o menor sentido. Não estamos indo em direção à saída.

Mas Jasmine era surpreendentemente forte, e Ava sabia que tinha se metido em encrenca. Ela gritou, mas o som se dissipou pela escadaria abandonada.

De perto, Ava concluiu que Jasmine não era da associação de esgrima. Policial? Ou... pior? Ela estava vestida inteiramente de preto – calça jeans preta, uma blusa justa preta, botas pretas. Não havia outras pistas de sua identidade.

Jasmine – se é que esse era mesmo o seu nome – a arrastou escada acima.

Ava tentou observá-la melhor. Até mesmo o cabelo de sua sequestradora era preto, pelo que podia ver dele, com uma franja geométrica e uma mecha na altura do queixo saindo de dentro do boné, por cima dos óculos caros. Ela parecia uma celebridade, como uma estrela de um filme do James Bond ou algo assim.

Provavelmente vilã, não mocinha.

Agora Jasmine estava puxando a menina tão rápido que Ava sentia como se os seus pés mal estivessem tocando o chão.

Uma porta surgiu em frente a elas. Uma porta de metal deprimente, toda enferrujada, cercada por um retângulo fino de luz. Deviam ter chegado ao último andar.

Jasmine Yu chutou a porta com uma das botas e empurrou Ava para dentro.

A garota se viu na cobertura do prédio. A mulher bloqueou seu caminho pela única rota de fuga que havia ali.

Ava respirou aliviada ao sentir a dor diminuindo em seu braço.

O céu estava límpido e, ao redor das duas, só havia a luz fria do sol de inverno e uma vista panorâmica da cidade da Filadélfia. Ava aproximou-se da mureta que rodeava toda a cobertura. Lá embaixo, os carros estavam circulando lenta e despreocupadamente.

Sem saída.

Sua cabeça já não estava latejando, mas zumbindo estaticamente. Ela respirou fundo para se acalmar e olhou para o horizonte – onde os edifícios encontravam a linha do oceano – e falou em voz alta:

– Quem é você?

– Você sabe quem eu sou, *sestra.*

As palavras dissiparam-se no ar, roucas e sombrias.

Não era a resposta que Ava estava esperando. Era, na verdade, quase o oposto do que ela estava esperando.

Havia apenas uma pessoa que a chamara assim.

Mas era impossível...

Ava permaneceu em silêncio.

As lembranças voltaram com tudo à sua mente, lenta e aleatoriamente, como cinzas espalhadas por um armazém na Ucrânia.

A explosão.

A mulher de preto me derrubando no chão.

O cabelo vermelho.

As chamas vermelhas.

O sangue.

O rosto ardente daquele homem-demônio.

– *Eto ty* – Ava disse em russo. "É você."

Ela se virou para olhar a mulher que a havia raptado – devagar, finalmente.

A mulher cujo nome nunca fora Jasmine Yu.

– É o que parece – respondeu a mulher.

Ela mal poderia reconhecê-la, mas Ava havia aprendido a não confiar nos próprios olhos quando se tratava da S.H.I.E.L.D.

A mulher baixou os óculos, afastou o boné e deu um clique no crachá pendurado em seu pescoço.

Um pontinho luminoso verde ao lado do nome "Jasmine Yu" ficou vermelho. O rosto de Jasmine Yu – ou o que Ava pensou ser seu rosto – desapareceu como em uma pane digital.

Você.

O crachá não era crachá coisa nenhuma, mas sim uma interface holográfica remota. Tecnologia da S.H.I.E.L.D. Quando morava no 7B, Ava ouvia rumores sobre holografias avançadas.

É claro que é você. Eu devia ter percebido antes.

O rosto que a olhava de volta – o rosto real da mulher – era inconfundível.

Por trás da máscara de projeção, estavam os belos olhos gelados de Natasha Romanoff, agente da S.H.I.E.L.D. A famosa Viúva Negra, em carne e osso.

Natasha Romanoff.

Vingadora. Agente. Assassina.

Embora só a tivesse visto quando era criança, Ava nunca esqueceria seu rosto. Estava gravado em sua memória pelo fogo, pela morte e pelo desastre. Ava recordava-se dele como um rosto que podia derrubar muralhas – porque vira isso acontecer.

Era um rosto terrível e lindo.

Não podia passar batido, nem ser ignorado, e especialmente não esquecido, nem mesmo por uma garotinha. Não havia nada como ele, em nenhum lugar do mundo.

Natasha Romanoff tinha o rosto da contradição, ao mesmo tempo com curvas e linhas retas, traços rústicos e delicados. Seus olhos eram tão frios e sombrios quanto seus lábios eram voluptuosos. Ironicamente, seu rosto tinha formato de coração, com as maçãs tão pronunciadas que pareciam fazer sombra. *Formato de coração, não,* corrigiu Ava para si mesma. *Formato de coração de pedra.*

Natasha ficou parada em silêncio.

– O que é aquilo, um iRosto? – Ava perguntou, por fim.

– Algo assim – disse Natasha, dando de ombros. – Sabe como eles dizem. Quando as empresas de tecnologia estão chegando com os ingredientes, a S.H.I.E.L.D. já está voltando com o bolo.

Ninguém achou graça.

Ava não queria dar à raptora – porque era isso que ela era, certo? – o gostinho de saber o quão impressionada ela estava. Em vez disso, ela falou com firmeza:

– Você nunca voltou.

– Não – disse Natasha em voz baixa.

Ela ajustou os óculos e o boné, mesmo que não houvesse ninguém ali para reconhecê-la. Natasha continuou com seu verdadeiro rosto, mas Ava não precisava ser espiã para saber que aquela mulher preferia se ocultar pelas sombras.

Ava sentou-se no concreto morno, de costas para a mureta. Depois de um minuto, ela voltou a falar:

– Você me disse que voltaria, mas não voltou. Só me entregou para a S.H.I.E.L.D. e me largou apodrecendo com os norte-americanos.

– Há quem ache que isso ajuda a gente a crescer.

– Eu escrevi para você. Fui até a embaixada ucraniana e tentei localizá-la através daquele desenho bobo de ampulheta. Não deram a menor bola. Riram de mim.

– Eu sei. Quem você acha que ordenou que fizessem isso?

Natasha não demonstrava nenhum sinal de culpa.

– Mas eu não tinha a quem recorrer. Estava sozinha. Ninguém se importava comigo. Era mais fácil ter me largado para morrer.

– Mas você não morreu, morreu?

– Se morri? Não. Mas não graças a você. Agora eu sei que só posso contar comigo mesma.

– Exatamente – disse Natasha, indiferente. – De nada.

Ava não respondeu.

Natasha sentou-se ao lado dela.

– Problema de gente russa... – Ela encostou na mureta. – Sei que você está aborrecida, e pode ficar, se quiser. Mas isso não importa. O que importa é que precisamos tirar você daqui. Ok?

– Por que eu obedeceria você?

– Porque você pode confiar em mim.

– Tá louca? Você é a última pessoa em quem eu posso confiar. Você me *ensinou* a não confiar em você.

– Não. Eu a ensinei a não confiar *em ninguém* – replicou Natasha. – E isso é algo que todos deveriam aprender. Especialmente as meninas.

Natasha falava com a mesma teimosia que Ava sentia pulsar dentro de si.

– Então é para eu agradecer pela lição de vida?

– Agora as coisas estão diferentes. Você precisa me escutar. Não tem escolha.

– Estamos nos Estados Unidos. Aqui eu tenho escolhas, *sestra*.

– Não, não tem. – Natasha franziu a testa e, por um instante, seu rosto foi tomado por uma expressão quase humana, ou humana demais para a fama da Viúva Negra. – Não desde as 6h15 desta manhã, quando oficiais da alfândega notificaram a chegada de um passageiro em um voo de Manila com destino a Newark, com conexão na Cidade do Panamá.

– Panamá? Hã?

Natasha suspirou.

– O aeroporto do Panamá é usado por cartéis. O país é conhecido por fazer lavagem de dinheiro de sangue, ou seja, de criminosos.

Ava ficou confusa.

– E o que eu tenho a ver com isso?

– O tal passageiro estava levando duzentos cigarros russos da marca Belomorkanal com ele, que é a quantidade limite, como você deve saber, para importados no Panamá. – Natasha balançou a cabeça. – Que nojo.

– Cigarros? – Nada daquilo fazia sentido para Ava.

– Não apenas cigarros. Belomorkanal é uma antiga marca de Moscou, onde, ao que parece, se originou o voo do passageiro. – Natasha olhou nos olhos de Ava. – Após uma viagem de trem de três horas partindo de Odessa.

Ava congelou.

– A investigação da alfândega levou a outra, digamos, menos oficial. O que levou certa pessoa de certa rede anônima de amigos secretos a verificar um número não publicado. O que resultou em uma única transmissão via conexão segura. – Natasha tinha um ar de enfado. – E aqui estou eu.

– Não entendi nada – disse Ava, sem fôlego.

– Ivan Somodorov não morreu, Ava. Não foi para o inferno, que é o lugar dele. Ele está em Nova Jersey.

As palavras tombaram entre elas com toda a força. Ava sentiu como se tivesse levado uma bofetada. Achou que tivesse esquecido aquele nome, mas não tinha. Claro que não tinha. Ela gostaria de ter esquecido.

Ivan Somodorov.

Ela enterrou o rosto nas mãos.

O tom de Natasha ficou ainda mais sério quando ela se levantou.

– Ele poderia ter desaparecido da face da Terra, mas não desapareceu. Ainda está na ativa. E o seu nome continua aparecendo em tudo relacionado a Somodorov, agora mais do que nunca. Ele parece ainda ter pendências com você, Ava. E eu acho que ele a vem procurando por oito anos e que nunca vai parar até encontrá-la.

Ava tentou pensar, mas descobriu que mal conseguia falar.

Porque Ivan Somodorov está me procurando.

Porque ele ainda tem pendências comigo.

Ivan Somodorov será o meu fim.

Meu demônio.

– E então? – disse Ava, finalmente.

Ela sentiu o concreto quente da cobertura sob seus sapatos ao ficar de pé. Era tudo que conseguia fazer.

– E então que o retorno do nosso amigo Ivan muda tudo.

Natasha tirou uma mochila de um canto escondido da cobertura.

Armas, provavelmente.

Ava forçou-se a caminhar até Natasha, apesar das pernas trêmulas.

– Não se comporte como se você se importasse.

Sua cabeça estava explodindo, mas ela não deixaria Natasha saber disso.

– Eu não disse que me importava. – Natasha deu de ombros, ainda agachada ao lado da mochila. Ela baixou a voz até quase sussurrar: – Ele está vindo atrás de nós, e é por isso que estou aqui. É por isso que precisamos ir. A sua amiga Oksana, sua treinadora Nana e aquele menino, Alex...

– Alexei – Ava a corrigiu automaticamente. – Manorovsky.

Natasha Romanoff sabe sobre Oksana? E sobre Nana? E até sobre o menino dos meus sonhos? Sabe todos os detalhes da minha vida?

Saber disso era assustador e eletrizante ao mesmo tempo – embora Ava odiasse a si própria por se importar com isso.

Natasha sorriu para o nome russo de Alex Manor.

– Alexei e Oksana não merecem morrer. Não merecem Ivan Somodorov. Nenhum adolescente sem noção merece se envolver com aquilo.

– Mas eu, sim?

– Há quem não tenha escolha, Ava. – Natasha parecia triste, mas isso não tornava suas palavras menos verdadeiras. – Crianças estão novamente desaparecendo nos orfanatos da Ucrânia. Não acho que isso tenha chegado ao fim. Não para Ivan e para seus experimentos científicos lunáticos da Sala Vermelha. Não ainda.

Ava encolheu-se. Quando tentava lembrar de Odessa, era como pisar sobre cacos de vidro. Só havia fragmentos.

Eletrodos ardendo. Cordas machucando meus pulsos e meus tornozelos. Agulhas inseridas na minha pele.

O monstro de olhos escuros.

– Sala Vermelha? – Ava perguntou, afoita. – O que é isso?

– *Krasnaya Komnata?* – Natasha falou sem exaltação, ficando de pé e encarando Ava como se aquilo não fosse nada. Mas Ava reconheceu as palavras que apareciam em seus sonhos. E que a ainda lhe davam arrepios.

Natasha olhou para ela.

– Aquelas eram as pessoas para as quais Ivan trabalhava. A Sala Vermelha também é o local onde jovens inocentes de Moscou são criados para se tornarem espiões sem coração como eu. Já que estamos falando em falta de escolhas.

E eu não tenho mesmo escolha, pensou Ava.

Cá estou de novo, sozinha no 7B.

Como sempre.

Natasha olhou mais uma vez para ela.

– Se eu consigo sobreviver, você também consegue. – E, erguendo uma só sobrancelha, quase sorrindo, falou: – Somos iguais, lembra?

Ela lembrava.

Lembrava as palavras exatas, ditas em russo por sua grande salvadora. Bastou isso. Algo despertou nela. Ela não suportaria mais aquilo, nem por um segundo.

Com o máximo de força que conseguiu juntar, deu um soco na cara da Viúva Negra.

Uma vez na vida, Natasha Romanoff não tinha previsto isso.

arquivo editar exibir

S.H.I.E.L.D. – DOCUMENTO CONFIDENCIAL
NÍVEL DE ACESSO X
INVESTIGAÇÃO DE MORTE EM SERVIÇO
REF: S.H.I.E.L.D. CASO 121A415
AGENTE ENCARREGADO: PHILLIP COULSON
INDICIADA: NATASHA ROMANOFF OU VIÚVA NEGRA
OU NATASHA ROMANOVA
TRANSCRIÇÃO: INQUÉRITO DO DEPARTAMENTO DE DEFESA

DD: Por falar em órfãos russos, você nasceu em Stalingrado?
ROMANOFF: Correto.

DD: É surpreendente poder saber tanto assim sobre você. Não há muitas informações no seu arquivo, Agente. Até a sua data de nascimento é secreta.
ROMANOFF: É, não sou muito fã de aniversários.

DD: E o que significa essa nota de referência que diz "Ver Rogers, Steve e Barnes, James"?
ROMANOFF: [dando de ombros] Não me deixam ler meu próprio arquivo, senhor. Acho que não tenho permissão para esse nível de acesso.

DD: Vou resumir. Quando os seus pais morreram, Moscou a enviou diretamente para a escola de espiões. A Sala Vermelha. O orgulho do Serviço de Inteligência Estrangeiro. Você e uma ou outra órfã sortuda à mercê do Estado.
ROMANOFF: É, muito sortuda mesmo. Dá para dizer que ganhei na loteria do orfanato, senhor.

DD: Foi lá que conheceu Ivan Somodorov?
ROMANOFF: Foi lá que ele me conheceu. Analisando o passado, eu não tinha muito como opinar naquela época.

DD: Tanto quanto ele pôde opinar quando você tentou matá-lo? Analisando o passado.
ROMANOFF: O nome disso é carma, senhor.

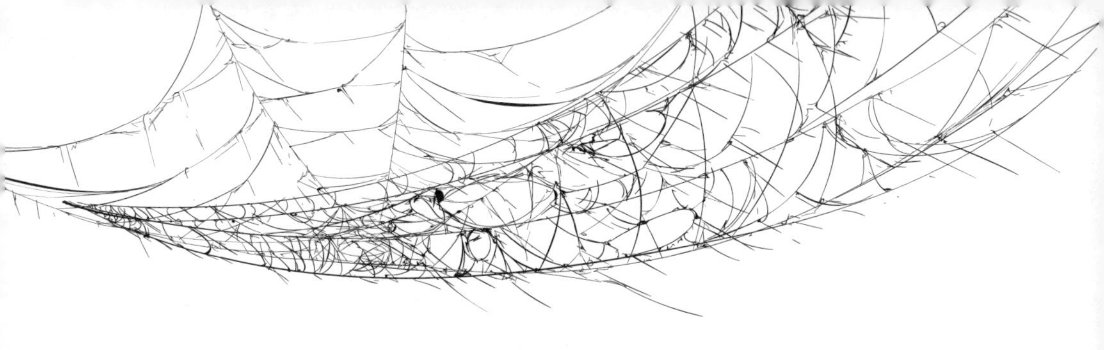

CAPÍTULO 12: NATASHA

COBERTURA DO CENTRO DE CONVENÇÕES DA FILADÉLFIA, CIDADE DO AMOR FRATERNAL

Natasha Romanoff ainda estava zonza depois do gancho de esquerda que levara de Ava quando a porta da cobertura foi aberta com um estrondo. Uma figura passou por ela rolando, e depois ficou em pé.

Imediatamente, Natasha assumiu uma posição de ataque. Punhos erguidos, centro de gravidade baixo, pernas flexionadas. Como uma predadora pronta para dar o bote. Por reflexo, virou-se rapidamente para Ava, que estava a alguns metros dela.

Só tenho de impedir que machuquem a menina...

Mas, para sua surpresa, a menina também parecia pronta para o ataque. Ava estava, aliás, na mesma posição que Natasha, como se fosse um espelho da agente da S.H.I.E.L.D. Seus instintos eram idênticos. Punhos erguidos, centro de gravidade baixo. A posição *Systema* – todos os combatentes da Sala Vermelha eram treinados nas artes marciais clássicas da Rússia. O estranho, porém, é que apenas uma delas havia sido treinada lá.

Ela franziu a testa.

Como assim. Não é Krav Maga. Mesmo que também tivesse sido adotada pelo Serviço Secreto, como uma órfã vinda da Ucrânia a conheceria?

Era como ter uma sombra, e Natasha Romanoff não estava acostumada a ter uma sombra. Sua surpresa foi tanta que ela quase esqueceu do ataque.

– Ava!

Uma voz masculina.

Natasha virou-se para o atacante, agora parado diante das duas. Ava executou o movimento quase na mesma velocidade.

Só que a potencial ameaça agora não se parecia com ameaça nenhuma.

– Vejam só... Um filhotinho. Acho que está perdido – disse Natasha, suspirando e relaxando a posição do corpo. Ela o reconheceu logo de cara, e não apenas porque era o garoto com quem Ava estivera paquerando no torneio.

– Alex? O que você está fazendo aqui? – questionou Ava, chocada.

– Isso é uma aula de autodefesa ou algo assim? – Alex fez uma careta, olhando de uma lutadora russa para outra.

– Não – disse Ava.

– Sim – disse Natasha.

As duas se entreolharam.

– Eu não acredito em vocês – ele retrucou lentamente. – Então por que não voltamos todos lá para baixo e falamos com a Associação de Esgrima dos Estados Unidos sobre isso?

Natasha notou que o menino – Alex – não havia baixado os punhos. Nem mesmo agora.

Ótimo. Não é só um filhotinho. É um filhote de Vingador júnior.

Era tudo de que eu precisava hoje.

– Alex – falou Ava, endireitando-se. – Está tudo bem, juro. Não precisa me salvar.

– Ah – zombou Natasha. – Que fofura.

Pronunciou a última palavra de forma doce.

– Eu perguntei à sua amiga aonde você tinha ido, e ela ficou toda brava comigo. Disse que você nem tinha se credenciado.

– É... Eu esqueci. Nós estávamos conversando. Colocando a conversa em dia.

– Você esqueceu de fazer o credenciamento no campeonato nacional. Quem esqueceria isso?

– Ela – respondeu Natasha, sem paciência.

Então o menino não é um completo idiota. Isso não vai facilitar as coisas.

– Que conversa é tão importante a ponto de perder a chance de competir no torneio nacional?

Ava o encarou.

– Um pouco hipócrita da sua parte, não acha? Sr. Cartão Preto.

Ele sacudiu a cabeça.

– Essa foi merecida, detetive amador. – Natasha estava irritada. – Você já viu que ela está bem. Agora pode ir embora.

Ava virou para Natasha, depois para Alex.

– Estou sim – disse. – De verdade. E vou repetir: consigo me salvar sozinha.

Ou eu *salvo,* pensou Natasha. Ava dirigiu um olhar para ela como se soubesse o que a agente estava pensando.

Mas Alex ainda mantinha os punhos para cima.

Natasha o observou avaliando a situação, considerando as opções.

Vingador Júnior. Não é um idiota. Teimoso de doer. E preocupado com Ava.

Interessante.

Ela balançou a cabeça.

– Nem tente.

– O quê? – perguntou Alex, aproximando-se delas.

– Seja lá o que você estiver pretendendo. Sou excelente com tiros paralisantes. Tendão direito. Não vai matá-lo, mas você vai preferir morrer.

– Não estou preocupado.

– Acho que não entendeu – insistiu Natasha. – Não é só uma suposição.

– Distância e velocidade. Momento e ângulo de impacto – Alex disse, olhando-a diretamente nos olhos.

– O que é que tem?

– Tem de pensar em tudo isso. Antes.

– Antes do quê?

– Disso.

Ele inspirou, agachou e avançou contra Natasha. Ela não esperava que ele fosse tão rápido.

Mas Natasha Romanoff moveu-se ainda mais rapidamente e golpeou primeiro – ou era o que ela pretendia fazer. Um instante antes, sentiu os músculos da mandíbula e dos ombros tensionando devido à mudança em seu centro de gravidade – e ficou admirada com a capacidade de Alex, que conseguiu ler perfeitamente os movimentos dela. Tão perfeitamente quanto ela lia os dele. Eram equivalentes um ao outro, passo a passo, golpe a golpe, desvio a desvio, nenhum acerto por parte de ninguém.

Natasha estava se segurando. Claro que estava – não queria exterminar o amiguinho de Ava.

Mas, ainda assim, não estava esperando por isso.

Alex parecia pressentir exatamente o que ela iria fazer e como iria fazer, assim como ela pressentia os movimentos dele.

Por fim, ele agarrou o punho dela. Os dois se encararam, igualmente surpresos.

Natasha o empurrou.

Ele é bom. Muito bom. Interessante.

Alex a soltou e girou, dando-lhe uma rasteira. A agente evitou a queda com facilidade.

– *Ty suma soshla* – ela murmurou. "Você é louco."

– Seja lá que língua for essa, eu não entendi – ele disse.

Alex parecia não temer Natasha, o que a intrigava.

E a irritava.

Ela baixou as mãos.

– Não tenho tempo para brincar, pequeno *Alexei.*

Ava os interrompeu:

– Ah, é? Porque eu não tenho tempo para nada disso.

Agora era ela quem parecia irritada.

– Deixe Ava em paz – Alex falou para Natasha. – Sei que você está atrás de mim.

Natasha riu, mas Ava não.

– Sério? De você? Por que ela estaria atrás de você? – Ava pareceu ofendida.

– Porque a CIA vai atrás das pessoas? – Alex examinou Natasha. – Eu vi você. Hoje cedo. Você estava me seguindo.

– Não fique lisonjeado. Eu estava seguindo Ava – Natasha esclareceu, fazendo um gesto em direção à menina.

– Não acredito – Alex repetiu. – Então vou falar de novo. Deixe-a em paz.

– Ah, por favor. Eu não sou da CIA. Não me ofenda. – Natasha ergueu uma sobrancelha. – Além disso, não negocio com crianças. Então saia daqui antes que acabe se machucando.

– Que grosseria – disse Ava de repente. – Você não entende, né?

– Eu? – Alex pareceu surpreso.

– Sim, conte a ele – Natasha a incentivou.

Ava os encarou.

– Estou falando de vocês dois. Não quero que ninguém me salve. Não sou uma donzela indefesa com um alvo estampado na testa. Sei bem como me virar sozinha.

Você não tem ideia, pensou Natasha, *do tamanho desse alvo.*

– Eu não quis passar essa impressão – Alex insistiu.

E foi aí que – como se o universo quisesse participar da discussão – uma bala foi disparada na cobertura.

Por menos de um centímetro, quase acertou a têmpora direita de Ava.

O segundo tiro derrubou a mochila das costas dela.

Uma terceira bala passou zunindo, acima da cabeça de Alex Manor, arrancando uma mecha de seu cabelo castanho ondulado que caiu flutuando lentamente, como uma folha levada pela brisa.

Nada mais foi lento naquela cena.

Natasha Romanoff virou-se para ver de onde vinham os disparos, estreitando os olhos para calcular a trajetória das balas...

Uma hora.

Último andar.

Do outro lado do cruzamento.

Desvio no ângulo de cerca de quarenta graus.

... e mergulhou para a frente, puxando Ava com ela o mais forte que pôde, até ficarem as duas deitadas sobre o concreto.

Menos de um instante depois, Alex abaixou ao lado delas.

– O que é...

Mais três disparos foram a resposta.

– Um *sniper* – sussurrou Natasha, agarrando a mochila que tirara do esconderijo antes de o tiroteio começar. Ela sentiu seu cérebro acelerando. – Deve estar a um ou dois edifícios daqui, pois tirou o silenciador para ter um maior alcance. – Olhou para cima, recalculando os dados. – De quanto será a distância? Uns quatrocentos metros? E atingindo a cerca de dois centímetros do alvo? Minuto de ângulo ponto cinco? Ou ponto três? – Ela balançou a cabeça.

– Isso é ruim? – Ava perguntou.

Natasha estava bem séria.

– Ruim para nós, sim. É difícil atirar nessas condições. O que significa que deve ser um atirador de elite muito bem treinado. Um profissional que cobra caro. Eu diria que um russo... Talvez seja um Orsis T-5000, pelo som que faz.

– Estão *atirando* na gente? – Alex estava em choque. – Em um *torneio de esgrima*?

– Não na gente – Ava disse baixinho. – Em mim.

Natasha e ela se entreolharam.

– Ele está aqui, não está? – Sua voz estava sem fôlego.

Natasha balançou a cabeça.

– Duvido. Não em pessoa. – Olhou por cima do ombro, analisando o horizonte acima da mureta. – Mas o atirador deve ter sido contratado por ele. Pelo perfil, faz sentido.

Agora você acredita em mim, menina? É real o suficiente para você?

Ivan Somodorov não se esqueceu de nenhuma de nós.

Ivan não perdoa, Ivan não esquece.

Natasha tirou os óculos de sol e os atirou para cima, em direção ao céu.

Uma série de tiros atravessou o ar, estilhaçando as lentes.

Ela suspirou.

– Correção. *Os* atiradores. Há pelo menos três contra nós.

– Contratados por quem? Quem é *ele*? – perguntou Alex, os olhos estreitos de raiva.

Natasha o ignorou e começou a examinar um buraco de bala na mureta de concreto.

– Olhem lá. Parabéns, Ava. Agora estão usando armas maiores. São .338 Lapua Magnums.

– Que significa...? – perguntou Ava.

– Moscou só usa esse tipo de arma para alvos de alto valor. Que poder o seu... As balas não são nada baratas... E a Lapua consegue atravessar cinco camadas de armadura militar, então nada de levantar as mãozinhas, crianças.

– Alguém pode me explicar alguma coisa? Atiradores de elite? Alvo de alto valor? Do que vocês estão falando?

Um novo disparo soou, e Alex se abaixou ainda mais, espremendo o rosto contra o concreto.

– Não temos tempo para ficar explicando. Já disse: saia daqui, menino. Você não tem nada a ver com isso e nem quer ter.

Natasha examinava agora uma fileira de janelas no edifício de um banco mais para frente a do quarteirão. Sacou duas armas de dentro da mochila – uma pistola automática e uma submetralhadora – e se pôs a rastejar até a mureta.

– Fique abaixada.

Ava assentiu, se encolhendo. Natasha passou rastejando ao lado dela.

Ótimo. A menina pode estar com medo, mas não demonstra.

De soslaio, Natasha viu as mãos de Alex instintivamente se fechando em punhos, embora não houvesse ninguém ali para ele socar.

Eu entendo você, parceiro.

Sabia o quão frustrado ele devia estar se sentindo, e é por isso que ela nunca andava desarmada. Aliás, procurava levar sempre três: um rifle, de preferência um CZ 805, para troca de tiros; a submetralhadora PP-2000, para disparos discretos; e uma pistola HK P30, que servia para tudo. De nacionalidades tcheca, russa e alemã, respectivamente. A pistola sempre tinha de ser alemã, mesmo quando optava pela Glock. Exatamente como aprendera com Ivan.

E era por isso que pretendia usá-la contra ele assim que o encontrasse.

Natasha passou a mão sobre o ombro, tirou a submetralhadora do coldre nas costas e, com um movimento fluido, rolou para a beirada da cobertura.

Boa noite, Lua.

Sem dizer mais nada, Natasha Romanoff começou a atirar contra o céu.

arquivo editar exibir

S.H.I.E.L.D. – DOCUMENTO CONFIDENCIAL
NÍVEL DE ACESSO X
INVESTIGAÇÃO DE MORTE EM SERVIÇO
REF: S.H.I.E.L.D. CASO 121A415
AGENTE ENCARREGADO: PHILLIP COULSON
INDICIADA: NATASHA ROMANOFF OU VIÚVA NEGRA
OU NATASHA ROMANOVA
TRANSCRIÇÃO: INQUÉRITO DO DEPARTAMENTO DE DEFESA

DD: De acordo com a sua árvore genealógica, você descende da linhagem do último czar da Rússia.
ROMANOFF: Toda linhagem russa acaba em algum czar. É só assim que os genealogistas ganham dinheiro, senhor.

DD: Toda família russa tem uma fortuna perdida valendo bilhões?
ROMANOFF: Muitas. É uma terra de contos de fadas.

DD: A resposta é sim ou não, Agente?
ROMANOFF: Por acaso estamos de brincadeira aqui, senhor?

DD: É uma questão de motivação, Agente. Alguns membros de nossa força-tarefa acreditam que o interesse de Ivan Somodorov por você ia além da Sala Vermelha... E além dos experimentos físicos.
ROMANOFF: Acha que ele me perseguia por causa do meu ouro russo? Não consegue pensar em nenhuma hipótese melhor?

DD: Ouro é ouro, Agente.
ROMANOFF: Para um capitalista pode ser, senhor. Nem tanto para um cientista.

DD: Tony Stark não parece ver problema nisso.
ROMANOFF: Se eu ganhasse uma moeda de ouro czarista para tudo em que Tony Stark não vê problema...

DD: Nós estaríamos todos aposentados na praia, Agente.

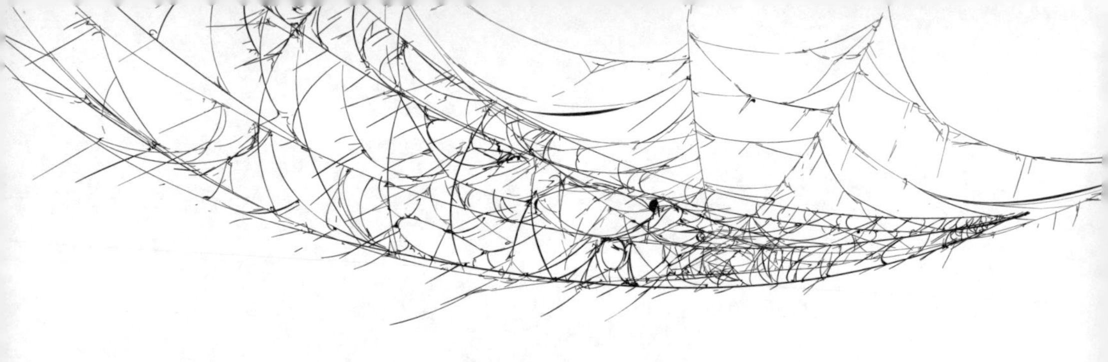

CAPÍTULO 13: AVA

RUAS DO CENTRO DA FILADÉLFIA, CIDADE DO AMOR FRATERNAL

Os disparos não paravam. Os tiros atingiam a cobertura por todos os lados, às vezes errando seus alvos apenas por milímetros.

Ivan trouxe as armas grandes. Ivan me quer de volta, Ava pensou, com as palmas das mãos frias e suadas. Até o nome dele a deixava com náuseas.

Ninguém virá atrás de você, pequena ptenets. Ninguém a quer. Ninguém se importa com você. Ava chacoalhou a lembrança para fora da cabeça.

– *Der'mo* – murmurou a Viúva Negra. – Agora eles estão brincando com a gente. Erraram vários disparos seguidos.

– Você não disse que é difícil acertar? – Ava questionou, baixinho.

– Não para esses caras. Só estão nos mantendo ocupados, e isso significa que tem gente a caminho para nos pegar. Não querem nos matar, querem nos capturar. Pelo visto, somos valiosas demais para morrer. – Ela acenou com a cabeça para Ava. – Pelo menos, alguns de nós.

– Como sabe disso? – perguntou Alex.

– Porque não estamos mortos – disse Natasha, bem direta. – Mas temos que sair daqui.

– Está falando sério? – duvidou Alex.

– Muito. – Natasha empurrou Ava na direção da porta. – Vamos. Entre.

Ava sentiu o coração bater forte quando disparou correndo e mergulhou atrás das paredes de cimento que separavam a escadaria. Alex a seguiu. Ele não pretendia partir, por mais que Natasha quisesse se livrar dele.

Mas ele vai, pensou Ava. *Ele vai sumir. Todo mundo some. Minha mãe, meu pai e até Natasha Romanoff.*

É a única certeza do meu mundo.

Que todos somem, e que não há nada que eu possa fazer com relação a isso.

Mas Ava olhou para trás, sobre o ombro, e viu que Natasha Romanoff não estava perto deles. Ela estava descarregando as armas na direção dos atiradores invisíveis. Só depois de esvaziar os pentes é que ela foi para trás das paredes de cimento. Falando palavrões, ela largou as duas armas.

Natasha tirou uma pistola do cós da calça e levantou de novo para continuar atirando nos inimigos ocultos.

Isso não pode estar acontecendo, pensou Ava. *Além disso: quantas armas uma pessoa consegue carregar nas calças?*

Agora Natasha estava gritando com eles:

– Quando eu der o sinal, façam exatamente o que eu mandar. Vou estar atrás de vocês. Se eu for eliminada, volte para o 7B e fique por lá. Entendido?

– E ele? – Ava perguntou sobre Alex.

Natasha fez um gesto de indiferença com a arma, como se não se importasse e, por um momento, era como se Ava quase pudesse ouvir o pensamento da agente. *Ele? Ele não é problema meu.*

Alex deu de ombros.

– Entendido.

– Ótimo. – Natasha desviou de mais tiros. – Vou considerar isso como um sim. Agora, ao menu sinal, desçam as escadas e entrem no centro de convenções.

– Espere... Você quer que a gente volte para o torneio? Com alguém tentando matar a Ava? Isso é uma loucura. – Alex parecia confuso.

Natasha revirou os olhos.

– Prefere que ela fique aqui fora?

A parede acima deles explodiu, provocando uma chuva de gesso sobre suas cabeças.

– Tem razão – Alex concordou.

– Agora! – Natasha Romanoff saiu em disparada em direção às escadas e abriu a porta com força. Eles mergulharam para dentro enquanto ela atirava para o céu. Mais balas vieram em resposta.

Ava foi a primeira a chegar lá embaixo, tropeçando pelo corredor escuro até alcançar as luzes fortes do saguão do centro de convenções. A trilha sonora relaxante do recinto a distraiu até Alex chegar de supetão e ela lembrar por que eles estavam correndo.

Logo depois, Natasha apareceu, parando apenas para guardar as armas em seus devidos lugares – na alça, no coldre e no cós, que pareciam ter sido criados especialmente para camuflagem.

– Mexam-se – ela comandou. – Cabeça baixa e costas viradas para a entrada principal.

Eles foram andando devagar, como se estivessem marchando. Passaram pela grande fileira de portas que dava acesso ao Salão H, onde estava acontecendo o campeonato. Os três caminharam pela multidão, passando pelas pistas com os atletas ainda na primeira rodada de lutas.

Ava arrepiou-se ao ouvir as portas do saguão sendo abertas atrás deles. A voz de Natasha veio um segundo depois, baixa e mortalmente séria.

– Você – disse ela, virando-se para Alex. – Também está em risco agora. Continue andando, ou eles o levarão para nos atingir.

– Entendi, estou andando – disse ele.

Natasha não hesitou.

– Eles já estão aqui dentro. Blusões pretos. Mochilas pretas. Talvez vinte metros atrás de nós. Não virem para trás por nada. E, não importa o que vejam, sigam em frente. – Ela puxou o boné por cima do rosto.

– Não deveríamos estar correndo? – Ava questionou sem tirar os olhos do chão.

Natasha negou com a cabeça, quase imperceptivelmente.

– Não. Você está vestida como todas as outras garotas deste ginásio, certo? Esses uniformes de esgrima *superestilosos*? – Ela olhou de lado. – Então se separem e se misturem à multidão. Não atraiam atenção. Cruzem o ginásio até a saída mais distante, a que fica perto do rio. Encontrarei vocês na rua.

Alex assentiu. Ava não disse uma palavra.

Natasha moveu a mão sobre a pistola camuflada em sua cintura e se separou deles sem falar mais nada.

Ava sentiu a adrenalina percorrer seu corpo. Tudo parecia desesperador e perigoso. E tudo isso podia não passar de uma armadilha para que ela achasse que a Vingadora estava do lado dela e finalmente baixasse a guarda.

E mesmo que a gente consiga escapar, o que vai acontecer depois?

Ava nem queria pensar nisso.

Ela tinha de confiar na Viúva Negra, ao menos por enquanto.

Que escolha ela tinha, mesmo que só acreditasse no som das armas apontadas para ela? Não havia outro jeito.

Ava foi interrompida por um grito familiar. Quando se virou, viu Oksana avançando sobre seu oponente em uma das pistas.

De repente, a ideia de competir com floretes emborrachados nas pontas lhe pareceu muito menos intimidadora. As espadas do torneio eram falsas; as armas de fogo eram muito reais.

E se não conseguirmos? Ava imaginou tiros por todos os lados, pessoas correndo. O caos quando todos corressem para alcançar as saídas.

Sangue vermelho espalhado sobre o Kevlar branco, pingando das bandeiras americanas...

Ava teve um calafrio. Ela olhou por cima do ombro para a pista de metal, quase que involuntariamente. Os braços de Oksana estavam erguidos, comemorando a vitória, e ela arrancou a máscara, toda feliz.

Parecia tudo tão sem sentido agora...

Mas ela teve uma ideia. A máscara.

Cabeça baixa. Misture-se à multidão. Não era isso que Natasha tinha dito?

Ava foi em direção ao aglomerado de espectadores perto da pista de Oksana, surrupiando uma máscara largada no chão do ginásio e arrancando a fita-adesiva de identificação que estava na parte de trás.

Sem diminuir o passo, vestiu a máscara. Quando alcançou a pista seguinte, sacou uma espada qualquer de uma mochila largada sobre uma cadeira dobrável.

Do outro lado do ginásio, Alex aproveitou a deixa para vestir a jaqueta branca por cima da camiseta. Pegou também um boné da Associação ao passar por uma das barracas de vendas.

Mais para a lateral, Natasha Romanoff juntou-se casualmente a uma equipe de paramédicos que erguia um garoto ferido do chão – ela apoiou a mão sobre uma das pernas enfaixadas e seguiu com eles.

Enquanto os homens de preto se espalhavam pelo ginásio em busca de seus alvos, os esgrimistas continuaram disputando, as campainhas de aviso continuaram soando e a plateia continuou torcendo.

Para Ava, aquela pareceu ser a mais longa caminhada de sua vida, mas ela conseguiu.

Eles chegaram sãos e salvos.

* * *

Natasha foi a última a sair.

– Ainda não estamos seguros. Continuem andando. – Ela correu até Alex e Ava, que começaram a segui-la. – Precisamos ir para o rio, venham.

– Aquele rio ali? Por quê? – Alex falou sem se virar.

– É o melhor lugar para nos buscarem – explicou Natasha. – Fácil de estacionar. – Ela ergueu o pulso, onde algo vagamente parecido com um relógio digital preto brilhava. – Se chegarmos a tempo.

Ok. Para o rio, então, pensou Ava.

Eles seguiram na direção das margens do rio Delaware, cintilando lá longe, a cerca de oito quarteirões de distância. Ava parecia não conseguir vencer a quantidade de calçada sob os seus pés.

Sete...

Seis...

Cinco...

Uma SUV preta derrapou na esquina.

Pela janela aberta do veículo, um homem vestido com roupa à prova de balas atirou com uma metralhadora contra eles. A SUV girou para voltar à posição inicial.

Natasha rolou para trás de uma minivan estacionada.

Ava e Alex se esconderam atrás do carro seguinte.

Natasha era destemida – calma, até – apesar das metralhadoras mirando em sua direção. Ela gritou para que os dois pudessem ouvi-la:

– Vou precisar ter uma conversinha com o nosso amigo. Tenho a sensação de que ele está tentando me dizer alguma coisa. Continuem até a margem do rio. – E então saiu correndo, deixando Ava e Alex para trás.

Alex olhou para Ava.

– Sabe que essa sua amiga da CIA é bem durona? Estou quase com dó do atirador.

Ava não sorriu.

– Ela não é da CIA.

Ele ergueu uma sobrancelha.

– Ah, tá. E aquelas armas que ela carrega não são de verdade.

Ava respirou fundo.

Está tudo errado. Ele não deveria estar aqui, não deveria estar comigo. Mesmo que eu queira, mais do que tudo, que ele fique.

Ava precisava deixá-lo para trás. Afastar-se dele. Ela inspirou.

– Mas você tem razão. Ela pode se virar sozinha. – Tentou ser convincente. – E isso nem é problema seu. Nada disso é problema seu. Se eu fosse você, iria para casa, Alex.

– Certo... – Alex hesitou. – Mas então por que você também não vai?

– Talvez eu também vá – Ava disse.

Mas ela não se moveu. Nem ele.

À distância, Ava viu Natasha trocando tiros com a SUV, atraindo-a para que se aproximasse dela. E para que se afastasse de Ava e Alex.

Natasha olhou para os dois.

– O que estão esperando? – berrou.

Mas nem assim Ava se moveu. Não conseguiu.

Estava paralisada.

Devíamos continuar correndo. Ir para casa. Nós dois.

Só coisas ruins acontecem quando estou perto dela – quando qualquer um está.

Deve ser por isso o nome de Viúva Negra.

O atirador devia tê-los visto, porque começou a atirar na direção deles. Saiu fumaça de um dos buracos de bala feitos no carro, logo acima da cabeça de Ava.

– Ava! – Alex a agarrou e a puxou para si.

Eles saíram dali engatinhando, e puseram-se a caminhar pela rua da maneira que Natasha os havia ensinado. Cabeça baixa. Sem olhar para trás.

Alex manteve a voz baixa enquanto andavam.

– Estou com a estranha sensação de que não devo deixar você, Ava. Não assim.

– Você costuma ter sensações estranhas?

– Só quando há armas envolvidas. – Alex não soltou a mão dela. – Não sou burro, sei que você está metida em alguma encrenca. E sei que aquela policial não é sua amiga.

– Bom, ela também não é policial.

– Seja lá o que ela for e seja lá o que estiver acontecendo, é coisa demais para uma só pessoa. Quero dizer, eu posso ajudar. – Ele olhou para ela. – Se você quiser.

É claro que quero. Passo todas as noites com você, não passo?

Mas Ava não falou nada.

O som de tiros contra a calçada atrás deles ecoou quase como um aviso, então eles correram mais rápido.

Alex apertou a mão dela.

– Você não precisa passar por isso sozinha.

Tarde demais. Não conheço outro jeito de passar pelas coisas.

Agora eles estavam a apenas alguns quarteirões do rio.

Ava não sabia o que dizer. O que poderia dizer? Que ninguém poderia ajudá-la, que ninguém nunca a havia ajudado? Que ela sempre soubera que esse dia chegaria? Que Ivan voltaria para terminar o que começou?

Não posso confiar em ninguém, Alexei Manorovsky. Nem mesmo em você.

Mas ela se deu conta de que Alex ainda estava segurando a sua mão. Ele ainda estava atravessando um tiroteio com ela. Ele ainda estava ali, ao seu lado. Não tinha ido embora, não tinha virado as costas. *Mesmo mal me conhecendo.*

Alex era, de alguma forma, diferente. Ele era bom, era inocente. Ainda admirava heróis, assim como Oksana. Ava o havia observado por muitas noites e sabia disso.

E, pela primeira vez desde o 7B, Ava se perguntou se realmente estaria melhor sozinha. Por um momento, perguntou se realmente havia estado sozinha.

– Ava, estou falando sério. Quer que eu fique?

Ava sentiu a mesma energia feroz – a do Alex guerreiro – que o tinha feito ganhar aquele cartão preto.

Quase podia ouvi-lo pensando em voz alta.

Diga que sim, e eu enfrentarei o mundo com você...

Estou pronto para a briga.

Ava queria que ele ficasse. Mas Alexei Manorovsky não fazia parte daquela história. Se ela sonhava com ele, seja lá como isso era possível, a culpa não era dele. Era o sonho dela, não dele.

Sonhos, ela se corrigiu. *Porque foram muitos. E porque eu conheço você há muito tempo, Alexei. Mesmo que você não me conheça.*

Ava teve uma sensação súbita, a segunda naquele dia.

Talvez isso seja o destino.

Talvez eu não possa impedir as coisas de acontecerem.

Não consigo parar de sonhar, não consigo me livrar das memórias.

Talvez eu já nem possa mais me esconder de Ivan Somodorov.

Na próxima vez em que Alex perguntou, Ava assentiu.

– Sim.

Não consigo fazer isso sozinha, e também não quero.

– Por favor, fique. – ela apertou a mão dele.

Assim que as palavras saíram da boca dela, Alex acelerou a corrida, puxando-a pela mão na direção do rio, como se já soubesse o que ela iria dizer.

* * *

Ava e Alex estavam a apenas meio quarteirão da margem quando Ava olhou para trás. Natasha ainda estava trocando tiros com o homem do carro preto. Sirenes estavam soando à distância, e ela sabia que logo tudo acabaria, de uma forma ou de outra.

O quê...

Ava ouviu o barulho de pneus derrapando e olhou para cima.

Alex estava gritando.

Uma segunda SUV preta virou a esquina, batendo em um carro estacionado a apenas alguns metros deles.

– Saia daí! – Natasha gritou para ela.

O carro estacionado explodiu, formando uma bola de fogo, e eles saíram correndo o mais rápido que puderam.

Ava ouviu passos atrás deles.

Tiros.

Ela apenas apertou a mão de Alex ainda mais forte.

Não...

Não agora...

Não assim.

Eles cruzaram a última rua que os separava do rio, desacelerando apenas quando chegaram à ponte. A água corria perigosamente sob eles.

Mais uma rajada de tiros atingiu o chão ao lado deles. A poeira subiu pelo ar, e cada um desviou para um lado.

– Para o rio. Agora! – Alex não hesitou. – Vamos! – Ele pulou da beirada da ponte, desaparecendo no ar.

Ava hesitou um pouco, mas depois pulou por cima do muro de proteção sem dizer uma palavra.

Não vou morrer...

Não vou deixar Ivan me matar...

Ainda tenho muito a fazer.

Durante a queda, Ava esticou os braços e conseguiu agarrar a grade da ponte atrás de si. Em vez de simplesmente se jogar nas águas geladas lá embaixo, enganchou uma das mãos na grade, pegou impulso e, em um movimento fluido, girou e desceu chutando as vigas de concreto da ponte como um modo de suavizar a queda.

Acabou pousando com os dois pés na areia molhada da margem, com a água na altura do tornozelo. Ficou de pé.

Alex, enquanto isso, estava pendurado pelas duas mãos acima de Ava. Ele jogou as pernas para o lado, respirou fundo e foi saltando pela grade – apoiando as mãos conforme descia – até pousar na água ao lado de Ava.

Cada qual com seu método, ambos aterrissaram.

Sãos e salvos.

Ava ainda estava ofegante quando sorriu e ergueu o punho para ele.

– Aquilo... foi... incrível.

Alex bateu o próprio punho no dela, concordando com a cabeça enquanto tentava recuperar o fôlego.

– Não estamos mortos, então, sim: mais incrível do que eu imaginava.

– Nem um pouco... mortos – Ava concordou, respirando fundo mais uma vez.

Ele jogou a cabeça para trás e inspirou uma boa quantidade de oxigênio.

– Você sempre faz esse tipo de coisa?

– Nunca na vida – respondeu Ava, alongando as costas.

Na verdade, jamais fizera nada remotamente parecido com aquilo. Quando se tratava de comportamentos de risco, Ava limitava-se a pular catracas de metrô e a roubar o pessoal da S.H.I.E.L.D.

Por que agora, então? O que tinha mudado nela?

– Nem eu – disse Alex. – Nada desse tipo, quero dizer. – Ele abriu um sorriso. – Minha mãe iria surtar.

Os dois olharam para o alto no instante em que Natasha Romanoff esmagou a cabeça do segundo atirador contra a grade de metal da ponte.

O corpo inconsciente tombou no chão, e Natasha se recompôs. Ela se debruçou sobre o parapeito e avistou Ava e Alex.

– Ótimo pouso – ela gritou para eles, parecendo surpresa. – Até um juiz russo daria nota dez.

Ava não estava entendendo a expressão no rosto de Natasha. Foi só então que ela se deu conta da altura da ponte.

Pelos seus cálculos, eles haviam pulado de uma altura de quase oito metros.

Eu derrotei Oksana com folga no treino de esgrima, levei tiros de sniper *na cobertura de um prédio e pulei de uma ponte.*

Ava assistiu à Viúva Negra realizar um salto quase idêntico ao seu, pegando impulso nas vigas de concreto até pousar logo abaixo, na areia.

O que está acontecendo comigo?

arquivo editar exibir

S.H.I.E.L.D. – DOCUMENTO CONFIDENCIAL
ACESSO NÍVEL X

INVESTIGAÇÃO DE MORTE EM SERVIÇO
REF: S.H.I.E.L.D. CASO 121A415
AGENTE ENCARREGADO: PHILLIP COULSON
INDICIADA: NATASHA ROMANOFF OU VIÚVA NEGRA
OU NATASHA ROMANOVA
TRANSCRIÇÃO: INQUÉRITO DO DEPARTAMENTO DE DEFESA

DD: Vamos falar sobre o internato favorito de Moscou para treinar superespiões e agentes infiltrados.
ROMANOFF: A Sala Vermelha? Está tudo no meu arquivo, senhor.

DD: E o programa Viúva Negra? O Top Gun para as meninas da Sala Vermelha?
ROMANOFF: Vocês já sabem de tudo isso.

DD: Eu sei que as Viúvas Negras foram criadas para obter total camuflagem. Para tanto, Moscou lhes dava histórias falsas e manipulava suas memórias.
ROMANOFF: Está se referindo à lavagem cerebral? Pode usar as palavras certas.

DD: E quanto aos seus instrutores? Foram treinados para apagar e implantar memórias? Para apertar um botão em suas cabeças quando precisavam de uma bailarina e para apertar outro quando precisavam... de uma bailarina assassina?
ROMANOFF: Eu era qualquer coisa que me mandassem ser.

DD: Você permitia que eles escolhessem.
ROMANOFF: Estava servindo ao meu país, senhor.

DD: Assim como Ivan Somodorov.
ROMANOFF: Ivan Somodorov só serve a Ivan Somodorov.

DD: E você? Era patriota?
ROMANOFF: Patriota e bailarina assassina.

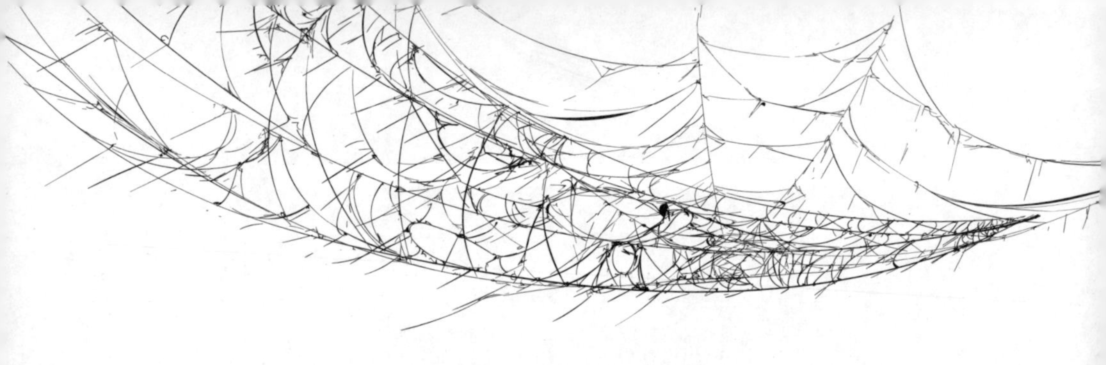

CAPÍTULO 14: NATASHA

RIO DELAWARE, CIDADE DO AMOR FRATERNAL

Sirenes estavam soando pelos ares, ecoando no asfalto acima deles.

Lá embaixo, na beira da água, os três foragidos do centro de convenções pareciam estar seguros.

Ao menos por ora.

No momento em que alcançou Ava e Alex, Natasha viu em seus rostos que a euforia da fuga estava rapidamente se transformando em choque. Ela já esperava por isso – da parte dos dois, inclusive. Ficara surpresa com a resistência deles por tanto tempo.

Pessoas estão tentando matar vocês. É perturbador. Mas a gente se acostuma.

Eu me acostumei.

– Primeiro eles estavam na cobertura do centro de convenções, agora estão pelas ruas. – Alex balançou a cabeça. – Seja quem for que contratou esses caras, está fazendo o dinheiro valer.

– Bem... Sim. – Natasha limpou o suor do rosto com a manga da blusa. – Mercenários russos. Eles têm orgulho de fazer um bom trabalho. Por falar nisso, bati um papinho com o atirador da SUV preta.

– Ele trabalha para Ivan? – Ava perguntou.

Natasha fez que sim.

– São do exército pessoal de Ivan Somodorov. E, atenção, *spoilers*: há muitos outros como eles.

– Esse cara tem um exército só dele? – Alex perguntou, incrédulo.

– Dedicado inteiramente à Ava, pelo visto. – Natasha olhou para a menina e pôs o braço sobre os ombros dela, um pouco constrangida. – Bem-vinda ao lar, *sestra*.

Ava empurrou seu braço para longe, mas, desta vez, não tentou nenhum soco, então Natasha já considerou aquilo como um progresso.

– Espere um pouco... Há muitos outros? Quantos? – questionou Alex.

– Que diferença faz? – respondeu Natasha, dando de ombros.

Ela sabia que não fazia. *Basta uma única bala para matar alguém, ptenets.* Ivan lhe ensinara essa lição antes mesmo do alfabeto russo.

– Quanto tempo até eles chegarem aqui? – Ava perguntou, baixinho.

– De acordo com o meu amigo tagarela, logo.

– Ok. Será que alguém pode me explicar, afinal, o que está acontecendo aqui? O que esse tal de Ivan quer com a Ava? E que tipo de policial é você, exatamente?

– Como? – Natasha o encarou.

– Aliás, como podemos saber que você não trabalha para eles?

– Como assim? – perguntou Natasha. – Como atiradora do Ivan? – Pela primeira vez no dia, ela caiu na risada.

Sentia pena do garoto, mais do que ele podia imaginar, mas não havia mais como voltar atrás. Natasha tinha evitado envolvê-lo na situação, porém, o resultado não fora dos melhores. Agora ela tinha que cuidar não de um, mas de dois adolescentes – e Ivan tinha ganhado três alvos.

Vou ter que improvisar. Odeio improvisar.

– Não tem graça nenhuma – Alex protestou, preocupado. – Estou falando sério. Muitos policiais são corruptos. Como é que podemos saber se você não está trabalhando com as pessoas que estavam tentando nos matar cinco minutos atrás?

Natasha riu de novo.

– Ela não está – Ava disse, com a voz cansada.

– Como você sabe? Ela estava, sim, me seguindo hoje cedo. Tenho certeza. – Alex olhou de Ava para Natasha. – E se ela estiver mentindo?

– Ah, é verdade que ela mente – disse Ava. – Mas não sobre isso.

Natasha parou de rir. Pensou na possibilidade de jogar o menino no chão, de tão irritante que ele era.

– Caso não tenha notado, eu estava atirando contra eles. O que não me torna uma mercenária russa muito competente, não? – Enquanto falava, Natasha recarregou uma de suas armas. – Temos que dar o fora daqui, então os seus questionamentos terão de esperar. Por mais hilários que sejam.

Ela levou o pulso à boca e falou no minúsculo microfone do dispositivo preto que se escondia debaixo da manga da blusa:

– Romanoff posicionada. Estou com dois chatos, digo, alvos, prontos para extração. Câmbio.

O dispositivo emitiu uma resposta:

– Perfeitamente. Entendido, Agente. – Coulson parecia aliviado, mesmo pelo comunicador. – Extração a caminho. Desligo.

– Por que essa voz me parece tão familiar? Ou é imaginação minha? – Ava parecia ter ficado nervosa. – Eu o conheço?

Natasha deu de ombros.

– Parece que todo mundo o conhece.

– Quem é ele? – perguntou Alex.

– Coulson – disse Natasha, sabendo muito bem que aquele nome não significaria nada para eles. – Ele vai querer interrogar vocês.

Alex a olhou sem entender.

– Quer dizer, ele vai ter algumas perguntas para fazer.

De qualquer modo, pensou ela, *não vou deixar vocês aqui para responderem às perguntas de mais ninguém.*

– Quem vem nos buscar? – Ava quis saber, fazendo uma careta.

Natasha gesticulou, ignorando a pergunta. Quanto mais pensava na situação, no entanto, mais dúvidas surgiam na própria cabeça.

– Onde aprendeu a pular de pontes daquele jeito?

– Não aprendi. Só sabia fazer – disse Ava, irritada. – Onde aprendeu a atirar nas pessoas daquele jeito?

– Na escola, obviamente – respondeu Natasha com a voz inexpressiva. – Eu era a melhor aluna da classe.

– Devia ser mesmo. Especialista em tiro ao alvo.

Ava sentou-se nas pedras, demonstrando não querer mais conversar.

Depois, deitou-se.

Natasha fez como quem não se importava.

– Sim, e em armas combinadas. Tática. Combate corpo a corpo. Aviação naval. Navegação. Engenharia militar. Artilharia...

– Já entendemos – Alex a interrompeu. – Você é demais.

– Após anos de treinamento. E Ava quer que eu acredite que ela virou uma ginasta de nível olímpico quando eu não estava olhando?

– Quando é que você *estava* olhando? – questionou Ava, sem nem se dar ao trabalho de sentar.

Ainda assim, Natasha olhou para a menina. Havia algo de errado ali.

Elevação das pernas, cambalhota frontal e rotação completa? Ninguém no planeta "só sabe fazer" isso.

Ela balançou a cabeça. Ava executara um movimento típico dos que são ensinados na Sala Vermelha, e Natasha não estava gostando nada disso.

Nem um pouco.

Alex levantou o rosto depois de limpar a poeira de concreto de suas pernas e braços.

– Você pode guardar essas armas agora – disse ele, apontando para a mão de Natasha. – A não ser que pretenda nos matar.

Natasha não havia notado que ainda segurava uma arma em cada mão. Guardou uma no cós da calça e deslizou a outra nas costas.

Descuidada. Ivan está conseguindo desestabilizar você. Mesmo agora, depois de todo esse tempo.

Não dê a ele esse gostinho.

– Mas qual é o motivo desse interrogatório? – perguntou Ava, olhando para o céu. – Achei que fôssemos fugir daqui. – Ela fechou os olhos e massageou a têmpora com uma das mãos. – Espero que sim. A minha cabeça está começando a latejar.

Natasha se eriçou.

– Não é interrogatório nenhum.

– É o quê, então? Um *quiz*? – Alex fez cara feia.

– Não sou professora nem babá. Se quiserem enfrentar Ivan Somodorov por conta própria, fiquem à vontade. Mas não se comportem como se estivessem me fazendo um favor. Minha obrigação era só alertá-los.

– Concordo – disse Ava, ainda de olhos fechados. Agora ela estava com as duas mãos nas têmporas. – Não se preocupe, você não está fazendo nenhum favor e deve ser a pior babá do mundo. Mas eu agradeço o alerta, de toda forma.

Natasha foi até a menina e estendeu-lhe a mão.

– Levante-se.

Ava abriu só um dos olhos.

– Você é um alvo – explicou Natasha, suspirando. – Não pode ficar aqui. A não ser que queira conhecer o restante do pelotão de Ivan...

Ava pegou a mão de Natasha e se puxou para cima – ou tentou se puxar. Assim que ergueu o corpo, caiu de novo nas pedras, gemendo.

Havia algo errado.

– Você está bem? – perguntou Alex, preocupado.

Ava tentou se levantar mais uma vez, mas não conseguiu.

– Estou zonza. Acho que... vou vomitar.

– Por favor, não – disse Natasha, sem paciência.

Ava se curvou sobre a areia e colocou a palma da mão na testa.

– Meu cérebro está derretendo.

– Eu sei – disse Alex, apontando para a própria cabeça. – Meus ouvidos ainda estão zumbindo por causa dos tiros. Deve ser isso.

– Não derretendo... Congelando. – Ava conseguiu forçar as palavras para fora enquanto cambaleava para a frente. – Congelando forte.

Ela trombou com Natasha, derrubando sua peruca, que caiu sobre as pedras...

... deixando soltos os infames cachos vermelhos de Natasha Romanoff.

Ava estacou.

Natasha ficou ali, parada. Sabia exatamente o que tinha acabado de acontecer.

Cabelo vermelho.

Adeus, boné.

Óculos quebrados.

Sem a máscara digital.

Der'mo...

De preto dos pés à cabeça, de jaqueta de couro e armamento triplo – com os característicos cabelos vermelho-dourados cintilando sobre os ombros. Apenas uma agente no mundo tinha aquela cara.

Uma agente famosa.

Pelo menos desde a Iniciativa Vingadores.

Natasha Romanoff ainda se considerava uma agente da S.H.I.E.L.D., mas já não era apenas isso.

Na verdade, a Viúva Negra era bem conhecida por todos os admiradores de Tony Stark, do Capitão América ou de certo cientista de temperamento incontrolável – isso sem falar do herdeiro do trono de Asgard. No ano anterior, ela tinha recusado convites para mais estreias em Hollywood do que o próprio Tony Stark. *(O que não era difícil, já que ele nunca recusava nenhuma.)* Valentino lhe oferecera um vestido para usar no Baile de Gala do Met. (Não, *grazie.*) E ela vira seu rosto estampando a capa da revista *Time* dedicada às "100 Mulheres Mais Poderosas do Mundo". (*Só cem?*) Ela até fora convidada para uma partida de boliche na Casa Branca.

Querendo ou não, Natasha Romanoff era agora uma celebridade. Esse era o preço a se pagar por assumir a sagrada responsabilidade de proteger o planeta inteiro de perigos que ninguém mais podia ou queria enfrentar. As câmeras, o assédio da mídia, a fama. Não havia ninguém que não reconhecesse a Viúva Negra, independentemente de quanto isso dificultasse o seu trabalho.

– É você.

Como era de se esperar, Alex a estava olhando como se ela fosse um fantasma, uma estrela de cinema ou, melhor ainda, o fantasma de uma estrela de cinema. Não parecia acreditar em seus olhos. Ficou paralisado. Não conseguia desviar o olhar, nem conseguia se mexer.

– Você é v-você – gaguejou.

– Ela é – confirmou Ava, colocando a mão no ombro dele.

– Então isso tudo é... real – Alex precisou falar em voz alta.

– Infelizmente, sim – disse Natasha.

– Eram *realmente* mercenários russos que estavam atirando na gente – ele disse, ainda olhando fixamente para Natasha.

– Bingo – falou Natasha.

– E Ava está *realmente* encrencada. Porque você... Você é a Viúva Negra.

Natasha suspirou. Sempre odiava esse momento, por mais inevitável que ele fosse: a revelação de sua verdadeira identidade. Desde criança, aprendera a esconder segredos; quanto menos soubessem sobre ela, mais segura ela estaria. Além disso, trabalhar disfarçada era muito menos doloroso (e muito menos arriscado) do que ser Natasha Romanoff.

Mas manter disfarces havia ficado muito mais difícil desde que os Vingadores ganharam fama. A partir daí, tudo mudou – da maneira como a pessoas falavam com ela ao modo como a olhavam, e, principalmente, sobre o que esperavam dela.

E era assim que o menino a estava encarando agora.

– Alex. Está tudo bem – disse Ava, o rosto ainda mais pálido, quase cinzento.

– Você sabia que sua... Ela... era... ela? – Alex tentou falar normalmente, mas estava soando confuso.

Com dificuldade para manter-se em pé, Ava dirigiu um olhar cansado a Natasha.

– Sim. Logo você se acostuma.

– Todo mundo se acostuma – Natasha falou sem dar importância. Olhou para o céu. *Coulson, cadê você?* Depois, examinou Ava melhor. Os joelhos da menina estavam começando a ceder. – Você está bem?

– Estou – respondeu Ava, cambaleando de novo. – Zonza.

Natasha a pegou pela mão...

... e as pernas de Ava cederam.

Ela caiu de joelhos, e seu corpo começou a convulsionar. Era como se tivesse sido atingida por um raio.

– Ava? – Alex abaixou ao seu lado.

Natasha a levantou nos braços. Os olhos da menina estavam fechados.

– A pulsação dela disparou – disse Natasha. – Me ajude a deitá-la.

Eles a colocaram com cuidado no chão.

Ava estava imóvel, encolhida sobre a lateral do corpo, como se seu coração tivesse de repente parado de bater ou como se toda a energia do seu corpo tivesse sido drenada.

– Ava? – Alex a apoiou sobre um dos braços. – Ela apagou. Precisamos levá-la a um hospital.

Natasha se levantou.

– Não vai demorar. – Ela olhou para o rio, onde viu uma sombra mover-se pela água. – Só trinta segundos.

Alex aninhou a cabeça de Ava.

– Acorde, Ava, acorde. Vamos.

Natasha estava observado o céu.

Ande logo, Coulson. Por que essa demora toda?

Como em resposta à sua súplica, e com um estrondo que encheu o ar, uma aeronave da S.H.I.E.L.D. pousou sobre a água atrás deles – e Natasha Romanoff respirou aliviada pela primeira vez naquele dia.

arquivo editar exibir

S.H.I.E.L.D. – DOCUMENTO CONFIDENCIAL
ACESSO NÍVEL X
INVESTIGAÇÃO DE MORTE EM SERVIÇO
REF: S.H.I.E.L.D. CASO 121A415
AGENTE ENCARREGADO: PHILLIP COULSON
INDICIADA: NATASHA ROMANOFF OU VIÚVA NEGRA
OU NATASHA ROMANOVA
TRANSCRIÇÃO: INQUÉRITO DO DEPARTAMENTO DE DEFESA

Incidente: Odessa 2005 B2
Observação no arquivo: P_Coulson – registros pessoais

ROMANOFF: Preciso de apoio aéreo extraoficial, Coulson. Possível extração, às 13h, área do metrô, Filadélfia. Confirma?
COULSON: Agente Romanoff, está me dizendo que precisa de um favor?

ROMANOFF: Estou dizendo que preciso de apoio aéreo extraoficial.
COULSON: Já me disseram que sou um ótimo apoiador.

ROMANOFF: Responda sim ou não.
COULSON: Li isso no meu horóscopo, uma vez.

ROMANOFF: Estaremos prontos quando eu der o sinal. Ativando rastreador de campo. Não me ligue, eu ligo.
COULSON: Meu horóscopo também dizia isso.

ROMANOFF: ...
COULSON: Pronto em cinco. Considere isso a minha confirmação.

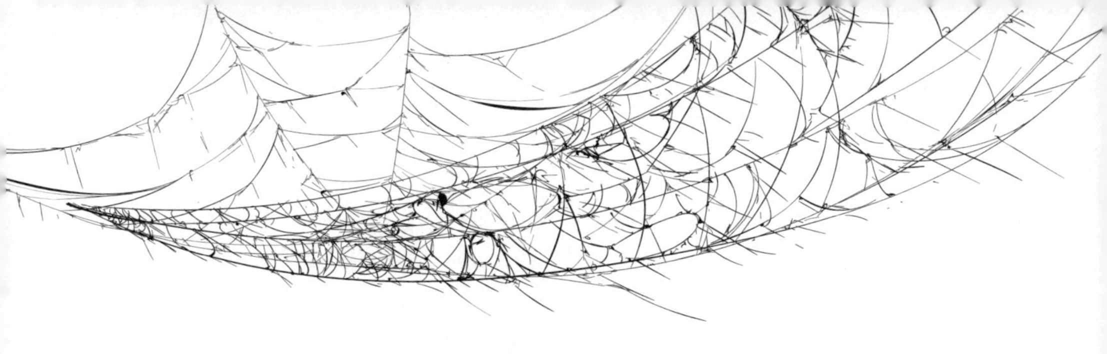

CAPÍTULO 15: ALEX

NO AVIÃO DA S.H.I.E.L.D., SOBREVOANDO O LITORAL LESTE

Alex levou somente alguns minutos para levantar Ava, colocá-la sobre o ombro e carregá-la da margem do rio até o avião, mas ele estava tão preocupado com ela – e com medo de derrubá-la – que pareceram horas.

Quando ela acordou, sobrevoando a Pensilvânia – devidamente presa com o cinto de segurança em um assento, com Romanoff de um lado e Alex do outro –, Ava reagiu à situação melhor do que se poderia imaginar.

Melhor do que eu reagiria.

Acordar em uma espécie de avião militar da S.H.I.E.L.D.*?*

Por um momento, pareceu que ela entraria em pânico, mas depois se acalmou ao perceber que estavam voando.

Alex concluiu que Ava já devia ter passado por coisas demais. Ele mal conseguira processar os eventos nos quais tinha se metido.

É como se ela já esperasse que coisas assim acontecessem com ela.

Levar tiros de mercenários russos e ser carregada por um avião militar.

Mas por que ela esperaria?

E o que isso tem a ver com Natasha Romanoff?

Ele espiou furtivamente a famosa espiã, que estava concentrada conversando com outro agente.

Natasha Romanoff. Natasha Romanoff em pessoa.

Chamavam-na de Viúva Negra. Ela conhecia o Homem de Ferro. Bom, ela conhecia todo mundo, todos os heróis de sua vida.

A verdadeira Viúva Negra! Alex se perguntou se ela gostaria que dissessem isso na cara dela. *Como se dirigir a alguém como ela? Natasha? Dona Viúva? Agente Romanoff?*

Ele tentou assimilar a nova realidade ao seu redor, mas nem adiantava. Alex não conseguia entender Ava e nem nada mais.

Sabia que Ava não havia lhe contado tudo. Certamente, havia muito mais sobre ela. Ele conseguia notar pela maneira como ela fugia de sorrisos amigáveis com a mesma determinação com a qual fugia dos tiros. A maneira como ela enfrentava tudo como se não pudesse contar com mais ninguém.

Alex queria ser seu aliado, se pudesse.

Talvez mais que isso, se ela deixasse...

Valia a pena tentar.

Alex fitou Ava sentada ao seu lado. Estava aliviado por ela ter recobrado a consciência, embora seu rosto ainda estivesse pálido e sua respiração estivesse irregular. O avião passou por pequenas turbulências ao atravessar as nuvens espessas para atingir altitude, o que provavelmente não colaborou para a náusea dela.

Alex afivelou melhor o cinto que o prendia ao assento.

– Talvez ela devesse continuar bebendo água – o agente sentado à frente deles falou.

Ava pareceu ficar irritada, mas foi obediente e tomou um gole.

Alex não conseguia se lembrar do nome do cara, apenas de que ele fora a razão pela qual Ava havia acordado. Não precisou de muito além de um sopro numa cápsula malcheirosa, aberta pelo agente perto do nariz dela. Ava tossiu e recobrou a consciência.

Ele havia ficado grato, mas, pela forma como o tal cara (*Kelson, ou talvez Cullen?*) estava olhando para os três agora dava a impressão de que eles saltariam do avião.

– Ela pode estar machucada. Precisamos levá-la ao médico – Alex tomou coragem para falar. Tocou os dedos gelados de Ava. – Ela desmaiou por alguma razão. E está muito fria. Será que está em choque? Mãos geladas podem significar choque.

Ele deixou seus dedos sobre os dela. Não importava se ela perceberia ou não.

Sendo honesto consigo mesmo, talvez ele até quisesse que ela percebesse.

– Ela ficará bem – Romanoff respondeu. – Desde que a gente dê um jeito em Somodorov. – Ela virou para o outro agente. – Ou então ela acabará morta.

– Pois *ela* está sentada bem aqui – exclamou Ava, rosqueando a tampa da garrafa de água. – Talvez devessem perguntar a *ela* o que *ela* quer fazer?

Romanoff a ignorou.

– Precisamos de uma resposta coordenada. Ivan trouxe ameaça ao solo americano. Já há rumores. Não podemos esperar sentados e assisti-lo provocar tiroteios em cidades inteiras. Ele está ficando mais e mais ousado.

– Ela está certa. – Ava segurou a garrafa de água contra a cabeça. – E eu odeio ter de lembrar, mas, se Ivan renasceu dos mortos, ele não fez isso sozinho. Onde ele esteve por todo esse tempo? Quem o está bancando? Onde fica a base de suas operações?

– Bancando? Você acabou de dizer *bancando*? Onde aprendeu a falar desse jeito? – Alex cutucou Ava. Ela afastou sua mão, mas ele continuou a olhá-la.

Romanoff voltou-se para o outro agente.

– Você decide, Coulson.

Coulson. Esse é o nome dele.

Agente Coulson balançou a cabeça.

– Na verdade, não sou eu quem decido. Sou só o seu contato, Romanoff. Prometi dar apoio na extração. Não em uma missão, e certamente não em uma guerra contra um exército de mercenários russos. Estou de mãos atadas.

– Do que você está falando? Não pode haver guerra contra mercenários? Mas isso é exatamente que a gente faz, Coulson.

– Não dessa vez.

– Está dizendo que eles não fizeram nada que valha a pena lutar contra? Agora só trabalhamos com o que chama a atenção do público? Alienígenas, nazistas e soldados biônicos? – zombou Romanoff.

Alex olhou para o agente Coulson com novo interesse.

– Sério? Alienígenas? Tipo, de verdade? Ou tipo aquele cara com a arma gigante?

– *Armas gigantes* são palavras que se aplicam à maioria das pessoas que eu conheço – disse Coulson. – E aviões. E, às vezes, carros voadores.

– Eu estava falando daquele grandalhão, sabe? Aquele do martelo.

– Por que esse menino está aqui mesmo? – Coulson perguntou a Romanoff.

– Ora, *Phil* – ela retrucou, parecendo irritada. – Suas mãos estão atadas? Então as desate. Você estava lá, naquela noite, em Odessa. Se Somodorov estiver vivo, ele virá atrás de Ava para terminar o que começou.

Ava agiu como se não tivesse escutado o comentário, mas Alex sabia que ela ouvira, sim, porque sua mão gelada de repente apertou a dele.

O que aconteceu naquela noite? E, afinal, quem é esse tal de Ivan?

E por que todo mundo tem tanto medo dele?

Alex sabia, entretanto, que de nada adiantava perguntar. Ele não saberia dizer exatamente o que a S.H.I.E.L.D. fazia – apenas que era um tipo misterioso de agência de inteligência –, mas, seja lá o que fosse, não parecia mais aberta com a divulgação de informações do que a própria CIA.

– Esqueçam o tal russo – insistiu Alex. – Precisamos de um hospital. Ava pode estar com algum problema sério. Se ela tivesse desmaiado um pouco antes, no meio da rua... – Ele não terminou a frase.

– Ela poderia ter sido morta – completou Romanoff. – Ou nos feito morrer.

Por ser Natasha Romanoff, ela não tinha problemas em terminar frases difíceis. Pelo menos foi o que pensou Alex. *Esses russos...*

– Mas *ela* não desmaiou – disse Ava.

Coulson estava balançando a cabeça, parecendo mais do que um pouco incomodado.

– Você devia ter pensando em tudo isso antes de envolver duas crianças nessa história, Agente Romanoff.

– Crianças? Agora somos crianças? – protestou Ava.

– Ah, por favor. Proteger Ava contra Ivan era o meu trabalho... Como é que eu ia imaginar que o garoto nos seguiria? – Ela olhou para Alex. – Ele é que é o problema. Ele complica tudo. Temos de nos livrar dele. Depois resolvemos o que fazer com ela.

– Se livrar de mim? – O avião sacudiu, e Alex usou a mão livre para se segurar no cinto de segurança. – O que foi que eu fiz? Só estava tentando ajudar.

– Devia ter ficado de fora. – Romanoff irritou-se. – Não tinha nada que ter aberto aquela porta, muito menos ter ido bisbilhotar naquela cobertura.

– Primeiro, uma menina bonita me paquera. Depois, assisto ao sequestro dela. Aí me envolvo. O que tem de tão errado nisso? *Até parece que o sequestrador era eu.*

– Paquerando você? – Ava corou, tirando os dedos gelados das mãos dele. – Foi por isso que você veio atrás de mim? Por que me achou bonitinha?

– Claro que não – disse Alex, envergonhado. Ele sentiu o rosto ficando vermelho. – Quer dizer, você é bonitinha.

Ava parecia pronta para dar um tapa na cara dele.

– Jura? Em uma situação de vida ou morte, você estava avaliando se eu era ou não interessante?

– Não – ele tentou corrigir, sem saber o que dizer ou fazer. Ele não tinha muita experiência com garotas. – Isso foi antes.

Ava o encarou. Alex percebeu que só estava piorando as coisas.

Fique na sua. Conserte isso. Conserte enquanto ainda dá tempo.

Ele tentou pensar em uma maneira de se defender, mas tinha pisado em território estranho.

– Só para constar, quero dizer que você estava sim me paquerando. – Ele bateu o pé no piso de metal trêmulo do avião, quase como um tique nervoso.

Ava desviou o rosto.

– Se aquilo era paquera, o que dizer de agora? Estamos em um encontro?

– Chega! – zangou-se Romanoff. – Olhem ao redor. Estão em um avião militar. Ninguém está paquerando ninguém. A S.H.I.E.L.D. não é um aplicativo de encontros.

– Bem... – disse Coulson. – Oficialmente, existem regras contra isso, mas eu estaria mentindo se...

Romanoff olhou feio, e ele ficou em silêncio. Depois ela se voltou novamente para Ava e Alex.

– Vocês dois não se conhecem e não sabem o que está acontecendo aqui. Que tal todo mundo calar a boca?

Foi o que fizeram.

– Não acho que deva falar com crianças dessa forma, Agente – Coulson aventurou-se a comentar.

– Não são crianças. São danos colaterais.

– Em forma de crianças – Coulson falou cuidadosamente. – Crianças que sofreram danos colaterais... A quem você deve estar causando ainda mais danos colaterais.

Ava resmungou.

Alex podia sentir a tensão aumentando.

Instintivamente, o rapaz levou a mão ao bolso, onde estava o resto de uma barra de Snickers. Ele a pegou. Estava desesperado.

Romanoff dirigiu-se a Coulson:

– Crianças ou não, o que importa é que aqueles homens atrás de nós eram capangas de Somodorov. Tenho certeza.

– Você acha que tem certeza – Coulson corrigiu.

– Eu troquei uma palavrinha com um dos capangas dele. Entre conversar ou sangrar, ele pegou a primeira opção.

– Cara esperto – disse Coulson, parecendo interessado.

– Ivan contratou pelo menos dez. Seguranças particulares, todos eles. Todos russos, claro. Ao menos ele é coerente.

– Ele achou mesmo que ia derrotar você com meia dúzia de atiradores de aluguel? – Coulson sorriu só de pensar.

Romanoff fez que não.

– O problema é esse. Segundo o cara, o contrato não era para matar – ela explicou.

– E para que mais alguém atira em alguém? – Alex fez uma careta.

– Atirar para ferir – disse Romanoff. – Para controlar. Para capturar. Para reposicionar. Para várias coisas.

Coulson pareceu surpreso.

– Acha que ele estava conduzindo vocês como um rebanho?

– Essa é uma teoria – respondeu Romanoff, recostando-se no assento. – Essa missão, o ataque contra nós, ele disse que tinha um nome. – Ela e Coulson se entreolharam. – Para Sempre Vermelha.

– Ah, é? Bonito nome. Faz sentido para você? – Coulson ergueu uma sobrancelha.

– Pode ser uma referência – disse ela, lentamente. – A algo que Ivan me disse naquela noite, em Odessa.

– Mais alguma coisa?

– Isso aqui. – Natasha mostrou um celular preto com a tela toda trincada. – O cara tinha mandado uma mensagem para Ivan logo antes de eu atacá-lo. Apenas duas palavras.

Todos olhavam para ela, esperando. Natasha ergueu o telefone. *Sincronização completa.* E jogou o aparelho para Coulson.

– Pelo visto, era só uma armadilha. E eu caí como uma pata. De novo. – A expressão dela era dolorida.

– Então você acha que Ivan foi atrás de Ava porque sabia que você iria tentar salvá-la. – Coulson estava examinando o celular enquanto falava.

– Que ironia – Ava zombou.

– Nem tanto. Estou aqui, não estou? – Natasha se virou para ela.

– Claro. Oito anos atrasada. – Ava olhou para Coulson. – Tem que ter mais coisa aí. Para quê? Por que eu, depois de todo esse tempo?

– E o que foi sincronizado? – Alex estava confuso.

– E por que Ava desmaiou? – Natasha olhou para todos. – Não sei, mas, em se tratando de Ivan, o Estranho, e de sua história com experimentos humanos, estou achando que tudo pode estar relacionado. – Ela chacoalhou a cabeça. – E é por isso que acho que levá-la a um hospital civil não é uma boa ideia.

Ava baixou os olhos, de repente interessada em sua garrafa de água.

– Então é isso? Ivan tem projetos a concluir? – perguntou Coulson, bem sério desta vez.

– Talvez... – Natasha olhou para Ava. – Mas tenho a sensação de que as coisas vão ficar cada vez mais esquisitas até conseguirmos desvendar o que, afinal, está acontecendo.

Alex notou a garrafa tremendo entre os dedos de Ava. Ele a tirou da mão dela e a substituiu por sua própria mão quente. Seus olhares se cruzaram.

Eu sei. Também estou preocupado.

– Não podemos atacar Ivan – afirmou Coulson. – Ainda não. O Departamento de Defesa ainda não verificou se ele está mesmo no país. Ninguém o viu depois do Panamá. Até onde sabemos, oficialmente, ele continua morto.

Romanoff suspirou.

– Você que é o responsável pela papelada, Coulson.

Coulson inclinou-se para a frente com uma expressão séria no rosto.

– Precisaremos provar que ele está de fato no país. Arranjar provas concretas de que é ele que está atrás de vocês. Se conseguirmos demonstrar que Ivan está por trás de tudo isso, a S.H.I.E.L.D. disporá de todos os seus recursos para ajudar. – Ele se recostou novamente. – Daí posso driblar a papelada.

– Ou resolvemos isso do meu jeito – disse Romanoff.

Coulson olhou para ela.

– E eu quero saber qual é esse seu jeito?

– E você já quis alguma vez? – Natasha dirigiu-lhe um olhar sombrio. – Está na hora de conseguirmos algumas respostas. Leve-nos até onde possamos fazer isso, ou eu mesma aterrisso este avião.

– E para onde exatamente você quer ir, Agente?

– Para a base de dados de segurança máxima da S.H.I.E.L.D. Mais precisamente, Triskelion, em Nova York. Preciso rastrear um dispositivo de alta tecnologia, e, em um mundo com nível dez de confidencialidade, esse dispositivo deve estar em nível onze. – Ela olhou para Ava. – Lá na base podemos pedir para um médico da S.H.I.E.L.D. examiná-la.

– Triskelion? Agora? – Ava estava claramente apavorada.

Seja lá qual fosse o problema, Alex sabia que ela não era fã da S.H.I.E.L.D.

– Sim, agora – respondeu Natasha.

Coulson estreitou os olhos.

– Deixe-me adivinhar. Esse dispositivo pertence a Ivan Somodorov?

Romanoff confirmou.

– Pertencia, até eu e você o roubarmos em Odessa.

Ava ficou lívida.

– Eles não vão gostar nada disso – disse Coulson.

– Não preciso que gostem – retrucou Romanoff com a voz gélida. – Eu também não gosto.

– Se você não gosta, imagine eu. Eu odeio – disse Ava, sacudindo a cabeça.

– Você tem uma ideia melhor? Sou toda ouvidos. – Natasha a fitou. – É, imaginei que não.

– Ava, ela está certa. É melhor você ser examinada por um médico – Alex arriscou-se a falar.

– Você também? – retrucou a menina.

Até Alex sabia que Natasha Romanoff tinha razão. Não havia opção melhor – e não havia mais o que dizer.

Um longo minuto se passou. Por fim, Coulson deu um suspiro.

– Ok. Vamos até a S.H.I.E.L.D. Levarei vocês até a pista de pouso sobre o Rio East.

– E depois? – Natasha perguntou.

– Bom, você tem razão. Se você pretende dar um jeito de entrar com duas crianças civis sem acesso algum em uma instalação de segurança máxima, eu faço questão de não saber que jeito é esse.

Ela assentiu.

– Tudo bem. Tenho contatos que podem ajudar.

arquivo editar exibir

S.H.I.E.L.D. – DOCUMENTO CONFIDENCIAL
ACESSO NÍVEL X
INVESTIGAÇÃO DE MORTE EM SERVIÇO
REF: S.H.I.E.L.D. CASO 121A415
AGENTE ENCARREGADO: PHILLIP COULSON
INDICIADA: NATASHA ROMANOFF OU VIÚVA NEGRA
OU NATASHA ROMANOVA
TRANSCRIÇÃO: INQUÉRITO DO DEPARTAMENTO DE DEFESA

DD: Triskelion, em Nova York?
ROMANOFF: Parece surpreso, senhor.

DD: O que é que vocês fazem lá, afinal? Nessas bases espalhadas por todo o mundo?
ROMANOFF: Festa do pijama. Guloseimas. Jogos. O de sempre.

DD: E nunca lhe ocorreu que poderia ser problemático levar menores civis para situações de grande sensibilidade e acesso restrito?
ROMANOFF: Ocorreu, sim.

DD: Situações que podiam envolver questões de segurança nacional?
ROMANOFF: Levei isso em consideração.

DD: E então?
ROMANOFF: Ivan Somodorov tinha acabado de ressuscitar. Eu não deixaria um detalhe burocrático me impedir de fazer o que eu precisava fazer.

DD: Que era...?
ROMANOFF: Colocar Ivan de volta no túmulo. Depois, claro, comer guloseimas.

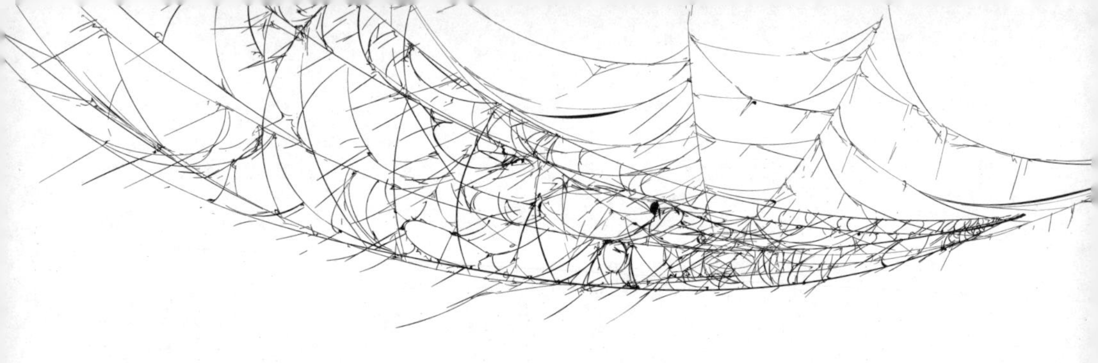

CAPÍTULO 16: AVA

BASE TRISKELION DA S.H.I.E.L.D., RIO EAST, A INCRÍVEL NOVA YORK

Conforme o avião da S.H.I.E.L.D. iniciou o processo de descida, Manhattan foi aparecendo pela janela. Ava nunca tinha visto a cidade de cima. Do alto, nada parecia real.

Com o dedo, ela traçou uma linha imaginária na janela de vidro, ligando o Central Park ao Empire State, depois até o Battery Park, na ponta sul da ilha. Fez outro traço até a água, sobre a qual se erguia a imensa base Triskelion da S.H.I.E.L.D., com três enormes pilares que o tornavam, talvez, o ponto de referência mais dramático entre todos os de Nova York.

O círculo com os três troncos.

Ela não lembrava o significado do símbolo de Triskelion, mas sabia que significava algo. Ela bem que devia saber, pois passara muitas horas solitárias presa em uma instalação ocupada somente por tutores da S.H.I.E.L.D. Ainda assim, nunca quis saber.

Tirou a mão da janela.

Uma prisão. Para mim, é só o que significa agora.

* * *

Ex-prisioneiros não costumam retornar voluntariamente para a cadeia, a não ser que sejam obrigados – pelo menos, não os espertos. Apesar disso, Ava seguiu Natasha e Alex pela passarela pintada de amarelo fosforescente que conduzia à entrada protegida da fortaleza da S.H.I.E.L.D. em Nova York. E ela sabia que era como retornar à prisão.

O avião pousara sobre uma pista quase vazia sob o Rio East. Os portões se abriram assim que eles enviaram um sinal de aproximação. Tudo o que restava daquela jornada agora era a curta caminhada pelo glorioso estacionamento de aeronaves até o interior do edifício – cerca de noventa metros pela pista de pouso.

Continue andando.

– Você está bem? – perguntou Alex, olhando-a com curiosidade.

– Estou bem. – Assim que Ava respondeu, a cobertura da pista de pouso subterrânea começou a se fechar acima deles, e o pânico começou a tomar conta dela. Estava sendo aprisionada novamente.

E se não me soltarem mais?

Ela olhou para cima, para o pedaço do entardecer nova-iorquino que estava diminuindo cada vez mais – até restar apenas o teto de aço da pista.

Não estamos no 7B. Continue andando.

Ava diminuiu o passo quando avistou, ao longe, as portas de vidro da base da S.H.I.E.L.D. Sem querer, estacou. Honestamente, ela não sabia se conseguiria fazer seu corpo seguir em frente.

Não ficarei presa. Natasha prometeu.

Quanto mais Ava tentava não pensar, mais difícil era continuar andando. Foi Alex, mais uma vez, quem a notou, e foi ele também que a esperou para que conseguisse alcançá-los.

– Vamos.

Ele estendeu a mão para ela, e Ava aceitou. Estava quase acostumada a fazer isso, o que a deixou surpresa. *Estou aqui, Ava.* Era isso o que dizia o toque dos dedos dele. Ela tentava acreditar neles tanto quanto tentava acreditar que nada de ruim aconteceria.

Mas era impossível.

A menos que segurasse a mão dele. Só assim se sentia segura.

Mesmo quando somente um de seus dedos tocava no dele, ela sentia que eles estavam conectados – embora não soubesse explicar exatamente por quê.

Quando os ombros deles ficavam pressionados um contra o outro, com o tecido de suas jaquetas lado a lado, ela sentia que Alex a conhecia, que gostava dela e, de alguma maneira, que pertencia a ela.

Ele era o garoto que ela queria tocar hoje, no presente, e isso significava algo. Parecia algo. Um algo muito novo ou muito antigo.

Ele faz com que eu me sinta em casa.

Com a mão na dele, Ava forçou-se a continuar andando um passo por vez, até chegarem à entrada da base. Ela respirou fundo.

Ouviu-se o som de uma porta blindada se abrindo. Feita de aço reforçado, tinha sessenta centímetros de espessura e era à prova de impacto e de fogo.

Quando a porta abriu deslizando, o rosto que apareceu atrás dela pegou todos de surpresa. No que dizia respeito a rostos, esse era um dos bons. Bonito, muito animado, até que bem cuidado e extremamente charmoso.

Bastante narcisista, quase perverso e marcado pela guerra também.

– Esse é...? – Alex tentou falar, mas sua voz falhou.

Natasha deu de ombros.

– Eu disse. Tenho contatos.

– Agente Romanoff – falou Tony Stark, do outro lado da porta aberta. – O que faz por aqui? Por acaso também veio entregar o seu projeto de financiamento de energias alternativas?

Ele deu um sorrisinho.

– Não exatamente – respondeu Natasha, puxando-o para um abraço. – Esperava que você estivesse por aqui, na verdade.

– Primeiro sábado do mês. Onde mais eu estaria? – Ele deixou a cabeça pender de lado. – Achei que você estivesse caçando bandidos no Oriente Médio.

– É, agora são os bandidos que estão me caçando – respondeu Natasha. – Surpresa.

– Aonde você vai, as armas vão atrás, Agente Romanoff. Por que isso me surpreenderia a essa altura?

– Com as armas eu sei lidar. É o resto que está me pegando.

– Está se referindo a *esse* resto? – perguntou Tony, olhando para Ava e Alex.

Ava sentiu o rosto corar.

Natasha fez que sim.

– Ava, Alex, este é Tony Stark.

– Olha. É uma humaninha. Olá, humaninha.

Tony acenou, mas Ava permaneceu imóvel. Não conseguia controlar. Como todo mundo, ela já ouvira falar muito sobre Tony Stark, o famoso Homem de Ferro – além de dono das Indústrias Stark e de carros velozes –, especialmente pelo noticiário. Mesmo que só pudesse assistir aos canais públicos.

– Oi, Senhor... Ferro... Stark – disse Ava, um tanto tímida, passando a mão nos cabelos cor de cobre.

O próprio Alex também parecia incapaz de falar, até que finalmente conseguiu desengasgar algumas palavras:

– Você... Você é ele.

– Bom, eu não sou ela – respondeu Tony, sorrindo, olhando para Alex.

– Esse menino fala isso o tempo todo – disse Natasha.

– O que está acontecendo? – Tony perguntou, e os dois entraram de fato na base da S.H.I.E.L.D. Alex e Ava ficaram para trás, seguindo-os à distância.

– Você não faz ideia – respondeu Natasha.

Enquanto os dois conversavam, somente Ava notou o som brusco das imensas portas se fechando, selando a pista de pouso.

Tony alisou o cavanhaque.

– Vejamos. Você acaba de aparecer na medula da S.H.I.E.L.D. com dois humaninhos, e um deles parece ser uma menina russa de cabelo ruivo. Há algo de familiar nisso, não? Por que será?

– Já terminou?

– Ah, acho que estou apenas começando.

* * *

Assim que puseram os pés na base, a influência de Natasha Romanoff e Tony Stark – ajudada por alguns telefonemas feitos por Coulson – ficou mais do que evidente. Em questão de minutos após sua chegada, Alex e Ava receberam uniformes da S.H.I.E.L.D. para vestir – blusas e calças de moletom pretas, com o característico logotipo prateado –, e também sanduíches não muito apetitosos enrolados em papel-alumínio.

– Ué, não veio escova de dente? E meias? E as máscaras de dormir? – questionou Alex, examinando seu pacote com o sanduíche.

Tony Stark olhou para o garoto.

– Sinta-se bem à vontade. Tem tudo isso na loja de suvenires.

– Tem uma loja aqui?

– Não.

Natasha assumiu o controle da situação, e, antes que sequer tivesse tempo para reclamar, Ava foi conduzida à ala médica, onde a examinaram de cima a baixo. Alex, que se recusava a sair, ficou o tempo todo ao seu lado. No instante em que foi diagnosticada como saudável – surpreendentemente saudável, considerando os acontecimentos do dia –, Ava apressou-se para sair dali.

Enquanto isso, Tony Stark e Natasha Romanoff ("Metade dos Vingadores", como ressaltou Natasha; "A metade mais bonita", Tony acrescentou) resolveram-se com os altos oficiais, fazendo *lobby* para obterem acesso ao exclusivíssimo banco de dados do Triskelion. A união de forças deu resultado: não havia como resistir ao poder da aliança Stark-Romanoff por muito tempo.

Ganharam o acesso.

Em uma hora, Ava e Alex – agora vestidos de preto, como todo recruta da S.H.I.E.L.D. –, junto a Tony e Natasha, estavam escondidos muitos andares abaixo do Rio East, num lugar que Tony chamava de Cérebro de Confiança. A sala escura parecia ter o tamanho de um campo de futebol, embora na verdade não se estendesse por mais de quinze metros. Era a quantidade de informação que fluía por ela que dava essa impressão.

Lado a lado, nos fundos do recinto, Ava e Alex estavam maravilhados com os dados que os cercavam.

– Nossa. Isso aqui é demais! – exclamou Alex.

Ele já não parecia tão intimidado pela presença do Homem de Ferro, nem com a ameaça do exército de Ivan.

Ava queria que fosse fácil assim para ela. Ainda estava ressabiada. A S.H.I.E.L.D. a ensinara a ser desse jeito. Até mesmo aquele cômodo era protegido por três corredores separados e patrulhados, por uma sequência de alarmes que reiniciava a cada hora e por uma porta de aço de mais de meio metro de espessura. Para uma menina que passava quase o tempo todo calculando mentalmente possíveis rotas de fuga, aquilo era um pesadelo. Ava não conseguia confiar em nada daquele edifício – nem mesmo em um lugar chamado Cérebro de Confiança.

– Sim, é superlegal – ela concordou.

Não havia como negar que a atividade presente naquele recinto não era nada parecida com o que ela vira no 7B – ou em qualquer outro lugar do mundo. Lá de sua antiga prisão, ela volta e meia tinha a oportunidade de espiar arquivos codificados e sequências hiperelaboradas capazes de decodificá-los, assim como tecnologias habilitadas para dar partida em qualquer carro ou abrir qualquer porta. Não a haviam impressionado muito.

Mas isto era diferente.

Milhares de arquivos da S.H.I.E.L.D. fluíam pelas paredes, com imagens, números, tabelas e gráficos iluminados, circulando ao redor deles sem parar, enquanto Natasha e Tony pesquisavam a base de dados. Estavam imersos em informação, e tudo, de um jeito ou de outro, tinha a ver com Ivan Somodorov.

Natasha estava focada e em silêncio, mas Tony falava e trabalhava ao mesmo tempo.

– Preciso que você me situe novamente. Seu antigo companheiro da Sala Vermelha, que era para estar morto, mas não está, apareceu na Cidade do Panamá. Você está com medo de que ele se engrace para o lado daquela Natasha Júnior ali.

Ava tossiu.

– Perdão?

– Então você se preparou muito bem, resgatou a sua versão mini, estragou a festa de boas-vindas desse tal Ivan e pegou carona para cá no velho aviãozinho do Coulson.

– Versão mini? Não! – Ava ficou aborrecida.

– Sim. Mais ou menos isso – confirmou Natasha, sem dar muita atenção.

Tony fez uma careta.

– E o garoto?

– Pego no fogo cruzado. – Natasha continuou indiferente.

– Nem me fale – Alex suspirou.

– Ivan quer alguma coisa, e acho que tem a ver comigo e com Ava. Por isso estamos aqui – esclareceu Natasha.

Tony confirmou com a cabeça, ainda digitando no teclado.

– Porque você precisa de ajuda em sua tarefa de babá.

– Porque sou treinada para balística, estratégia militar e contraespionagem, não para nisso.

– Melhor aluna da classe – zombou Alex, cutucando o pé de Ava.

– E daí? – Tony riu. – Eu sou treinado em bom uísque e vida mansa e... Bem, no luxo em geral. Mas a gente se adapta. As coisas mudam.

– Nem todos se adaptam – respondeu Natasha, tentando se concentrar na tela à sua frente. Ela soou desconfortável.

Ava a observou lá do fundo. Santa ironia. *Meu castigo foi ela ter me abandonado, e o castigo dela é nunca conseguir se livrar de mim.*

Desviou o olhar.

– É, parece que esse Ivan também não gosta de mudanças. Aqui. Achei uma coisa. – Tony deu um toque em um *tablet*, e o que parecia ser um conjunto de plantas projetou-se na parede de monitores. – A S.H.I.E.L.D. recuperou isso naquela noite em Odessa.

Natasha avaliou a imagem projetada à frente.

– Era isso que você estava procurando, não? Acho que tem mais.

Tony continuou passando os arquivos pela tela. Imediatamente, conforme ele ia explorando a poderosa – e ultrassecreta – base de dados do Triskelion, números e imagens começaram a flutuar.

Natasha pegou Tony pelo braço.

– Pare! Projeto O.P.U.S. É isso.

Tony puxou a imagem da tela e projetou o modelo no centro da sala. Estava longe de parecer completo – parecia, na verdade, estar danificado e apenas parcialmente materializado. Mas, mesmo naquele estado, pairava no ar acima deles em três dimensões translúcidas.

Tony clicou de novo, e o modelo girou e girou, revelando cada lado, cada ângulo e cada falha. Parecia uma caixa de metal cheia de soldas e rebites, da altura de uma pessoa, presa a um emaranhado de cabos que pendiam como os tentáculos de um polvo morto.

Um familiar polvo morto.

Ava sentiu-se prender a respiração. Alex passou o braço sobre seus ombros em um gesto protetor. Ela estava estarrecida.

– Estou me lembrando... Essa... coisa. Estava lá. No armazém, com Ivan.

– *Essa coisa* foi o que nos fez explodir o armazém – disse Natasha, estudando as linhas brancas e os números brilhantes no espaço aberto diante dela. – Então foi isso o que restou depois?

– Ao que parece. – As mãos de Tony estavam voando pelo ar.

Agora, cada centímetro do recinto havia ficado repleto de imagens e números.

Por fim, ele se recostou na cadeira.

– E isso que restou é bem sinistro.

– Sinistro? – Ava falou por trás dele. – Eu sei por que é sinistro para *mim*. Mas por que é sinistro para você?

– Para mim, não. Para Einstein. – Tony clicou o *tablet* mais uma vez, e o rosto de Albert Einstein apareceu nas telas atrás do modelo rotativo. – Física sinistra. Algo que Einstein chamava de entrelaçamento quântico.

– Espere um pouco... O quê? – perguntou Alex.

– Entrelaçamento quântico. A manipulação total da física pelo espaço-tempo. A ideia de que duas matérias distintas podem afetar uma à outra mesmo quando estão separadas por enormes distâncias.

Ava contorceu o rosto.

– Duas matérias?

– Ele quis dizer pessoas – explicou Natasha, de olhos fixos nas paredes. – Duas pessoas.

Tony confirmou com a cabeça.

– Pense em gêmeos que sentem a dor um do outro, ou uma mãe que acorda de repente quando o filho tem um pesadelo, ou um cachorro que fica esperando pelo dono em seu túmulo. – Ele olhou para o alto. – Pode-se afirmar que esses são entrelaçamentos naturais. Mas e se fosse possível entrelaçar a matéria a seu bel-prazer?

Natasha também se recostou na cadeira, fitando os dados à sua frente.

– A O.P.U.S., se esses registros estiverem corretos, foi a tentativa de Moscou de militarizar o entrelaçamento quântico... e construí-lo. Se conseguiram, encontraram o tão sonhado unicórnio de todos os centros de pesquisa do mundo.

Natasha sacudiu a cabeça, frustrada.

– Sabe quem mais disse isso? Howard Stark, mas estava se referindo aos raios-vita. E Bruce poderia ter dito o mesmo sobre a radiação gama. Esses unicórnios já estão me dando nos nervos. Será que podemos tratar como um cavalo normal, para variar?

Tony clicou a interface mais uma vez.

– Acho que o unicórnio em questão já escapou, Agente Romanoff. Há centenas de páginas aqui que corroboram a existência desse projeto O.P.U.S., e envolvendo dezenas de laboratórios russos.

Natasha parou.

– Ok. Então sabemos que essa coisa, seja lá o que for, era uma prioridade, e não apenas para Ivan, mas para Moscou também.

Ela se inclinou para a frente e girou o modelo no ar mais uma vez.

Alex resolveu falar:

– O que você quer dizer com militarizar?

– Eu me referia a quando pessoas ficam tão perigosas quanto armas – explicou Tony, relaxando na cadeira. – Posso estar errado, mas esse dispositivo aí foi uma tentativa de entrelaçar as mentes de duas pessoas que ignoravam que seriam cobaias do procedimento. Como se fosse um adaptador, mas para cérebros.

– Por pessoas, você quer dizer eu – Ava falou lentamente. Ela não tirava os olhos da parede em que os dados passavam flutuando. – Eu sou a arma.

– É plausível. *Uma* arma – Tony corrigiu.

– Isso não pode ser possível – afirmou Natasha. – Por favor, diga que é impossível.

– Não tenho tanta certeza – suspirou Tony. – Imagine uma versão atual da fusão mental vulcana, só que com Spock no controle total da direção e o pobre do Capitão Kirk sem a menor noção de que estão interferindo com sua mente.

Natasha pareceu irritada.

– Isso foi antes ou depois de eles explodirem a Estrela da Morte?

– Vou fingir que você não disse isso – riu Alex.

Tony não achou graça nenhuma.

– Pense. É a forma ideal para se espionar chefes de Estado, magnatas da indústria, generais do exército, juízes da Suprema Corte. Se a mente de uma pessoa puder se conectar com a de outra pessoa, qualquer um pode ser agente duplo, em qualquer lugar.

– Não qualquer um – disse Natasha, avaliando o modelo. – Quantos anos você tinha, Ava? Em Odessa?

– Oito – respondeu Ava, quase incapaz de falar. – Tinha oito. Quando parti, tinha quase dez.

– Exatamente. – Natasha mostrou o artigo de um jornal ucraniano na tela. – Agora há crianças desaparecendo, e não só na Ucrânia. Os raptos vão de Moscou à Moldávia. Exatamente como da última vez em que Ivan comandou essa operação.

– Faz sentido. Cérebros melhores – Tony acrescentou. – Mais adaptativos. Maior crescimento de caminhos neurais. Até os vinte e seis anos, depois complica. A não ser que você seja um... Como se diz? Um Tony Stark?

Alex riu.

Ava olhou feio para ele. *Puxa-saco.*

Tony clicou um botão, e o modelo iluminado desapareceu. Surgiu, então, o que pareciam ser relatórios de laboratório, escritos em russo, alguns batidos na máquina de escrever e outros escritos àmão.

POLNAYA SINKHRONIZATSIYA.

– *Sincronização completa* – disse Natasha, lendo as palavras. – Foi também a mensagem que interceptamos. E se estiverem se referindo a Ava e a mim?

– Aí estaremos lidando com algo um *pouquinho* preocupante. – Tony deu de ombros. – Um *pouquinhozinho.*

– Será que a conexão fica mais forte se as duas partes estiverem fisicamente próximas?

– Você é quem tem de me dizer. Até onde sabemos, você e Ava são o único protótipo de entrelaçamento de Ivan em funcionamento.

Natasha girou a cadeira de frente para Ava.

– Peguei duas vezes na mão dela. Na primeira vez, ela ficou tão nauseada que quase não conseguiu ficar de pé. Na segunda, perdeu a consciência.

Ava concordou com a cabeça.

– Foi como se o meu corpo estivesse queimando. Como se eu estivesse sendo eletrocutada.

– E depois desmaiou. Apagou totalmente – Alex acrescentou.

Tony parecia encantado. Seu cérebro estava a todo vapor.

– Como dois fios vivos. Que louco. Inacreditável. E há uma via dopaminérgica? Mesolímbica e mesocortical? Isso é...

Natasha o cortou:

– Uma quebra de confidencialidade nível sete? Um desastre de inteligência? Uma vulnerabilidade sem paralelos não só para a S.H.I.E.L.D., mas para toda a Iniciativa Vingadores?

– Tem certa razão – respondeu Tony.

– Odeio ter de perguntar isso, mas e se elas não forem o único protótipo de entrelaçamento? – perguntou Alex.

– Nesse caso, estaremos em uma encrenca ainda maior do que imaginamos – Tony hesitou. – A festa está só começando. Mesmo que apenas Ava e Natasha estejam entrelaçadas, é provável que, quanto mais forte for a conexão, maior será o acesso de Ava ao córtex cerebral de Natasha.

– O que significa...? – Alex perguntou a Tony.

– Significa que vou conseguir usar mais do que truques para pular de pontes e golpes de combate, não é? – completou Ava.

Tony balançou a cabeça.

– Natasha... Agente Romanoff... vai começar a... vazar... e se transferir... para o seu cérebro.

– Que maravilha – disse Natasha.

– Mal posso esperar – Ava respondeu.

Tony olhou para Natasha.

– Prepare-se para a exposição. E digo isso porque nunca achei que você fosse do tipo que adora compartilhar – ele falou. – Ou, e estou sendo bem honesto, do tipo que compartilha seja lá o que for. Que divide as coisas com os outros, sabe.

O silêncio que se seguiu foi bem constrangedor.

– Compartilhar é bom... – disse Alex.

Tony girou sua cadeira para Natasha.

– Você não vai mais ter segredos, Romanoff. Sobre o que fazemos, sobre o seu passado. Será como um livro aberto, e não apenas para Ava, mas para qualquer um que tenha acesso a ela.

Ava não conseguia nem olhar para Natasha. Era tudo estranhamente muito íntimo.

– Por que isso agora? O que mudou?

– Não acredito que seja só agora. Acho que a conexão inicial deve ter iniciado quando vocês duas encontraram essa coisa pela primeira vez – explicou Tony. – Em Odessa. Com Ivan.

Natasha assentiu. Ela se lembrava exatamente desse encontro e suspeitava de que Ava também. A luz azul. A explosão de eletricidade. A dor lancinante.

– Mas alguma coisa deve estar acionando o processo agora. Depois de todo esse tempo – disse Ava.

– Deve ter sido por isso que o capanga de Ivan apareceu – falou Alex. – Para que a Agente Romanoff pudesse ir atrás da Ava. Talvez bastasse apenas juntar as duas para acontecer a sincronização de que ele falou.

– Exatamente. – Tony olhava de uma russa ruiva para a outra. – Como você disse. Fisicamente próximas. É possível.

Os olhos de Natasha ficaram tão gélidos quanto uma noite de inverno nova-iorquina.

– Então use esse seu cérebro gigante para desativar isso, Tony.

– Se eu conseguir... – disse ele. Depois, sorriu. – Quem estou querendo enganar? Claro que consigo. – Ele checou o relógio. – Mas tenho de estar em Bora Bora daqui a algumas horas. Jantar romântico.

Meio sem jeito, Natasha colocou a mão no braço dele.

– Obrigada, Tony. De verdade.

Ele suspirou.

– Contanto que não envolva nenhum caos. Prometi a Pepper que nós estaríamos de férias do caos.

– Foi o que ouvi dizer. – Natasha não achou muita graça.

– É de um livro – ele explicou, na defensiva. – Ela me fez ler. Vou mandar para você. *Férias do caos.* Está sendo bastante comentado.

– Você é Tony Stark. Desde quando precisa de permissão para ter uma vida caótica?

– As coisas mudam, Agente Romanoff.

arquivo editar exibir

S.H.I.E.L.D. – DOCUMENTO CONFIDENCIAL
ACESSO NÍVEL X
INVESTIGAÇÃO DE MORTE EM SERVIÇO
REF: S.H.I.E.L.D. CASO 121A415
AGENTE ENCARREGADO: PHILLIP COULSON
INDICIADA: NATASHA ROMANOFF OU VIÚVA NEGRA
OU NATASHA ROMANOVA
TRANSCRIÇÃO: INQUÉRITO DO DEPARTAMENTO DE DEFESA

DD: Espera que eu acredite que você não sabia mais nada sobre a identidade dos menores civis colocados sob seus cuidados?
ROMANOFF: Perdão, senhor?

DD: Só acho estranho que uma agente acostumada a trabalhar sozinha de repente tenha se envolvido não apenas com um, mas com dois menores vulneráveis.
ROMANOFF: Isso é uma pergunta, senhor?

DD: Você acredita que eles estavam ambos conectados, de alguma forma, ao caso?
ROMANOFF: No que diz respeito a Ivan, Ava sempre foi um alvo. E Alex... Apareceu no lugar errado e na hora errada.

DD: Diria que isso despertou um instinto protetor em você? Algo que uma agente com a sua trajetória consideraria perturbador, dada a sua infância com Ivan Somodorov?
ROMANOFF: Acho tudo relacionado a crianças perturbador, senhor.

DD: Então não houve instinto?
ROMANOFF: Meus únicos instintos são atirar e correr, senhor.

DD: E as crianças?
ROMANOFF: Eu não diria que seria capaz de atirar nelas, mas elas deveriam fugir de mim do mesmo jeito. Só por precaução.

DD: Então, nenhum instinto.
ROMANOFF: Nenhum.

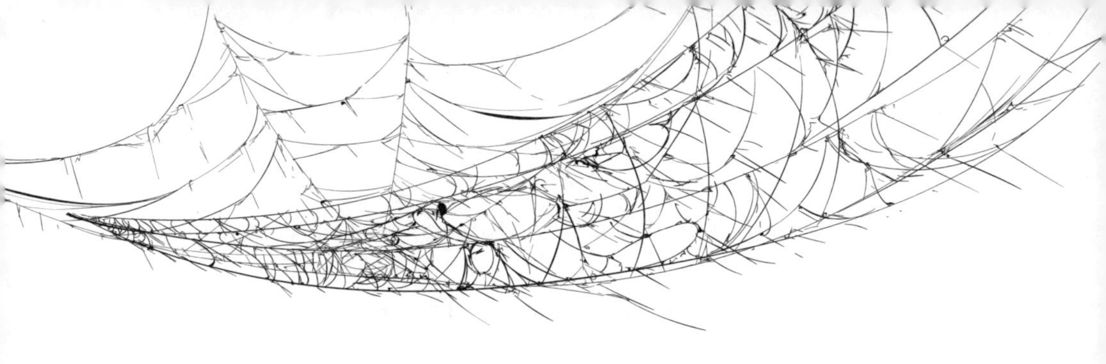

CAPÍTULO 17: NATASHA

BASE TRISKELION DA S.H.I.E.L.D., RIO EAST, A INCRÍVEL NOVA YORK

– É aquilo que dizem: quando se tenta mais de quinze vezes a mesma coisa, ela acaba dando certo – falou Tony alegremente.

– Ninguém diz isso. – Natasha revirou os olhos.

– Na verdade, dizem que é para desistir na décima quinta vez – sugeriu Alex.

– Nunca disseram isso para mim. – Tony não lhe deu atenção.

A décima quarta tentativa de Stark para separar a conexão mental entre Ava e Natasha tinha quase feito metade da cabeça da agente pegar fogo, e ela não o havia perdoado ainda. Natasha dirigia um olhar duvidoso a Ava, que estava sentada em um banco de metal no centro da sala, assim como ela.

Duas cobaias.

– Ele é sempre desse jeito? – Ava perguntou.

– Sempre – respondeu Natasha.

– Vocês não viram o documentário? – Alex interviu de onde estava, bem atrás delas. – *Tony Stark, Desejo de Ferro.* Ele é o pioneiro do otimismo norte-americano.

– É. É isso aí que o menino disse – Tony sorriu, erguendo um maçarico.

– Não é pioneiro – disse Natasha. – O pioneiro foi Rogers, uns cinquenta anos atrás.

– Eu estou só começando – justificou Tony, baixando uma máscara de solda sobre o rosto. – Vivo muitas vidas em uma só. Como um gato, talvez.

– O poderoso soldado Steve Rogers? – Alex estava quase emocionado.

– Gostei desse garoto – comentou Tony enquanto provocava faíscas. – O garoto fica.

Assim que disse isso, as faíscas explodiram em torno deles.

A visão de Natasha apagou, e uma imagem invadiu sua cabeça por um átimo de segundo. A imagem embaçada de uma menina dançando balé, talvez? Rápido demais para ver quem era. Só sabia que não era ela mesma.

Ela também ouviu alguma coisa.

Uma música.

Tchaikovsky?

Foi rápido demais para entender. A visão de Natasha voltou ao normal assim que Tony derrubou a massa de fios em chamas sobre o piso frio. Dois empenhados técnicos de laboratório espirraram espuma branca no pequeno incêndio.

– Vi alguma coisa dessa vez – disse Natasha. – Acho que vi.

– Estrelas? – zombou Alex, olhando para os restos destruídos da tentativa número quinze.

Natasha refletiu.

O que foi que eu vi?

Eram memórias de Ava? Eu vi algo de dentro da mente dela?

Ela sentiu a própria pulsação começando a acelerar.

Uma coisa era entender o entrelaçamento quântico de forma lógica e matemática. Mas senti-lo? Pela primeira vez, Natasha deu-se conta de que Ava realmente podia ver o que se passava em sua mente. Podia, de fato, acessar suas memórias.

E isso era aterrador.

A ideia de que alguém podia ver o seu passado a fazia sentir-se mal fisicamente.

– Não quero nem saber. Não vou colocar esses troços na minha cabeça – disse Ava, arrancando os eletrodos fumegantes. – Não estou a fim de morrer.

Natasha olhou para as outras catorze pilhas largadas pelo chão. Embora as instalações do Triskelion fossem de última geração – ou pelo menos tinham sido até aquele momento –, Tony não parecia estar fazendo grande progresso. Na verdade, ele parecia estar fazendo qualquer outra coisa em vez de progresso.

Vamos, Tony. Tire-a da minha cabeça.

Não sei quanto mais disso consigo aguentar.

As tentativas eram lentas. Tony começara improvisando o Desentrelaçador Quântico Stark, que fora rapidamente seguido pelo Reentrelaçador Quântico Stark e depois do qual vieram o Regulador Hipnótico Quântico Stark, o Estimulador Quântico de Movimento Rápido de Olhos Stark e o Escâner Ultrassônico Quântico Stark. Basicamente, se Tony pudesse colocar as palavras "quântico" e "Stark" no título, estava ótimo.

Ele segurava agora dois fios elétricos faiscantes em frente a Ava e Natasha, além de um punhado de eletrodos.

– Rodada dezesseis. Ideia nova. O Amortecedor de Hipotálamo Stark. – Ele encaixou novos eletrodos nas têmporas de Ava. – Ou, se acharem que fica mais chamativo, o Sanduíche de Hipotálamo Stark. É só colocar...

Ava arrancou os eletrodos.

– E me submeter a mais Choque Elétrico Quântico Stark? Nem pensar. Não está adiantando nada.

Alex concordou.

– Sem querer ofender, mas seria mais fácil mandá-las enfiar um garfo na tomada.

– Bem, na verdade... – disse Tony, olhando para o teto. Mas depois sacudiu a cabeça. – Não, deixa para lá. Foi basicamente o que fizemos na tentativa sete. Desta vez, tentaremos outra coisa.

Ele ergueu os fios faiscantes mais uma vez.

Ava o olhou como se ele fosse louco de pedra – o que, a essa altura, era um julgamento bastante razoável, Natasha tinha de admitir.

– Eu passo. Que tal me chamar *depois* de ter construído o Pronto-Socorro de Queimaduras Quânticas Stark? Até lá, dispenso essa baboseira.

– Minha tecnologia – disse Tony –, não é nenhuma *baboseira*. Quase nunca.

Alex olhou para os catorze protótipos largados ao redor deles e ergueu uma sobrancelha.

Tony deu de ombros.

– Bem, acontece raramente, digamos assim.

– Ava, se houvesse algum outro jeito, não estaríamos aqui – disse Natasha. – Confie em mim.

– Por quê? Por que eu deveria?

Ava se levantou do banco e saiu andando. Virou uma mesa de laboratório cheia de diagramas, fios enrolados, interruptores elétricos e até ferros de solda, além de ferramentas de tamanhos variados.

Ela não parecia disposta a deixar que mexessem em sua cabeça novamente.

– Por quê? Que tal pelo bem da segurança nacional? Ou para a manutenção da paz internacional? – Natasha também se levantou. Ela não fazia ideia de como falar com a menina. Com alguém que era tão parecida com ela e tão diferente ao mesmo tempo.

E de apenas dezessete anos.

Natasha a observou, repassando mentalmente suas opções. *Mais um coelhinho assustado, debatendo-se na armadilha,* ela pensou. Aquela era uma imagem conhecida.

Como eu era parecida com ela nessa idade.

E, no entanto, como ela me odeia.

Ava continuou se afastando até chegar bem perto das portas herméticas do laboratório. Dois guardas armados surgiram na frente dela. Ela cruzou os braços.

– Sério? Vão me forçar a ficar? E eu que achava que a função dessas portas era deixar as pessoas do lado de *fora*.

Houve silêncio, até que uma faísca perdida ateou fogo em uma lata de lixo próxima.

A lata explodiu, lançando um carrinho em cima dos dois técnicos.

– Não encoste nisso! – Tony berrou para o mais aterrorizado dos técnicos. – Acha que é o quê? Uma torradeira? – Fez uma pausa antes de continuar: – Ok. Até daria para tostar pão. Um pão francês. Ou, digamos, a França inteira. Mas não encoste nisso. Saiam daqui. Agora.

Os técnicos correram para a saída. Um dos guardas digitou o código de segurança no teclado ao lado dos painéis de aço, fazendo as portas se abrirem.

– Ah, eles podem ir embora? Só eu que não? Achei que os Estados Unidos fossem um país livre. – Ava o encarou.

– Acho que podíamos fazer uma pausa – sugeriu Alex. – Uma longa pausa.

Natasha olhou para Tony, que apenas deu de ombros.

Obrigada pela ajuda, Stark.

Ela seguiu Ava até a porta e, um tanto acanhada, pôs a mão no ombro da adolescente.

– Ava... Sei que é difícil.

– Ah, por favor. – Ava virou-se para encará-la.

– O que foi?

– Apenas pare. Pare com isso. Não finja que quer ser minha amiga. Você não é a *sestra* de ninguém. Eu não tenho irmã e nem sei o que aconteceu com os meus pais, graças a Ivan Somodorov – Ava falou em tom de irritação.

Alex a observava com empatia.

Natasha assentiu.

– Sei como é perder os pais – disse. – Se você ao menos me deixasse...

– Não. Não vou cair nessa de novo. Não tenho medo de você. Não mais.

Natasha estacou diante da expressão desafiadora no rosto de Ava. A fé e a inocência de sua própria raiva.

Mas você devia ter medo, menina. Devia ter medo de várias coisas. O mundo é um lugar cruel para as meninas do Ivan.

Natasha calou-se por um bom tempo, refletindo sobre as suas opções. Finalmente, tentou de novo.

– Olhe, Ava, pode não parecer, mas estou aqui para ajudar. Estou tentando impedir que você seja atacada por Ivan, o Estranho, pela segunda vez. Sei bem como é. Eu estava lá, lembra?

E, um dia, eu já fui como você.

– Você estava lá? – Ava zombou. – Você nunca esteve presente quando eu precisei. Você não pode simplesmente aparecer de volta na minha vida quando tem vontade, dando uma de heroína. Até agora eu me virei muito bem sozinha, que foi como você me deixou.

– Bem? – Natasha ergueu uma sobrancelha. – Você é uma fugitiva. Mora em um porão e se alimenta em abrigos e instituições de caridade. É praticamente uma sem-teto.

Alex levou um susto.

O rosto de Ava cintilou de tão vermelho.

– Pelo menos não fico invadindo campeonatos de esgrima e assustando as pessoas com um *rosto falso.*

Tony sorriu.

– Estão vendo? *Isso* é que é comunicação. Estamos chegando a algum lugar. Estamos compartilhando.

Natasha virou-se para ele. *Eu desisto.*

– Alguém aí falou em fazer uma pausa? Concordo. Ótima ideia – disse Alex, tentando pegar Ava pela mão, mas a menina não deixou. Ela ainda não tinha terminado.

Seus olhos estavam faiscando de raiva.

– Fico feliz em saber que você esteve me vigiando, *sestra.* Que ótimo saber que você se importa comigo.

Ava arrancou do bolso um iPod antigo, todo riscado, e o arremessou para o outro lado da sala. Natasha olhou feio, mas a garota ainda tinha mais a dizer.

– Pode ficar com o seu iPod. Aliás, pode ficar com a porcaria dos seus presentes de aniversário, todos sem cartão nem nome. Eu nunca quis nenhum deles. Só queria uma amiga. Um único rosto conhecido em um país inteiro de estranhos. Acho que era pedir demais.

– Vamos embora, Ava – disse Alex, colocando gentilmente a mão no ombro dela.

Natasha tentou mais uma vez.

– Escute. Eu tenho uma ideia. Não vou deixar Ivan Somodorov chegar perto de você. Dou a minha palavra.

Aceite.

Deixe-me ajudar.

Precisamos uma da outra, mesmo que você não queira admitir.

– A sua palavra? – Ava zombou de novo. – Onde esteve a sua palavra nesses oito anos? Onde estavam vocês todos? Tudo que a S.H.I.E.L.D. fez foi me trancar em um quarto para o meu próprio bem, mas que, para mim, não teve bem nenhum. Não foi nada gostoso passar oito anos sozinha no 7B, sozinha em uma van preta e depois sozinha, novamente, com um instrutor do escritório da S.H.I.E.L.D., decorando a constituição de um país que comecei a odiar.

Foi Natasha quem ficou lívida desta vez.

– Odiar? Porque bateram em você? Fizeram lavagem cerebral em você? A acorrentaram? Forçaram você a roubar, a mentir e a matar? – Natasha cuspiu as palavras antes que pudesse se conter. – Não? Sinto muito por você não ter podido ir a brincadeirinhas de aniversário. Sinto muito que não tenha ido a bailinhos de escola. Sinto muito por você ter sido abrigada e alimentada por pessoas que queriam mantê-la viva.

Ela procurava afastar da mente as lembranças que insistiam em surgir. As surras e os hematomas. Os fracassos e as ameaças. As cicatrizes que Ivan deixara em sua pele e em sua mente.

– Me manter viva? Talvez minha vida tivesse sido melhor sem isso.

Os olhos de Natasha estavam ferozes e escurecidos.

– Não diga isso. Não faz ideia do que está falando. Não teria sido melhor. Teria sido mais curta...

– Festinhas – Alex interrompeu.

A sala ficou em silêncio. Ninguém parecia saber o que dizer.

Alex endireitou-se na cadeira.

– Festinhas de aniversário, não brincadeirinhas de aniversário. É disso que as crianças gostam. Bom, as crianças normais... Não vocês.

O olhar de Natasha foi letal. O de Ava, indignado.

Alex pareceu não se importar.

– E bailinho é coisa de gente velha. Minha mãe devia ir a bailinhos.

– Aonde você quer chegar? – Natasha o encarou.

– Mostrar que vocês duas devem ter mais em comum do que pensam.

Natasha respirou fundo e virou para Ava.

– Foi no aquecedor ou na cabeceira da cama?

Você sabe muito bem do que estou falando.

Ava a encarou.

Natasha chegou mais perto.

– Onde ele prendia as algemas?

Quando batia em você.

Quando a deixava acorrentada como um animal.

Os olhos de Ava estavam brilhando.

Natasha permaneceu no mesmo tom:

– Quando você chorava, ou dizia que estava com fome, ou pedia para usar o banheiro. Ou quando não lhe agradecia o bastante por ter sido escolhida para ser uma de suas meninas.

Ou todas as alternativas anteriores, pensou Natasha. *Como ele fez comigo.*

Ninguém disse nada.

Natasha virou-se para Tony.

– Eu errei em vir aqui. Vamos deixar Alex em casa e mandar Ava de volta à custódia.

A decisão é sua, ptenets.

Natasha quis dizer isso em voz alta para Ava, mas não conseguiu. Já dissera coisas demais.

Não posso mais ajudar. Não desse jeito.

Seja como for, Ava, agora você terá de aceitar o passado.

Como eu aceitei.

Natasha se perguntou se a menina podia ouvir seus pensamentos, mas suspeitou que não, pelo menos não ainda. De qualquer maneira, não era preciso ler mentes para saber como Ivan Somodorov administrava a Sala Vermelha.

– Tudo bem – disse Tony. – Vou chamar um carro. – Ele baixou a chave de fenda, fazendo pouco caso. – Fechado.

– Na pia – Ava falou, subitamente. – Em um cano debaixo da pia.

Claro que sim, pensou Natasha, fechando os olhos.

Acústica melhor.

Ele queria que as outras a ouvissem gritar.

O silêncio instaurou-se novamente.

– Não me lembro de muita coisa, mas me lembro disso. Acho que me acostumei com o que ele fazia. Todas nós nos acostumamos. Era com o que ele dizia que eu nunca me acostumei. – A voz de Ava estava baixa, mas não fraca. Na verdade, falar sobre aquilo parecia fortalecê-la.

E enfurecê-la.

Natasha podia perceber pela expressão em seu rosto.

Ótimo.

A fúria é bem-vinda.

Ela te dá forças.

Todos os olhos estavam em Ava, mas ela parou de falar. Se tinha algo mais a dizer, não colocou para fora. Não ali.

– Vamos – disse Natasha.

Ela estava resoluta, mais ainda do que antes. Porque agora entendia a verdade: Ava era tão traumatizada e vulnerável quanto ela fora um dia. Cabia a Natasha mantê-la em segurança, manter todos em segurança. Ava era uma vulnerabilidade, e ela tinha de se certificar de que não fosse explorada.

Nem por Ivan, nem por ninguém.

– Você tem que ficar escondida – Natasha disse, finalmente.

– Quê? – Ava perguntou com a voz doída, como se tivesse apanhado.

– A S.H.I.E.L.D. é o local mais seguro para você. Em uma hora, você estará fora da rede. Ninguém poderá mais localizá-la. É por isso que chamam de esconderijo.

Não é tão escondido assim. Mas é o melhor que posso fazer por você. Ao menos até Tony descobrir como cortar a ligação.

– Porque assim os seus segredos ficarão seguros, não é? Não é só com isso que você se preocupa? Se conseguirem me pegar, pegarão você também? Porque eu sei em qual gaveta você guarda a roupa de baixo e onde estão enterrados os seus mistérios?

– Ava, não faça isso – repreendeu Natasha.

– Faça, sim – disse Tony em um tom atrevido. – Fale mais dessa gaveta.

Ava prosseguiu:

– Porque eu sei o quão partido está seu coração? E do quanto você tem medo, não de morrer, mas de viver?

– Pare – disse Natasha, erguendo a voz.

– Por quê? Porque eu sei mais sobre você do que você mesma? Odeio ter de dizer isso, Agente Romanoff, mas não tem tanta coisa assim para descobrir.

– Basta. – Natasha estava fervendo de raiva. – Você. Eu. A coisa toda.

Ava riu.

– Que *coisa*? Não há coisa nenhuma. A sua *vida* nunca nem começou: você não tem vida. Não tem amigos de verdade, não tem uma família. Esse é o seu grande segredo? Que o que você tem na cabeça não são memórias, mas uma espécie de arquivo de polícia? Que seu problema não é ser uma super-heroína, e sim ser uma humana?

– Sim! – disse Natasha subitamente, assustando Ava.

A menina deu um passo para trás.

– O quê?

Tony olhava de uma para a outra.

Alex também as encarava.

– Você acertou. É isso aí, você me entende. Está feliz? Ótimo. Agora pegue as suas coisas. Vamos embora.

Os olhos de Ava continuavam faiscando. Ela sacudiu a cabeça.

– Não posso voltar para lá. Não para o 7B.

– Ivan Somodorov está vindo pegar você e eu, Ava. Não posso fazer nada. Ao menos não enquanto ele estiver solto por aí – disse Natasha. – Mas, se você pode mesmo ler a minha mente, já deve saber disso. Então, caso tenha terminado o seu pequeno monólogo, nós vamos embora.

– Deixe-o vir. Não vou ser trancafiada de novo.

Ava olhou para Tony. Ele permaneceu impassível.

– Só lamento, criança.

Ava olhou para Alex, desesperada.

O garoto estendeu a mão para ela, encarando os demais.

– Só mais essa noite, ok? Esperem até amanhã... Deem um tempo para ela se acostumar com a ideia.

– Como assim? – Ava perguntou, dirigindo um olhar mordaz para Alex.

Isso não o impediu de continuar:

– Depois disso, ela vai fazer o que for preciso para ficar segura. Eu mesmo irei com ela para o esconderijo. Todos nós queremos a mesma coisa. Certo, Ava? – Ele lançou para ela um olhar encorajador.

Ela o encarou de volta como se ele estivesse maluco.

– Queremos?

Alex apertou a mão dela.

Ava balançou a cabeça, olhando para Alex com uma expressão indecisa. Depois, voltou-se para Natasha.

– Tudo bem – Ava disse. – Amanhã. Vou voltar para o 7B.

Natasha acenou para o guarda, que digitou no teclado, abrindo as portas.

– Amanhã.

Você vai para o esconderijo, ptenets.

De um jeito ou de outro.

– Só peço uma coisa. – Ava dirigiu à Natasha um último olhar frio. – Depois de amanhã, você vai me deixar em paz. Nunca mais vou ver o seu rosto. Prometa.

A expressão de Natasha foi ainda mais fria.

– Pode acreditar, *sestra*, é o que eu mais quero também.

arquivo editar exibir

S.H.I.E.L.D. – DOCUMENTO CONFIDENCIAL
ACESSO NÍVEL X
INVESTIGAÇÃO DE MORTE EM SERVIÇO
REF: S.H.I.E.L.D. CASO 121A415
AGENTE ENCARREGADO: PHILLIP COULSON
INDICIADA: NATASHA ROMANOFF OU VIÚVA NEGRA
OU NATASHA ROMANOVA
TRANSCRIÇÃO: INQUÉRITO DO DEPARTAMENTO DE DEFESA

DD: Foi difícil? Descobrir que uma estranha tinha acesso à sua mente e às suas memórias?
ROMANOFF: Não foi a primeira vez. Como você já deve ter notado.

DD: Claro que não. Mas, considerando-se isso, foi mais difícil ou mais fácil de aceitar, Agente?
ROMANOFF: Não há nada fácil em aceitar a exposição do conteúdo do seu cérebro, senhor.

DD: Para alguns de nós pode ser mais difícil do que para outros, Agente.
ROMANOFF: Se está querendo saber se achei ruim Ava estar entrelaçada comigo, certamente que sim. Se está querendo saber se eu a coloquei em perigo intencionalmente, o senhor não me conhece nem um pouco.

DD: Só sei o que você me conta, Agente. Como tenho explicado com frequência.
ROMANOFF: Nunca ocorreu a você que outras pessoas podiam estar preocupadas com a possibilidade de as minhas memórias serem reveladas?

DD: Por exemplo?
ROMANOFF: O senhor que me diz. Não sou eu quem está interrogando. Quem lhe pediu para me investigar?

DD: Isso é confidencial.
ROMANOFF: Fica difícil ajudar se não sei como.

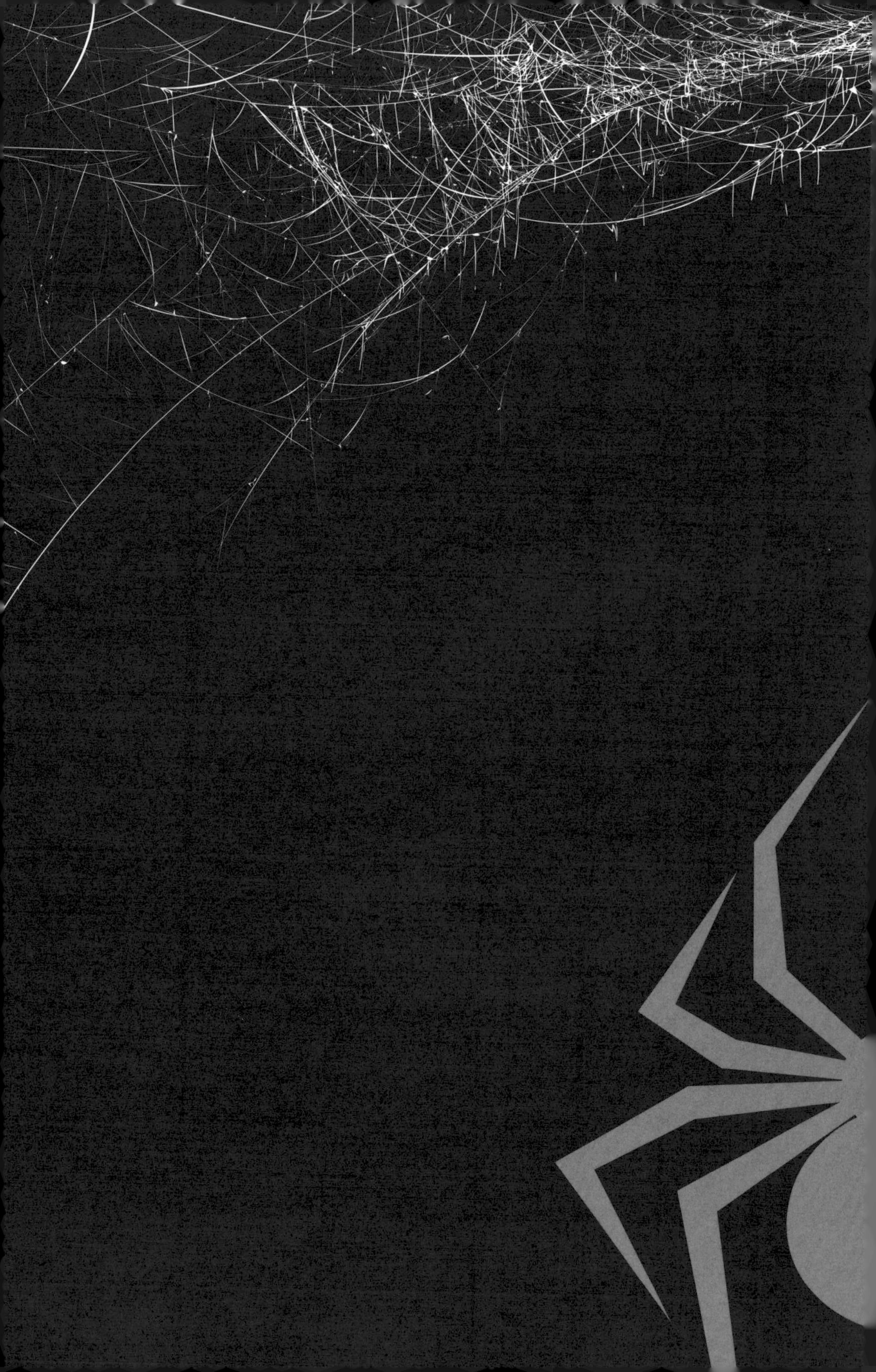

"... MANTENHA O SEU EU VERDADEIRO ENTERRADO SOB VÁRIAS CAMADAS DE IDENTIDADES FALSAS..."

— NATASHA ROMANOFF

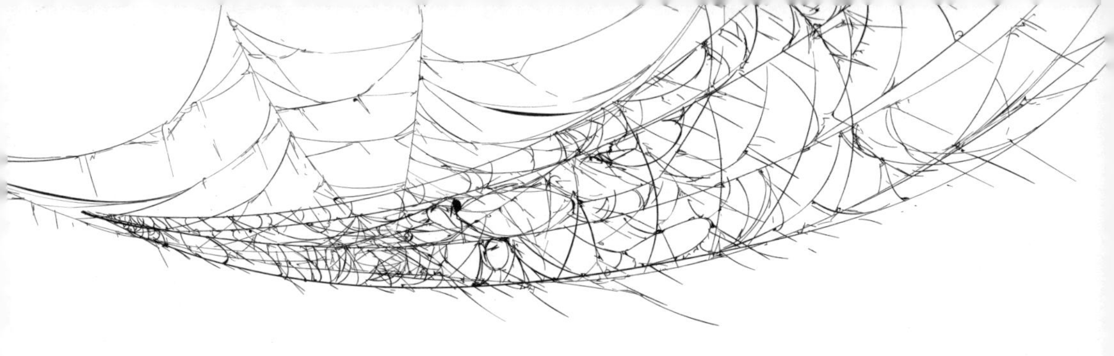

CAPÍTULO 18: ALEX

BASE TRISKELION DA S.H.I.E.L.D., RIO EAST, A INCRÍVEL NOVA YORK

Alguns dormitórios da S.H.I.E.L.D. eram, por si mesmos, um método de tortura, Alex imaginou.

O que fora designado para a visitante Ava Orlova, alvo civil, era pequeno, abafado e sem janelas, com espaço suficiente apenas para um beliche de ferro, e olhe lá. Ficava ao lado daquele em que colocaram Alex Manor, que, por sua vez, era vizinho ao dormitório da agente fora de serviço Natasha Romanoff.

Era deprimente até para quem já estava deprimido.

Ava estava encolhida de lado no colchão de baixo, encarando a parede à sua frente. Alex estava deitado perto dela, com um dos braços atravessado em suas costas de maneira protetora. Ela estava tão exausta que havia desmaiado de sono assim que chegaram ao quarto. Alex a observou se revirar com pesadelos até aprofundar o sono e conseguir descansar. Uma hora depois, Ava havia acordado gritando o nome de Ivan Somodorov.

Alex estava fazendo carinho em seu ombro. A camiseta dela era fina e macia, e a pele dela irradiava calor sob o tecido. Deitado ali com ela, Alex quase esqueceu de que eles estavam em uma base da S.H.I.E.L.D.

– Vamos encontrá-lo, Ava. E vamos descobrir o que aconteceu com a sua mãe e com o seu pai. Eu prometo. Não desistiremos.

O quarto estava silencioso.

Lentamente, Ava virou-se para olhar para ele, o rosto molhado pelas lágrimas.

– O que você acabou de *dizer*?

Ele a olhou. O que tinha dito? "Não desistiremos?"

Ava arregalou os olhos.

– *Ty ser'yezno?* – Ela ainda o estava encarando. – Isso é sério? – Ela se sentou de repente, quase batendo a cabeça na cama de cima.

– O quê? – Alex apoiou-se nos cotovelos.

– O que você disse. – Ava pronunciou as palavras devagar: – *My naydem yevo, Ava. I my uznayem, chto shluchilos' s tvoimi mamoy y papoy. Ya obeshchayu. My ne ostanovimsya, poka my eto ne delayem.*

Porque essas haviam sido as exatas palavras de Alex. Ele apenas pensou que as tinha dito em inglês.

Na verdade, não tinha.

Alex havia falado em um russo perfeito.

Uma língua que ele não sabia que sabia.

Der'mo, pensou Alex.

Ava estava incrédula.

– Você fala russo? Por que não me disse?

– Porque eu não falo. Juro que não. Isso é louco! – *Tak s uma.* Tão louco.

Ava riu, apesar de tudo, e sua risada ecoou pelo pequeno quarto.

– Mas você acabou de responder em russo a uma pergunta em russo!

– *Der'mo* – dessa vez Alex falou em voz alta.

– Isso é muito estranho. – Ela virou o corpo para ele. – Você acha que isso tem a ver com a O.P.U.S.? Talvez você também esteja copiando Natasha Romanoff?

– Você acha que estou pegando seja lá o que existe entre vocês duas? Quântica russa? Não. – Ele balançou a cabeça. – Viúva Negra? Como eu poderia ter uma conexão com ela? Não faz sentido. Ela é um... "Mistério" não chega nem perto de explicar o que ela é. Ela poderia ser de outro planeta. Não a entendo de jeito nenhum. – Ele pensou um pouco. – Exceto pelo aspecto do combate. Aí eu entendo. Ela pratica excelentes contra-ataques.

Ava se deitou de novo, erguendo o braço para tocar o colchão acima deles.

– Não sei. Desde o episódio no rio, desde que Natasha segurou a minha mão... Tudo parece estar diferente na minha cabeça. Você já sentiu algo assim?

Nunca senti nada assim.

Alex virou para Ava, recostando a cabeça ao lado da dela no travesseiro.

Como o que sinto por você.

Ele sabia que a estava encarando, mas não conseguia se controlar.

Deitado ao seu lado.

– Tudo ficou diferente desde que eu conheci você – ele falou devagar, sem perceber o que estava dizendo. Aí ficou vermelho. – Mas nem isso explica que de repente eu saiba falar russo. – Agora eles estavam cara a cara, os lábios dele quase tocando o rosto dela.

Ava sorriu para ele.

– Acho que não.

Alex puxou um cacho cor de canela, examinando o perfil de Ava. Ela era tão linda que quase causava choque vê-la naquele quartinho deprimente.

Como eu vim parar aqui?

Ele olhou para ela.

– Por que você me abordou daquela forma, no meio do torneio? Não parece algo que você faria, agora que eu a conheço.

– O quê, conversar?

– Com um estranho? Ava Orlova? Esquece. Você é fechada.

– Você não era um estranho. Já disse que eu achava que o conhecia. – Seus olhos pareciam tristes, mas havia um leve sorriso em seus lábios.

Alex puxou outro cacho.

– Bom, eu disse que também achava que conhecia você... Mas não significava que eu de fato conhecesse. Só que eu *queria* conhecer.

– Talvez tenha sido diferente para mim. – Ela disse, olhando para ele. – E você ainda quer? Quer dizer... Não acha que eu sou louca? Depois que perdi a cabeça?

– Que pergunta é essa? – Alex falou em russo, puxando-a mais para perto. Ela se curvou sobre ele. Quente, delicada e acolhedora.

Chegue mais perto, ele pensou.

Mas ela se afastou um pouco, sorrindo.

– Mesmo depois de levar um tiro?

– Sim. – Ele fez um carinho em Ava e sorriu. – Claro.

– Depois de pular de uma ponte? – Ela entrelaçou os dedos nos dele.

– Com certeza. – Alex ainda estava sorrindo quando levou as costas da mão dela até os lábios. Seu coração estava disparado, mas ele não sabia se era por nervosismo ou adrenalina.

Ambos, provavelmente.

Ava fingiu estar refletindo.

– Mesmo depois de ser arrastado para dentro de um avião da S.H.I.E.L.D.?

Alex riu.

– Isso não conta. Fui eu que te arrastei.

Ela se inclinou para mais perto.

– Ficar preso nesse buraco aqui comigo?

– Acho que consigo lidar. – Ele se ergueu na direção dela. – A vida com você nunca é chata, Ava. Você é diferente de todas as pessoas que eu já conheci.

– Diferente das meninas de Mountain Clear? – ela zombou.

– Diferente de todas na face da Terra – ele disse, inclinando--se sobre ela.

– Vou interpretar isso como um elogio.

– Acredite: é.

Ela estava tão perto agora que ele conseguia sentir sua respiração cálida contra o próprio rosto. *Deus, eu quero beijá-la.* Ele se aproximou ainda mais.

– E, quem sabe? Essa pode ser a nossa última noite...

Ele fechou os olhos e encostou os lábios nos dela...

Má ideia.

Ava se afastou, sentando-se na cama. *Ainda não, Alex.* Era essa a mensagem, e ele entendeu. Ela não confiava nele. E ele não a culpava por isso. Não tinha certeza de que confiaria em si mesmo.

Ele tombou de costas no colchão.

– Eu não devia ter dito isso.

– Por que não? É a verdade.

– Você não sabe se é – disse Alex.

Ava suspirou.

– Você está apenas sendo otimista. Você e Tony Stark.

– Não. Eu sou realista.

– Acho que você não sabe o que essa palavra significa.

Ele beijou as costas da mão dela mais uma vez.

– Sei, sim. Estou realisticamente feliz em ter te conhecido.

Ela revirou os olhos.

– Nossa, essa foi péssima.

– Muito péssima? Em uma escala de zero a Tony Stark. – Ele ergueu uma sobrancelha.

– Foi meio Tony. – Ava sorriu.

– Ok, eu aceito.

– Alex? – ela o chamou baixinho.

– Sim?

– Estou com medo.

– Eu sei. – Ele apertou o braço ao redor dela. – Nós dois estamos. E tudo bem. – *E, provavelmente, não somos os únicos.*

Ele nem queria imaginar o quanto sua mãe devia estar preocupada a essa altura. Isso se Dante já não tivesse ligado para o pai dele, que seria o mesmo que ligar para a polícia.

Ava olhou para ele.

– Aquilo que a Natasha disse, sobre eu morar em um abrigo... É verdade. Já morei. Mas não quero que sinta pena de mim.

– Nada muda com isso, Ava. Você é você.

Ela se inclinou e o beijou no rosto como resposta.

Alex respirou fundo quando ela se afastou.

– Ava?

– Sim?

Eu vou esperar por você, ele pensou, ao senti-la recostar a cabeça em seu ombro, vendo-a relaxar pela primeira vez após ter acordado ao lado dele.

– Acho que não é só o russo que eu estou captando.

– Eu sei – ela disse com delicadeza. – Nós dois estamos. E tudo bem também.

Ele repousou o rosto sobre os cachos dela. *Quando você finalmente me deixar beijá-la, Ava, pode ser que eu não pare nunca mais.*

* * *

Horas depois, foi só quando ouviram a movimentação do lado de fora do quarto que eles perceberam que o tempo estava acabando. Mesmo sem Romanoff e Tony Stark com eles, parecia haver mais guardas lá fora, no corredor, do que caberiam dentro do próprio quarto.

Alex sentiu Ava ficando tensa.

– Temos de levantar antes que eles voltem – disse ela, sentando-se.

Romanoff e Tony Stark ainda estavam no laboratório. Alex imaginou que já fosse tarde, mas era difícil calcular a passagem do tempo nos andares subterrâneos da S.H.I.E.L.D., onde ninguém nunca apagava a luz.

– Mas precisamos de um plano. Vamos ter de passar por quantos, uns vinte e cinco caras? Com armas tão grandes quanto as da Romanoff? – Alex passou a mão pelo cabelo bagunçado, o gesto característico de quando estava pensando.

Escapar daqui não vai ser fácil.

– Vinte e duas – Ava disse automaticamente. – Armas. No corredor, quero dizer.

Alex a fitou.

Ela virou para encará-lo.

– Duas por andar, e estamos no décimo primeiro andar subterrâneo. Podemos pegar o elevador de serviço, mas, mesmo assim, haverá pelo menos mais seis caras no anexo e outros quatro se cortarmos caminho pelo átrio oeste. Trinta e dois agentes treinados e armados, sem contar com os guardas que trabalham na entrada.

– Então você já passou bastante tempo por aqui? – Ele fez uma careta.

– Na verdade, não. – Ava fechou os olhos. – Deve ser, sabe... *Ela*. Eu também não consigo me entender.

– Ah... – fez Alex. – Certo.

– É como se às vezes eu conseguisse ver partes de um filme passando na minha cabeça. Só que não é um filme meu. – Ela olhou para ele. – É dela.

– E é por isso que ela quer você presa – ele disse.

Ava olhou nos olhos dele.

– Eu não vou voltar para o esconderijo. Nem agora, nem amanhã.

– De volta para a prisão? – disse Alex. – Eu imaginei que não, mesmo.

– Eu morreria. De verdade. Seria como me matar. – Ava estava sendo sincera, e Alex não duvidou. Ele imaginou que a vida dela não havia sido nada fácil, e já ouvira o suficiente para saber que ela tinha razões fortes para sentir o que sentia.

Ava também não parecia querer lhe contar nada além disso, por isso ele não a pressionou. *Temos tempo,* pensou. *Ela contará quando estiver pronta.*

Desta vez, ela falou de forma grave e sombria:

– Sabe o que eles farão comigo? Se decidirem que sou perigosa demais? Por tudo que eu sei, por tudo que eu já vi? – Ela olhou para Alex. – Você já viu um agente desaparecer da face da Terra?

– Eu nunca tinha nem visto um agente antes, hoje foi a primeira vez. Por quê? A S.H.I.E.L.D. pode fazer uma coisa dessas?

Ava fez que sim, quase imperceptivelmente. Ela parecia nauseada – e tão, tão triste. Alex sentou na cama ao lado dela, tão perto que podia sentir seu coração batendo contra o dele. Ele a envolveu com o braço e a puxou para mais perto.

– Conte para mim – ele sussurrou.

Ava se recostou no peito dele, como se não conseguisse olhá-lo nos olhos. Como se fosse difícil demais pensar, quanto mais falar.

– Eu passei anos no 7B ouvindo todo tipo de fofoca sobre desprogramação e sugestão hipnótica. São como histórias de fantasma da S.H.I.E.L.D. Não é apenas Moscou que sabe como fazer isso. Um dia, você é você; no outro, você é...

Ela parou.

– O quê? – Alex realmente não fazia ideia.

Ava olhou para ele agora. Seus olhos estavam sombrios.

– Nada.

– Nada? – Alex nem queria imaginar como se sentiria sem sua mente e suas memórias.

– Ou, pior: eles dirão que você é algo que não é, e você acreditará neles. Nas mentiras deles. E não importa, porque você nunca saberá a diferença. É como se tivesse morrido.

Alex a encarou de volta.

– E você acredita nisso? Que alguém faria algo assim? – Ele sentiu arrepios.

Ela apenas devolveu o olhar.

– Você conheceu essas pessoas. O que acha?

– Que tal não ficarmos para descobrir? – só de falar, Alex já queria sair correndo.

– E ir para onde? – Ava suspirou.

Ele pousou o queixo no topo da cabeça dela.

– Para a minha casa. Minha mãe é mais perdida que cego em tiroteio, mas podemos perguntar ao pai de Dante o que devemos fazer. O pai do meu amigo é policial. Ele é bom com coisas assim.

– Com mercenários russos, Vingadores e superespiões da S.H.I.E.L.D.?

– Sim. Não... Quer dizer... Ele saberá o que fazer. – *Eu espero.*

Ava ergueu uma sobrancelha.

– O que a sua mãe vai fazer quando o Homem de Ferro e a Viúva Negra aparecerem para cutucar os nossos cérebros? Pedir educadamente para eles irem embora?

– Falar no ouvido deles até que percam a vontade de viver? Fazê-los pegar o gato no colo? – ele disse, ficando de pé e andando de um lado para o outro. – Ok. Precisamos de um plano.

– E se nós só estivermos complicando as coisas? E se for mais simples que isso? E se só tivermos de resolver todo o problema relacionado a Ivan Somodorov antes que eles concluam que se livrar da gente é a única solução?

– Simples? Como isso seria simples? – Alex sacudiu a cabeça. – Você está achando que podemos resolver o entrelaçamento quântico? Nós nem sabemos exatamente o que isso significa.

– Ótimo, então esse seria o nosso primeiro passo.

– Procurar "entrelaçamento quântico" no Google? Criar um fórum de discussão sobre isso no Reddit?

– Talvez a gente precise voltar para o início das coisas.

Alex olhou para ela.

– Para o início do quê? E por que eu tenho o mau pressentimento de que você não está falando apenas do início deste fim de semana?

Ava balançou a cabeça.

– Estou falando do armazém em Odessa.

– Odessa, na Ucrânia?

Ela fez que sim.

– E você está falando sério? – Alex ainda a estava encarando.

Ava deu de ombros.

– Por que não? Não temos para onde ir, e é o último lugar em que vão nos procurar. – Ela tocou o braço dele para mantê-lo calmo. – Só pense nisso.

Alex pensou – mas era difícil separar o que ele estava pensando do que ele estava sentindo. Só uma dessas duas coisas estava completamente clara.

Como estou me sentindo?

Como se eu pudesse ir com ela para qualquer lugar, a qualquer hora.

Ava mordeu o lábio, e Alex se deu conta de que ela ainda estava esperando que ele dissesse algo.

Ele se sentou de novo ao lado dela e fechou o zíper da jaqueta da S.H.I.E.L.D. de Ava, até quase o queixo.

– Ouça – ele começou.

– Sim? Estou ouvindo – ela riu.

Aja naturalmente, Manor. Não a assuste. Não ainda.

Alex cedeu.

– Acho que não tem como ser pior do que na Filadélfia.

Exceto o que a minha mãe vai fazer comigo quando eu voltar para casa. Aí sim será dez vezes pior.

Ele tentou não pensar a respeito. Não ia ser legal.

– Filadélfia? Você realmente nunca esteve em Odessa... – Ava o cutucou nas costelas.

Alex colocou as mãos nos ombros dela.

– E então, o que faremos?

– Primeiro – disse ela, ficando de pé –, precisaremos enfrentar dois guardas armados por andar ao longo de onze andares.

Ela estendeu a mão para Alex, puxando-o para junto dela. Ele suspirou.

– Ótimo. E aí?

– Aí precisaremos de um táxi.

– Temos de enfrentar vinte e dois caras armados, e você está preocupada com o táxi?

– Estamos em Nova York. Arrumar um meio de transporte pode ser desafiador.

Ela colocou a mochila nas costas e a mão na maçaneta da porta. Olhou para ele, e Alex confirmou com a cabeça, erguendo os punhos até a altura do queixo.

– Você vai para a esquerda; eu vou para a direita – Alex orientou.

Ela balançou a cabeça.

– Tenho uma ideia melhor.

* * *

– Ei – Ava chamou. Os guardas da S.H.I.E.L.D. que patrulhavam as duas pontas do corredor se viraram. Ela levantou as mãos. – Sou só eu. Posso pedir um favor?

Os guardas se entreolharam. O da esquerda assentiu, e os dois foram andando até ela.

Ava apontou para o velho iPod em sua mão.

– Não estou conseguindo fazer essa coisa funcionar. Vocês podem me emprestar um dos seus fones? Só para eu ter certeza de que os meus quebraram.

– Isso aqui? – O guarda da esquerda apontou para o fone preto bem encaixado em seu ouvido.

– Por que não? É um tipo de fone, não é?

Ele deu de ombros.

– Sim...

Ele o tirou e entregou a ela. Ava conectou o fone ao iPod e o colocou no ouvido.

– Eba, que bom – ela comemorou, aumentando o som. – Obrigada a vocês dois! – E entrou de novo.

– Menina! Eu preciso disso aí. – O guarda se inclinou e estendeu a mão para agarrar o fone.

– Ah, claro, como eu sou boba.

E ela bateu a porta com tudo na cabeça dele. O barulho do aço reforçado ecoou pelo corredor.

BUMP!

O cara cambaleou para trás, zonzo.

– Puxa, desculpe! – Ava fez uma careta.

– Mas o que... – O segundo guarda avançou contra ela, e dessa vez foi Alex que agiu, batendo a cabeça do homem contra a estrutura de ferro da cama.

SMASH!

– Depressa!

Eles arrastaram os corpos inconscientes para dentro do quarto.

Alex resmungou ao soltar o pé de um dos guardas ao lado da cama.

– Jesus, esses caras devem comer muito mais do que aqueles sanduichinhos que deram para a gente.

Ava vasculhou os bolsos do primeiro guarda. Alex arrancou o fone de ouvido do outro e o encaixou na própria orelha.

– Achei – disse a garota, mostrando um cartão-chave. Ela o examinou. – Obrigada, Elliot.

– E quanto a isso aqui? – Alex perguntou, apontando para a arma do primeiro guarda.

Os dois se entreolharam sem saber o que fazer.

Foi Ava quem finalmente falou:

– Pegue.

– Sério?

Ela fez que sim.

– Vamos ter que dar uns disparos, Alex.

Ele a encarou.

– Eu não...

– Contra as câmeras de segurança, quero dizer.

Alex pegou a arma, e Ava fechou a porta atrás deles.

Em cerca de doze segundos, atravessaram o corredor e alcançaram o elevador. Alex estava prestes a apertar o botão quando Ava agarrou a mão dele, apontando para o ouvido.

Eles estão a caminho.

Alex confirmou com a cabeça.

Ava abriu a porta da escada, do outro lado do corredor. Ela hesitou.

– Agora sim: você vai pela esquerda, e eu, pela direita.

Alex sorriu.

* * *

Enquanto subia as escadas, Ava aprendeu três coisas sobre si mesma.

A primeira era que agora ela sabia derrubar uma Glock dando um chute no pulso de quem a estava empunhando. Uma habilidade muito útil naquelas circunstâncias.

A segunda era que agora ela tinha um instinto muito desenvolvido para evitar câmeras de segurança, mesmo antes de ela e Alex terem a chance de atirar nelas.

E a terceira era que agora ela sabia como dirigir um barco a motor.

Que foi o que ela fez até alcançar uma marina a meio caminho de Manhattan.

Tony Stark tinha razão. Estar entrelaçada com Natasha Romanoff não era pouca coisa. O salto da ponte fora apenas o começo.

arquivo editar exibir

S.H.I.E.L.D. – DOCUMENTO CONFIDENCIAL
ACESSO NÍVEL X
INVESTIGAÇÃO DE MORTE EM SERVIÇO
REF: S.H.I.E.L.D. CASO 121A415
AGENTE ENCARREGADO: PHILLIP COULSON
INDICIADA: NATASHA ROMANOFF OU VIÚVA NEGRA
OU NATASHA ROMANOVA
TRANSCRIÇÃO: INQUÉRITO DO DEPARTAMENTO DE DEFESA

DD: Espere. Para sermos bem claros, quer dizer que nossos dois civis menores de idade escaparam não apenas de metade da lendária força de paz conhecida como Iniciativa Vingadores, mas também da segurança de uma base da S.H.I.E.L.D.?
ROMANOFF: Nem sempre ganhamos, senhor.

DD: E onde você estava enquanto tudo isso acontecia, Agente Romanoff? Em outro planeta?
ROMANOFF: Stark e eu ainda estávamos no laboratório, tentando cortar a conexão quântica.

DD: Então você colocou o seu desconforto pessoal acima das necessidades de segurança do país?
ROMANOFF: Esse "desconforto" significava uma quebra em todos os protocolos de segurança já estabelecidos pela S.H.I.E.L.D., senhor.

DD: Por que esse tal entrelaçamento quântico deu à menina acesso ao conteúdo confidencial do seu cérebro?
ROMANOFF: Porque esse tal entrelaçamento quântico deu à menina as ferramentas para driblar vinte e dois guardas altamente treinados em onze andares sob o Rio East.

DD: Então ela se tornou uma prioridade?
ROMANOFF: Ela sempre foi, senhor.

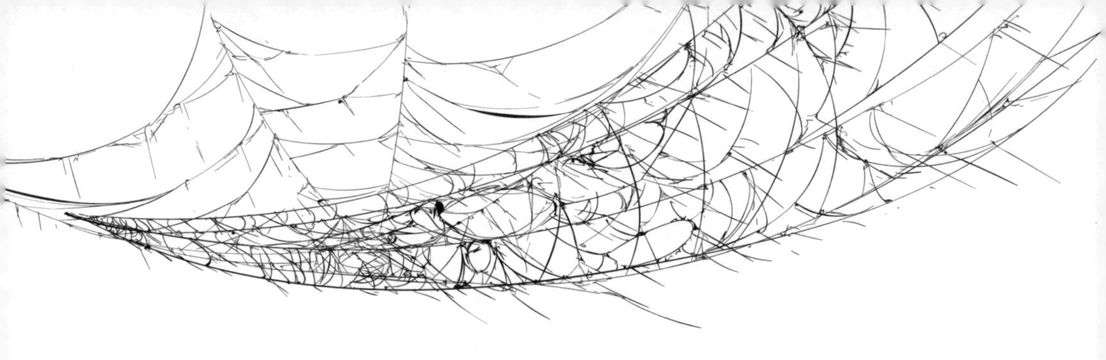

CAPÍTULO 19: AVA

PONTO DE TÁXI EM LONG ISLAND, QUEENS, NOVA YORK

O dia estava amanhecendo quando o carro encostou em um ponto de táxi deserto de Long Island. Faltava gasolina e ânimo o suficiente para levar Alex e Ava de barco até o aeroporto JFK, então eles aguardaram sentados no meio-fio de concreto, abraçados para se manterem aquecidos.

A janela do passageiro foi baixada.

– Você está louca – disse Oksana, encarando os dois do banco da frente do velho táxi amarelo. – Por que eu nem estou surpresa? Acho que deveria estar um pouco mais chocada.

Ava abriu a porta e sentou-se no banco de trás. Alex a seguiu pelo outro lado. Ava inclinou-se para a frente.

– Você trouxe o que eu pedi?

– Debaixo do meu banco – disse Oksana. – E peguei todos as sobras de peixe das lixeiras atrás do refeitório, como você mandou. Sua amada Gata Sasha ficará bem. *Sumasshedshaya* – Sana acrescentou, baixinho. “Sua louca.”

Ava se abaixou e pegou o que parecia ser uma maleta velha e surrada. Pareceu sentir alívio.

– Pode nos levar ao Aeroporto Kennedy, Sr. Davis?

O pai de Oksana apenas fez que sim com a cabeça, sem dizer nada e mantendo as mãos no volante e os olhos desconfiados no espelho retrovisor, onde estava pendurado um pingente de sapatilhas de bailarina. Sua falecida esposa, a mãe de Oksana, era bailarina de uma companhia russa quando eles se conheceram, e aí ela largou a carreira. Oksana e seu pai não se davam bem desde que ele se casara novamente, e ela logo saiu de casa. Agora, mesmo quando ela ficava no abrigo, os dois jantavam juntos todo fim de semana – e por isso Ava sabia que conseguiria uma carona de táxi para o aeroporto.

– E você quer que eu acredite nessa história? Que você está sendo caçada pelos russos? – Oksana revirou os olhos. – Que você largou o torneio por uma razão de vida ou morte... e não porque estava com medinho de competir?

– *Ty mozesh verit' mne ili ne verit'* – Ava disse, olhando pela janela. "Acredite se quiser."

– Tudo bem, eu não quero – respondeu Oksana.

– *Ya znayu, chto eto stranno, no ya dolzhen eto sdelat'* – disse Ava. "Sei que é estranho, mas é o que preciso fazer."

– *Ona delayet* – comentou Alex com um suspiro. "Ela precisa mesmo."

Oksana olhou para ele.

– Não faça isso que me assusta. Fale em inglês, Garoto dos Sonhos.

– Ok. Mas pode parar de me chamar de Garoto dos Sonhos, por gentileza?

– Mas você é um *sonho*, não é... – Oksana falou, olhando significativamente para Ava.

Ava virou de novo para a janela.

– Droga. Hoje é domingo. Preciso ligar para a minha mãe. – Alex lembrou de repente. – É o dia em que Dante e eu deveríamos voltar para casa. Ela vai pensar que me meti em encrenca.

Ava olhou para ele.

O garoto corou.

– Mais encrenca, quero dizer. Do tipo caça-níqueis em Atlantic City.

– Não do tipo assassinos russos? – Oksana ergueu uma sobrancelha.

Ele balançou a cabeça.

– Você não conhece a minha mãe.

– Eu sei – disse Ava, observando os carros passando pela rodovia. – Sinto muito.

Eu me lembro de mães, ela pensou. *Um relance aqui e ali da minha própria mãe. Maçãs com canela. Bonecas bailarinas. Uma caneca com chá tarde da noite.*

Ela se concentrou em resgatar mais imagens.

Céus nublados. Pisos frios de concreto. Azulejos de bolinha. A mancha de tinta de caneta no jaleco da minha mãe. Arame farpado espiralado lá fora, no caminho para o trabalho dela...

Ava tentou se agarrar aos detalhes, mas foi ficando mais e mais difícil.

– Entraremos em contato com ela assim que pudermos – ela falou, apertando a mão de Alex.

Eles só haviam feito uma ligação antes de Ava arrancar o chip do celular de Alex e destruí-lo. Ava sabia que esse era um procedimento básico da S.H.I.E.L.D.

Sem o chip, não era possível rastrear o sinal de um celular. A única ligação que tinham feito os havia ajudado a chegar até ali.

Mesmo reclamando, Oksana viera ajudá-los, como Ava sabia que ela faria. E também sabia que eles pegariam carona no táxi do pai dela – em cujo porta-malas Oksana e Ava mantinham a maior parte de seus pertences, as coisas que elas não tinham coragem de deixar no abrigo ou no porão emprestado.

O pertence mais valioso de Ava era a maleta confeccionada pela S.H.I.E.L.D. que ela carregava desde que deixara o 7B, três anos atrás. E era por causa dessa maleta que Oksana precisou ter vindo ao seu resgate.

Conforme o táxi se aproximava do aeroporto, Ava passou o conteúdo da maleta para sua mochila. Ela não sabia nem quando e nem se precisaria daquelas coisas, mas era melhor não correr riscos. Há anos ela vinha se preparando para desaparecer, e talvez o momento tivesse finalmente chegado.

Estou pronta. Mesmo que seja hoje. Estou pronta.

Por fim, Ava estendeu a mão e apertou o ombro da amiga.

– Obrigada, Sana. Nós voltaremos assim que der, eu prometo.

– *Nós*? – Oksana pareceu irritada.

Ava não podia culpá-la. Nenhuma delas jamais tinha ouvido aquela palavra saindo da boca de Ava, exceto quando estava se referindo a Oksana e ela.

Eu entendo, Sana. Sinto muito.

Ava não podia falar em voz alta, mas não conseguia deixar de pensar. Levar tiros, ser caçada e perseguida era estranho; mas ter alguém novo em seu *nós* era ainda mais.

Ela podia sentir a pressão do joelho de Alex contra o dela, e a casualidade disso a fez corar, mesmo no escuro do banco de trás. Era constrangedor gostar de alguém tão abertamente. A sensação era perigosa e também dolorosamente nova.

Que isso estivesse acontecendo em meio ao caos só tornava a coisa mais fácil de se ignorar, ou de fingir que a estava ignorando.

Alex mudou de assunto, olhando para o caderninho azul em suas mãos.

– Isso é ridículo. Eu nem tenho passaporte na vida real.

Ele não se sentia seguro com os passaportes falsos que Ava havia tirado de um bolso profundo dentro da maleta, o que a fez sorrir.

– Isto é a vida real, Alex. – Ava passara tempo suficiente no 7B para saber que os passaportes holográficos impressos pela S.H.I.E.L.D. e roubados por ela do estoque eram apenas uma pequena amostra do que a organização era capaz de produzir. Em termos de tecnologia, não eram novidade nenhuma. A S.H.I.E.L.D. sempre estava um passo à frente quando se tratava de inovação. Ava não se surpreenderia caso eles detonassem todos os alarmes possíveis ao passar pelo controle de passaportes com seus modelos desatualizados.

Mas era um risco que teriam de correr.

– Não era assim que a minha vida real costumava ser – disse Alex. – Uma grande noite para mim era quando eu não tinha de limpar a caixinha de areia do Stanley.

Oksana bufou no banco da frente.

Ava apenas sorriu.

– Bem, não é nada muito novo para mim. Acredite.

Após fugir do 7B, Ava aprendeu a não confiar seu futuro a ninguém, e os passaportes roubados eram parte desse plano. Embora mal pudesse acreditar em seu otimismo ao surrupiar *dois* passaportes – já que, até aquele momento, não tivera nenhum amigo americano, e o segundo passaporte era apenas para alguém imaginário –, ela sempre pensara que era melhor ter um de reserva caso precisasse.

Ainda bem.

Ava se recompôs.

– Não podemos falhar. Temos só dois passaportes, e eu não tenho nenhum plano B.

Ela segurou o passaporte diante do rosto dele no banco de trás do carro. Um segundo depois, o rosto dele apareceu na página da fotografia, como deveria ser.

– Perfeito – disse Ava, entregando-lhe o documento. – E você realmente se parece com um Peter Peterson.

Alex olhou para o papel.

– Peter Peterson? Isso lá é um nome de verdade? De onde a S.H.I.E.L.D. tira isso?

– De pessoas mortas. E listas telefônicas. E anuários – Ava explicou.

Ele olhou em dúvida para ela, que apenas deu de ombros.

– O quê? É verdade.

– O que você sabe sobre anuários de escola?

Menos do que eu sei sobre pessoas mortas, ela pensou. Mas só disse:

– Já vi na TV.

Alex colocou o passaporte no bolso.

– Ainda não acredito que você estava guardando esses documentos roubados.

– Eu falei para você. Tenho colecionado essas coisas desde que tinha nove anos. – Mas ela não disse até que ponto ia a sua coleção. Os microtransmissores e os receptores. As proteções de látex para disfarçar digitais e os dispositivos de reconhecimento facial. Tudo que pudesse lhe ser útil um dia para desaparecer – pois ela imaginava que, um dia, precisaria fazer isso.

E Ava não tinha apenas juntado a maior coleção de equipamentos de espionagem da região, como também tinha passado todos aqueles anos no 7B aprendendo a roubá-los e a usá-los.

Talvez ela estivesse, por toda a vida, inconscientemente se preparando para este momento. Talvez uma parte dela sempre soube que Ivan, o Estranho, voltaria.

Pode vir. Estou pronta.

Ava segurou o próprio passaporte, transferindo suas digitais para o sensor de dentro da capa.

– Basicamente, eu fui criada em um escritório da S.H.I.E.L.D. Tenho sido ignorada por espiões desde quando vocês estavam no Ensino Fundamental. – Ava passou o próprio rosto para o passaporte. – Pronto. Agora também sou americana – ela disse, fazendo um sinal de paz e amor com uma das mãos. – Taylor Swift! Capitão América! Disney! Não pareço mesmo com uma Melissa Johnston?

Alex ergueu uma sobrancelha.

– Você tem tanta cara de Johnston... Quase uma Minnie Mouse.

Ava pegou a última coisa roubada, não da S.H.I.E.L.D., mas de Tony Stark. Ela a encontrara dentro do volume de *Férias do caos* que estava na maleta dele, uma espécie de caixa de ferramentas feita de couro romano: um maço de notas de cem dólares. Ela balançou a cabeça.

– Bilionários e agentes da S.H.I.E.L.D. Sempre prontos para qualquer coisa.

Alex olhou para o dinheiro.

– Parece que ninguém vai tirar férias do caos por enquanto...

Oksana arregalou os olhos, e Ava jogou uma porção de notas no banco da frente antes que ela pudesse questionar.

– São... de verdade?

– Sim, e acredite, não farão falta.

– E elas são suas?

– Não. Agora são suas. – Ava olhou para a amiga. – Aceite.

Elas nem precisavam falar mais do que isso em voz alta.

O que foi que você fez, Myshka?

Algo que não consigo desfazer, Sana.

Mas já não havia mais tempo para preocupações, porque as luzes do Aeroporto JFK estavam brilhando diante de seus olhos, e o táxi encostou em frente ao portão de embarque internacional. De repente, lá estava ela de pé na calçada com a sua única amiga no mundo.

Oksana a abraçou, e Ava colocou um pequeno objeto preto na mão dela.

– É um tipo de celular. Velho, mas faz ligações internacionais e não pode ser rastreado. Há um número nele. Ligue para a gente caso algo esquisito aconteça. Depois, jogue fora.

– Esquisito? Esquisito, como? Você quer dizer mais esquisito do que essa sua loucura toda?

– Sana, eu não estou brincando. Coisas esquisitas têm acontecido ao longo dessa semana. Não quero envolver você nessa encrenca toda.

– Mas eu já estou envolvida. A sua encrenca é a minha encrenca.

– Só mantenha-se discreta. Talvez seja melhor ficar na casa do seu pai. – Ava deu dois beijos no rosto da amiga. – E, por favor, cuide da Gata Sasha para mim.

Oksana assentiu.

Alex também deu um beijo constrangido no rosto dela.

– Tchau, então... – Ele a encarou. – Você é uma boa amiga, Sana.

– Americanos. – Oksana revirou os olhos.

Mas Ava a viu sorrindo ao entrar de volta no carro.

Ava colocou a mochila nas costas e olhou para o terminal do aeroporto na frente deles, com Alex a seu lado.

Ouviu a porta do táxi batendo e, subitamente, entrou em pânico.

E se esse tiver sido o último adeus?

E se algo acontecer e nunca mais nos virmos de novo?

Ava se virou e gritou:

– Você não me contou como se saiu no campeonato, Oksana!

Pela janela do passageiro, uma mão chacoalhou uma medalha de ouro antes de desaparecer em meio ao tráfego de carros.

Ava soltou uma risada. Até Alex sorriu.

Uma medalha de ouro para Sana.

Talvez, finalmente, um bom presságio para todos nós.

Depois, sem mais palavras, Alex e Ava deram as mãos e desapareceram em meio à multidão de passageiros, deixando para trás tudo aquilo que lhes era conhecido, como o velho táxi amarelo.

arquivo editar exibir

S.H.I.E.L.D. – DOCUMENTO CONFIDENCIAL
ACESSO NÍVEL X
INVESTIGAÇÃO DE MORTE EM SERVIÇO
REF: S.H.I.E.L.D. CASO 121A415
AGENTE ENCARREGADO: PHILLIP COULSON
INDICIADA: NATASHA ROMANOFF OU VIÚVA NEGRA
OU NATASHA ROMANOVA
TRANSCRIÇÃO: INQUÉRITO DO DEPARTAMENTO DE DEFESA

DD: Quando percebeu que eles tinham fugido? O que a fez perceber?
ROMANOFF: Além da pilha de guardas da S.H.I.E.L.D. inconscientes? Das câmeras de segurança destruídas? Dos quatro rifles largados sem munição na entrada da base?

DD: Então foi apenas um erro de cálculo, Agente.
ROMANOFF: É difícil de acreditar, mas eu não sabia, senhor. Do que ela era capaz, ou do quão rapidamente ela agiria.

DD: Mas por que você foi procurar o Sr. Stark? Por que foi até a base Triskelion, afinal, Agente Romanoff?
ROMANOFF: Uma coincidência, senhor. Eu precisava de um computador seguro.

DD: Então essa ligação entre vocês duas era mais do que uma espécie de interruptor liga-e-desliga dentro do seu cérebro?
ROMANOFF: Eu nunca senti nada, senhor. Da minha parte, não havia nada de diferente.

DD: Deixe-me ver se entendi. Essa pequena órfã russa e sem-teto conseguiu se infiltrar na mente de uma agente experiente e condecorada sem que essa mesma agente tivesse a menor noção do que estava acontecendo?
ROMANOFF: Algo assim.

CAPÍTULO 20: AVA

BALCÃO DA AERO UCRÂNIA – AEROPORTO JFK, QUEENS, NOVA YOKK

– Duas passagens para Odessa, por favor. No próximo voo possível – disse Ava para a atendente no balcão da Aero Ucrânia.

Seus olhos captaram de relance as câmeras de segurança nas posições de dez e duas horas. Inclinou o rosto para baixo em um ângulo de 45 graus. Alex fez a mesma coisa, logo atrás dela, a copiando. Depois da maneira como haviam escapado do Triskelion, não queriam correr riscos.

Temos de nos livrar destas roupas.

A Viúva Negra já deve estar de olho na gente.

Ava fechou os olhos e tentou sentir algum tipo de conexão com Natasha Romanoff. Não conseguiu. Fosse lá como funcionasse o tal vínculo quântico, ela ainda não sabia como controlá-lo.

Ou como usá-lo para mantê-la longe de mim.

Ava se deu conta de que estava prendendo a respiração. Alcançou a mão de Alex. Ele a segurou por baixo do balcão, e ela sentiu seu interior relaxar um pouco.

A atendente ergueu os olhos do computador.

– Vão ter que parar em Moscou. Há um voo partindo em cinquenta e cinco minutos, mas só tenho assentos na classe executiva.

– Vamos querer – disse Alex, atrás de Ava, em russo.

– Nós vamos? – Ava ficou surpresa.

Ela quase esquecera de que ele falava sua língua.

– Claro que vamos. É uma emergência familiar. A nossa *baba* está em seu leito de morte. Precisamos descansar o máximo possível – Alex falou com naturalidade, continuando em seu russo rápido.

Ava tentou não sorrir. O sotaque dele era aristocrático, quase perfeito demais. Toda vez que Alex abria a boca, ela queria cair na risada do absurdo da situação.

– Além disso, nossa *baba* sempre odiou viajar de classe econômica. – Ele pousou a mão no ombro de Ava, quase como que a consolando. – Faça esse sacrifício por ela.

A atendente olhou para eles com curiosidade.

Ava sacou metade do bolo de notas de cem dólares de Tony Stark.

– Se é o que você deseja, irmão. Não vamos decepcionar a *baba*.

Obviamente, a pilha de dinheiro fez a atendente arregalar os olhos. E Alex não a culpava por isso: era a maior quantidade de dinheiro vivo que ele já tinha visto na vida.

– Documentos, por favor – disse ela, finalmente, digitando com as longas unhas no teclado de um computador que parecia mais antigo do que o próprio aeroporto.

Ava lhe passou os passaportes, e a mulher os examinou, indiferente. Se havia algo estranho com aqueles dois, ela não queria se meter. A atendente empurrou duas passagens sobre o balcão.

– Meus pêsames por sua perda.

– Ainda não – disse Alex. – A nossa *baba* é uma guerreira. Essas passagens nos permitem acesso à sala VIP? – Ele sorriu inocentemente. – E há chuveiros lá?

A atendente ergueu uma sobrancelha.

– Nada de sala VIP – Ava sussurrou, puxando-o pela mochila. – Teríamos de passar por outro balcão. Ainda não estamos fora de risco.

– Não estamos?

– Você acha que compraríamos passagens para a Ucrânia sem o conhecimento da S.H.I.E.L.D.? Eles já devem estar vindo.

Alex não tinha pensado nisso.

– Tem razão, *moya malen'kaya,* Romanoff. Então temos de comprar outras passagens?

– Pequena Romanoff? Não sou uma pequena Romanoff. Mas, sim.

Ava sacou o rolo de dinheiro roubado. Ainda estava bem grande, mas não por muito tempo.

– Espero que isso seja o suficiente.

– Você vai comprar uma passagem para cada aeroporto do Leste Europeu? – Alex perguntou, encarando o dinheiro.

– Talvez. Ou, talvez, uma para cada continente. Todo cuidado é pouco. Eu fui criada por espiões. Acostume-se.

– Estou começando a me acostumar.

* * *

Meia hora e oito passagens depois – sem falar em dois bilhetes para o ônibus que levava do aeroporto JFK para o de Newark –, Ava agora estava experimentando um boné de basebol da lojinha Hudson News próxima ao seu portão de embarque.

Preto, de nylon, "*I ♥NY*". Barato e brega. Ia servir bem. O embarque começaria dali a pouco.

Ava se olhou no espelho, ajustando a jaqueta Harley-Davidson que acabara de comprar do outro lado do terminal. A calça de moletom da S.H.I.E.L.D. ficou. Ela inspecionou a multidão ao redor pela quinta vez nos últimos minutos.

Um guarda. Dois seguranças do aeroporto.

Um grupo grande de turistas chineses.

Nada óbvio demais. Ninguém virando para cá.

Ninguém aparecendo duas vezes.

Nenhum rosto conhecido do outro lado da faixa de segurança.

Alex apareceu atrás dela no espelho.

Ela pulou de susto.

– Não faça isso.

– Só queria mostrar o meu lindo gorro novo. – Ele deu um sorrisinho. – Como estou?

Era um gorro azul-marinho com o escudo do Capitão América. Ele também tinha colocado uma camiseta dos New Jersey Devils por baixo da jaqueta.

– Jura? – Ava o mediu de cima a baixo. – Acha mesmo que esse visual ajuda você a passar despercebido?

– Não achei nada do Capitão Ucrânia – Alex argumentou. – Além do mais, esta é uma camiseta de hóquei. O mundo todo ama hóquei.

– Com certeza. – Ava entregou-lhe um moletom com contorno de baleia na frente. – Pode tirar.

– Isso aí? Não. Metade da minha escola em Montclair usa isso.

Ava sorriu.

– E daí? Isso é bom, certo? Você vai passar despercebido.

– Não. Nada de baleia. Tenho os meus princípios. Que tal os Islanders? – Alex suspirou, passando o moletom pela cabeça. – Por mais que me doa, pelo menos é azul.

– Ótimo.

Ava ficou imóvel quando um guarda passou por ela, colocando um pacote de chiclete no balcão. Ela então pegou a camiseta dos Islanders da mão de Alex, falando bem baixinho:

– Agora os tênis – disse, olhando para baixo.

– O quê? – ele sussurrou de volta.

– Tire.

Ele falou mais alto:

– Está falando sério?

Ela lhe lançou um olhar.

Ele baixou a voz de novo e sussurrou forte:

– Quem compra calçados no aeroporto?

O guarda saiu de perto. Ava colocou seu boné no balcão e arrancou o da cabeça de Alex.

– Vamos levar esses dois.

Depois, virou-se para Alex, mantendo a voz baixa ao dizer:

– Você não acha que uma agente como a Romanoff não ia reparar nos seus tênis? A primeira coisa que ela vai fazer é avisar aos federais para procurar por um menino de tênis de esgrima da Nike.

– Ah, é?

Ava deu de ombros.

– Ela sabe que é mais difícil comprar tênis novos do que um boné ou uma blusa. Estou surpresa por termos conseguido passar pela segurança sem sermos barrados. Ela deve estar em um mau dia. – Ava sacou uma nota de cem do maço. – Vamos, tire os tênis.

– Tá.

Ava olhou para o atendente do caixa, um careca mal-humorado que estava fazendo o que podia para ignorá-la.

– Por favor. Sabe onde meu namorado pode comprar um par de tênis?

– Isso mesmo. Sou o namorado dela. – Alex sorriu.

O atendente nem tirou os olhos da pilha de recibos que estava organizando.

– *Mazel tov.*

– Ele pisou em uma coisa nojenta – Ava improvisou. – Sabe como é, acho que alguém com muito medo de avião...

– É só limpar no banheiro – disse o atendente, ainda sem olhar para eles. – É o que eu faço.

Eca, que nojo.

Ava fez uma careta.

– Já tentamos.

O atendente resmungou e apontou para uma loja do outro lado do corredor.

– O único lugar para comprar sapatos aqui no terminal. – Ele olhou para Ava. – Fala sério. Quem compra calçado no aeroporto?

– Viu só? – disse Alex.

* * *

– Tamanho quarenta e quatro – Alex pediu à vendedora. – E estamos com pressa.

Ava estava encostada na porta de vidro aberta da vitrine, avaliando cada rosto que passava pela multidão do terminal.

Faxineira. Outro guarda, distintivo diferente.

Segurança do portão. Mãe com carrinho de bebê. Adolescentes tirando selfies.

Nenhum rosto conhecido. Estamos indo bem.

– Nossos tamanhos são franceses – informou uma vendedora entediada.

Ela estava usando um lenço enrolado ao pescoço com um nó tão complicado que deixou Ava cansada só de ver.

– Ah, é? – Alex olhou para ela. – Os pães da padaria também.

A moça não gostou.

Alex nem deu bola.

– Brincadeirinha. Seria mais engraçado se tivesse uma padaria aqui do lado.

– Alex... – Ava avisou.

Ela desviou os olhos assim que dois policiais pararam de repente em frente à loja.

Vamos logo, caras. Por que policiais iriam querer dar uma voltinha por aqui?

Estão bloqueando o meu campo de visão.

Ela fingiu provar um lenço em frente a um espelho até que os homens se foram. Depois, deixou o lenço no balcão e viu o preço.

– Quê?! – perguntou ela, incrédula, para a vendedora.

Entraram na loja duas meninas com cara de chinesas, tagarelando em mandarim.

Continentais. Sotaque lembra o de Chengdu.

– Que gatinho – disse a primeira delas, olhando para Alex.

– Você acha que ela é a irmã ou a namorada dele?

Ava colocou a mão na testa. Natasha Romanoff devia falar bem o mandarim. *Porque você nem deveria ter reconhecido a língua que elas estão falando.*

O inglês já ocupa demais a sua cabeça.

A vendedora ignorou Ava, dando atenção somente para Alex.

– Tênis. De qual estilo?

Ele deu de ombros.

– Estilo? Ah, um com bom solado. Que dê para correr. Que não escorregue se eu ficar com um pé só no chão.

A vendedora ergueu uma sobrancelha.

– E o outro pé estaria onde?

– Na cara de alguém. Ou em uma porta.

Ela continuou olhando para ele com menosprezo.

– Alex... – disse Ava, da porta, ainda de olho nas pessoas que passavam, nele, nas chinesinhas e em todas as câmeras de segurança em um raio de quarenta e cinco metros.

Alex sorriu.

– Outra brincadeira. Viu? Você caiu de novo.

– Você reparou? Ele está querendo comprar tênis – disse uma das meninas em mandarim.

– Quem compra sapato no aeroporto? – perguntou a outra, rindo.

Ava sacudiu a cabeça, pegando um cinto no balcão. Continuou escutando – somente porque era ainda mais difícil ignorar.

– E por que será que tem um guarda comprando na Hermès? Guardas ganham tão bem assim em Nova York?

– Os americanos são doidos!

Ava congelou.

Guarda? Ele voltou? De novo?

Virando discretamente a cabeça, ela avistou um homem com um distintivo na jaqueta, olhando gravatas em um balcão de vidro bem atrás dela. Não dava para ver seu rosto.

É o mesmo da outra loja? Está nos seguindo?

A vendedora apareceu com uma caixa laranja e brilhante, adornada com um laço marrom chique, e a colocou na frente de Alex.

– Perfeito – disse Ava. – Vamos levar.

A mulher pareceu surpresa.

– Mas vocês só viram a caixa. Não querem ver os tênis?

– Não, precisamos ir – respondeu Ava.

Alex olhou para ela com curiosidade.

Ava inclinou o rosto na direção do guarda nos fundos da loja.

Alex deu uma espiada.

Ava passou os braços sobre os ombros de Alex de forma charmosa. Sussurrou em seu ouvido, em russo:

– Está vendo uma arma?

Tocando o nariz de leve no rosto dela, ele respondeu também em russo:

– Não, mas não quer dizer que ele não esteja carregando uma.

– O que fazemos?

Pelo reflexo da parede espelhada, Ava acompanhou o homem passando por uma fileira de guarda-chuvas grandes, que eram praticamente armas. Que ótimo...

– Esses dois estão precisando de um quarto – disse uma das meninas em mandarim.

– Né? – a outra concordou.

A vendedora abriu a caixa de sapato. Dentro havia um par de tênis de cano alto, com detalhes em laranja e preto e uma fivela prateada.

– Couro de novilho. Custa mil e cem sem os impostos. Chama-se Quantum.

– Quantum? – Alex perguntou. – É esse nome mesmo?

– Dólares? – Ava perguntou. – É esse preço mesmo?

Alex virou para Ava.

As chinesinhas também se entreolharam e deram uma risadinha, inclinando-se para ver melhor os tênis.

E então, de repente, uma delas agarrou a cabeça de Ava com as duas mãos e bateu a testa da garota contra o balcão de vidro à frente.

A segunda pegou impulso e acertou Alex na barriga com as duas botas.

– *Chush' sobach'ya!* – Ava xingou, jogando a cabeça para trás o mais rápido e forte possível, até encontrar o crânio da atacante.

CRASH!

Ava ouviu um barulho alto de osso quebrando, e a menina despencou no chão.

O guarda pareceu assustado com a cena. Ele caiu no meio dos guarda-chuvas, agarrado ao pacotinho de chiclete.

– *Chyort voz'mi!* – Alex também xingou, agarrando a outra menina pelos pés ainda encostados em seu torso e a arremessando contra uma arara de aço com casacos muito caros de caxemira.

CRASH!

A menina agarrou a arara com as duas mãos e girou as pernas para atingir Alex por um dos lados, mas ele desviou até ela acabar batendo nas hastes de aço...

BAM!

... e cair desacordada sobre uma pilha de casacos.

A vendedora acionou o alarme escandaloso da loja.

Alex ficou de pé e pegou a mochila.

– Jura? Agora?

Ava largou os tênis fora da caixa e pegou um par qualquer de sapatos do balcão.

– Mudança de planos. Vamos levar estes...

– Mocassins? – Alex fez cara feia.

– Elas viram o outro par – disse Ava, sacando um punhado de notas do bolso. – Precisamos sair logo daqui.

– Vocês estão bem? Eu sinto muito! – A vendedora olhava de um para o outro, gritando para ser ouvida apesar do barulho insistente do alarme. – Se esperarem um minutinho, podemos fazer um boletim de ocorrência.

– Desculpe, mas precisamos pegar o avião! – Alex gritou de volta, largando os sapatos no chão e enfiando os pés neles. – A chinesa devia querer muito esse Quantum. O preço é um pouco alto para algumas pessoas... Ela deve ter pensado em pegá-los e sair correndo.

Antes que a mulher pudesse impedi-los, o dinheiro estava no balcão, e os sapatos, fora da loja.

Vinte minutos depois, eles estavam sobrevoando o Atlântico.

arquivo editar exibir

S.H.I.E.L.D. – DOCUMENTO CONFIDENCIAL
ACESSO NÍVEL X

INVESTIGAÇÃO DE MORTE EM SERVIÇO
REF: S.H.I.E.L.D. CASO 121A415
AGENTE ENCARREGADO: PHILLIP COULSON
INDICIADA: NATASHA ROMANOFF OU VIÚVA NEGRA
OU NATASHA ROMANOVA
TRANSCRIÇÃO: INQUÉRITO DO DEPARTAMENTO DE DEFESA

DD: Então não adiantou rastrear as passagens?
ROMANOFF: Na verdade, adiantou. Mas só conseguimos as informações sobre os passaportes roubados bem mais tarde, então não sabíamos com quais nomes eles estariam viajando. Só tínhamos o software de reconhecimento facial e muitas imagens de segurança do Aeroporto JFK.

DD: De uma menina que sabe se esconder de câmeras de segurança.
ROMANOFF: Exatamente. Se Ivan já não tivesse gente em todos os aeroportos de Nova York, teria sido mais difícil. Mas ele plantou espiões, e nós já tínhamos gente atrás dos espiões dele...

DD: E estavam todos procurando Ava?
ROMANOFF: De um jeito ou de outro.

DD: Mas os capangas de Ivan a encontraram primeiro?
ROMANOFF: Ele colocou duas Tríades para tentar pegá-la no JFK.

DD: E como elas se saíram?
ROMANOFF: Mal. Mas nos deram pistas importantes. Sabíamos que estávamos atrás de um garoto usando tênis caros de cano alto.

DD: É engraçado como sapatos fazem toda a diferença, não é mesmo?

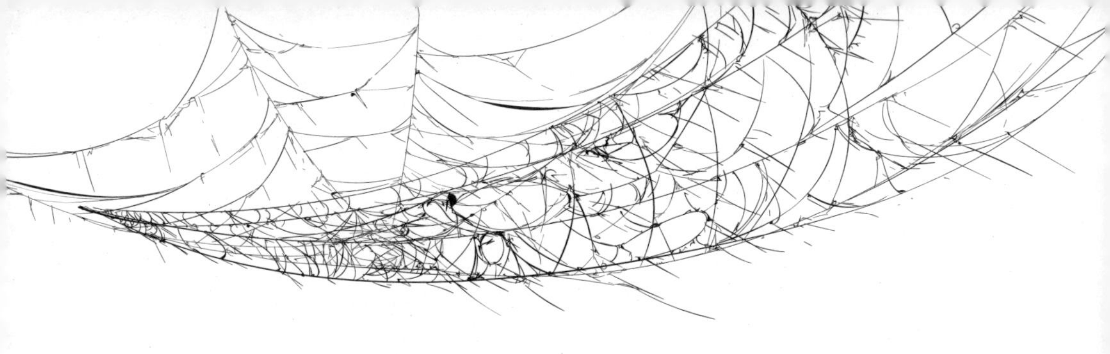

CAPÍTULO 21: NATASHA

BASE TRISKELION DA S.H.I.E.L.D., RIO EAST, A INCRÍVEL NOVA YORK

– De castigo para sempre – disse Natasha.

Ela tinha dado uma volta ao redor da base, mas retornara ao cenário catastrófico no laboratório de Tony para verificar as imagens das câmeras de segurança. Quatro agentes muito bem treinados tinham sido levados por paramédicos. Quando recobraram a consciência, estavam mais envergonhados do que qualquer outra coisa, mas isso não mudava a situação. Natasha ficou furiosa.

– Os dois.

Castigo? Do que está falando, Romanoff?

Você já derrubou gente por muito menos que isso.

– Claro. Coloque-os de castigo mesmo. Mas primeiro vai ter de encontrá-los – disse Tony, assistindo às imagens das câmeras.

Natasha voltou o vídeo e o parou no momento em que Ava havia pedido emprestado o fone do guarda.

– Olhe. Ela está o está enrolando... Atraindo-o para perto... Diminuindo a distância. E... Bum, ele se deu mal.

Havia sido um bom golpe, esperto e rápido, o que a deixou ainda mais zangada.

Aquela menina ridícula...

Natasha bateu a mão no teclado.

– Sociopata. É isso que ela é.

– A menina? – Tony riu. – Quem você acha que inventou aquele golpe?

– Cale a boca.

Agora não, Tony.

Ela não queria ouvir. Mesmo sabendo que ele estava certo.

– Ah, vá. É um golpe típico de Natasha Romanoff. Você sabe que é.

– Não é engraçado.

É enraivecedor. Vergonhoso. Humilhante. Irritante. Grosseiro, até. Mas não "engraçado".

– É um pouquinho engraçado, vá. Que Natasha Romanoff finalmente tenha encontrado alguém à altura dela. E quem melhor para isso do que *outra Natasha Romanoff*? – Tony deu um sorrisinho. – Eu estou curtindo a ironia.

Natasha se jogou na cadeira em frente a uma tela de plasma.

– À minha altura? Ah, por favor. Vou capturá-la em vinte minutos. E, depois, trancar os dois em uma cela por uns vinte anos.

No mínimo.

Ou até por mais tempo, caso Tony não consiga consertar esse vazamento de cérebro do tipo "supergêmeas, ativar".

Tony deu de ombros.

– Nós dois sabemos que você não faria isso, Romanoff. Mas eles não sabem que você não faria. E é por isso que devem ter fugido.

Natasha franziu a testa.

– Por que está dizendo isso?

– Porque você está aqui conversando comigo. Não está chamando a cavalaria. Não ligou para o Coulson, que geralmente é a primeira coisa que você faz.

Ele tem razão. Por que não liguei? Porque não sei em quem confiar? Ou porque não quero que eles se metam em uma encrenca ainda maior?

– Não preciso nem da cavalaria e nem de Coulson – Natasha disse, por fim. – Eu mesma sou a minha cavalaria.

Tony suspirou, baixando por um momento a chave de fenda.

– Você precisa entender, N-Ro, com quem está lidando. Uma adolescente. Eu posso ajudá-la nisso. Segundo a Pepper, eu nunca saí da adolescência.

– Por que será que ela diz isso?

– Você a encurralou, e a garota fugiu. Não lhe parece familiar?

Claro.

– Olha quem fala.

Tony deu de ombros.

– Eu sou um fugitivo. Você é uma fugitiva. Não estou julgando, porque eu entendo.

– Mas os dois fugiram. E eu não encurralei o menino.

– Bom, as motivações dele já são outros quinhentos. É aquela velha história, mas uma versão diferente... Menino encontra menina e a acha... estimulante. – Tony deu um sorrisinho. – Conheço bem o sentimento. – Inclinou-se para a frente. – Eu também gosto desse tipo de *estímulo.*

– Você é tão *fino.* – Natasha revirou os olhos. – E não está ajudando.

– Você quem sabe.

– Veja, não é nada de outro mundo. Vou fazer o que sempre fiz. Começar rastreando os dois. Alex tem um celular, certo? – ela soou determinada ao abrir uma conexão na base de dados da S.H.I.E.L.D. – Primeira parada, Companhia Telefônica de Nova York.

Natasha se recostou na cadeira.

– Sem sinal. Cartão SIM não detectado.

Der'mo!

– Que espertinhos. Destruíram o telefone.

Ela se ajeitou no assento.

– Ok, agora vamos para o reconhecimento facial. – Ela digitou de novo. – Procuraremos em todos os aeroportos, em todas as estações de trem. Não é possível que eles tenham evitado todas as câmeras de segurança da área.

Tony pareceu se divertir com a situação.

– Por que não? Você seria capaz de evitar. Por que não ela?

Natasha fez uma careta para a tela.

– Ela deve ter cometido algum erro. Só ainda não o encontrei.

Der'mo, der'mo...

– Sei.

Ela suspirou e voltou ao teclado.

– Ok, vamos analisar as listas de passageiros. Companhias aéreas. Trens. Ônibus.

– E aí?

Ela jogou as mãos para cima.

– Achei. Ela está indo para... Tóquio. – Natasha deu uma risadinha. – Fácil, estarei lá em Narita quando eles aterrissarem.

– Jura? – Tony apontou para a tela. – Porque esse seu pontinho luminoso está desaparecendo.

Natasha olhou para a tela.

– Ela está a caminho de Heathrow. E de... Moscou. E de São Paulo. E da Cidade do Panamá. E de Budapeste. E de Paris.

O rosto dela foi ficando cada vez mais vermelho.

Der'mo, der'mo, der'mo...

Tony deu um sorrisinho.

– Ora, você não está nem um pouquinho orgulhosa deles? E dizem que as crianças de hoje em dia não têm iniciativa. – Ele sacudiu a cabeça. – É ótimo ver a nova geração aprendendo com os mais velhos.

– Isso é revoltante. – Natasha se recostou de novo na cadeira. Ela não sabia mais por onde começar. – É como se ela estivesse usando todos os meus truques contra mim.

– Claro que está. Literalmente. São os seus truques, porque ela tem acesso ao seu cérebro, Romanoff.

Mas não vai ser desse jeito para sempre.

Assim como você não pode se esconder de si mesma para sempre, Natasha.

Ela sentiu um arrepio e afastou o pensamento da cabeça. Já havia deixado Ava enrolá-la por tempo demais.

– Chega desse papo de terapeuta, Stark. Tudo isso só significa que ela fez mais progresso do que imaginávamos. – Natasha ficou de pé. – Tenho que encontrá-los. Agora.

Tony pegou um disco rígido meio queimado na mesa de aço à sua frente.

– Vou continuar desvendando a tecnologia do entrelaçamento quântico. Enquanto isso, encontre a pequena Natasha e seu Romeu. Mas aviso que pode levar mais do que vinte minutos.

Natasha pegou a jaqueta.

Tony olhou para ela.

– Só não faça o que você faria normalmente. Porque isso ela já sabe.

Natasha parou na porta.

– O que mais eu posso fazer?

– Pense nisso como uma chance para fazer as coisas de outro jeito. Para ser uma nova pessoa. – Ele ergueu os ombros. – Quem sabe? Você pode acabar descobrindo novos truques.

O disco rígido na frente dele explodiu em faíscas.

Tony fez uma careta.

– Ou não...

– Obrigada pelos sábios conselhos.

– Não há de quê.

arquivo editar exibir

S.H.I.E.L.D. – DOCUMENTO CONFIDENCIAL
ACESSO NÍVEL X

INVESTIGAÇÃO DE MORTE EM SERVIÇO
REF: S.H.I.E.L.D. CASO 121A415
AGENTE ENCARREGADO: PHILLIP COULSON
INDICIADA: NATASHA ROMANOFF OU VIÚVA NEGRA
OU NATASHA ROMANOVA
TRANSCRIÇÃO: INQUÉRITO DO DEPARTAMENTO DE DEFESA

// ANEXOS EXIGIDOS

BOLETIM DE CAMPO DA S.H.I.E.L.D.
ACESSO ABERTO A TODOS OS AGENTES

<< CIVIS MENORES DE IDADE DESAPARECIDOS>>
<<AGENTE ROMANOFF, NATASHA>>
<<EM BUSCA DE ORLOVA, AVA / MANOR, ALEX>>
<<VIAJANDO SOB NOMES FALSOS / NOMES FALSOS DESCONHECIDOS>>
<<AVISTADOS EM LISTAS DE PASSAGEIROS PARA: ROMA, FIUMICINO – LONDRES, HEATHROW – AMSTERDÃ, SCHIPHOL – MOSCOU, SHEREMETYEVO – RIO DE JANEIRO, GALEÃO – CIDADE DO PANAMÁ, TOCUMEN – TÓQUIO, NARITA – ISTAMBUL, ATATÜRK – SINGAPURA, CHANGI>>
<<PASSAGENS COMPRADAS EM DINHEIRO>>
<<SEM RASTREIO DE CARTÃO DE CRÉDITO>>
<<SEM RASTREIO DE CELULAR/SATÉLITE>>
<<DETER IMEDIATAMENTE>>

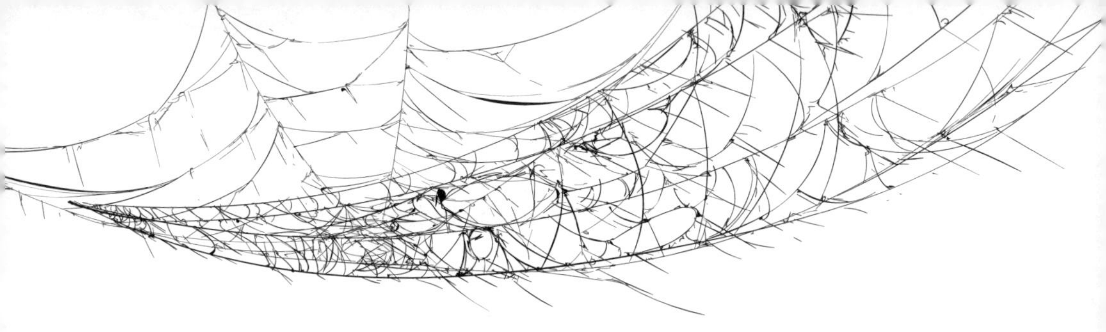

CAPÍTULO 22: ALEX

VOO 649 DA AERO UCRÂNIA CLASSE EXECUTIVA, SOBREVOANDO O OCEANO ATLÂNTICO

Já fazia cinco horas que estavam voando, e Alex continuava acordado. Olhava para o teto, apoiando a cabeça sobre o braço. Tinha largado o novo par de mocassins debaixo do assento.

Viu Ava se mexendo no assento ao lado, tentando se aconchegar. Ela havia aceitado de bom grado tudo o que os comissários de bordo tinham lhe oferecido: de castanhas aquecidas a camarão, passando por suco de *cranberry*, cujas caixinhas vazias estavam agora espalhadas sobre a mesinha. Ainda assim, não parecia haver nada de confortável naquela viagem e nem no destino de chegada – apesar de estarem na classe executiva.

Ava finalmente desistiu de tentar e sentou-se na cadeira. Estava acabada e exausta, mas mesmo assim não conseguia dormir. O estresse da situação não a deixava. Alex bem que queria poder fazer algo para ajudá-la.

– Me diga uma coisa – disse ela, debruçando-se sobre o console de plástico que os separava e que Alex preferiria que não existisse.

– O que quiser saber – Alex respondeu sinceramente.

Ele não era lá muito bom em conversar com garotas, mas estivera pensando em Ava desde que embarcaram no avião. Mesmo quando fechava os olhos, ele a via, e tão claramente quanto se ainda estivesse de olhos abertos na frente dela. Era um sacrifício ficar sentado ao lado dela sem poder se aproximar para abraçá-la, puxá-la para perto...

– E... o cachorro? – Ava murmurou, fechando os olhos de novo.

– Quem?

Ficou surpreso.

Gato, talvez. Mas cachorro?

– Seu cachorro. Você teve um cachorro, não foi? – Ava estava quase adormecida. – Marrom, meio vira-lata. Você levava comida escondido para ele...

Alex suspirou.

– Bem que eu queria. Nunca tive cachorro.

– Teve sim.

– Sempre quis ter um, mas a minha mãe gosta de gatos. Aliás, "gosta" é pouco.

– Estranho. Eu podia jurar que você teve um cachorro. – Ava abriu os olhos de novo. – Batata – disse, subitamente. – Ele gostava de batata.

– Quem?

– Seu cachorro. Você dava comida do seu prato para ele.

Alex a olhou, intrigado.

– É um gato, que se chama Stanley e que tem uma tigelinha só dele. Com patinhas do Miau Noel estampadas.

Ava achou aquilo divertido.

– Jura? Patinhas do Miau Noel?

– E uma coleira especial para cada feriado. A de Natal tem – adivinhe – sininhos.

– Então nada de cachorro?

– Nada de cachorro.

Ava sentou-se, com o cabelo desgrenhado.

– Hum. Não sei. Você sempre morou em Mountain Clear?

– Montclair? Não. A minha mãe nunca fala sobre isso, mas eu cresci em Vermont. Ainda sonho com as árvores do quintal. Com as árvores e com a neve.

Alex preferiu não mencionar que os sonhos eram, na verdade, pesadelos nos quais ele era perseguido em bancos de neve mais altos que a cabeça dele, às vezes fugindo de tiros. Às vezes, ainda, o seu sangue espirrava sobre a neve. Ele achou que Ava já tivera pesadelos demais.

– E aí?

– É a história mais chata do planeta. Os meus pais se separaram, e eu e a minha mãe fomos para Nova Jersey. Minha mãe virou agente de viagens. E, claro, fã de gatos, mas disso nós já sabemos.

– Mas você não é fã de gatos. Como pode?

– Ela brinca que eu fui trocado na maternidade. Não temos basicamente nada em comum.

– Ela não faz o tipo cartão preto?

– Nem um pouco. Ela evita brigas ao máximo.

– E você as provoca?

Ele deu de ombros.

Ava olhou para ele.

– O que aconteceu com o seu pai?

– Não sei. Acho que ele foi embora, e aí minha mãe desistiu de tudo.

– Até do cachorro?

– Já disse que nunca tive cachorro, sua doida. – Alex olhou para o corredor do avião. – Mas vou perguntar para ela se tivemos um do qual eu possa ter me esquecido, de quando eu era pequeno. Assim que chegar em casa. Ou assim que eu ligar. – Alex olhou para o relógio. Era tarde de domingo em Nova Jersey.

Minha mãe deve estar surtando. Ligando para o pai de Dante. Dante deve estar me dando cobertura. Ele não iria acreditar em nada disso, mas mesmo assim eu queria poder contar para ele.

Alex então sentiu uma mão quente deslizar para dentro da dele.

– Brat – Ava disse de repente, olhando para ele.

– Quem é Brat?! – Os olhos dele faiscaram.

Ela sacudiu a cabeça, sorrindo.

– Lembrei agora. Esse era o nome do seu cachorro.

Alex dirigiu para ela um olhar de estranhamento. Aquela conversa estava ficando bizarra.

– Como você poderia saber se eu tive um cachorro? E até o nome dele?

– Brat?

– E quem colocaria o nome Brat em um cachorro, aliás?

– Não Brat. *Brat*, em russo – ela disse, olhando para ele. – Pense um pouco.

Tente se lembrar.

Alex recostou-se no assento, cansado.

– Brat.

O que é que tem para lembrar?

Que tipo de cachorro era esse Brat?

Marrom, subitamente lhe ocorreu.

Ele se lembrou do pelo marrom, dos olhinhos castanhos, do focinho marrom.

Todo marrom.

E quentinho.

Ele sentiu um coração quentinho batendo e um montinho de pelos enrodilhado em sua cama.

Um prato de café da manhã cheio de batata e bolinho de carne.

O lugar aconchegante no carpete, debaixo do sofá, para dormir.

Um pedaço de corda mastigado como se fosse repolho...

– Irmão – Alex disse, subitamente, sentando-se. – *Brat* significa irmão. Porque esse cachorro era como um irmão para mim.

– Você lembrou? Jura? – Ava arregalou os olhos. E sorriu. – Eu sabia que não estava imaginando.

Alex sentiu-se, ao mesmo tempo, mais confuso e mais confiante. Em sua mente, portas abriam-se em lugares antes desconhecidos.

– Quando eu fiquei sozinho, esse cachorro se tornou a minha única família – disse ele, lentamente.

Era perturbador, mas, ainda assim, era real.

Eu tive mesmo um cachorro.

Virou-se para Ava.

– Como posso ter esquecido disso? E por que não me lembro da minha mãe nesse contexto? Ou do meu pai, se faz tanto tempo assim? – Alex passou a mão pelo cabelo ondulado.

– As pessoas se esquecem das coisas mesmo. Até de um cachorro.

A cabeça dele estava começando a doer. Não queria ficar pensando naquilo, mas tinha uma sensação esquisitíssima de que deveria – a sensação de que até um cachorro há muito tempo esquecido era importante.

E de que Ava estava, de alguma forma, conectada a tudo isso.

Ele estudou o rosto dela.

– Você não esqueceu. – Ele viu as sombras retornarem ao semblante de Ava. – Como você se lembra dessas coisas sobre mim, Ava? Não nos conhecíamos. Tenho certeza disso. Como você sabe coisas sobre mim das quais nem eu me lembro?

– Alex... – Ava começou. – Às vezes eu me lembro de muito, muito mais que isso.

Alex olhou para ela, e, pela expressão em seu rosto, entendeu que havia mais do que apenas um cachorro.

– Está falando de como você sabe coisas sobre Natasha Romanoff? Ou de como eu sei falar russo?

Ela fez que sim. As palavras saíram lentamente, com grande dificuldade:

– Meus sonhos não são sempre sobre ela... – Ava olhou para Alex. – E não começaram recentemente.

– Com o que você sonha? Além do cachorro? – Ele começou a compreender. – Espere... Você sonha comigo?

Ava fez que sim de novo.

– Como assim?

Alex estava tentando juntar as peças, mas não conseguia. Havia muitas, e tudo era muito fragmentado. Nada fazia o menor sentido.

– Eu sonhava com você. Sobre você. Mesmo antes de nos conhecermos pessoalmente.

Ele tentou processar o que ela dizia de forma lógica, mesmo que aquilo não fosse nada racional.

– Como uma premonição?

Ava ficou calma.

– Um pouco mais que isso.

Por um momento, ela hesitou, olhando para o rosto dele como se buscasse alguma coisa.

Alex queria saber o que ela buscava.

– Eu costumava pensar que era destino – ela disse, enfim, tão baixinho que ele teve de se inclinar para ouvir.

– Os sonhos?

– Não só os sonhos. – Ava corou. – É bobagem, eu sei. Uma pessoa não pode ser o destino de outra.

Alex viu a cor das maçãs do rosto dela passarem de rosa para vermelho.

Ele ainda não tinha compreendido muito bem o que ela estava dizendo, mas percebia o quão importante era aquilo para ela. E o quão nervosa ela parecia, e o quanto ela queria que ele entendesse.

Ajude-me, Ava.

Ajude-me a juntar as peças.

Quero lembrar.

Quero saber de tudo.

Especialmente sobre você.

– Destino, é? – Ele ajeitou um cachinho cor de cobre atrás da orelha dela. – Como sabe que cara tem o destino?

Ela respirou fundo.

– Acho que vai ser melhor eu mostrar. Só não vai surtar, ok? – Ava abaixou-se até a mochila em seus pés e tirou de lá o que parecia ser um caderno velho e muito gasto. – Nunca mostrei isso a ninguém além de Oksana.

Ela colocou o caderno no colo dele e esperou que Alex o abrisse. Bastou ver o primeiro desenho para que ele entendesse por que ela estava tão tensa.

– Sou eu? – Ele estudou a imagem. – Sou eu. E esse é o Brat. E a floresta atrás... Acho que era nossa antiga casa. Acho que me lembro da floresta. Sonhei com isso também. Que incrível.

As árvores e a neve.

Dos meus pesadelos.

Alex sentiu um arrepio e tentou analisar os esboços mais de perto.

– Esse é o Brat, mesmo. Por isso você se lembra. Nossa, os desenhos são excelentes. Você é uma grande artista.

Ava não respondeu. Mal podia olhar para ele, e Alex percebeu como aquilo devia ser difícil para uma pessoa tão reservada como ela.

Ava não suporta ver alguém abrindo sua gaveta de roupas tanto quanto Natasha Romanoff.

A cabeça dele ainda estava latejando.

Pelo visto, nem eu suporto.

Ao virar as páginas, aquilo que estava diante dos seus olhos o golpeou várias vezes – como um velho sino de igreja sendo tocado pela primeira vez em anos.

– Mas não me lembro de boa parte dessas coisas – disse ele, lentamente. A compreensão ainda estava chegando. – Por que não me lembro?

– Não sei. Por que eu lembro?

Ele tirou os olhos do caderno.

– Como é que você pode saber mais da minha vida do que eu?

– Não faz muito sentido para mim também.

Alex foi virando as páginas, passando pelos desenhos sem realmente vê-los. Era só o que podia fazer para tentar entender as palavras que cruzavam sua cabeça.

Ela se lembra de coisas que nem eu sei.

Coisas que aconteceram comigo anos atrás.

Virou mais uma página.

Como?

E outra página.

Como isso pode ser possível? Não acredito que estou em um avião a caminho da Ucrânia. Sentado com uma menina que vê a minha vida nos sonhos dela.

Ele sentiu a mão de Ava tocar-lhe o braço.

E por que isso não parece tão estranho quanto deveria?

– Você está bem, Alex?

– Vou ficar bem. – Alex tentou estabilizar a respiração e voltou a atenção para Ava e para o caderno. – Esta é a minha casa em Montclair. Onde moro agora.

– Foi o que pensei. – Ava sorriu. – Mountain Clear. Eu devia corrigir a legenda. Mas acertei a casa, né?

– Perfeitamente. – Ele estudou o desenho com mais atenção. – Você só usou uma perspectiva esquisita. Para conseguir ver a minha casa desse jeito, você teria que estar, basicamente, no telhado da casa da frente... – Ele sorriu para ela. – Andou subindo no telhado dos Flanagans de novo?

– Que flagra – disse ela, tentando sorrir.

Alex passou para a página seguinte.

– Esse aqui acabou de acontecer, né?

– Sim. Alguns dias atrás.

– A festa da Sofi. Na varanda de Dante. Esse aqui parece que você desenhou como se estivesse nos fundos do quintal, onde fica a cerca-viva. – Ele sacudiu a cabeça. – O que é bem estranho, porque eu pensei ter ouvido alguém lá fora naquela noite.

– Outro flagra – ela sorriu. – Estou morando na cerca-viva de Dante faz três anos. Ele não é muito observador.

– Não diga.

Agora Alex estava olhando para um retrato de si mesmo na pista de esgrima.

– Então primeiro você sonhou comigo. Depois só... O quê? Me achou? Trombou comigo no campeonato?

Ava fez que sim, lentamente.

– Eu nem esperava por isso. Fiquei tão surpresa quanto você.

– E foi por isso que você disse achar que me conhecia. – Ele voltou a olhar para o caderno. – Porque me conhecia mesmo. – Alex pegou a mão dela, apesar de ainda continuar a virar as páginas. – Como isso é possível?

– Como é possível qualquer uma dessas coisas que têm acontecido ultimamente?

Alex não respondeu. Estava examinando um desenho do galpão em Odessa. Depois, as docas. E uma cidade no inverno. E prédios acinzentados em ruínas, e ruas sinuosas.

– E isso aqui?

– São só pedaços de coisas que me lembro. Minha casa, principalmente.

– Então é para lá que estamos indo? Sua casa, em Odessa. Que loucura. Nunca nem saí do país antes.

Ava o fitou melancolicamente.

– Não sei se Odessa é a minha casa. Mal me lembro de lá, só de alguns pedaços. Mesmo assim, a maior parte das minhas lembranças é de coisas das quais nem quero me lembrar. Pesadelos. O armazém. Soldados. Ivan Somodorov. Não sei se quero pensar nesse lugar como um lar. Talvez eu não tenha lar em lugar nenhum por enquanto.

Alex entendeu.

– Então Odessa é só um lugar no qual você já morou. Às vezes eu sinto o mesmo com relação a Nova Jersey. – Ele tentou fazê-la sorrir.

– É um lugar em que sei que a minha mãe trabalhou com Ivan Somodorov. E também o lugar em que vi meu pai pela última vez.

A sombra ainda pairava sobre os olhos dela. Alex apertou sua mão.

– E também o último lugar em que você viu todos eles, né?

Ava fez que sim.

– Sua mãe era cientista?

– Meu pai também, os dois trabalhavam para o governo. Físicos quânticos. A minha mãe era até chefe de um laboratório.

Antes de Ivan me levar embora. – Ela virou algumas páginas do caderno. – Essa aqui é ela. Minha mãe.

Ava descolou do papel uma foto antiga da mãe. Na foto – que um dia fora preta e branca, mas que agora estava amarelada pelo tempo –, ela estava nas docas.

– Ela era linda – disse Alex. – Parecia muito com você.

– Acho que sim. Espero que sim. Eu sempre tento me dizer isso – admitiu Ava, entregando a foto para ele.

Alex virou a foto em sua mão. No verso da fotografia, em lápis fraquinho, havia uma palavra escrita.

Odessa.

Não havia motivo para voltarem atrás agora.

Mas, quando Ava pousou a cabeça no ombro dele, Alex soube que nada daquilo importava. Não para ele. Não iria a lugar algum sem ela. Não se pudesse evitar.

Porque Ava estava errada. Às vezes, uma pessoa podia ser o destino de outra.

Às vezes, destino e pessoa são a mesma coisa.

* * *

Ava não tirou a cabeça do ombro de Alex, nem quando ouviu, pela respiração, que ele já havia adormecido. Nem mesmo quando ele começou a roncar.

Ela não conseguia se mexer. Não conseguia fazer nada além de pensar, porque finalmente havia entendido algo. Algo importante, ela pensou. E fora Alex quem a fizera enxergar.

A única similaridade entre todos os desenhos. A distância esquisita, a perspectiva afastada.

A barreira que jamais podia ser transposta.

Ela nunca se desenhava nas imagens. Na maior parte do tempo, não estava nem no mesmo plano que Alex, e sim a uma notável diferença de altura, ou de distância, ou de ângulo.

Ela havia encarado a questão de modo romântico, o espaço entre os dois – entre viver e sonhar, entre real e imaginário, entre a vida de verdade e o Garoto da Tatuagem.

Mas, agora, ela já não tinha tanta certeza.

Teria de estar no telhado da casa da frente.

Ok. Bem possível.

Pensei ter ouvido alguém lá fora naquela noite.

Ok. Bem possível também.

Pense. A pessoa de luvas pretas.

Ok. Não sabia como não as tinha reconhecido antes.

Armada.

Ok. Com uma pistola. A que ela carregava na cintura.

Não sou eu quem espiona Alex. Mas acho que sei quem é.

Natasha Romanoff. Sempre foi Natasha Romanoff.

Ava sabia que sonhava com Alex quase toda noite – mas, ainda que não sonhasse *sobre* Natasha Romanoff, começava a ter a impressão de que sonhava *como* ela.

Faria sentido, não faria?

Estou vendo as coisas pelos olhos de Natasha Romanoff. Vendo o mundo através dos olhos dela enquanto estou dormindo. Porque é quando não o vejo com meus próprios olhos.

Principalmente considerando o entrelaçamento quântico. Quando estou inconsciente, nossos cérebros devem ficar ainda mais entrelaçados, sem que eu perceba.

E se for verdade…

Natasha é a conexão com Alex.

Ela o observa, e eu consigo vê-lo também. Vejo pelos olhos dela.

Mas por quê? Por que Natasha Romanoff estaria espionando Alex Manor?

E por que o fizera não apenas recentemente, mas por dois anos inteiros?

Não fazia sentido.

Tinha que ter algum significado.

Você pode até querer que eu pense que tudo isso se resume a Ivan Somodorov, sestra, mas há mais coisas em jogo aqui, não é?

Odessa daria respostas. Tinha que dar.

Não apenas para ela, mas para Alex também.

Da próxima vez que ficasse cara a cara com Natasha Romanoff, Ava não seria pega de surpresa. Saberia o que fazer e como dançar conforme a música. Saberia também qual parte de toda essa confusão tinha a ver com Alex Manor – para o bem dos dois.

Com ou sem Ivan Somodorov.

Qual é a sua, Viúva Negra?

O sono não retornou. Ava ficou olhando pela janela até que as nuvens se dissiparam e um céu triste e nublado os recebeu em Moscou.

arquivo editar exibir

S.H.I.E.L.D. – DOCUMENTO CONFIDENCIAL
ACESSO NÍVEL X

INVESTIGAÇÃO DE MORTE EM SERVIÇO
REF: S.H.I.E.L.D. CASO 121A415
AGENTE ENCARREGADO: PHILLIP COULSON
INDICIADA: NATASHA ROMANOFF OU VIÚVA NEGRA
OU NATASHA ROMANOVA
TRANSCRIÇÃO: INQUÉRITO DO DEPARTAMENTO DE DEFESA

BOLETIM DE CAMPO DA S.H.I.E.L.D.
ACESSO ABERTO A TODOS OS AGENTES

<<CIVIS MENORES DE IDADE DESAPARECIDOS>>
<<AGENTE ROMANOFF, NATASHA>>
<<EM BUSCA DE ORLOVA, AVA / MANOR, ALEX>>
<<VIAJANDO SOB NOMES JOHNSTON, MELISSA / PETERSON, PETER>>
<<ENVOLVIDOS EM ALTERCAÇÃO NO AEROPORTO JFK, VOOS INTERNACIONAIS>>
<<ROUBO A LOJA DE LUXO / ATAQUE RESULTANTE EM CAPTURA DE DUAS AGENTES TRÍADES PROCURADAS>>
<<TRANSAÇÃO EM DINHEIRO, SEM RASTREIO DE CARTÃO DE CRÉDITO>>
<<SEM RASTREIO DE CELULAR/SATÉLITE>>
<<ÚLTIMAS ROUPAS CONHECIDAS RECUPERADAS DE LATA DE LIXO DO TERMINAL>>
<<DETER IMEDIATAMENTE>>

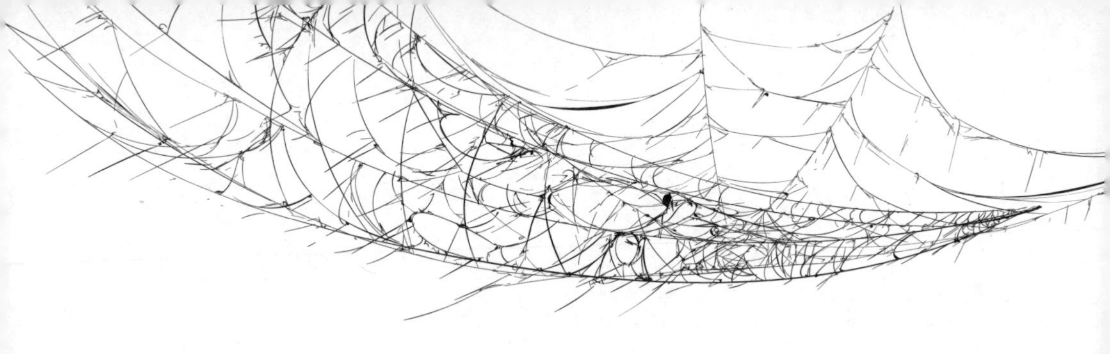

CAPÍTULO 23: NATASHA

APARTAMENTO DA VIÚVA NEGRA, LITTLE ODESSA, BROOKLYN

Ava Orlova tem apenas dezessete anos. Quão longe ela conseguiria ir?

Natasha estava sentada na cozinha vazia de seu apartamento em Little Odessa, olhando para o pequeno pendrive em sua mão. Nele estava gravado tudo o que a S.H.I.E.L.D. sabia sobre Alex e Ava.

Se o entrelaçamento quântico realmente funciona, Ava Orlova não é apenas uma menina de dezessete anos.

Se realmente funcionar, ela é uma agente experiente, treinada em dois continentes, que fala cinco línguas e que conhece ao menos três formas de matar alguém com as próprias mãos.

Era complicado demais para se assimilar – especialmente para alguém cuja vida já era tão complicada como Natasha Romanoff. Ela tentara manter sua história naquele país tão simples quanto o apartamento onde estava: nele, havia exatamente três cômodos e quatro móveis. Um sofá, uma cama, uma mesinha na cozinha e uma cadeira. Sabe-se lá como, um gato sem nome passeava por ali quando bem queria, e parecia surpreso em vê-la ali.

Natasha tentou se lembrar da última vez em que havia estado naquela cozinha.

Três meses atrás? Seis?

A mesa quadrada de madeira envernizada a estava refletindo perfeitamente, como se a superfície nunca houvesse sido tocada. A cozinha inteira estava assim. A pintura branca ainda estava impecável, e os armários, vazios, como se Natasha tivesse apenas acabado de se mudar – na verdade, ela vivia ali há anos.

Se é que se pode chamar isso de vida.

Ela pegou uma matriosca no centro da mesa da cozinha. Uma dentro da outra, as bonecas tradicionais russas estavam vestidas de vermelho e com os rostinhos pintados de rosa. Usavam aventais floridos e, no lugar de bocas, tinham corações. Eram um dos poucos objetos no apartamento inteiro – do tipo que uma avó daria à sua neta, Natasha imaginou.

Caso eu ainda tivesse uma avó.

Havia sido um presente de Pepper Potts após uma viagem de negócios a Moscou. As *babushkas* se encaixavam uma dentro da outra, tão perfeitamente que quem as observasse ficaria em dúvida se estava olhando para uma ou para muitas bonequinhas idênticas. Era apenas um enfeite, e Natasha não sabia o que lhe parecia tão perturbador nelas. Pepper achara engraçado.

– Veja – ela havia dito –, a autêntica espiã da Rússia. Ela me fez lembrar você.

É isso que eu sou? O que Ava é? Uma matriosca?

Doze pessoas diferentes e com passados diferentes que apenas fingem ser uma só?

Ela abriu todas as bonequinhas, colocando uma ao lado da outra, até que havia doze metades abertas à sua frente.

Dentro da última, da menorzinha, havia um pedacinho de papel dobrado. Ela nem precisava abrir para saber o que era.

A outra metade da nota de euro.

Natasha puxou os joelhos contra o peito, balançando sobre a cadeira com as pernas cruzadas, como fazia quando era criança.

Ela observou as bonecas ocas de madeira.

Será que posso ser tão preenchida e tão vazia assim ao mesmo tempo?

E, a não ser por todas essas versões de mim mesma, ser tão sozinha?

Natasha tomou um gole do copo de café que havia comprado – não havia eletrodomésticos no apartamento – e ficou olhando para a tela do notebook. Ela precisava parar de pensar. Precisava focar no dossiê de Ava.

Recomponha-se, Romanoff.

Ela pegou uma caneta e anotou outra palavra no guardanapo de cafeteria que estava usando como bloco de anotações. Agora eram quatro. Quatro lugares em que Ava Orlova poderia estar. Quatro lugares que ela poderia considerar como um lar.

BROOKLYN

WASHINGTON D.C.

ODESSA

MOSCOU

Ela havia revisado a cronologia inversa do arquivo de Ava e levantado possibilidades. O Brooklyn era onde ela morava agora – se é que se podia dizer isso. Natasha tinha estado na YWCA e ficado impressionada. A menina não era nada fresca.

E, antes disso, no esconderijo da S.H.I.E.L.D. na capital do país.

Por quanto tempo, cinco anos?

Era um lugar triste também. Natasha só passava por lá uma vez ao ano para deixar um presente de aniversário para a menina.

Mesmo que fosse sem um cartão.

Ela abanou a cabeça.

Antes, Ava vivera em Odessa e, ainda bebê, em Moscou.

Então, Ucrânia. Odessa e o armazém.

Ava iria voltar lá, onde tudo começou?

Talvez.

Mas ela se atreveria a correr riscos com Ivan Somodorov?

Se ela estiver pensando como uma Romanoff...

Sim.

Ela circulou a palavra ODESSA e voltou a folhear o dossiê. Metade das páginas escaneadas se referia ao arquivo da própria Natasha Romanoff. E, como no arquivo de Natasha, metade do conteúdo era inacessível. Havia mais tarjas pretas do que palavras legíveis.

Ela ficou frustrada: estava perdendo tempo e chegando a lugar nenhum.

Enquanto isso, Ava e Alex podem estar do outro lado do mundo.

Natasha abriu outro arquivo.

Vamos tentar o menino.

Alex Manor.

De novo.

Ela observou a pasta por um bom tempo antes de clicar nela.

Quando clicou, viu que, mesmo para um civil, não havia muita coisa. Alex Manor era um bom aluno no Colégio Montclair. Participava do clube de esgrima e do de artes marciais. Marilyn Manor trabalhava na agência de viagens Recomeços. Especializada em luas-de-mel e viagens com animais de estimação. A casa já estava paga. O carro era usado. O problema do vazamento fora consertado.

Nada fora do comum – mas não comum o suficiente. Não havia histórico escolar de Alex antes do Ensino Médio. Nada de antes do décimo ano. Não havia carteira de motorista. Nem certidão de nascimento. Nada sobre o pai. Nem mesmo os papéis do divórcio.

Devia haver mais informações aqui.

Natasha continuou vasculhando o dossiê.

Mais estranhamente – especialmente para um civil, e ainda menor de idade –, assim como no arquivo de Ava, metade estava tarjado de preto. Com tantas tarjas, até parecia que o menino era um espião.

Natasha notou então algumas palavras anotadas na margem da última página do arquivo. Ela deu zoom no documento.

Três palavras.

Ela nunca as notara antes, o que era estranho, porque não era a primeira vez que abria o arquivo de Alex Manor.

A primeira vez fora no dia seguinte ao de quando ela se viu em frente à casa dele, observando-o chegar da escola sem nem ao menos saber quem ele era e por que ela estava ali. Natasha ficara lá sentada por horas, a três casas de distância, e voltara no dia seguinte.

Ele significa algo para você, não significa?

Era o segredo dela. Ninguém na S.H.I.E.L.D. sabia. Nem Coulson, nem Bruce, nem o Capitão. Nem mesmo Tony.

Mas você sabia.

Soube durante todo esse tempo.

Que o menino era importante.

Ela olhou para a tela, sem nem ver as palavras.

Era por isso que estava de olho nele, sem nem mesmo saber por quê. Por isso observava a casa dele, os amigos dele. Os torneios de esgrima.

Agora ela estava tentando focar nas três estranhas palavras na tela. Aquelas nas quais nunca tinha reparado, escritas em um garrancho quase ilegível na margem inferior da última página.

CODINOME ALEX MANOR.

A cabeça dela foi invadida por uma dor lancinante de repente.

Codinome?

Alex Manor era um codinome?

Alexei Manorovsky não é Alexei Manorovsky, no fim das contas?

Não fazia sentido.

Ela continuou revirando as páginas.

VER PROJETO TÁBULA RASA.

Tábula Rasa?

O que é o projeto Tábula Rasa?

As palavras pareciam invadir seu cérebro e agarrá-lo: doía só de pensar nelas.

Natasha nunca ouvira falar do tal projeto. E Alex parecia ser algum tipo de participante.

Sob a supervisão de quem?

Porque, seja lá quem for, está precisando ter uma conversinha.

Natasha foi passando pelas páginas. Só conseguiu localizar mais uma única menção à Tábula Rasa, o que não ajudou muito até ela encontrar uma ligação com outra pasta enterrada da S.H.I.E.L.D. – e *aquela* pasta tinha dono.

Alguém a havia criado.

Alguém que, supostamente, era responsável pelo Projeto Tábula Rasa.

E esse alguém era...

Ela clicou na pasta.

NATASHA ROMANOFF.

Ela não teria acreditado caso o código de autorização não estivesse aparecendo sob o seu nome, com números muito parecidos com os seus.

Mas o que...?

Natasha Romanoff ficou em pé e agarrou a jaqueta.

A porta bateu atrás dela, e o gato sem nome pulou sobre a mesa, olhando para as partes desmontadas da garota que já fora uma boneca oca.

* * *

A motocicleta de Natasha Romanoff derrapou até parar em frente à base Triskelion, na beira do Rio East. Durante todo o tempo, um monólogo não parou de ser entoado em sua cabeça.

Você tem duas opções, Romanoff.

– Você? Ninguém quer ver você aqui, Agente Romanoff.

Até o cara da recepção sabia o que tinha acontecido, ela imaginou. Não parecia disposto a deixá-la entrar.

Registre planos de viagem para Odessa e vá logo para a Ucrânia antes que algo aconteça a Ava ou a Alex – supondo que eles estejam mesmo lá.

– Me poupe de comentários. Quero falar com o Coulson. Ou com Maria Hill.

Ou então encontre um acesso para a base de dados e desvende logo todo esse mistério. Em quem posso ou não confiar – se é que posso confiar em alguém.

– Tenho quase certeza de que eles passarão o dia todo em reunião, Agente. Eles estão em reunião agora mesmo. – O cara deu um sorriso de desdém.

Ela respirou fundo.

A minha primeira opção é sempre manter todo mundo vivo, mas até quando?

Ela mostrou o pendrive em sua mão.

– Só preciso entregar isso a eles. É um dispositivo idiota da Apple que o Coulson me deu, mas eu tenho um Windows, então não roda. Computador é uma chatice.

A porta fez um barulho.

Natasha sorriu.

A minha segunda opção é mais arriscada, mas, a longo prazo, pode trazer segurança para todos.

A cabeça do cara bateu na própria mesa com um "bam!", e o portão abriu.

As botas dele foram arrastadas pelo chão limpíssimo do saguão – e escondidas com o restante dele em um armário de limpeza.

Faça logo a sua opção, Natasha.

Natasha andou pelo átrio, deixando o capacete da moto cair no chão. Ela acenou com a cabeça para um homem de terno esperando o elevador a seu lado, mas depois o empurrou para fora assim que as portas começaram a se fechar.

Do que você precisa?

De mais pessoas na sua cabeça?

De menos pessoas sendo feridas por sua causa?

O elevador abriu. Ela caminhou pela escuridão do corredor, iluminado apenas por um feixe de luz azul de segurança no perímetro do piso.

Sem mais médicos, generais ou Ivans invadindo o seu cérebro?

Do que ele chamou você, tantos anos atrás?

De bomba-relógio?

Será a presença de Ava Orlova na sua cabeça a gota d'água?

Chegou ao porão.

Escuro. Seguro. Vazio.

Um lugar perfeito para evitar ataques – mesmo os do tipo que a S.H.I.E.L.D. mais parecia atrair: os ataques vindos de dentro.

Do que você precisa, Natasha? Que tal vinte e quatro horas?

Vinte e quatro horas para traçar um plano.

Ela encontrou a porta que estava procurando.

Com a placa "PERIGO – EXPOSIÇÃO A RADIAÇÃO".

Ela se afastou da porta e ergueu a arma. Alemã. Em homenagem a Ivan Somodorov.

Até Ava e Alex conseguem se manter vivos por vinte e quatro horas.

Ela disparou três tiros na porta.

Agora corra para achar a Tábula Rasa.

* * *

O cômodo estava, em sua maior parte, vazio. As paredes estavam vazias, e uma única lâmpada tremulava no teto. Havia apenas uma mesinha no centro – grande o suficiente para uma pessoa, como uma carteira de escola –, ao lado de uma cadeira dobrável.

Aquele é que era o verdadeiro Cérebro de Confiança.

Ela se sentou e tocou duas vezes sobre a mesa.

Uma tela escondida apareceu na superfície, como se fosse um *tablet*. Depois, um teclado.

Natasha digitou seu código de autorização.

Depois, respirou fundo, lentamente, e digitou a variação do código, aquela que encontrou escrita na margem do arquivo de Alex Manor. A que tinha apenas três dígitos diferentes.

Tábula Rasa? Que diabos é isso?

A tela acendeu.

Um modelo tridimensional de um rosto de mulher materializou-se à sua frente.

O seu rosto.

E o rosto falou:

– Este é o Backup Pessoal Stark para Natasha Romanoff.

Ela revirou os olhos.

– Por que não seria, não é mesmo... – murmurou.

– Se estiver ouvindo esta mensagem, agradeça a Tony Stark por ter feito o *upload* fotográfico e por clonar todos os dados digitais existentes para caso fossem úteis no futuro, Natasha.

– Me lembre de mandar um bilhetinho de agradecimento.

– Lamento. Isso extrapola a minha função de Backup Pessoal, Natasha. – A modelo sorriu.

Era bizarro.

Agora ela gesticulava para que Natasha se aproximasse.

– Natasha, preciso que fique parada para que possamos fazer uma verificação de retina agora.

Um quadro apareceu na tela, e Natasha se inclinou sobre ele.

– Fique imóvel, Natasha – a voz pediu.

Uma luz vermelha piscou, e a Natasha de carne e osso se recostou na cadeira, atordoada.

– Uau.

– Identidade confirmada. Como posso ajudá-la hoje, Natasha?

– Ok... – A Natasha real olhou para a Natasha virtual. – Já que você é tão esperta, o que é o Projeto Tábula Rasa... Natasha?

A Romanoff na tela inclinou a cabeça, como se estivesse refletindo. Depois se dirigiu a ela com um sorriso:

– Tábula Rasa é uma adaptação, por parte da S.H.I.E.L.D., da tecnologia de reconfiguração de ondas-alfa promovida pela Sala Vermelha.

– Não entendi. Poderia usar outras palavras? O que é Tábula Rasa?

– Tábula Rasa é uma expressão. Tábula Rasa é um projeto. Tábula Rasa é um protocolo. Tábula Rasa é um estado mental, Natasha.

– Isso eu sei, *Natasha*. Só não sei do que você está falando. – A Natasha de verdade estava frustrada.

Mas sua versão digital permaneceu indiferente.

– Lamento. Tentarei ser mais clara.

– Quem deu início ao Projeto Tábula Rasa?

O rosto inclinou-se de novo... Refletiu... Sorriu... E respondeu:

– Você.

– Eu? Por que eu faria isso?

– Trata-se de um protocolo avançado de proteção.

– Proteção de quem?

– Do menor de idade de codinome Alex Manor, Natasha. Você negociou o protocolo em troca da vinda condicional dele aos Estados Unidos sob a supervisão da S.H.I.E.L.D.

– Tem certeza disso?

– Sou uma gravação de dados incorruptível, Natasha.

– Quando foi isso?

– Vinte e dois meses atrás, Natasha.

Ela se recostou novamente na cadeira.

Alex Manor? Ela devia ter desconfiado. Devia ter imaginado.

Admita.

Admita ao menos para si mesma.

Você vem observando Alex Manor por quase dois anos agora.

Não contou a ninguém – nem a Coulson, nem a Tony, nem ao Capitão ou a Bruce. Nem mesmo para Pepper. A ninguém.

Por quê?

O que poderia haver de interessante em um adolescente de Montclair, Nova Jersey?

E por que você tem tanto medo dele?

Era um assunto particular de Natasha Romanoff, algo com o qual ela estava lidando sozinha, e algo que não ela não entendia mais agora do que no começo.

Que relevância tinha o menino, seja lá para quem fosse? E especificamente para ela?

A coisa toda se passava tão por debaixo do pano que ela chegara a desafiar os protocolos da S.H.I.E.L.D., liberando sua agenda para ficar por mais tempo no país e assim seguir o adolescente com regularidade.

E ela ainda não sabia por quê.

Você não sabe por que ele te incomoda, mas não consegue deixar para lá. Provavelmente tem algo a ver com Ivan, mas você não sabe.

Por que você não sabe?

Por que você?

Por que...

Natasha ergueu os olhos.

– Tábula Rasa é isso... – ela falou lentamente. – Sou eu, não sou?

A Natasha virtual confirmou com a cabeça.

– Sim, Natasha.

– Apagaram a minha memória? – continuou a Natasha real, ainda sem querer acreditar.

– Sim, Natasha. Essa é a expressão popular para designar o processo pelo qual os neurotransmissores de seu hipocampo, suas amídalas cerebelosas e seu corpo estriado foram eletromagneticamente reconfigurados, de modo a alterar a sua neurogênese de maneira geral.

– Alex também passou por esse procedimento?

– Sim, Natasha.

A Natasha real ficou perplexa.

Apagaram a minha memória.

Apagaram a mim.

Faltam peças de mim mesma.

E de Alex.

Por quê?

A avatar a consultou:

– Posso ajudá-la em mais alguma coisa, Natasha?

– Não sei – a Natasha real falou, ainda atônita, desligando a tela. – Se precisar, eu volto...

Porque eu já não sei de mais nada.

Ficou sozinha no escuro, perguntando-se quem poderia saber.

arquivo editar exibir

S.H.I.E.L.D. – DOCUMENTO CONFIDENCIAL
ACESSO NÍVEL X

INVESTIGAÇÃO DE MORTE EM SERVIÇO
REF: S.H.I.E.L.D. CASO 121A415
AGENTE ENCARREGADO: PHILLIP COULSON
INDICIADA: NATASHA ROMANOFF OU VIÚVA NEGRA
OU NATASHA ROMANOVA
TRANSCRIÇÃO: INQUÉRITO DO DEPARTAMENTO DE DEFESA

DD: É muita coisa para absorver, Agente Romanoff.
ROMANOFF: Nem me fale. A essa altura, tudo o que eu sabia era que havia muito mais naquela história do que apenas Ivan Somodorov. Primeiro Ava, depois Alex, e, claro, eu. De algum modo, todos nós fazíamos parte daquilo, e eu estava pessoalmente envolvida com os dois.

DD: E você simplesmente acreditou nisso? Que alguém tinha colocado seu cérebro no micro-ondas e basicamente realizado uma lobotomia em você? Só porque a sua clone virtual disse isso? A sósia de Natasha Romanoff criada por Tony Stark?
ROMANOFF: Eu podia sentir, senhor. Sentia que a minha memória havia sido apagada. Eu devia ter me dado conta antes. Principalmente depois de todo aquele tempo na Sala Vermelha.

DD: Então isso tinha sido feito a você antes? Quando? Como?
ROMANOFF: Que eu saiba, duas vezes. E tenho certeza de que muitas outras vezes das quais não tenho conhecimento.

DD: Inacreditável. São histórias difíceis de assimilar, Agente.
ROMANOFF: O que não as torna mentirosas. Do contrário, eu estaria desempregada.

DD: Ah, sim. Os unicórnios.
ROMANOFF: Sempre os unicórnios.

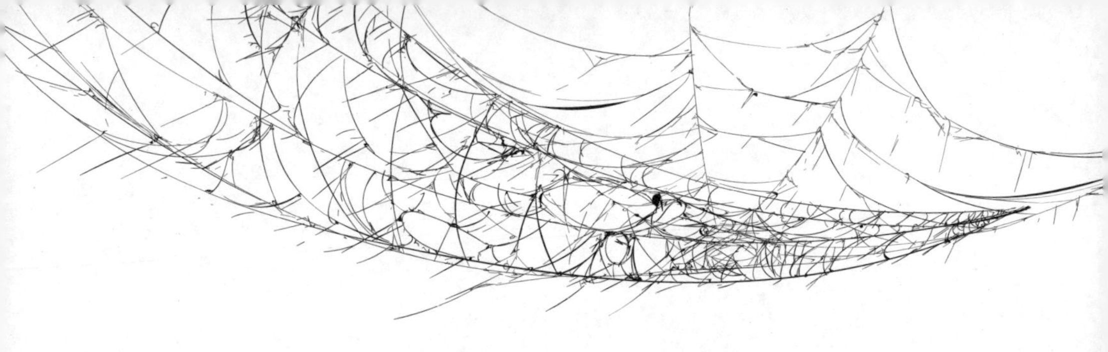

CAPÍTULO 24: AVA

RUAS DE ODESSA, PORTO INDUSTRIAL DO MAR NEGRO

– *Odessa Verfi*. É aqui.

Ava estava segurando a foto da mãe. Na imagem, a mulher estava em frente a uma parede de metal, o topo de um navio aparecendo na lateral. Mal dava para ler a placa recém-pintada na frente da embarcação: "*ODESSA VERFI*".

– Tem de ser essa doca.

– Acha que as respostas estão aqui? De como acabar com o entrelaçamento?

Alex estava olhando a foto por cima do ombro de Ava, como se esperasse que a resposta viesse dali.

– Talvez. Tudo começou aqui, certo?

Ava também fitava a foto, assim como fizera durante todo o voo de conexão entre Moscou e Odessa, memorizando cada traço do rosto de sua mãe. A foto, contudo, fora tirada muito tempo atrás, quando a doca – e a família de Ava – viviam dias melhores.

Alex apertou o braço dela com a mão enluvada.

– Pelo menos ninguém por aqui vai tentar prender você. Ou fazer uma limpeza no seu cérebro. Já é uma grande coisa.

– É, já é menos pior – Ava concordou, erguendo a foto.

Sob o luar da noite de inverno, tentou comparar a foto com o local. As docas não tinham a mesma aparência que as da fotografia, nem com as de sua memória. De onde ela e Alex estavam se escondendo, agachados por trás de uma fileira de barris de combustível, na beira da água, Ava conseguia perceber como a placa e tudo mais ao redor dela haviam sido negligenciados ao longo dos anos.

A decadência geral não se limitava à placa: todo o local estava abandonado, como se jamais tivesse se recuperado do que ocorrera na última vez em que ela estivera lá. Gatos de rua rondavam as ruínas enferrujadas, enquanto pássaros que pareciam urubus circulavam sob o luar. Boa parte das antigas luzes elétricas ao redor da cerca piscava, falhando. Até mesmo a neve parecia suja, e o céu estava escuro como as docas imundas lá embaixo, anunciando mais uma tempestade.

Este lugar não é para os vivos.

Só para fantasmas, como eu.

Ava tentou respirar. Sentia a pulsação acelerando e o coração disparado no peito. Fez um esforço consciente de firmar a mão para que a foto parasse de tremer.

Mas é este o lugar, não é? O armazém da foto. Foi aqui que tudo começou, e cá estou mais uma vez.

Logicamente, Ava sabia que havia chegado ali por vontade própria, mas, agora, sentia como se jamais fosse capaz de sair dali de novo. O lugar exercia uma espécie de controle sobre ela e sempre a atraía de volta, independentemente do que Ava fizesse para escapar.

Não. A minha vida não é isso aqui. Eu não sou isso aqui.

É só um lugar onde morei um dia.

Ava virou-se para Alex, tentando afastar os pensamentos.

– Tem que ser aqui. Viu a placa? Estaleiro de Odessa.

Alex comparou a foto com a superfície chamuscada do armazém à frente, avaliando as ruínas sob o luar frio.

– Acho que sim. Parece que você desenhou esse mesmo armazém pelo menos umas dez vezes naquele seu caderno.

Ava estremeceu.

– Eu sei.

– Então foi aqui que aconteceu o ataque?

Ela fez que sim.

Alex fez uma varredura pelas docas cheias de navios de carga.

– Também devia ser aqui que Ivan recebia todo o equipamento contrabandeado. Direto do navio. Muito eficiente. Imagine tudo que essas docas viram ao longo dos anos...

– Muita coisa. Cinquenta milhões de toneladas de tráfico do Mar Negro por ano e conexão direta com uma grande ferrovia... – Ava sentiu a sobrecarga de dados do entrelaçamento quântico. – Só coisa ruim, imagino.

– E olha só... – Alex apontou para o topo do armazém na fotografia. – Não havia tanto policiamento antigamente.

De fato, havia policiais armados em todo o perímetro do estaleiro. *Militsiya.* Ava podia contar os chapéus *ushanka* dos soldados, feitos de lã cinza – e sentiu inveja dos seus protetores de orelha. Ela e Alex tinham esperado por quarenta e cinco minutos até conseguirem entrar de fininho na área restrita da doca de carga, ao lado de um caminhão ligado que oferecia somente um mínimo de cobertura.

– Muito estranho para um armazém supostamente abandonado em uma antiga doca, não acha? – Alex contou os homens armados em torno dos portões. – Ter toda uma equipe de segurança desse jeito?

– Não quando se trata de Ivan Somodorov tentando encobrir alguma coisa – disse Ava, baixando mais ainda a voz quando um guarda passou por eles.

– Bom, não podemos dar conta de tantos assim. Não sem disparar alarmes suficientes para atrair toda a força policial ucraniana – concluiu Alex, frustrado.

– Sem contar a *militsiya* pessoal de Ivan – Ava respondeu, desanimada.

– Qual é o plano? – Alex perguntou, olhando para Ava, que tentou não pensar em como ele falava igualzinho a um agente da S.H.I.E.L.D. – Ava, a gente vai conseguir. Você pode pensar como uma Romanoff. E eu sou muito bom de briga – completou ele, sorrindo.

Ava fechou os olhos e tornou a abri-los.

– Tem razão – ela concordou. – A gente vai conseguir. – E sorriu. – Mas, desta vez, eu vou pela esquerda, e você pela direita.

* * *

Menos de quatro minutos e um segurança inconsciente depois, eles abriram as portas do armazém enferrujado.

Um soco queixo acima. Contato no ângulo da mandíbula. Gerar mínimo movimento lateral. Golpear a cabeça para cima.

Ava foi pela esquerda, e Alex foi pela direita.

Estamos nos tornando uma boa equipe, ela pensou.

– Se ninguém encontrar nosso amigo aqui – disse Ava, vendo as botas de combate gastas do guarda ainda aparecendo por detrás dos barris de combustível –, vamos ter tempo suficiente para vasculhar lá dentro.

– Você vai ter que me ensinar a dar esse soco – disse Alex, empurrando uma última vez as botas do guarda. – Parece bem útil.

– Útil para quê? Sua futura carreira na S.H.I.E.L.D.?

Ava ficou surpresa com a própria irritação ao dizer isso. Tirou, então, uma pequena lanterna tática.

– Falou a garota que carrega equipamento de espiã. – Alex sorriu. – Mas, claro, por que não? Podemos ser parceiros, como Bonnie e Clyde. Só que do bem.

– Como sabe que somos os mocinhos? – Ava perguntou, distraída.

Ela varreu a escuridão do interior cavernoso do armazém com a luz da lanterna. Mesmo lá dentro, estava tão frio que ela podia ver a fumacinha branca da própria respiração.

Ava teve arrepios. *Difícil imaginar que, mesmo após todos esses anos, este lugar ainda seja tão aterrorizante.*

Forçou-se a continuar falando:

– Bonnie e Clyde? Para usarmos as nossas habilidades de esgrimistas no circuito de espionagem internacional? – Até que não era uma má ideia, ela pensou, tentando se apegar a qualquer coisa que não fosse o porquê de ter voltado ali.

E se eu inventasse um jeito de esconder uma espada retrátil no corpo...

– Exato. E só viajaremos de classe executiva. Com o nosso cachorro, de nome Brat Júnior. – Alex pegou a mão de Ava. – Ele é quem vai me defender quando você estiver mal-humorada.

– Estou vendo que você já pensou em tudo – disse Ava.

Ela estudou as sombras ao redor. *Era lá que Ivan me prendia? Ou lá?* Ava tentava se lembrar, mas não podia controlar o que seus olhos viam no presente e o que permanecia ofuscado pelo terror e o caos do passado.

Um homem careca com olhos feitos de sombras escuras...

Um labirinto de tatuagens subindo pelo colarinho da jaqueta...

O cheiro ácido de cigarro e café forte...

Um cinto com uma fivela de metal que às vezes deixava cicatrizes...

As mentiras, as mentiras que sempre...

Alex apertou a mão dela, com delicadeza, mas insistentemente, interrompendo seus pensamentos.

– E o gato? Qual será o nome do nosso gato?

Ele não desistia.

Ela sabia que Alex estava tentando distraí-la, como que dizendo: *eu estou aqui. Você não está sozinha. Converse. Converse comigo.*

– A Gata Sasha já tem nome – disse Ava, olhando para um rombo no telhado pelo qual a neve caía suavemente.

Ali.

Era ali que estava a fileira de homens armados, ela pensou.

Snipers.

– Podia ser Fedorento – sugeriu Alex, dando uma cutucada nela, tirando-a dos pensamentos. – É que eu resolvi que esse seria o nome secreto de todos os gatos no dia em que me fizeram trocar uma fralda felina pela primeira vez. – Ele a cutucou de novo. – Pode pesquisar, é péssimo.

– Você que é péssimo. Sasha e eu odiamos você.

Ver como Alex estava se esforçando para alegrá-la a aqueceu de uma forma especial. Ava começou a se acalmar, apesar de tudo. Ela não sabia como ele conseguia, mas Alex fazia parecer que tudo ficaria bem.

Como se tudo fosse ficar bem algum dia.

Ava respirou com dificuldade.

Aguente firme. Nós entramos. Nós vamos sair. Só precisamos de doze horas. Mas nem mesmo ela conseguia acreditar no que pensava.

E depois? Qual seria o próximo passo? Você vai derrotar Ivan Somodorov sozinha?

Acha que tem dentro de si Viúva Negra o bastante para fazer isso?

Ava imaginava que, se tivesse de fazer isso, faria. Falando tecnicamente, ela tinha a habilidade necessária. Carregava até três microdardos da S.H.I.E.L.D. na mochila, cada um contendo toxina suficiente para derrubar um elefante.

O problema não era esse.

O problema era ela.

Uma coisa é imobilizar um guarda. Outra coisa é matar.

As memórias de Natasha que habitavam sua mente, aquelas que a faziam acordar gritando à noite...

Ela queria que fossem suas?

– Então é isso – disse Alex, olhando ao redor. – Um salão enorme e bagunçado. Mas as pistas que levam ao seu passado devem estar por aqui, em algum lugar.

Ava fez que sim.

– Só que era diferente, sabe? Antes do Ivan. – Ela puxou um pedaço de fio elétrico velho do chão. – E da explosão, do fogo, da destruição.

– E antes da Agente Romanoff – completou Alex, agachando para tirar um pedaço de concreto de cima do que parecia ser uma fechadura antiga de metal. – Ela não facilitou em nada pra ele.

Ava se arrepiou.

– Ele parece ter esse efeito em tudo. Nos lugares e nas pessoas. – Alex parecia revoltado. – Não entendo. Este lugar é um lixão.

Não tem nada aqui. – Ele chutou uma pilha de destroços chamuscados. – O que tem aqui que ninguém quer que a gente veja? Por que toda a segurança? Por que todo esse segredo?

– Boa pergunta – disse Ava em meio às ruínas incendiadas. – Talvez Ivan ainda queira fazer algo aqui. Talvez exista algo do qual ele não possa se livrar ainda.

Ava iluminou o piso à sua volta com a lanterna. Tudo estava caindo aos pedaços, instável e deteriorado. Sob os seus pés, o chão era irregular.

– Ou, talvez, seja uma armadilha.

Alex parou para pegar um pedacinho brilhante de metal sob seu pé. Apenas o vira quando Ava passara a lanterna por ali.

Estava preso.

– O que é isso?

Parecia enfiado em uma fissura profunda no piso de concreto.

Ava iluminou o piso.

– Não faço ideia.

Alex ajoelhou no chão e cutucou o pedaço de metal com os dedos.

– Parece que alguém deixou cair aqui.

– Durante a explosão, provavelmente.

Ava ajoelhou ao lado dele com a lanterna em uma das mãos. Com a outra, tirou um canivete do bolso.

Alex ficou impressionado.

– Quem é você, James Bond?

– Tem gente que coleciona pôneis de plástico. Eu tenho uma coleção de cacarecos da S.H.I.E.L.D.

Alex pegou o canivete e cavou para arrancar o objeto, que revelou ser um pedaço de metal em formato estranho. Ele o girou na mão, soprando a poeira que o cobria.

– O que você acha? Peça de alguma máquina? Deve ter alguma coisa gravada. Um número? Palavras?

Ele esfregou o pedaço de metal com a manga da jaqueta.

– É uma chave – disse Ava, tirando o objeto da mão de Alex.

A superfície de metal estava quente devido à fricção. Ela passou o dedo por cima das letras gravadas.

– Não são números. É um nome. Luxport. Eu reconheço. Costumava ver esse nome pintado em caminhões grandes, nas rodovias próximas à cidade.

– Luxport? – Alex franziu a testa. – Isso aparece no seu caderno, não?

– E nos meus sonhos.

– Então deve ser alguma pista. Quantas chaves com o mesmo número de série podem existir?

– Não sei. Vamos continuar andando e dar uma olhada no outro lado.

A curiosidade de Ava fora atiçada. A mente dela estava rodopiando. Quatro palavras a perseguiam desde Odessa. Dar de cara com uma delas naquele momento, e naquele lugar, era como receber um sinal do passado.

Quase lhe deu esperanças.

Em meio à escuridão, eles foram caminhando para o outro lado do armazém até que Alex trombou em uma parede, ou no que ele achou que fosse uma parede.

– Espere... O que é isso? – Ele bateu no objeto à sua frente. – O armazém não termina aqui. E, olhe... Essa parede não combina com o restante.

– É porque não é uma parede – disse Ava. Ela colocou a lanterna entre os dentes e esfregou um ponto empoeirado com as mãos. – Acho que é uma caixa. Um contêiner de transporte, talvez. Tem uma palavra escrita na lateral. A tinta está saindo, mas acho que ainda dá para ler.

LUXPORT.

– Olha ela aí de novo – disse Alex. – Como na chave.

Os dois se entreolharam. Desta vez, a palavra estava escrita em estilo militar.

Ava tirou o caderno da mochila e segurou a lanterna sobre ele para que Alex pudesse ver também.

– Dos meus sonhos – ela disse. – Como o Brat.

KRASNAYA KOMNATA.

O.P.U.S.

LUXPORT.

– Não pode ser coincidência – Alex falou, pensativo.

Ava fez que não, concordando.

– Por muito tempo, essas palavras eram as únicas coisas das quais eu me lembrava sobre esse lugar. E sobre aquela noite. Eu não sabia se eram memórias ou apenas sonhos.

– Mas por que essas quatro palavras?

– Não sei. Natasha nem sequer pensa em Luxport quando se lembra do armazém. – Ava soava confusa. – Eu estava começando a achar que talvez Luxport tivesse algo a ver com Ivan, mas não com relação à noite em que a S.H.I.E.L.D. me encontrou.

– Talvez... – Alex recuou um passo e olhou para cima. – Esse contêiner é gigantesco. O que cabe aí dentro? Uma dúzia de minivans como a da minha mãe? E ainda teria espaço para um ou dois carros comuns.

– Sua mãe tem uma minivan? – Ava fez um joinha. – Bacana.

– Agora não é a hora.

– Espere. Isso significa que às vezes você também dirige uma minivan?

– Não tenho carteira ainda. E você não pode ficar fazendo piadinha sobre isso enquanto não aprender a dirigir.

Ava o ignorou, sorrindo ao tatear o canto do contêiner, até que sentiu uma porta trancada a cadeado.

– Luxport. Pela terceira vez. No cadeado também está escrito.

Ava entregou a chave para Alex.

– Então não é a chave de um armazém.

– Não, é de um contêiner. Que deve ter ficado aqui parado durante esses oito anos.

Alex enfiou a chave no antigo cadeado. Rangendo por causa da ferrugem, a fechadura começou a abrir.

arquivo editar exibir

S.H.I.E.L.D. – DOCUMENTO CONFIDENCIAL
ACESSO NÍVEL X

INVESTIGAÇÃO DE MORTE EM SERVIÇO
REF: S.H.I.E.L.D. CASO 121A415
AGENTE ENCARREGADO: PHILLIP COULSON
INDICIADA: NATASHA ROMANOFF OU VIÚVA NEGRA
OU NATASHA ROMANOVA
TRANSCRIÇÃO: INQUÉRITO DO DEPARTAMENTO DE DEFESA

DD: Então você se rebelou, é? Saiu sem avisar. Mamãe e papai devem ter adorado. A sua Agente Número Um estava se revoltando contra eles.
ROMANOFF: Eu havia acabado de descobrir que tinham apagado o meu cérebro, senhor. Isso não é tecnologia típica da S.H.I.E.L.D., mas sim dos russos. Puro Ivan Somodorov.

DD: Então você não quis se arriscar?
ROMANOFF: Claro que não. Até onde eu sabia, meu nome tinha sido falsificado. Meu código de autorização, roubado. Eu precisava recuar. Investigar. O senhor teria feito algo diferente se estivesse no meu lugar? Alguém teria?

DD: Essa é uma pergunta difícil. Francamente, não consigo nem imaginar estar no seu lugar, Agente Romanoff, e espero nunca estar.
ROMANOFF: Eu não sabia em quem confiar.

DD: Não que você costume confiar muito em alguém.
ROMANOFF: A gente se acostuma a isso, senhor.

DD: Imagino que o pessoal de lá deva ficar meio aborrecido.
ROMANOFF: O senhor não faz ideia.

DD: Seu diretor se reporta ao mesmo presidente que eu, Agente Romanoff. Pode acreditar, eu faço ideia, sim.

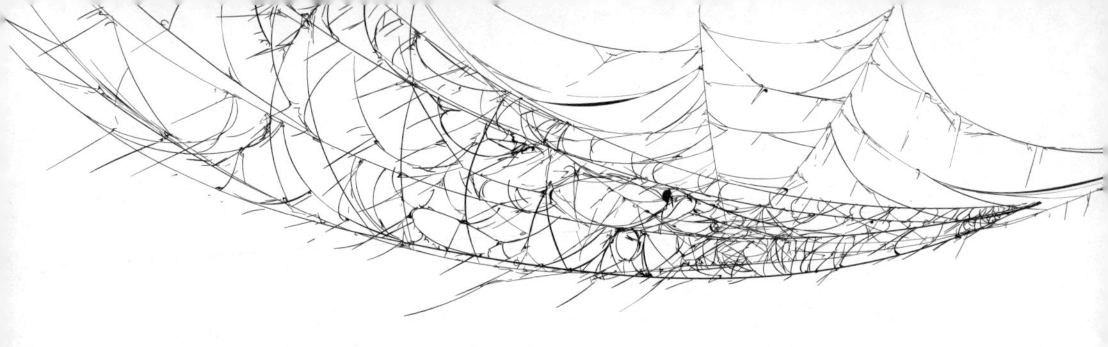

CAPÍTULO 25: ALEX

ARMAZÉM NO ESTALEIRO DE ODESSA, UCRÂNIA, PRÓXIMO AO MAR NEGRO

Virar a chave não bastou. O contêiner estava emperrado após tantos anos de abandono.

Que ótimo.

Alex bateu o ombro com tudo contra a porta de metal, que lembrava a de uma garagem. Não cedia. Ava veio ajudar, o que, ele teve de admitir, foi humilhante para o seu ego de garoto do Ensino Médio, mas era melhor do que continuar tentando sozinho. Juntos, foram forçando o metal até a porta finalmente começar a deslizar.

Alex puxou o mais forte que pôde, e a entrada foi se alargando devagar, sempre rangendo, revelando outra escuridão em seu interior.

– Está na hora de descobrir por que Ivan colocou todos aqueles guardas na folha de pagamento. – Ava checou o relógio. – Não sei muito bem quando os seguranças farão uma nova ronda.

– Entendido, Agente Orlova.

Ava sorriu e iluminou o ambiente com a lanterna.

– Agente Orlova, não. Viúva Vermelha. *Krasnaya Vdova.* Esse foi o nome que eu inventei quando era pequena – contou Ava, passando o feixe de luz pelas paredes do interior do contêiner.

– Espere. Viúva Vermelha? Você tinha até nome de heroína escolhido e tudo o mais? – Alex riu, mas estava impressionado.

– Claro que eu tinha. Eu era criança e ficava trancada no 7B o dia todo. O que mais eu faria? – Ela inspecionou a parede mais de perto, ignorando a risada dele. – Decidi que seria o contrário da Viúva Negra em todos os sentidos. Como ela usava preto, eu usaria branco.

– Como uma esgrimista? – Alex sorriu.

– Pare de rir. – Ela deu um pequeno soco no braço dele.

– Ai! Eu não estou rindo. – Ele esfregou o braço. – Aqueles uniformes de Kevlar são à prova de balas e de lâminas. Seria uma boa ideia.

– Não é? E a Viúva Negra tinha armas de fogo, enquanto eu teria espadas.

– Estou entendendo... Mas é um pouco desconfortável caso precise pular de uma ponte, não?

– Um pouco.

– Você teria de pensar em uma solução.

– Verdade.

– E talvez seja melhor reavaliar essa política de não carregar armas.

Ela aceitou as críticas construtivas.

– A Viúva Vermelha pode ser flexível.

– A Viúva Vermelha carrega vinte quilos de equipamento de espionagem roubados na mochila?

– No esconderijo dela, talvez.

– Ah, ela também tem um esconderijo?

– Onde mais ela deixaria a gata de estimação dela, não é mesmo?

– Ah, claro. Agora está tudo muito claro – ele riu.

Ava sorriu, um pouco tímida.

– Eu até treinei a minha assinatura. Primeiro, desenhava a grande ampulheta vermelha dela, depois cobria com outra desenhada por mim.

– Ampulheta dupla? Não formam uma cruz?

Ela o olhou como se estivesse pronta para lhe dar um soco.

– Não formam uma cruz. Pense.

– Estou pensando. Então você trabalharia para a Cruz Vermelha? Porque, sabe, a Cruz Vermelha já existe. – Alex balançou a cabeça.

– Não tem cruz nenhuma. – Ava fez cara feia.

– Uma flor, então?

– Não! – E ela o socou de novo no braço.

– Ah, ok! Por que não uma aranha?

– Por causa do Homem-Aranha? – Ela revirou os olhos.

– Você refletiu com cuidado sobre isso, não?

– Eu tinha muito tempo livre.

– Estou vendo mesmo.

Ava o ignorou, virando as costas para investigar o espaço ao redor deles. Mas as paredes do contêiner eram lisas, e o interior era todo vazio. Exceto pela poeira, que, com o movimento deles, agora estava subindo.

– Não há nada aqui. – Ela estava decepcionada.

– Mas tem uma coisa ali. – Alex apontou para um alçapão no piso do contêiner, e, portanto, do armazém.

– Isso é... – Ava abaixou-se sobre o alçapão e passou a mão pelas dobradiças. – Uma porta?

– Então isso não é um contêiner. É uma passagem secreta.

– Escondida em plena vista. – Ava estava ajoelhada. – Ivan foi ficando esperto com a idade.

– Não esperto o suficiente para passar longe de uma Romanoff, imagino... – Alex deu uma batidinha na porta. – É oca. Então há espaço aí embaixo.

Ele puxou o alçapão, fazendo subir a poeira, e o forçou até abrir. Uma escada de madeira apoiada conduzia a uma escuridão lá embaixo. Alex baixou a cabeça até a beirada para espiar lá dentro, tentando ter uma ideia do que os esperava. Depois, ergueu-se de novo.

– Vamos dar uma olhada.

Ava já estava apontando a lanterna para lá, e pôs-se a descer a escada. Alex foi logo atrás.

Uma vez lá embaixo, no cômodo escuro, o feixe de luz cortou pelas paredes distantes. Tratava-se de um imenso armazém. Selado e protegido sob uma camada de concreto, estava perfeitamente preservado.

– Isto é praticamente um *bunker* – disse Ava. – Até se parece com um. E eu conheço bem, já que cresci morando no 7B.

– Ainda assim, não faz sentido. – Alex estava confuso. – Um *bunker*? Para proteger quem e do quê? – Ele pegou uma caneca de cima do que parecia ser uma mesa de controle. Formou-se um círculo perfeito, cercado de poeira. – E por que os guardas lá fora, se ninguém mais usa este lugar?

– Não faço ideia.

– Tem certeza? Procure pensar. Foi você quem nos trouxe de volta aqui – ele disse, em dúvida. Quase não quis fazer a pergunta, mas precisava saber. – Como você sabia que acharíamos este lugar?

Ava não respondeu. Em vez disso, moveu a luz à frente, focando no que parecia ser um corredor.

– Veja. Acho que esse espaço é ainda maior do que o de cima... – Ela andou em direção ao corredor, puxando Alex atrás dela.

– Essa não é exatamente uma resposta para a minha pergunta.

– Eu não sabia o que encontraríamos, Alex. Não com certeza. Só sabia que tínhamos de voltar para onde Ivan me mantinha. Onde ele ia... – Ela parou. – Onde conheci Natasha.

E foi tudo o que Ava conseguiu falar a respeito.

Alex entendeu o recado.

Seguiram explorando. O primeiro corredor se bifurcava em outros, até ficar claro que havia naquele subterrâneo um mundo próprio. Velhos mapas da Rússia cobriam as paredes, com localizações de esconderijos, depósitos de munição e postos de patrulhamento marcados. Caixas de peças elétricas, cabos e circuitos, estavam abandonadas sobre mesas vazias, com velhas listas telefônicas e blocos de anotação. Ao lado de um sofá todo surrado, a cozinha já estava amarelando.

Ava abriu uma torneira enferrujada. Não havia água.

– É possível que pessoas tenham morado aqui. Ou passado muito tempo aqui – disse Alex.

Do ponto onde estavam, podiam ver as sombras cobrindo uma fileira de portas metodicamente distribuídas.

– Vamos por ali – disse Ava.

– Por ali, onde?

– Não sei. É só uma sensação... – Ava parou. – Acho que conheço este lugar.

Ela continuou pela escuridão, tocando as três primeiras portas pelas quais passou.

– Esta daqui. É esta.

Ela entrou, quase como se hipnotizada.

Alex a viu caminhar como uma sonâmbula, como se Ava estivesse se tornando o que fora um dia. *Ela está se lembrando.*

– A minha mãe ficava aqui comigo. – Ava virou, entrando no próximo escritório. – Aqui. Bem aqui. É a escrivaninha dela. Era a minha caverna. Um lugar seguro só meu. Eu brincava de casinha aqui embaixo.

Ava engatinhou sobre a poeira.

– Ela sempre parecia estar com a cabeça em outro lugar, mas eu não me importava, porque sabia que ela estava aqui comigo. Sentada à sua escrivaninha. Então, mesmo quando ela parecia estar a quilômetros de distância, eu não ligava.

Alex a observava nas sombras, encolhida, escondida sob a mesa como uma criança. Ele a deixou desabafar. Ele a deixou fazer o que precisava fazer. Seja por qual motivo Ava estivesse ali, soubesse ela ou não.

– Olhe – a voz dela ecoou. – Venha ver. O meu nome ainda está aqui. Escrevi com canetinha permanente na madeira.

Alex se sentou no chão de concreto ao lado dela, encolhido contra os joelhos.

– Queria que meu nome ficasse aqui para sempre. Este era o meu lugar, com a minha mãe, mesmo quando o meu pai ainda morava em Moscou. Quando tínhamos de passar um tempo aqui, eu fazia questão de ficar perto dela.

Alex baixou a cabeça ao lado de Ava. Os dois não cabiam ali embaixo, então ele deitou no colo dela.

Ela passou o feixe de luz sobre a madeira. Lá estava o seu nome.

AVA ANATALYA.

Mas, acima do nome, havia algo mais, e Alex o tocou com cuidado.

– Ava – ele disse, puxando uma fotografia em preto e branco que estava presa entre as frestas da madeira da escrivaninha.

Os dedos dela estavam tremendo quando pegaram a foto da mão dele.

Era uma foto de Ava pequena, de mãos dadas com sua mãe. Alex reconheceu a Dra. Orlova do outro retrato dela nas docas.

Nessa outra imagem, a Dra. Orlova parecia magra e exausta, usando um jaleco grande demais para ela. Seus olhos assombrados também pareciam grandes demais para o rosto, e ela estava segurando a mão da filha com toda a força. Ava estava abraçando algo.

– Karolina, a minha boneca – disse ela tristemente, contornando a imagem da boneca com os dedos. – Eu a amava quase tanto quanto amava os meus pais. Era a coisa mais próxima que eu tinha de uma irmã. Está vendo?

Ela iluminou a escrivaninha. Alex conseguiu ver mais duas palavras, escritas ao lado de duas flechinhas gravadas na madeira.

MAMOTCHKA estava escrita próxima ao topo da mesa.

KAROLINA, mais abaixo, perto da base.

Ava enxugou os olhos com a manga da jaqueta, piscando rapidamente.

– Elas se foram, não é? Não existem mais.

– Parece que não... – Alex disse, abraçando-a forte, e os corpos deles se tornaram um só organismo aquecido e pulsante. – Elas se foram, mas eu estou aqui.

– Eu sei – ela disse, chorando. – Essa era a minha casa, Alexei.

– Era, Ava Anatalya. – Ele colocou a mão quente no rosto dela, onde as lágrimas corriam sem parar. – Você voltou para casa.

– Nunca vou me recuperar – ela disse, o rosto ainda molhado. – Eu sei disso.

– Vai sim – ele respondeu. – Você é forte. Veja. Você sobreviveu a tudo isso.

Ela assentiu.

Ele esperou que Ava acreditasse nele.

– Já viu o suficiente? – Alex perguntou.

Ela assentiu de novo.

Ele rolou para sair de baixo da escrivaninha, e depois a ajudou a levantar, erguendo Ava no ar até os seus pés mal tocarem o chão.

– Acho que quero beijar você agora, Alexei Manorovsky...

Ela sussurrou as palavras contra seu rosto, como se afastar-se dele fosse algo inimaginável.

– Acho que eu também quero – ele sussurrou de volta, baixando os lábios até os dela suavemente, como se Ava fosse feita da neve que caía silenciosa lá fora.

Ela ergueu o rosto ainda úmido das lágrimas. No momento em que seus lábios se tocaram, no primeiro de muitos beijos, ele descobriu.

Descobriu pela maneira como sentia o beijo dos pés à cabeça, pelo modo como os dedos dela pareciam queimar contra a pele do seu maxilar.

Ele descobriu como um único beijo podia fazê-lo querer chorar e gargalhar ao mesmo tempo.

O sentimento era tão intoxicante que Alex precisava experimentar mais e mais – e, ao mesmo tempo, era tão assustador que ele temia experimentá-lo de novo.

Ele não contou para ela. Decidiu que haveria muito tempo para isso. Quando não estivessem sendo perseguidos por loucos estrangeiros e por espiões em suas casas.

Quando não estivessem se escondendo em um porão secreto de um armazém incendiado, em uma terra estrangeira e esbranquiçada pela neve. O amor podia esperar, mesmo que muitas outras coisas não pudessem.

Podia, não podia?

* * *

Quando estavam deixando o escritório da mãe de Ava, Alex notou uma fileira de armários de metal idênticos, prateados, alinhados na parede oposta ao cômodo.

– E isso, o que será que é?

A garota passou o feixe de luz pelos armários e respirou fundo, recompondo-se.

– Minha mãe fazia registros meticulosos – ela disse.

– Temos tempo?

Ava checou o relógio.

– Quatro minutos.

Alex foi ver mais de perto. Ava tinha razão: foram as etiquetas cuidadosamente redigidas pela mãe dela que haviam chamado sua atenção. A fila organizada de documentos estava em ordem alfabética, como se o que estivesse dentro daqueles armários, em sequência, fosse muito especial e importante – pelo menos para quem tinha escrito as etiquetas. Por instinto, ele foi até o meio da fileira.

O.P.U.S.

Alex parou assim que leu a palavra. *Nunca vou me recuperar.* Ele ainda podia ouvir Ava dizendo isso. Não queria fazer isso com ela. *Agora não.* Ela já tinha sofrido demais.

Ava falou atrás dele:

– Não, você precisa abrir. Precisamos fazer isso. Foi para isso que viemos aqui. – Ao lado dele, Ava levou a mão ao puxador do armário. – Não se preocupe comigo. Seja lá o que for, vou ficar bem.

Ava nem esperou que ele respondesse. Com toda a força que tinha, tentou abrir o armário. A gaveta de arquivos não cedeu.

– Trancado. – Ela sacou o canivete mais uma vez.

– Vai dar uma de Viúva Vermelha?

Ela revirou os olhos e lhe entregou a lanterna.

– Sabia que ia me arrepender de contar aquilo. Só preciso de dois minutinhos.

Precisou só de um, na verdade. Ela abriu o armário e inspecionou a coleção de arquivos guardados ali dentro.

– Acho que encontramos.

– Parece que sim... – Alex ficou pasmo. – Minha nossa.

Cada arquivo impresso em papel timbrado estava lotado de gráficos e tabelas, e identificado com um nome em russo, seguido por uma série de números.

Alex abriu o primeiro arquivo.

– São os nomes dos "participantes" dos experimentos. É o que diz aqui, no primeiro arquivo.

Ele apontou um nome. Lá estava, ORLOVA, AVA ANATOLYEVA.

– É você, certo?

Ava fez que sim.

– O meu pai se chamava Anatoly, por isso eu tenho esse nome: Anatolyeva. Anatolya, para simplificar.

– Então você participou do projeto O.P.U.S., Ava.

A garota ficou pálida.

– Uma cobaia? Fui cobaia em um experimento?

– É o que diz esse relatório. Do programa da Dra. Orlova.

– Ela fez experimentos comigo? Com a própria filha? Ela sabia que eu participava do estudo? – Ava parecia ter acabado de levar um tapa na cara. As suas bochechas ficaram vermelhas e brilhantes. – Então não vim para cá porque Ivan me trouxe. Não fui raptada. Vim porque ela me entregou. Ela estava me usando.

Ava estava lutando contra as lágrimas, Alex percebeu. Quis acalmá-la, mas não sabia como. Se Ava estivesse certa, a mãe dela seria um monstro incapaz de proteger a própria filha de monstros ainda piores.

Se estivesse errada... Como saberiam disso?

Alex pensou um pouco.

– O seu nome estar neste arquivo só explica como Somodorov encontrou você. – Ele abriu outra ficha. – Não temos certeza de nada. Vamos pegar esses arquivos e dar o fora daqui. Acho que devíamos pegar o máximo que pudermos.

Ava concordou, mas ainda parecia atordoada quando se voltou para os arquivos. Alex pegou a mão dela, que tremia, e a apertou.

– Ei. Não se torture.

Ava não olhou para ele. Pegava pilhas de arquivos, como se fosse esvaziar os armários e, assim, limpar o lamaçal que invadira sua mente.

Alex desistiu e fez o mesmo.

Enquanto iam pegando os arquivos, ele não pôde deixar de pesquisar o próprio nome. Não que esperasse encontrá-lo ali, mas mesmo assim o fez.

Nunca se sabe.

Você fala russo, não fala? É possível.

Ninguém explicou isso até agora.

Mas não encontrou nenhum Alex Manor – nem mesmo um Alexei Manorovsky – nos armários e, com alívio, voltou a respirar.

Quando tinham enchido duas caixas de papelão, Alex já não se preocupava mais com nada.

Até que Ava encontrou a foto.

– Espere. O que é isso?

Em frente a um dos armários, ela segurava um segundo arquivo nas mãos, além do dela.

– O quê? Não estou conseguindo ver. Está escuro demais aqui.

Com a lanterna, ela iluminou a pasta. Havia uma foto presa com um clipe. Alex viu olhos tão escuros quanto os seus olhando para ele.

E um rosto. Um rosto de criança, rechonchudo, emoldurado por um cabelo rebelde. E um número carimbado em um dos lados do arquivo, como em todos os outros.

– Olha isso aqui.... Ele é a sua cara.

– Não tem nome?

Alex olhou bem para o rosto do menino. Até se parecia com ele, mas nem tanto assim.

– Não vejo nome. Não nessa parte do arquivo.

– Diz aí mais alguma coisa sobre o programa? – Alex perguntou, impaciente.

– Tem um monte de relatórios aqui. – Ava dividiu os papéis, passando uma metade para Alex. – Aqui. Olhe. – Com a lanterna, ela iluminou outra folha. – Essa transcrição diz que é um companheiro espiritual para Ivan, para o programa da Sala Vermelha.

Ava estremeceu.

– Não é leve demais para alguém como ele? – perguntou Alex, tirando os olhos da folha que estava lendo. – Não parece nada bom.

– E não é. – Ava franziu a testa. – Aqui diz que as crianças do Projeto O.P.U.S. tinham de ser treinadas como mestres espiãs... Escute só: "Até o momento em que suas vagas nos mais importantes governos estrangeiros estejam garantidas. Apenas o acesso de mais alto nível, principalmente junto a chefes de Estado ocidentais, permitirá que conduzamos com sucesso nosso glorioso plano".

– Loucura.

Ava parecia processar os acontecimentos de dez anos de uma vez só.

– Mas então a Viúva Negra apareceu, o armazém explodiu e, depois disso, ninguém me encontrou mais...

Alex concluiu o raciocínio:

– E todo mundo achou que Ivan estivesse morto. Fim do projeto.

– Só que Ivan reapareceu, e crianças estão desaparecendo de novo... – completou Ava, folheando as páginas.

Alex balançou a cabeça.

– Algo está sendo tramado. Mas não temos como saber quais alvos já foram alcançados, temos? A não ser que perguntemos para o próprio Ivan.

Ava tirou uma folha da pilha de arquivos e estacou de repente.

– Alex. O menino. Apareceu de novo, o que se parece com você.

– Que tem ele?

Alex a observou, agora mais impaciente. Queria sair dali. A poeira o fazia engasgar, e a escuridão era perturbadora.

Ava foi virando as páginas do arquivo, fazendo leitura dinâmica.

– Ele tem nome, mas não acho que seja Manor nem Manorovsky.

Ela olhou para ele como se uma sombra cobrisse seus olhos – e estendeu a papelada em sua direção.

– É Romanova.

Alex fixou o olhar.

Ava repetiu, desta vez em inglês:

– Você entendeu. Romanoff.

Ele ouviu as palavras, mas não conseguia entender o que ela estava dizendo. Não conseguia e não queria entender.

Ela colocou o arquivo aberto sobre as mãos imóveis dele.

– E eu acho que ele é você.

arquivo editar exibir

S.H.I.E.L.D. – DOCUMENTO CONFIDENCIAL
ACESSO NÍVEL X
INVESTIGAÇÃO DE MORTE EM SERVIÇO
REF: S.H.I.E.L.D. CASO 121A415
AGENTE ENCARREGADO: PHILLIP COULSON
INDICIADA: NATASHA ROMANOFF OU VIÚVA NEGRA
OU NATASHA ROMANOVA
TRANSCRIÇÃO: INQUÉRITO DO DEPARTAMENTO DE DEFESA

DD: Nunca lhe ocorreu que estavam indo longe demais? Vocês três?
ROMANOFF: Eu sempre vou longe demais, senhor.

DD: Mas me parece que, até para você, Agente Romanoff, dessa vez foi diferente.
ROMANOFF: É assim que funciona o disfarce. O governo não tira ninguém da cadeia por causa de uma missão secreta que nunca aconteceu oficialmente. Você tem de ter isso em mente desde o começo. Eu tinha.

DD: Talvez. Mas também não forçam você a assumir um disfarce permanente, apagando o conteúdo de sua cabeça sem nem a consultar. Não é assim que costumamos trabalhar deste lado do planeta, Agente.
ROMANOFF: Será mesmo, senhor?

DD: Vamos nos ater ao inquérito, Agente.
ROMANOFF: De qualquer maneira, àquela altura, eu já não estava mais pensando em mim. Estava preocupada com Alex e com Ava. Não tinha certeza se conseguiria resgatá-los de fosse lá onde que estivessem.

DD: E você estava certa?
ROMANOFF: Bem perto disso, senhor.

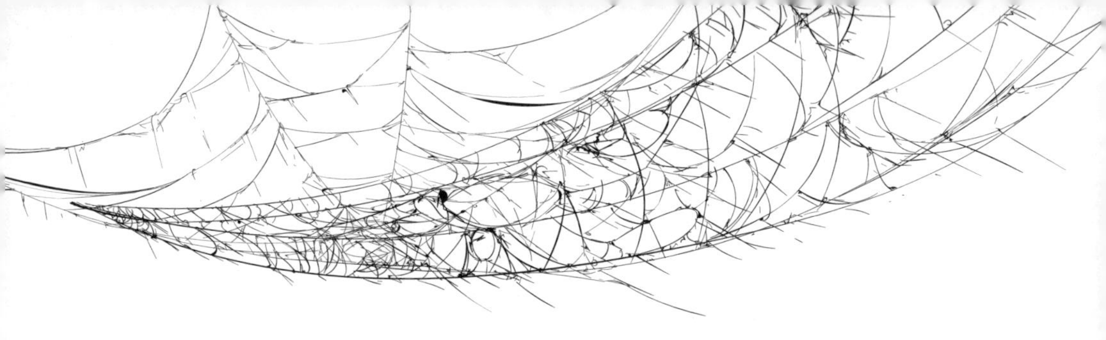

CAPÍTULO 26: AVA

ARQUIVOS DA BASE DE LUXPORT, ESTALEIRO DE ODESSA, UCRÂNIA

Alex Manor. Alex Roman. Alexei Manorovsky. Alexi Romanovsky.

Alexei Romanoff.

Um Romanoff.

Ava encarou Alex. As paredes da pequena sala pareciam se fechar em torno deles. Alex não conseguia falar, não conseguia formular palavras.

Ela conhecia muito bem a sensação. De quando, só de pensar em algumas palavras, elas parecessem ser mentira.

Seria verdade? Seria possível?

Ava ficou observando, empática, enquanto Alex se encostava na parede e escorregava até o chão.

Ela se sentou ao lado dele e tocou delicadamente o seu joelho.

– Você acha que... pode ser você?

– Um Romanoff? Como o de Natasha Romanoff? Eu? – Alex sacudiu a cabeça. – Não pode ser.

Ele afundou o rosto nas mãos.

– Tudo é possível – Ava disse, gentilmente. – Você mesmo disse. E isso explicaria o russo.

Ele fez que não de novo, balançando a cabeça quase violentamente.

– Eu tenho uma mãe. Ela é agente de viagens. Com um gato chamado Stanley.

– Mas você teve um cachorro chamado Brat.

– A gente mora em uma cidade pequena de Nova Jersey.

Ava pensou um pouco.

– Você se lembra de Vermont. E da floresta. E da neve. E se não for de Vermont que você está lembrando?

Alex parecia aturdido.

– Meu melhor amigo se chama Dante. O pai dele é policial.

– Talvez seja por isso. Talvez estivessem todos de olho em você. – Ava suspirou. Havia mais uma coisa. Ela achou que não tinha outra opção além de finalmente contar para ele. – Quando eu sonho, Alex, acho que sonho pelos olhos dela. Acho que Natasha Romanoff esteve desde sempre de olho em você.

Alex não respondeu. Parecia incapaz de falar.

Por fim, pronunciou as palavras:

– Natasha e Alexei Romanoff? Filhos dos Romanoff? A Viúva Negra tem um irmão mais novo? Como isso é possível?

– Não sei, Alexei.

– Qual parte da minha vida é real? Alguma parte é real?

Ava não disse nada.

– Se esse arquivo com o meu rosto estiver certo, então tudo mais na minha vida está errado.

Alexei Romanoff.

Ava ficou pensando naquilo.

As duas palavras tornavam toda a existência dele uma mentira e, no entanto, se fossem verdadeiras, também explicavam tudo. Tudo o que ele tentava confidenciar a ela.

A sensação de que ele não era compatível com a própria vida.

O medo de não ter nada em comum com a mãe.

A inquietude. A necessidade de lutar. A competitividade.

Como um Romanoff.

Ava suspirou e rolou de lado no chão.

– Podia ser pior. Minha mãe é a cientista por trás do Projeto O.P.U.S. de acordo com metade desses documentos. Significa que fui cobaia da minha própria mãe.

Alex trouxe a cabeça de Ava para o próprio colo, e ela se aninhou ali sobre suas pernas.

– Significa também que fiquei culpando Ivan Somodorov e Natasha Romanoff por tudo o que já me aconteceu, sendo que, esse tempo todo, a minha própria mãe era a real culpada.

O fuso horário começava a surtir efeito, e os olhos de Ava já estavam meio fechados. Ela sentiu a mão de Alex acariciando seu rosto.

– Durma um pouco. Vou ficar de vigia. Podemos sair daqui antes do amanhecer, evitando os seguranças.

Ela fez que sim, exausta. Cansada demais para responder.

Ava não imaginava, porém, que Alex fosse conseguir dormir, pois sabia que ele tinha dúvidas demais. A mente dele não descansaria de tanto pensar.

E ela tinha suas dúvidas também.

Se a minha mãe foi a idealizadora do Projeto O.P.U.S., por que concordou em usar a própria filha dessa maneira?

Será que ela era um monstro?

Será que Natasha sabe de tudo isso?

Será que ela sabe sobre Alexei?

E, acima de tudo...

Será que Alexei é mesmo um Romanoff?

* * *

– Alexei. Alexei, acorde – Ava falou baixinho, pondo a mão na boca dele para que o garoto não gritasse ao acordar. – Está na hora. Temos que ir.

Ava o ajudou a levantar. Acordado bruscamente, Alex mal abriu os olhos e já pegou a mochila, cambaleando atrás de Ava.

Ela até ouviu o sussurro rouco dele enquanto subiam a escada de modo desajeitado.

– *Toropis*. "Depressa!"

– Você está falando em russo de novo – Ava sussurrou para trás, parando enquanto subia a escada de madeira para abrir o alçapão. – Nós dois estamos, *da*?

– *Da* – ele respondeu.

– Agora temos que trocar para o inglês. – Ava jogou a mochila por cima do alçapão. Alex fez o mesmo. – Principalmente porque, se nos pegarem, você tem que fingir que não entende nada do que eles dizem. Combinado?

– *Nemyye Amerikantsy* – ele concordou. "Americanos idiotas."

Ava fechou a porta do contêiner e saiu correndo pelo armazém, com Alex logo atrás.

Quando chegaram à porta aberta do local, havia pelo menos meia dúzia de guardas reunidos nas docas.

– Acho que encontraram nosso amigo de ontem – disse Alex.

– *Der'mo* – Ava xingou. – Não tem outra saída.

– E agora? – Alex olhou para ela. – Quer dizer, você quer pegar a direita ou a esquerda?

Ela sacou uma arma com aparência antiga da mochila.

A que estava na gaveta da mesa de sua mãe.

– Ava... – Alex hesitou.

A menina olhou para além de Alex, para as docas e para os guardas. Já estava fazendo os mesmos cálculos mentais rápidos que teria feito a Viúva Negra naquela situação.

Chamar a atenção...

Fazê-los focar em você como alvo...

Derrubar Um e Seis primeiro...

Esconder-se enquanto Dois e Cinco disparam...

Assumir posição do outro lado dos barris de combustível...

Alex cochichou para ela:

– Ava, pare com isso. Você não vai dar conta de todos esses caras. É arriscado demais, mesmo com o entrelaçamento quântico.

– Eu consigo. – Ela olhou para ele. – Tenho que conseguir.

– Você nunca atirou com uma arma dessas.

Ava, porém, passou abruptamente por ele, alinhando-se à lateral do armazém.

– Alex. Deixe comigo.

Ao lado da porta, ela nivelou a arma bem na altura dos olhos.

Hesitou um pouco...

Fechou os olhos.

Pronto...

Mas, antes que pudesse apertar o gatilho, um barril de combustível atrás dos guardas explodiu em uma bola de fogo.

Um segundo barril explodiu também, e depois um terceiro.

Os guardas que ainda não tinham caído saíram correndo.

– O que houve?

Ava ficou ali parada, pasma. Depois passou pela porta e saiu correndo pela doca em chamas.

Alex veio logo atrás.

– Meu Deus... – ele disse.

Era ela.

Natasha Romanoff estava descendo do telhado.

* * *

Alex observou Natasha pousar firmemente no solo, com os dois pés, guardando a arma em seguida.

– Desculpem. Não queria chegar assim, sem avisar. Mas, como tinha vantagem sobre eles, aproveitei.

Natasha olhou de Ava para a arma que a garota segurava, finalmente assimilando a cena.

– Ai, Jesus. O que está fazendo com isso aí? Abaixe a arma. Você poderia ter explodido a própria cabeça!

Ava só ficou parada, aparentemente em choque. Alex, logo atrás, não conseguia falar nem se mexer. Mal era capaz de registrar um pensamento além dos óbvios.

Quem sou eu?

O que ela é para mim?

Então Ava agarrou Natasha e a abraçou, aliviada.

– Graças a Deus.

Natasha parecia preferir ter levado um tiro, mas não disse nada ao olhar de Ava para Alex.

– Natasha Romanoff. Imagine só. O que veio fazer aqui? – Alex falou, finalmente.

Ele sentia-se devastado.

Petrificado, rachado e tão magoado que não importava mais o que aconteceria dali em diante.

As docas estavam incendiando ao redor deles, mas Alex não se importaria caso tudo pegasse fogo. E não se importaria caso não pegasse. Não sabia com o que se importar.

O mundo mudara muito desde que ele vira Natasha Romanoff pela última vez.

O mundo e o mundo dele, e tudo que havia nos dois.

Eram lugares completamente diferentes agora.

E eu sou uma pessoa diferente.

– Esse incêndio só vai aumentar. Temos que ir. – Natasha olhou para Ava, buscando apoio, mas a menina não disse nada.

– Alex?

Alex ergueu uma sobrancelha, cruzando os braços.

– E esse é mesmo o meu nome?

– Tudo bem, *Alexei*. Não importa como vamos chamá-lo, contanto que a gente tire você daqui antes que a polícia resolva aparecer – Natasha disse, em russo.

– Não vou a lugar nenhum com você – Alex falou em inglês.

Natasha deu um passo adiante, estendendo as palmas das mãos para frente, como se pedisse para ele ficar calmo.

– Eu só vim conversar.

Quase que aproveitando a deixa, os barris de combustível em chamas atrás de Alex explodiram, espalhando fumaça e fogo pelas docas.

Ele permaneceu impassível.

– Engraçado. Porque estou cansado de conversar, *sestrenka*.

Alex se aproximou dela como se estivesse em uma pista de esgrima tentando armar um ataque.

Cansei das mentiras.

Da confusão.

De nada fazer sentido.

Natasha pareceu saber exatamente do que ele estava falando.

– O que você vai fazer? *Lutar comigo?* Sou uma assassina treinada, e você mal passou da infância – disse ela, recuando.

– Ah, é? Mesmo? Como eu posso ter certeza? – Alex foi se aproximando ainda mais dela.

– Não seja idiota.

– Mas eu sou um idiota. A ideia é essa, não? Sou tão idiota que nem sei meu próprio nome. – Alex pegou um pedaço comprido de cano, largado nos destroços do estaleiro, e o girou no ar. – Sou tão idiota que nem sei como cheguei até aqui.

– Alexei – Natasha avisou. Ela encontrou uma viga quebrada de madeira bem a tempo de se defender do cano de Alex.

– Minha vida inteira foi um erro, e eu já me sentia assim. Não tenho nada em comum com quem eu achava que era a minha família. Me meto em brigas sem motivo e ganho todas elas. Sou inquieto. Não consigo sossegar. Acho que todo mundo e todas as coisas estão sempre me atacando. E agora devo acreditar que é esse o motivo? Que você é a resposta para tudo que algum dia não fez sentido na minha vida? – Alex girou o cano de novo. – Não aceito.

Natasha se esquivou do cano e estendeu as mãos, pedindo calma.

– Alexei. Não me provoque.

– Por que não? Só há uma pergunta a fazer. Você é ou não é minha irmã, Natasha Romanoff?

– Não é assim tão simples – respondeu Natasha.

Alex girou mais uma vez, aproveitando-se do peso do metal.

– Ah, eu acho que é. Achei meu nome numa lista de cobaias da O.P.U.S. Só que com o seu sobrenome.

– Eu posso explicar, se você me deixar falar...

– Não há nada a falar. É só responder sim ou não. Eu sou ou não sou Alexei Romanoff? Tenho o direito de saber, não tenho? Quem sou eu, e de onde eu vim? – Ele avançou até ela, ainda movimentando o cano de um lado para o outro. – *Da, Natalyska?*

– Cuidado, Alexei...

Até Ava começou a ficar nervosa, mas manteve distância: ela sabia que não devia interromper o que estava para acontecer.

Alexei girou o cano no ar.

– A gente podia começar com um jogo. Verdadeiro ou falso: a mulher que mora na minha casa finge ser minha mãe?

– Alex... – disse Natasha.

Ele a atacou bruscamente.

– Ding-ding-ding! Não é que é verdade? Quer dizer, a mulher é falsa!

Natasha estendeu a mão.

– Me dê esse cano.

– Agora valendo ponto extra. E essa é difícil: qual o nome da minha mãe?

Alex tentou lhe dar uma rasteira com o cano, mas Natasha saltou a tempo.

– Quem se importa? – respondeu Natasha, largando a viga de madeira, agora parecendo tão brava quanto ele.

– Resposta errada!

Alex avançou contra ela, mas Natasha se esquivou, agarrando o cano e o pressionando contra ele.

Mas o garoto bateu de volta.

Natasha, contrariada, o empurrou para trás.

– Alex! – Ava gritou.

Ele ouviu, mas não conseguia se controlar. Era tarde demais.

– Se isso faz diferença, Alexei, eu mesma só descobri tudo agora – disse Natasha Romanoff, desviando de mais um golpe.

– Não faz.

Alex pegou uma placa da lateral do armazém e a arremessou contra ela.

– Eu também não sabia de nada. Levei um bom tempo para descobrir. E precisei até invadir o meu próprio arquivo confidencial para conseguir a verdade.

– A verdade? Quem é você para falar de verdade? Você mente tão bem que nem sabe quando está mentindo para si mesma.

Alex estava furioso. Ele largou a arma improvisada e lançou--se contra Natasha, mas foi derrubado no chão.

Ela tentou de novo.

– Nós dois escapamos de Ivan. Como parte do meu acordo com a S.H.I.E.L.D., e para manter você em segurança, as nossas memórias foram apagadas. Esconderam você em Nova Jersey para o seu próprio bem.

– Mas a nossa ligação não pôde ser apagada? – Alex zombou.

– Mais ou menos. – Natasha estava empurrando o rosto de dele contra o chão. – Mas tenho que admitir que o seu ataque não foi dos piores. – Torceu o braço dele nas costas. – Para uma criança.

– Para um Romanoff? – ele disse, rindo.

– Para um pequeno Romanoff.

– Melhor do que quando você acompanhou meu último campeonato? – ele perguntou, forçando as palavras por entre os dentes.

– Um pouco, talvez. – Natasha torceu com mais força. – No movimento dos pés, quem sabe.

– Faz quanto tempo?

– O quê?

– Faz quanto tempo que está me perseguindo? – Alex tentou tirá-la de cima dele, mas Natasha o derrubou de novo. – E foi só na esgrima ou você também gosta de ficar junto com as outras mães nas minhas aulas de judô?

– Dois anos. Em geral, nos torneios de esgrima. E na sua casa. E em uma ou outra festa. – Ela deu de ombros. – Andei ocupada.

Do chão, ele ergueu os olhos para ela.

– Por quê? Por que fez isso?

Natasha parecia quase envergonhada.

– No começo, eu não sabia o porquê. Só sabia que era algo que eu tinha de fazer. Para ser honesta, achava que você era filho de algum dos meus... alvos. – Alex a chutou, mas Natasha o empurrou mais uma vez. – O que poderia ter sido um tanto bizarro... – acrescentou ela.

Ele suspirou, erguendo as mãos por um instante em sinal de trégua.

– Escute. Se eu derrotar você no judô, você me explica o que está acontecendo?

Natasha se levantou, soltando o garoto.

Com dificuldade, Alex ficou de pé diante dela e assumiu uma postura de boxeador.

– Eu sou Natasha Romanoff. Ninguém acaba comigo no judô. Nem mesmo o meu irmão mais novo.

Natasha derrubou o irmão no chão com um gancho de esquerda.

Ele tombou rápido, caindo com tudo.

Ava correu para junto dele. Parecia aterrorizada, e Natasha não a culpou por isso.

Alex resmungou, virando de lado com a mão no queixo:

– *Sestra*.

Seus olhos se reviraram, e ele caiu desmaiado.

O armazém explodiu ao redor dele e, sem dizer mais nada, Natasha Romanoff pegou seu único irmão no colo e o carregou para dentro de sua vida.

arquivo editar exibir

S.H.I.E.L.D. – DOCUMENTO CONFIDENCIAL
ACESSO NÍVEL X
INVESTIGAÇÃO DE MORTE EM SERVIÇO
REF: S.H.I.E.L.D. CASO 121A415
AGENTE ENCARREGADO: PHILLIP COULSON
INDICIADA: NATASHA ROMANOFF OU VIÚVA NEGRA
OU NATASHA ROMANOVA
TRANSCRIÇÃO: INQUÉRITO DO DEPARTAMENTO DE DEFESA

DD: Então a família Romanoff finalmente se reuniu. Não sabe o quanto adoro finais felizes, Agente.
ROMANOFF: E, no entanto, aqui estamos nós.

DD: Por que você não sumiu quando teve a chance?
ROMANOFF: Porque eu queria o meu cérebro de volta. Mesmo que tivesse sido apagado.

DD: Então um cérebro apagado é melhor do que um entrelaçado?
ROMANOFF: Sim, quando a dona do cérebro é agente do governo.

DD: E, por você ser agente do governo, sabia que seu trabalho não tinha terminado?
ROMANOFF: Ivan continuava solto.

DD: E as cobaias dele?
ROMANOFF: Pelo menos mais cem nomes, de acordo com os arquivos que Alex e Ava roubaram do armazém.

DD: Cem possíveis líderes de nação entrelaçados?
ROMANOFF: Cem minas terrestres humanas, enterradas ao redor do globo por anos a fio, apenas esperando para detonar.

DD: Para Sempre Vermelha, Agente?
ROMANOFF: Não. Apenas para sempre Ivan, o Estranho.

"NADA DURA PARA SEMPRE."

— NATASHA ROMANOFF

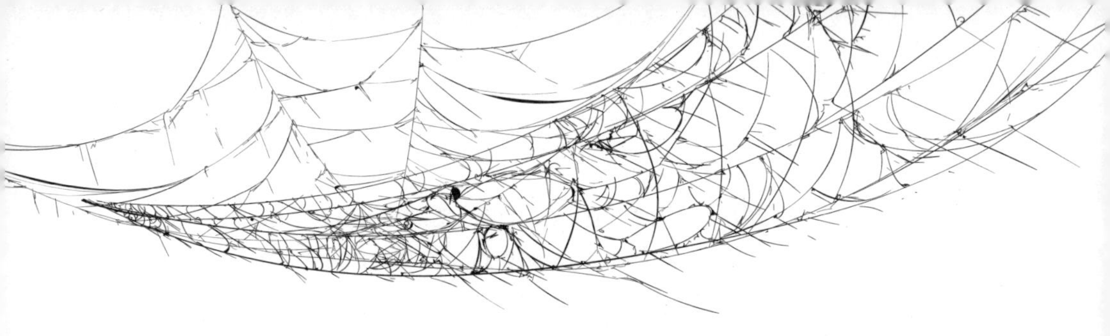

CAPÍTULO 27: NATASHA

HOTEL DACHA ODESSA, CENTRO DE ODESSA, UCRÂNIA

– Sem mais segredos – disse Alex. – Sem mais mentiras.

Alex e Natasha haviam passado quase uma hora comparando anotações. Com base nos arquivos que ele e Ava tinham encontrado, somados ao arquivo digital localizado por Natasha, não restavam mais dúvidas.

Alexei e Natasha eram irmãos. Os últimos Romanoff.

– Sem mais segredos – Natasha concordou. *Mas como posso prometer isso a alguém?*

Uma sirene foi ouvida ao longe. *Politsiya*. Ela parou para olhar pela janela suja, reforçada com uma grade. O frio entrava pelas frestas. Estavam em um quarto de hotel decadente em um canto igualmente decadente de Odessa. O único conforto do cômodo era uma lata de lixo, e até mesmo ela estava grudada no piso.

Alex resmungou ao se deitar na cama sem lençóis.

– Mas você não pode parar de mentir?

Natasha apertou contra a testa um saco de gelo meio derretido.

Foi quando ouviu alguém xingando. Em russo. Ava ainda estava tentando usar o chuveiro no box apertado do banheiro. Natasha achou melhor nem tentar.

Até mesmo a água fria é mais fria aqui.

O silêncio pairou sobre o quarto. Natasha, constrangida, desviou os olhos de Alex. Não estava acostumada com tanta... conversa.

Seu irmão – *Porque é isso o que ele é, certo?* – virou-se na cama e fitou o teto.

– Sabe, na última vez em que vi você, eu achava que era só mais um filho único de Nova Jersey. E agora eu tenho uma irmã da Rússia e uma namorada da Ucrânia...

– Namorada? – Natasha perguntou. – Vocês não se conheceram há poucos dias?

Era só o que faltava.

– E uma dor de cabeça do tamanho do Atlântico – completou ele, ignorando a irmã. Alex esfregou as têmporas.

Você continua sendo só um menino.

Natasha teve pena dele. Tinha pena dos dois, na verdade.

Alex parecia tão jovem, deitado naquele colchão barato, cercado pelo carpete sujo, pelo papel de parede rasgado e pelo gesso mofado.

De repente, ela se sentiu muito velha.

– Dói, né? Quando você tenta lembrar... – Natasha foi até ele e se sentou na beirada da cama, entregando-lhe o saco de gelo. – Na primeira vez em que a Sala Vermelha me apagou, achei que minha cabeça fosse explodir. Achei que estivesse com um tumor no cérebro. Quase fiquei aliviada quando Ivan me contou a verdade.

– Aliviada? – Alex se sentou, aceitando o gelo.

– Bom, eram os meus dias de Sala Vermelha. Meu nível de exigência era mais baixo. – Ela olhou para ele. – Até hoje a dor volta quando tento pensar em certas coisas.

– Como em mim? – Alex espalhou o saquinho por toda a testa e pousou a cabeça no colchão.

– Como em você.

Alex colocou o gelo sobre os olhos.

– Estou começando a achar que alguém detonou uma granada dentro do meu crânio.

– Você tem que acertar o nervo... Aqui. – Natasha reposicionou o gelo para Alex, e seus olhos encontraram os dele. – Por falar em efeitos colaterais, você e Ava parecem estar bem... íntimos.

– Jesus.

Alex tentou se sentar, mas a agente o empurrou de volta na cama.

– Você precisa descansar.

Ele resmungou.

– Você é minha irmã mais velha há quanto tempo, dois minutos? E vai começar a me dar sermão sobre *garotas*?

Natasha estava mais desconfortável do que ele.

– Só... Tenha cuidado. Um relacionamento é perigoso para vocês dois, pelo menos no nosso mundo. As pessoas vão usar seus sentimentos contra você. Olha o que aconteceu conosco.

– Eu não sei que mundo é esse em que você vive. Eu vivo no planeta Terra, e nele as pessoas podem gostar umas das outras. – Ele sacudiu a cabeça. – O que aconteceu com você, Agente... – Ele parou de repente. – Do que devo chamar você? Como eu a chamava antes?

Ela não disse nada. Também não sabia.

Alex insistiu:

– O que aconteceu para você ficar... assim, *Natasha*?

Por onde eu começo?

– Levei um tiro. Me explodiram. Fui traída. Jogada para fora de aviões. Atacada por facas. Ferida por diversos tipos de veículos que existem no mundo. Mais alguma pergunta?

– Sim. – Alex realocou o saco de gelo na cabeça latejante. – Quem fez isso com você, e por quê?

Ele fez uma careta.

– Deixe que eu arrumo. – Natasha estendeu os braços, meio hesitante, e pegou o saco das mãos dele, segurando-o no lugar certo. Foi um gesto carinhoso, um dos poucos da parte dela. Ao menos era um carinho, à maneira dos Romanoff. Ela também era muito boa com ferimentos e curativos. Natasha deixou a mão descansar na testa dele.

Do que você me chamava, irmãozinho?

Por que eu não sei? Isso não é justo.

É a nossa vida.

Era.

Era a nossa vida, e a tiraram de nós.

Finalmente, Natasha olhou para ele.

– Tasha. – Ela encarou o irmão por cima do saco de gelo. – Era assim que os meus amigos me chamavam, eu acho. Pelo que me lembre. Não sei se é real.

Alex assentiu.

– Tasha, então.

Ela recuou, subitamente envergonhada.

– Foi o Projeto Tábula Rasa que fez isso conosco. Parece ser uma espécie de protocolo de segurança radical, e a S.H.I.E.L.D. teve alguma coisa a ver com ele. Devem ter feito a gente concordar com tudo. Encontrei esse nome em nossos arquivos, mas não posso lhe contar mais do que isso. Ainda não. Basicamente, tudo o que sei é que você estava escondido.

– E o que tudo isso tem a ver com Ivan, o Estranho?

– É possível que seja dele que você tenha que se esconder. Talvez de quem todos nós tenhamos. – Natasha apertou ainda mais o gelo na cabeça do garoto. – Mas, como eu disse, não tenho todas as respostas. Antes de domingo, eu nem sabia as perguntas.

Alex olhou para além dela, para a janela suja.

– Então, nada de Vermont? De onde eu vim realmente?

Ela ficou tímida.

– Provavelmente, de Stalingrado. É de lá que veio a minha família... A nossa família.

Ele assentiu, tentando manter a expressão calma.

– E Nova Jersey?

Ela deu de ombros.

– Disfarce. Para protegê-lo.

Alex suspirou.

– Bom, acho que isso explica meu amor pelas guloseimas de Nova Jersey. Só faz dois anos que estou comendo essas coisas. – Ele virou para a irmã. – Isso quer dizer que a minha mãe é uma agente?

Natasha hesitou.

– Uma agente altamente treinada. Uma das melhores. Não é um trabalho fácil. – Ela olhou para a mão de Alex, como se quisesse tocá-la. – Tenho certeza de que ela gosta muito de você.

– Claro. Isso consola muito. – Ele desviou o olhar. – Pelo menos agora eu sei por que tenho isso aqui.

Alex puxou a manga da blusa para mostrar a ampulheta vermelha tatuada em seu bíceps.

O rosto de Natasha ficou pálido.

– Como é que você fez isso?

– Foi um tatuador que fez, imagino.

Ela olhou feio para ele.

– O quê? Um belo dia eu acordei com essa tatuagem... – Alex tentou esconder o braço. – Eu acho.

Natasha balançou a cabeça.

– Essa não é uma tatuagem qualquer. É uma mensagem. Para mim.

– Mensagem? Que tipo de mensagem?

– Para me avisar de que eles tinham acesso a você. De que você não estava seguro. De que nenhum de nós está.

– Mas eu estou seguro. Estou bem aqui. Não aconteceu nada comigo.

E o que seria de mim se tivesse acontecido?

Lenta e estranhamente – e pela primeira vez em anos, ao que parecia –, Natasha Romanoff tocou a mão do irmão.

– Alexei...

E segurou a mão dele na dela.

De súbito, Alex soluçou como se todo o ar tivesse sido sugado do quarto.

O colchão barato chacoalhou quando ele abraçou a irmã e começou a chorar no ombro dela o mais forte que pôde.

* * *

Ava estava segurando a toalha no peito quando abriu a porta do banheiro. A madeira sob os dedos dela estava grudenta de tanto vapor, mas ela nem reparou. O chuveiro ainda estava ligado. Ava não queria que notassem que ela estava saindo de lá.

Ela fechou os olhos.

Estava a poucos metros de Natasha agora – do outro lado da porta –, e, no que se referia ao entrelaçamento quântico, era como estar em frente a uma fogueira.

Ava podia sentir tudo.

Incredulidade e confusão e alívio e tristeza e culpa e...

O que é isso?

Esse outro sentimento?

Agitou-se dentro do peito dela, abrindo caminho até as pontas dos dedos. Havia outros sentimentos também, mas esse era novo.

Ricocheteava por seu corpo inteiro, indo parar no coração.

Amor.

Natasha Romanoff amava o irmão mais do que tudo no mundo.

Não era algo que ela admitiria – e não era algo que Ava já tivesse sentido vindo dela.

Será que Natasha Romanoff está... feliz?

* * *

Pertenço a uma família de super-heróis.

Os três seguiam de ônibus para o centro de Odessa. Alexei Romanoff estava refletindo.

Agora tinha uma irmã e uma namorada, e estava sentado atrás das duas.

O que ele não tinha era uma mãe, embora fosse impossível imaginar que a pessoa que ele chamava de mãe – seja lá quem ela fosse – não iria botá-lo de castigo pelo resto da vida quando voltasse a Nova Jersey.

Quem é que ia botá-lo de castigo agora?

A Viúva Negra? Era ela que detinha sua guarda? Bom, ela era a sua única parente viva. E isso não era especulação. Era a verdade. Ele sabia disso, só não sabia como processar a informação. E não sabia como se sentia a respeito dela.

Ele olhou para a cidade de Odessa passando pela janela.

O ônibus largou os três no cruzamento entre Deribasovskaya e Havannaya, em um frio tão penetrante que parecia negar o sol luminoso do fim da manhã. Eles caminharam em silêncio pela rua coberta de neve – Alex tendo que chutar os cristais de gelo para fora de seus mocassins idiotas – até alcançarem uma calçada distante. Em seguida, ficaram gratos ao trocar a neve por uma mesa de canto quentinha no primeiro café iluminado que encontraram, onde pediram pratos de ovos, cappuccinos fumegantes e compotas quentes de frutas.

Alex abafou a confusão em sua mente com os doces. Enquanto matava seu quarto prato de *strudel*, Natasha e Ava estudavam os arquivos roubados do projeto O.P.U.S.

– Não acredito que deixei isso passar – disse Natasha, irritada.

Ava assentiu.

– Que o laboratório dele estava bem debaixo do armazém durante esse tempo todo? Pelo visto, a S.H.I.E.L.D. inteira deixou isso passar.

Natasha contorceu o rosto.

– E esses nomes são de cobaias? Todos eles? Como isso é possível? Tem mais de cem nomes nessa lista. – Ela ergueu os olhos da pasta. – Cem cobaias significam que pode haver mais de cem Avas entrelaçadas por aí.

Ava ergueu a xícara de café.

– Você quer dizer cem agentes disfarçados, esperando para se ligarem fisicamente a cem chefes de estado, ou CEOs, ou dignitários, no instante em que Ivan Somodorov der o sinal verde.

Alex baixou o garfo, empurrando mais um prato vazio.

– Dependendo do tipo de acesso com o qual essas crianças cresceram, Ivan pode ter posicionado cada uma delas para que estejam exatamente onde ele queria que estivessem. – Natasha virou mais uma página. – Como espiões ou agentes. Ou até um exército de assassinos.

– Uma Sala Vermelha imensa e global. – Ava balançou a cabeça. Parecia incomodada com alguma outra coisa. – Cem crianças entrelaçadas? Como eu? E onde elas estavam na noite da explosão?

Natasha olhou para ela.

– Não encontrei mais ninguém além de você. Ivan a estava arrastando para todo canto como se você fosse a única.

– É tudo muito confuso... – Ava suspirou.

– Meu nome também está nessa lista, certo? Então onde eu estava? – perguntou Alex.

– Talvez essa missão fosse só para Ava.

– Mas essa era a ideia, não? Que Ava fosse a única que você pudesse encontrar. – Alex encarava o prato com tristeza, como se tivesse comido todas as respostas que buscava.

– Aonde quer chegar? – perguntou Natasha.

– E se Ivan quisesse que você resgatasse Ava porque queria que você a levasse para os Estados Unidos? E se ele quisesse um ponto de acesso à S.H.I.E.L.D... e a você, Tash? E se tudo isso não passou de uma armadilha?

Os olhos de Natasha piscaram, surpresos, para o irmão. *Tash?*

Ele deu de ombros.

– Mesmo que seja o caso, o que vamos fazer? – Ava demonstrou sua frustração. – Se ele tiver mesmo cem zumbis entrelaçados e a postos, eliminar Ivan não vai resolver o problema. Não sabemos quem são nem onde estão os alvos. Nem qual é a ameaça. Só temos essa lista de nomes de oito anos atrás. Eles podem estar em qualquer lugar.

– Então é melhor começarmos logo. – Natasha olhou para os dois. – Encontramos Ivan e resolvemos o que fazer a partir daí, antes que as coisas fiquem ainda mais complicadas.

Alex olhou de Ava para Natasha.

– Então vamos levar o assunto à S.H.I.E.L.D.?

Ava fez careta.

– Depois da nossa fuga em Triskelion? Eles não devem estar muito felizes.

– Não estou feliz com eles também – Natasha falou com firmeza. – Lá é o último lugar ao qual podemos levar esse assunto. Alguém da S.H.I.E.L.D. apagou nossas memórias. Não sei em quem podemos confiar.

Ninguém disse mais nada.

– Então, e agora? – perguntou Ava, largando o guardanapo sobre a mesa com desânimo.

– Talvez haja uma saída – Natasha disse, lentamente, olhando para Ava. – Odeio ter que mencionar...

– Mas vai – interceptou Alex. – Né, Tash?

Ela o ignorou e se dirigiu apenas a Ava:

– Se os documentos desses arquivos estiverem corretos, se O.P.U.S. era mesmo um projeto comandado pela sua mãe...

– Era – Ava a interrompeu. Esse certamente não era seu assunto favorito.

– Isso pode nos dar uma vantagem.

– De que forma? – Alex debruçou-se sobre a mesa.

Natasha olhou para Ava.

– Ela era a sua mãe. Você estava lá, junto dela, o tempo todo. Provavelmente, sabe mais sobre ela do que qualquer outra pessoa... Inclusive sobre o cérebro de cientista dela. O que significa que você deve saber mais sobre a O.P.U.S. do que imagina.

– Não tem como ter certeza disso – respondeu Ava, em dúvida. – E eu não sei nada sobre ela. Por que teria deixado Ivan me levar, ou qual fim ela levou. Onde ela estava com a cabeça quando aceitou trabalhar para ele, para começar. Não tenho como ajudar.

– Você lembrou de muito mais coisas sobre o armazém do que achava que ia lembrar – afirmou Alex, olhando para ela. – Talvez esteja começando a voltar.

Ava não respondeu. Uma garçonete apareceu e retirou os pratos vazios, colocando-os em uma bandeja. Ninguém disse nada até ela sair de perto.

Natasha baixou a voz:

– Então temos que tentar ampliar nosso entrelaçamento quântico mais uma vez. Só eu e você, como aconteceu na margem do rio. Ou como nas máquinas do Tony. Eu juro que vi alguma coisa de relance, antes de uma das máquinas explodir.

– Porque aquela foi uma ótima experiência? – Ava ironizou, um tanto cética.

– Pense. Fazemos a conexão mais forte que pudermos. Você me deixa entrar e eu vejo o que consigo descobrir sobre a O.P.U.S. nas suas memórias.

– É perigoso demais. Da última vez, Ava ficou inconsciente.

A voz de Alex estava apavorada.

– Eu sei – disse Natasha. – Mas não tem outro jeito.

Alex segurou a mão de Ava.

– Continuo achando que não é uma boa ideia.

Ava olhou para ele.

– Mas ela tem razão. Restabelecer nossa conexão pode ser a chave para descobrirmos como desfazer o entrelaçamento.

– Ou não – disse Alex –, e você terá arriscado tudo por nada.

– Por nada, não. Por cada uma das pessoas que Ivan já prendeu naquele armazém.

Foi o fim da conversa. Ava estava decidida.

arquivo editar exibir

S.H.I.E.L.D. – DOCUMENTO CONFIDENCIAL

ACESSO NÍVEL X

INVESTIGAÇÃO DE MORTE EM SERVIÇO

REF: S.H.I.E.L.D. CASO 121A415

AGENTE ENCARREGADO: PHILLIP COULSON

INDICIADA: NATASHA ROMANOFF OU VIÚVA NEGRA OU NATASHA ROMANOVA

TRANSCRIÇÃO: INQUÉRITO DO DEPARTAMENTO DE DEFESA

DD: Quer dizer que, depois de descobrir que foi cobaia em uma espécie de reconfiguração cognitiva compulsória...
ROMANOFF: Pode chamar pelo nome certo, senhor. Apagamento de memória.

DD: ... você não viu problema em conduzir um experimento cognitivo não autorizado em si mesma e em uma civil menor de idade? Em um quarto de hotel barato na Ucrânia? Na porta de Ivan Somodorov?
ROMANOFF: Não, senhor. Essas afirmações não são verdadeiras.

DD: Perdão?
ROMANOFF: Não posso dizer que não vi problema algum. Eu vi, sim. Sempre há danos colaterais, senhor.

DD: E, mesmo assim, você não parou para refletir sobre esses possíveis danos? Não se perguntou uma única vez se valeria a pena fazer esse ritual cerebral esotérico?
ROMANOFF: Não, senhor.

DD: Por que não?
ROMANOFF: Só hippies e americanos fazem esse tipo de coisa, senhor.

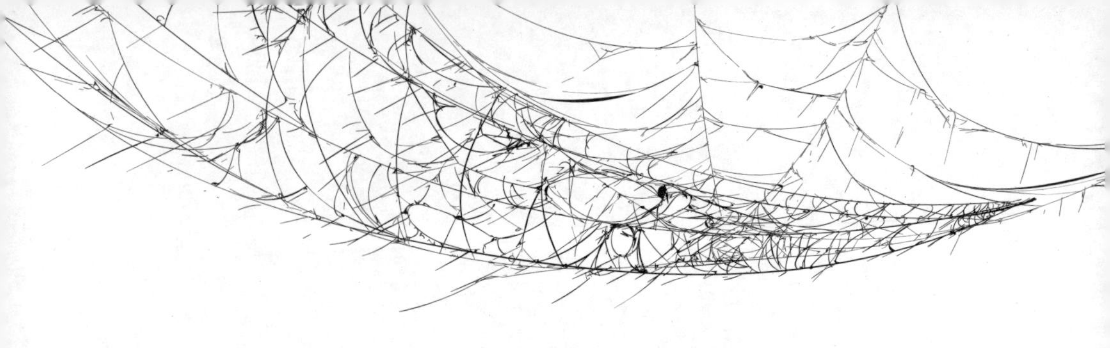

CAPÍTULO 28: AVA E NATASHA

HOTEL DACHA ODESSA, CENTRO DE ODESSA, UCRÂNIA

Ava e Natasha estavam sentadas de pernas cruzadas, uma olhando para a outra sobre a cama fofa. Alex estava encostado contra a única porta de acesso ao quarto, esperando.

– Me dê a sua mão – pediu Natasha.

Ava não queria, mesmo que não tivesse escolha. E Natasha Romanoff não queria também, na verdade. Mas era o que precisavam fazer. Era o momento em que se encontravam. O impasse, ou a oportunidade – dependendo do que viesse depois.

Pela primeira vez em suas vidas, as duas *Devushki Ivana* sabiam que tinham de se forçar a derrubar suas defesas mentais.

E só essa ideia já era uma tortura para as meninas do Ivan.

Ivan fizera coisas terríveis com as duas.

Com Natasha, não apenas na Sala Vermelha. Ou, com Ava, não apenas nos laboratórios do projeto O.P.U.S. As ações frias de Ivan tinham um alcance muito mais profundo.

Ivan as havia ensinado a sempre viver suas vidas nas sombras, a sempre acreditarem que estavam sozinhas, a terem certeza de que só poderiam estar sozinhas. Essa era a vida com Ivan sob a Lua de *pierogi*. Era a maldição dele.

Lá no fundo, nenhuma delas acreditava que isso poderia ser quebrado.

Não havia nada mais poderoso no universo do que a verdade fria de Ivan Somodorov, o ódio que nutriam por ele e o medo que sentiam.

Ou assim elas imaginavam.

Até agora. Até unirem-se uma à outra...

Entrelaçadas a algo maior que tudo isso.

Uma verdade irrefutável por si só.

Juntas, elas estenderam as mãos uma para a outra. Juntas, olharam nos olhos uma da outra. E, juntas, fizeram a última coisa que alguém esperaria que fossem capazes de fazer.

Elas se deixaram levar.

* * *

Conforme os dedos de Ava tocavam os de Natasha, suas mentes rolaram e se engalfinharam em um processo infinito de combinações e descombinações. Ava aceitou a dor que sempre surgia quando sua mente ficava ligada à de Natasha – mas, no momento em que parou de resistir a ela, a sensação a tomou por inteiro, engoliu-a, até que já não conseguia separar o que doía do que não doía, assim como um peixe que não distingue mais a água.

Se foi a dor que a engoliu ou se foi ela que engoliu a dor, já não era possível dizer, e Ava passou a não sentir nada.

Não sentia nada, mas via tudo.

Logo tornou-se quase impossível distinguir as memórias de uma ou de outra – ou mesmo saber em qual das mentes estavam no momento seguinte.

Elas eram ambas ao mesmo tempo. Sempre haviam sido.

Eram o fim e o início, tudo ao mesmo tempo.

As memórias fluíam.

Uma Tasha assustada se espreme contra o papel de parede enfeitado em Stalingrado, ouvindo as botinas marchando pelas ruas de paralelepípedo e os tiros soando fora da janela de seu quarto de brincar. Tasha segura as barras do berço ao lado dela. Não chore, Alexei. Não vou deixar os homens maus machucarem você. *Ela olha para o cachorrinho marrom aos pés dela.* Não vamos, né?

Uma pequena Ava recusa-se a soltar a mão do pai, seguindo-o escada abaixo até a rua, implorando-lhe para que não parta do velho apartamento deles em Moscou. Não quero saber se é o seu trabalho. A mamãe e eu não queremos ir para Odessa sem você.

As mãos de Tasha se agarram ao corrimão quando ela tropeça ao correr o mais rápido que pode, carregando o irmãozinho bebê pela escada do porão. O cachorrinho vem atrás deles. A mãe chama freneticamente pelo pai dela. Tasha cobre os ouvidos quando estilhaços explodem pela velha dacha *de pedra.*

Ava está brincando sobre uma manta com sua nova boneca de porcelana, Karolina, enviada pelo correio por seu pai, que trabalha fora do país. Sua mãe, cercada por pilhas de trabalho sem fim, observa a filha com olhos cansados.

Aos pés de um caixão coberto com uma bandeira sob a neve russa, Natasha está carregando o irmãozinho no colo. É o velório de seus pais. O cachorrinho está enrodilhado sob uma cadeira. Com uma expressão grave e solene, ela se recusa a permitir que outras pessoas segurem seu irmão. Você ainda tem a mim, Alexei. Sempre terá a mim.

Ava está praticando passos de balé, segurando-se nas costas da cadeira em que sua mãe trabalha, no escritório sem janelas do laboratório de Odessa.

Uma Natasha um pouco mais velha chora em segredo em um dormitório da Sala Vermelha, em Moscou, com o rosto enterrado sob o travesseiro da cama dobrável de ferro. Alexei. Ele precisa de mim.

Ava pratica uma coreografia em um antigo estúdio de balé em Odessa, dando piruetas pelo chão de mosaico. O número sessenta e dois está pintado dentro de um sol amarelo no centro do piso. Enquanto dança por todo o mosaico, ela cantarola para a boneca. Karolina, Karolina,

Karolina... Aprenda os passos, os passos são a chave, aprenda os passos bem suaves. Um, dois, três, um, dois três...

Natasha monta e desmonta um rifle repetidamente sob o olhar vigilante de Ivan. Você me envergonha. Lenta como uma norte-americana gorda. O que vai ser de você em campo? Parar e pedir mais tempo? *O dedo de Natasha se dobra em torno do gatilho.*

* * *

Ava dá piruetas no estúdio de balé, contornando o número seis do piso repetidas vezes – mas apenas com o pé esquerdo, e somente no contratempo do ritmo.

Natasha, usando apenas camiseta regata, encara Ivan. Ele saca uma faca de caça da bainha em sua cintura. Antes que ela possa dizer qualquer coisa, a lâmina voa, e sangue corre por seu braço. Ele cai na risada. Eu ataco, *ptenets*. Você se defende. Se não quiser a sua camisetinha retalhada, sugiro que seja mais rápida. Senão corto fora as suas asinhas. *Ela dá um passo para trás, mas ele é rápido e corta o braço dela novamente, ainda rindo.*

Ava gira e acerta o número dois – somente com o pé direito desta vez, e muito menos vezes. Sua mente está tomada pelos seis à esquerda e os dois à direita. A mãe, sentada ali perto, ergue os olhos da papelada. Aprenda a coreografia, Ava... O recital será em breve, assim que o seu pai voltar.

Da cidade da Mesquita Azul, mama?

Essa mesma, Ava.

Natasha está inclinada sobre o vaso sanitário, vomitando. Tenta limpar o sangue das mãos trêmulas, mas o sangue não sai, e, conforme ela tenta limpar mais e mais, toda a pia fica tingida de vermelho. Ivan ri atrás dela. Esta é sua primeira morte na Sala Vermelha, *ptenets*, e aí está você, de olhos arregalados, choramingando. Por causa de um cervo? O que vai fazer quando o governo mandar você me caçar? Você devia mesmo ser americana.

Ava chega com a mãe a um escritório militar, mas se recusa a entrar. A mãe fica nervosa e bate nela. Ava leva um susto. O General Somodorov é um homem poderoso, Ava. Você precisa fazer o que ele mandar, pelo bem do seu pai.

Natasha pratica pliés *na barra, vestindo um* collant *preto ao lado de outros cinquenta membros da companhia de balé. Ela alonga graciosamente seus braços na direção das vigas do teatro, sem denunciar a pistola escondida em sua coxa, coberta pela saia de tule.*

Ava está sentada no chão, encostada na parede de um banheiro típico de prédios do governo. O azulejo é verde. Ela cutuca o rejunte enquanto tenta não puxar a corrente que a prende ao cano debaixo da pia. Machuca seu pulso.

Natasha desmonta um rifle em segundos. Seu rosto está gélido. Ivan assiste a tudo fumando um Belomorkanal, sem dizer nada.

Ava está sentada em uma cadeira no laboratório de Odessa. É uma entre doze crianças posicionadas em fila. Tem fios enrolados em torno dos pulsos e da testa. A voz de Ivan faz uma contagem. Tri, dva, odin. *Ava faz careta quando um ruído forte ecoa pela sala. Um experimento na Sala Vermelha. Ela olha para a mãe, que está atrás de uma parede de vidro, e vê que ela está chorando.*

* * *

Natasha está observando um espelho enferrujado no banheiro da Sala Vermelha. Examina a cicatriz no braço, fazendo careta. É um X, quase como uma ampulheta. O seu corpo está coberto de hematomas e machucados. Ela joga água no rosto e olha-se no espelho. Um dia eu mato você com as minhas próprias mãos, Ivan Somodorov.

Ava está deitada em uma cama de ferro, olhando para Karolina, sua boneca. Seus pulsos estão cobertos por ataduras. Os olhos, vermelhos de tanto chorar. Ela ainda cantarola a canção do estúdio de balé. Tchaikovsky. Vou escapar de você, Ivan Somodorov. Um dia, vou fugir para muito longe daqui, como o meu pai fez. Não serei mais uma posse sua, como é a minha mãe...

Com isso, as memórias deram lugar à escuridão e, depois, finalmente, à luz.

– Ela está acordando – disse Alex.

Ao menos Ava achou que fosse Alex. A voz dele parecia vir de muito longe.

Ava abriu os olhos. Estava deitada na cama. Alex estava sentado ao seu lado, com a mão nas costas dela.

– Graças a Deus. Você voltou. Conseguiu! – disse ele, beijando-a no rosto.

Natasha estava andando de um lado para outro.

– Eu vi tudo, Ava. Tudo. Nunca passei por nada parecido. Foi...

– Quântico? – sugeriu Alex.

– Aquela canção... – Ava murmurou. – Era a canção da minha mãe.

– Da sua coreografia? *O Lago dos Cisnes* – Natasha comentou. – Você com certeza conhece *O Lago dos Cisnes*, não?

– Um lago? Com cisnes? – perguntou Alex, pegando a mão de Ava.

– Ela cantava para mim todas as noites – respondeu Ava, com o canto dos olhos cheios de lágrimas.

– É uma peça de balé. Muito famosa, e muito russa. – Os olhos de Natasha estavam brilhando. – Geralmente é considerada um *opus*. *Opus* de Pyotr Ilich Tchaikovsky, na verdade. No Bolshoi.

– Um *opus*? – Ava a olhou.

– O que isso significa? – Alex perguntou.

Natasha sentou-se na cama, ao lado de Ava.

– Significa que não acho que a coreografia de Ava seja somente uma dança.

– Não? – disse a garota, sentando-se.

– Apesar das outras ações de sua mãe, ela se certificou de que você soubesse de uma coisa, independentemente de quão profundamente enterrada essa coisa ficasse na sua mente. O canto do cisne da Dra. Orlova... A última coisa na qual ela trabalhou.

– Está falando da coreografia? – Ava foi juntando as peças. – "Aprenda os passos, os passos são a chave." Foi isso que ela me disse. Pelo menos é como me lembro.

– Exatamente. Literalmente. A chave. Algum tipo de código, imagino. Possivelmente do projeto no qual ela trabalhava. Aquele que Ivan estava testando na filha dela – disse Natasha, olhando significativamente para Ava.

Ava a puxou pelo braço.

– Acha que eu carreguei isso dentro de mim durante esse tempo todo? Uma mensagem da minha mãe? De Odessa?

– Quê? – Alex interrompeu. – Acham que uma coreografia tem algo a ver com a O.P.U.S.? Como isso é possível?

– Basicamente, acho que é uma espécie de código genético reescrito como uma sequência matemática. Imagino que baseado no DNA de Ava... – Natasha sacudiu a cabeça, olhando a menina. – Provavelmente aquilo de que você se lembra não era um estúdio de balé. Não havia outras bailarinas nas suas memórias, certo? Devia ser algum tipo de laboratório.

– No mesmo andar do laboratório do armazém – Ava respondeu, lentamente. – Acabamos de passar por lá. Eu vi. Havia uma estampa meio apagada em todo o chão, por baixo da poeira.

Natasha tirou o computador da mochila e o abriu sobre a cama.

– Acho que sua mãe pintou aquele número no piso. E acho que ela montou uma sequência numérica para que você memorizasse. E, sim, estou imaginando que essa sequência possa funcionar como uma espécie de código-chave para acessar a O.P.U.S.

– O que significa que poderemos usá-la para desligar o projeto? – perguntou Alex. – Que loucura!

– Podemos pelo menos tentar controlá-lo – disse Natasha. Ela digitava números no teclado o mais rápido que podia. – Não quero esquecer o código. – Ela sorriu para Ava. – A sua mãe devia ser muito inteligente.

– O meu pai também – Ava falou devagar. – Ele também trabalhava para Somodorov. Era o que minha mãe dizia. Na cidade com a Mesquita Azul.

– Istambul – respondeu Natasha. – Ivan deve ter outro laboratório. – Ela ergueu os olhos da tela do computador. – O que significa...

– Que fica lá. É lá que está a resposta. Deve ser de lá que Ivan está preparando seu grande retorno – disse Alex.

– Já que sabemos que ele não está em Odessa – Ava acrescentou.

Natasha assentiu.

– Se eu conseguir programar o código em algum tipo de dispositivo de transmissão... Algo que possamos usar para interferir nos circuitos da O.P.U.S...

– Como vamos fazer isso? Não estamos no Cérebro de Confiança da S.H.I.E.L.D. – disse Alex. Ele olhou ao redor, para aquele cenário decadente. – Não tenho bem certeza do que é este lugar, só sei que é muito diferente de lá.

– Talvez não precisemos da S.H.I.E.L.D. Ou não mais do que já temos. – Natasha puxou sua jaqueta de couro da cadeira e vasculhos os bolsos, tirando dali um disquinho preto. – Isto deve bastar. Presentinho do Coulson. Um microdisco de alta performance, direto do próprio Cérebro de Confiança.

– E acha que podemos usar essa coisa para derrubar a O.P.U.S. com o código da Dra. Orlova? – Alex perguntou, pegando o dispositivo da mão da irmã.

– Acho que devíamos tentar – respondeu Natasha. – A mãe de Ava trabalhou duro demais para deixar essa mensagem à filha. Vamos garantir que não seja desperdiçada.

– Minha mãe não desistiu. Estava tentando ajudar a me livrar de Ivan do único jeito que conseguiu. *O Lago dos Cisnes.* – Emocionada, Ava olhou para Natasha. – Eu jamais saberia.

Natasha ficou impassível.

– Obrigada, *sestra.* – Ava a abraçou de repente, beijando a bochecha esquerda de Natasha e depois a direita. À moda russa. – Forte como um touro e afiada como uma navalha, é o que a minha mãe diria de você.

Natasha desvencilhou-se do abraço, parecendo sem jeito.

– Bom trabalho, Tash – disse Alex, dando um tapinha no ombro da irmã.

Ao ouvir o apelido, os lábios de Natasha franziram-se em um quase sorriso.

– E você está certo... Você me chamava mesmo de Tasha, quando já tinha idade para falar. Me lembrei disso enquanto Ava e eu estávamos ligadas.

– É mesmo? – Alex ficou surpreso.

Ela fez que sim.

– E quanto ao Brat: o cachorrinho era meu. Eu pedi para você cuidar dele quando fui enviada para a *Krasnaya Komnata.* – Ela dirigiu um olhar mortal para ele. – Seu ladrão.

– Espere. Jura? – Ele olhou para ela. – Você pediu?

Natasha recostou-se na parede.

– Você estava chorando. Não queria que eu fosse com os soldados. Você odiava soldados por causa do que tinha acontecido com os nossos pais.

Alex afundou na cama.

– Tenho pesadelos, às vezes. Bombas explodindo. Na neve. Um monte de neve... – Ele olhou para Natasha. – Tanta neve que fico enterrado.

– Nós nos escondemos no porão, no inverno. Quando nossa casa foi bombardeada, a neve caiu direto no nosso quarto. Fomos os únicos a sobreviver.

– E o Brat – Alex disse devagar.

– E o Brat. Só que o nome dele era Boris até eu fazer doze anos e ser enviada para a Sala Vermelha.

– Boris? – Alex nem olhou para a irmã. Não conseguiu.

Natasha largou a cabeça contra a parede e ficou olhando para o teto manchado, procurando se recompor.

– No dia em que os soldados vieram me buscar, eu disse que você tinha que parar de chorar, ou acabaria assustando o Boris. Porque o Boris passaria a ser sua responsabilidade e seu irmãozinho. Você teria que cuidar dele do jeito que eu cuidava de você...

– E amá-lo do jeito que eu amava você – disse Alex, suavemente.

Ava pegou a mão dele.

Natasha não respondeu.

Alex enxugou os olhos na manga da blusa.

– Então eu comecei a chamá-lo de Brat. Deixava que ele dormisse na minha cama. Dava as minhas batatas para ele, direto do meu prato – ele falou, em russo. Ava não soltou a mão dele. – Eu me lembro disso. Eu tentava não fazer barulho. Tentava não chorar, com o cachorrinho debaixo do cobertor.

Natasha olhou para Alex.

– Você escreveu cartas sobre esse cachorro por anos. Até que parou.

– Por que parei? – Ele franziu a testa, tentando lembrar.

– Porque fez doze anos, e então os soldados vieram buscá-lo também – ela respondeu, baixinho. – E a Sala Vermelha de Ivan não era lugar nem para um cachorro.

– Não me lembro disso.

– Eu me lembro – disse Ava, apertando a mão de Alex. – Para Ivan Somodorov, nós éramos os animais.

* * *

Mais tarde naquela noite, Ava e Alex estavam deitados na cama, abraçados. Ava podia ouvir Natasha no corredor, falando pelo celular com Tony Stark, que estava checando e cruzando todos os nomes da lista de entrelaçamentos de Ivan.

Exceto Ava Orlova e Alex Romanoff.

Pelo menos Natasha confiava nele o bastante para conversar sobre isso. Não confiava em ninguém mais da S.H.I.E.L.D., e não queria correr riscos com mais uma conexão quântica.

Não podemos arriscar perder Ivan de vista. Não agora que estamos tão perto.

Ava prestou atenção na conversa. Natasha parecia estar debatendo com Tony a melhor forma de neutralizar os oitenta e sete casos confirmados de entrelaçamento da lista de Ivan, e se eles deviam ou não alertar as cento e quinze redes de inteligência global possivelmente comprometidas por eles.

O exército de entrelaçados de Ivan.

Se a S.H.I.E.L.D. descobrir, descobrirá a gente também.

Alex e eu.

Também estamos naqueles arquivos.

Aos olhos da S.H.I.E.L.D., somos tão perigosos quanto qualquer um dos zumbis de Ivan.

Se descobrirem – se acontecer alguma coisa –, nunca mais escaparei do 7B.

Ou pior, vou ficar com eletrodos colados na cabeça para o resto da vida.

Ava não podia nem sequer pensar nisso, e suspeitava de que Natasha estava lá fora, no corredor, e não no quarto com eles, porque estava preocupada com o mesmo problema.

O que será de nós?

Deitada em silêncio, Ava escutava o coração de Alex bater. Ele não apresentara sinais de estar entrelaçado, mas não se podia descartar a hipótese ainda. Ele devia estar tão ansioso quanto ela.

– Alex? – Ava ergueu o rosto do peito dele, no escuro. – Você acha que Natasha tem razão com relação à minha mãe? Que ela estava tentando me salvar?

Ele deslizou o braço pelo ombro dela.

– Acho que sim.

Ava voltou a pousar o rosto no peito dele.

– Espero que seja verdade.

Ainda tenho medo de que não seja.

De que não consigamos sair desta confusão, nem mesmo com Natasha Romanoff do nosso lado.

De que não saibamos no que estamos nos metendo.

Alex apertou um pouco mais o braço ao redor dela.

– Não se preocupe. Tash vai descobrir como desativar a máquina de lavagem cerebral de Ivan e tudo vai voltar ao normal – disse ele. – Você vai ver.

– Tudo? – Ava pôs a mão no rosto dele. – E se eu não quiser que tudo volte ao normal? E se eu disser que gosto de como algumas coisas estão agora?

– Que coisas? – Ava conseguiu detectar o sorriso nas palavras de Alex.

Ela ergueu o rosto perto do dele e o beijou no queixo.

– Posso dar alguns exemplos.

Alex a envolveu com os braços e virou-se na cama, puxando-a para si.

Depois disso, não foi preciso mais pensar.

arquivo editar exibir

S.H.I.E.L.D. – DOCUMENTO CONFIDENCIAL

ACESSO NÍVEL X

INVESTIGAÇÃO DE MORTE EM SERVIÇO

REF: S.H.I.E.L.D. CASO 121A415

AGENTE ENCARREGADO: PHILLIP COULSON

INDICIADA: NATASHA ROMANOFF OU VIÚVA NEGRA OU NATASHA ROMANOVA

TRANSCRIÇÃO: INQUÉRITO DO DEPARTAMENTO DE DEFESA

DD: Você quer dizer que a memória da menina era manipulada?
ROMANOFF: Uma memória em particular. Sim, senhor.

DD: E que um gatilho biológico estava escondido dentro da mente da menina na forma de uma coreografia de balé?
ROMANOFF: Acredito que sim, senhor.

DD: Isso lhe soa remotamente plausível agora que já passou certo tempo?
ROMANOFF: Tão plausível quanto unicórnios, senhor.

DD: E você acreditava que essa coreografia era um tipo de código de segurança do projeto O.P.U.S.?
ROMANOFF: Eu acreditava que, se a Dra. Orlova tinha sido esperta o suficiente para elaborar o projeto, era também esperta o suficiente para derrubá-lo, senhor. E acho que ela acreditava que tinha tornado a filha forte o bastante para fazer isso.

DD: Então você levou a sua caça às bruxas da Sala Vermelha para Istambul, tudo por causa de uma história de bailarinas e fantasmas envolvendo a mamãe morta da menina?
ROMANOFF: Sim. Porque, se o entrelaçamento quântico era forte daquele jeito entre mim e Ava, eu não queria pagar para ver do que os outros noventa e nove entrelaçados seriam capazes.

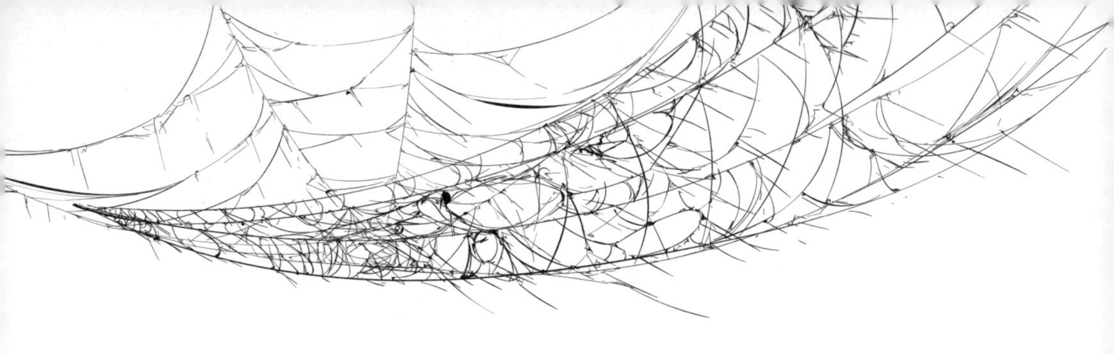

CAPÍTULO 29: ALEX

JATINHO DA S.H.I.E.L.D., SOBREVOANDO O MAR NEGRO

O voo seguia em linha reta, apenas noventa minutos no sentido sul sobre o mar Negro. Istambul já aparecia no horizonte, e Natasha estava no controle.

Depois de descobrirem que não havia trens nem ônibus que fossem de Odessa a Istambul no atual clima político, eles tiveram de recorrer a um jatinho da S.H.I.E.L.D. pilotado por Natasha. Ela o tinha largado no pátio de uma usina abandonada, em uma faixa de terra a leste de Odessa. Fora difícil encontrar um táxi para se aventurar em um local tão distante.

Alex só imaginava o que teria pensado o taxista ao ver o jatinho cruzando o céu pertinho da rodovia.

– Não era bem essa a abordagem discreta que eu tinha em mente – afirmou Natasha. – Mas, assim de prontidão, é o melhor que podemos fazer. Vou pousar em uma base fora da cidade. Vai dar certo.

Natasha estava de cara fechada, assumindo uma postura profissional. Evitava falar coisas desnecessárias desde que guardara a segunda semiautomática junto ao corpo.

– Isso tudo tem de dar certo – disse Ava, do assento do copiloto. – Não temos um plano B.

– Na verdade, temos, sim – rebateu Natasha.

– Quê? A gente não pode simplesmente ligar para a S.H.I.E.L.D. – Alex se intrometeu.

– E eu não vou voltar para o 7B – Ava repetiu com firmeza.

– Ninguém vai fazer você voltar, Ava. E também não estou me sentindo tão generosa com relação à S.H.I.E.L.D. no momento – completou Natasha. – Já que a ideia de alguém apagar a minha memória não me apetece.

– Então qual é o plano B? – Alex perguntou.

– Fazermos o que temos que fazer – disse Natasha, sem tirar os olhos da tela do radar.

Foram precisos alguns instantes para eles assimilarem as palavras. Ava franziu a testa.

– Não vamos deixar ninguém *neutralizar* oitenta e sete pessoas como eu, ou, até onde sabemos, como Alex. São oitenta e sete pessoas que nunca tiveram escolha quanto ao que Ivan fez com elas.

– Além disso, você acabou de explicar como todos os entrelaçados de Ivan estão em pontos estratégicos. Não podemos atacar Casa Branca, Pentágono, Kremlin, Parlamento Europeu, MI6, Pequim e metade da Península Arábica sem esperar alguma retaliação. Seria como uma Terceira Guerra Mundial. – Alex balançou a cabeça.

– É por isso que não é o plano A – disse Natasha, bem séria. – Mas também não podemos ficar parados esperando que um desses entrelaçados acione bombas ou desative os radares de todos os aviões com destino ao JFK ou ao LAX.

– Tem de haver outro jeito – refletiu Ava.

– Tony está monitorando as mensagens da Agência Nacional de Segurança e dos satélites Stark. Se percebermos alguma irregularidade, e parece que o exército de Ivan está começando a se mexer, aí lidaremos de acordo. – Natasha parecia tão infeliz quanto eles. – Até lá, vamos ficar focados no que temos de fazer.

Ava olhou para o pequeno disco preto na palma de sua mão. Nas últimas horas antes de partirem do Hotel Dacha Odessa, Natasha o havia reprogramado com a sequência O.P.U.S. da Dra. Orlova.

– Não temos muito mais com o que trabalhar. Só com o código do *Lago dos Cisnes* e com o laboratório de Ivan em Istambul. – Ela rolou o pendrive na palma da mão. – Tem que ser suficiente. Temos que fazer dar certo.

– Vamos, sim – disse Alex, atrás dela.

Natasha tocou no painel de controle, e um mapa acendeu na superfície. Era a imagem de satélite da cidade.

– Temos mais uma coisa, na verdade... – Luzinhas pulsantes iluminaram um círculo de cerca de dez centímetros no centro do que parecia uma rede de quarteirões movimentados. – Estamos captando um ponto de calor que se estende por um pequeno raio no centro de Istambul. Aqui.

– É o laboratório? – Alex perguntou à irmã.

Natasha fez que sim.

– Pelo visto, estamos a quilômetros das instalações de Ivan na Turquia. E, pelos números de radiação correspondentes, acho que encontramos também a fonte de energia da O.P.U.S. Ele parece estar drenando energia da rede elétrica da cidade agora mesmo.

– Onde? – perguntou Ava.

– No distrito de Sultanahmet, bem no antigo centro de Istambul. – Natasha olhou para ela. – Quer revisar de novo o passo a passo?

Ava ergueu o microdisco.

– Encontramos a máquina, localizamos a entrada em algum ponto dela, conectamos o disco, derrubamos a rede O.P.U.S.

– E?

– A transferência pode levar apenas dez segundos. O pendrive tem um cronômetro. Vai começar a marcar o tempo no instante em que for conectado por mim ao dispositivo – continuou Alex.

– Quando eu conectar, você quis dizer – corrigiu Ava.

– Não – disse o garoto. – Ninguém falou que é você quem tem de fazer isso. Só sabemos que era você que tinha o código. Pode me dar o microdisco. Eu me voluntario como tributo.

Deixe que eu faço. Vou desativar a O.P.U.S. e fugir rápido. Nada de mais.

Alex tentou pegar o pendrive. Ava resmungou, puxando-o para si.

– O código todo é baseado no meu DNA, lembra?

– Você não está pensando direito, Ava. No instante em que desativarmos a O.P.U.S., você vai perder todas as suas habilidades de entrelaçamento. Não vai mais ser uma Agente Romanoff durona em miniatura. Não vai mais saber disparar sua Glock, ou Bloch, ou seja lá o que for.

Natasha olhou para ele.

– Glock. E é em momentos como esse que não consigo acreditar que somos da mesma família.

Ava olhou feio para ele.

– Ai, meu Deus. *Muito obrigada* pelo voto de confiança, mas eu consigo fazer isso. Pare de se preocupar.

Natasha ergueu a mão enluvada.

– Ava é a nossa melhor chance de obstruir o aparelho... O código é dela. Mas precisamos aproximá-la da máquina o bastante para isso, dando cobertura enquanto ela trabalha. Nada disso vai ser fácil. Talvez nem seja possível.

Nem Ava e nem Alex disseram nada.

Natasha checou o painel de controle.

– Faltam quinze minutos. Fomos liberados para um campo de pouso fora da cidade – ela avisou.

– Quem liberou? – Alex ergueu uma sobrancelha.

– Nós mesmos – Natasha falou, indiferente. – E talvez não seja um campo de pouso... Apenas um campo mesmo.

Alex pegou a mão de Ava e a segurou, entrelaçando seus dedos aos dela. Foi naquele momento que decidiu que nunca mais ia querer soltá-la.

arquivo editar exibir

S.H.I.E.L.D. – DOCUMENTO CONFIDENCIAL
ACESSO NÍVEL X

INVESTIGAÇÃO DE MORTE EM SERVIÇO
REF: S.H.I.E.L.D. CASO 121A415
AGENTE ENCARREGADO: PHILLIP COULSON
INDICIADA: NATASHA ROMANOFF OU VIÚVA NEGRA
OU NATASHA ROMANOVA
TRANSCRIÇÃO: INQUÉRITO DO DEPARTAMENTO DE DEFESA

DD: Então você escalou ninguém menos do que dois menores de idade para uma missão extraoficial de alto risco, em um país no qual não temos autorização para executar trabalho de campo?
ROMANOFF: Mais ou menos isso, senhor.

DD: E com base em que você achou que iria dar certo?
ROMANOFF: Com base no fato de que esse é meu trabalho. E de que Ivan Somodorov era minha responsabilidade oito anos atrás. Eu tinha de impedi-lo de pôr as mãos em Ava Orlova, da mesma maneira que ele fez comigo e com a mãe dela. Mas fracassei. Porque, em se tratando de Ivan Somodorov, não havia nada a fazer para salvar ninguém, mas juro que tinha de tentar.

DD: Em algum momento parou para pensar que poderia haver outras maneiras de abordar essa missão, Agente?
ROMANOFF: Não, senhor.

DD: Por quê?
ROMANOFF: Acho que porque sou uma Romanoff, senhor.

DD: E agora você terá de conviver com isso.
ROMANOFF: Temos que conviver com muitas coisas, senhor. Faz parte de ser uma Romanoff.

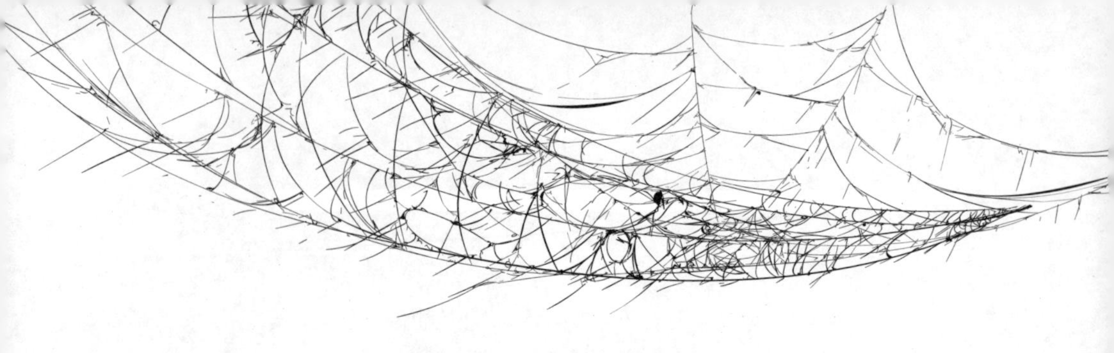

CAPÍTULO 30: NATASHA

RUAS DE SULTANAHMET, ISTAMBUL, TURQUIA

Não foi difícil localizar o laboratório de Ivan. Levaram mais tempo para encontrar uma forma de ir da fazenda fantasma onde esconderam o avião até o centro de Istambul. Vinte minutos depois de saltarem da traseira de um caminhão empoeirado, Natasha conseguiu localizar Ivan, graças à rede sem fio russa. Eram quase sessenta e oito milhões os usuários da rede MegaFon, mas poucos deles estavam na zona antiga de Istambul, onde ficava o laboratório de Ivan. A combinação de sinais ucranianos e russos em um local subterrâneo praticamente apontava "estamos aqui".

Natasha agora liderava o caminho por um mercado abarrotado.

– Achamos que Ivan está trabalhando em Sultanahmet, certo? – perguntou Alex, apontando para uma placa de rua. – Estamos aqui.

– Deve ser a palavra em turco para a parte da cidade que mais tem turistas, mais mesquitas e mais homens – disse Ava, analisando a multidão.

– É a cidade antiga. Ivan voltou a se esconder à plena vista – falou Natasha. – É meio brilhante, na verdade. Cada centímetro deste lugar é sagrado. Nenhum governo do mundo poderia tocar em nenhum desses prédios, mesmo que Ivan Somodorov e todo o exército dele estivessem lá dentro. Não sem causar um caos internacional. – Ela estava impressionada.

– Ótimo. Então ele é um gênio. Cinquenta pontos para o Ivan – Alex lamentou.

Natasha tentou tirar da cabeça o que estava prestes a acontecer. O que ela teria de fazer.

Sabia que, no fim das contas, ela é que teria de puxar o gatilho. Era sempre ela, não era?

Mantenha o foco, Romanoff. A missão é o mais importante.

Foco na missão.

Natasha não dissera a eles o quão impossível seria fazer o que precisavam fazer. Também não tinha mencionado o quão grave era a situação, considerando as informações que Stark passara para ela. Os entrelaçados estavam escondidos em famílias ligadas ao Pentágono e à CIA. Em Nova York, eles eram agentes invisíveis em meio a estagiários, vizinhos, passeadores de cães, jardineiros e filhos de diplomata trabalhando na Organização das Nações Unidas. Os primeiros a caírem seriam os alvos americanos.

Filhos de membros veteranos do Kremlin também estavam entrelaçados. O Serviço de Segurança Federal de Moscou tinha mais de duzentos e cinquenta mil funcionários, pelos cálculos de Natasha. Quem notaria um comportamento irregular por parte de um único agente com a família comprometida?

Estudantes de Islamabad foram sinalizados. O ISI do Paquistão podia ser comprometido meses antes de a S.H.I.E.L.D. sequer se dar conta.

E aqueles que foram encontrados trabalhando do lado de fora do MI6? Em pleno centro de Londres? Podia resultar em catástrofe.

Ou o filho do ministro indiano responsável pelo Departamento de Pesquisa e Análise? Ele estava próximo o suficiente de assuntos importantes para Ivan considerá-lo estrategicamente útil.

E, claro, os analistas estudantes localizados em Berlim. O BND sabia de coisas demais sobre o antigo mundo soviético para que Ivan o deixasse de fora. A S.H.I.E.L.D. estava trabalhando noite e dia para montar um relatório, mas Ivan já estava alguns passos na frente.

Natasha sacudiu a cabeça.

Seria um tumulto danado – disso ela tinha consciência.

Se não conseguissem encontrar a O.P.U.S. antes que Ivan ativasse os entrelaçados, a situação já não estaria mais nas mãos de Natasha, de Tony ou dos meninos.

A S.H.I.E.L.D. tiraria todos de campo antes que pudessem ser controlados.

O que inclui Ava Orlova.

E o meu irmão.

Então, foco.

Ela olhou para os dois.

São apenas crianças.

Ela avistou torres erguendo-se adiante. A Santa Sofia, à esquerda, era da cor da geleia de pétalas de rosa que os vendedores ofereciam em suas barracas. Um conjunto complexo de formas cúbicas, afiadas e arredondadas. A Mesquita Azul, à direita, competia sob o Sol em tamanho e importância. O dourado cintilante refletia nos pináculos, e hordas de pessoas cruzavam os caminhos sob as arcadas até o pátio.

– Estão vendo? Aquela é a Mesquita Azul. O ponto mais sagrado de todo o distrito Sultanahmet. – Natasha indicou com a cabeça.

Ava levantou o rosto ao ouvir o nome conhecido.

– Onde? Não estou vendo... Na direção daqueles pássaros ali?

Que pássaros?

Natasha não apontou e prosseguiu sem dar pistas sobre aonde estava indo. A primeira lição de Ivan – nunca siga na direção que você pareça estar seguindo – era mais difícil de esquecer do que ela gostaria de admitir.

– E, do outro lado da rua, a Santa Sofia, que foi, basicamente, o edifício que causou as Cruzadas – Natasha disse, com os olhos ainda para cima.

Lá estão eles.

Os pássaros.

Um bando deles, pequeninos como andorinhas, nada mais do que pontinhos cinzentos sobrevoando as ruas de paralelepípedo, flutuando de loja em loja.

– Então é tipo a Helena de Troia das igrejas? – Alex olhou para o edifício, interessado.

É um padrão. Estão repetindo um padrão.

Pássaros não voam assim.

Ava observou a esquina apinhada de gente.

– Acho que chegamos um pouco atrasados para as Cruzadas, mas parece que todo mundo ainda está se matando para chegar naquele quarteirão ali. Será que devíamos mesmo ir para lá?

Aqueles não são pássaros.

Não caminhem. Corram...

Ela empurrou os garotos de lado para que mudassem de direção.

São os drones de Ivan.

Natasha foi furando as ruas de cabeça baixa, deixando apenas os olhos espiarem ao redor. Ava e Alex a seguiram.

– Por aqui.

Eles derraparam por uma esquina, tropeçando em uma porção de pessoas. Um grupo de mulheres cobertas dos pés à cabeça. Natasha olhou por cima do ombro.

Pelo menos seis objetos pequenos ainda os estavam seguindo, a uma altura de cerca de trinta metros. Prestando bem atenção, ela conseguia ouvir o ruído discreto de seus motores, mesmo lá de baixo. Mesmo com o barulho de seus passos firmes.

Eles tinham de sair da rua.

– Por aqui – Natasha sussurrou.

Ava e Alex seguiram atrás dela pela calçada, empurrando montes de vendedores e passando pelas mesinhas de lojas e cafés. A rua estava tão lotada que parecia um shopping a céu aberto.

A poeira levantava conforme eles passavam.

– Que tal um livro?

– Inglês? Alemão? Italiano?

– Eu me lembro de vocês.

Natasha mergulhou atrás de uma tenda de tecidos, e uma arara com bolsas coloridas e bordadas voou pelos ares.

Alex saltou sobre uma pilha de lenços e chinelos femininos. Ava atropelou um senhor com uma bandeja de nozes e se enfiou sob as sombras, atrás de Alex.

Eles recuperaram o fôlego enquanto Natasha sacava um pequeno binóculo de sua jaqueta.

– O que são aquelas coisas? – perguntou Alex.

Natasha levou as lentes aos olhos.

– Drones. Coisinhas insuportáveis. São capazes de atirar tão forte a ponto de nos paralisar. Quando não estão se movendo tanto, dá para ver o laser saindo de baixo deles.

Os aparelhinhos voadores estavam pairando acima de suas cabeças.

– Drones de Ivan? – Ava os observou girando sobre a rua.

– Microdrones, na verdade. E, sim, do Ivan – confirmou Natasha.

– Então são armas? – Alex olhou, assustado.

– E câmeras. Programadas para nos encontrar e nos deter. – Natasha guardou o binóculo. – Ao que parece, encontramos o laboratório de Ivan. Os drones indicam que estamos perto.

– Mas como passamos por eles? – Ava virou para Natasha.

Boa pergunta.

Ela raciocinou em voz alta.

– Eles nos seguiram enquanto corríamos, o que significa que ou nos localizaram aleatoriamente ou estão, de alguma forma, conectados à O.P.U.S. e captaram uma de nós duas como entrelaçadas quânticas.

– Que ótimo – suspirou Alex. – E agora?

Natasha observou a rua ao redor deles.

Paralelepípedos e um El Torito. Prédios de mil anos e um McDonald's. Estavam presos entre a antiga mesquita e uma Starbucks. Uma tremenda confusão de tempo e espaço.

Assim como eu, ela pensou. *E Ivan, meu irmão e Ava.*

O que é que nós estamos fazendo aqui, afinal?

Será que escolhi isso? Já não me lembro mais.

Como tudo começou. O que eu queria. Quem eu era.

Antes de Ivan Somodorov e suas cicatrizes.

Ela se virou para verificar o outro lado, onde uma praça cheia de pessoas se abria, linda e antiga. Havia bancos e árvores por todo lado, e os turistas se sentavam sobre e sob eles, mesmo no sol de inverno.

Foco na missão. Como se livrar dos drones de Ivan sem fazer disparar os seus alarmes?

Em todas as direções, havia vida. Um homem estava tentando vender seu romance turco em uma tenda. Ao lado dele, um caixa eletrônico. Dois gatos observavam tudo de cima de uma grade branca. Um carro de polícia estacionava próximo dali.

Não havia muito o que usar daquele lado.

Um senhor cruzou a rua vendendo nozes pela metade do preço.

Logo atrás dele, uma fileira de barracas vendia fatias de melancia, castanhas torradas e milho verde.

E aí? Atiramos castanhas neles?

No fim da fileira, outro homem embrulhou algo que parecia ser um *pretzel* e o entregou a um policial sobre uma moto estacionada.

É a hora de almoço da polícia.

A solução veio à sua mente antes que Natasha pudesse desviar o olhar.

– Me deem três minutos, depois prossigam.

Ela permaneceu de cabeça baixa e seguiu pela calçada em direção às barracas de comida.

Olhou para trás. Os drones ainda estavam pairando sobre o quarteirão.

É a O.P.U.S.

Não estão vigiando a mim.

Estão atrás de Alex e Ava.

Antes mesmo de chegar à primeira barraca, ela já arregaçara as mangas e ativara seu bracelete de Viúva.

– Você pode experimentar – disse o homem, segurando uma espiga de milho.

Mas o bracelete dela faiscou, fazendo explodir toda a barraca dele.

Natasha foi abrindo caminho na multidão.

O policial deixou cair o *pretzel* que estava comendo – e a barraca de castanhas torradas foi a próxima a despencar.

Depois, a barraca de *pretzel*. Por fim, a de livros.

A multidão pôs-se a correr. A fumaça preta subia pelos ares enquanto as sirenes de polícia começavam a ser ouvidas.

Era impossível avistar os drones agora – e impossível para os drones localizá-los.

Oito segundos depois, Alex e Ava apareceram ao lado de Natasha. Sem falar nada, os três escaparam em meio ao caos que tomou a rua.

* * *

O aroma de castanhas queimadas, assim como o de borracha queimada, ainda preenchia o ar quando eles viraram em uma rua movimentada, alguns quarteirões adiante. Sirenes de polícia ecoavam à distância.

– É aqui – Natasha disse, deixando a pistola deslizar para a palma de sua mão.

– Como você sabe? – perguntou Alex, olhando para ela.

– Não é a minha primeira vez fazendo isso – ela não sorriu. Ela quis sorrir, mas não conseguiu.

Havia uma rampa em frente a eles conduzindo a uma passagem larga e escura.

Natasha hesitou, mas foi Alex quem falou primeiro:

– Se algo acontecer...

– Não – Natasha disse. – Nunca pense assim.

– Só quero que saiba que fiquei feliz por nos encontrarmos. Quero dizer, por nos encontrarmos de novo, agora. Estou feliz que tenha me encontrado, Tash.

– Tecnicamente – Natasha disse, fazendo graça –, foi você que me encontrou.

– Tecnicamente – Ava acrescentou –, fui eu que encontrei vocês dois.

Ficaram em silêncio.

Os pensamentos de Natasha estavam fervilhando em sua cabeça, mas ela não parecia conseguir organizá-los. Agora que chegara a hora, ela estava exausta demais para se expressar. Se fosse honesta consigo mesma, admitiria que estava com medo demais para se expressar.

Mas quero que você saiba, ela pensou, olhando o irmão de relance. *Tudo.*

Ela encarou as próprias botas.

Tentou pensar sobre o que dizer a ele, caso conseguisse. Caso fosse o tipo de pessoa capaz de fazer declarações.

Que você é importante.

Que você sempre foi importante.

Que eu nunca quis abandoná-lo.

Que tenho orgulho de você, como se eu tivesse contribuído para você se tornar o que é hoje.

Que eu sempre me importei com você, mesmo quando o perdi.

Que uma parte de mim nunca pararia até encontrá-lo – e que uma parte de você também estava à espera.

Está tudo nos seus olhos, ela pensou.

Tudo.

Os nossos pais e o nosso passado.

O começo e o fim.

Ela respirou fundo, olhando para a porta na frente deles. Concentrou-se na pintura descascada, nas lascas de madeira caindo do batente.

Espero que você ame essa menina e que ela o faça feliz. Espero que me deixe partir, agora mesmo, mas que saiba que nunca o abandonarei.

Ela olhou para o rosto do irmão e percebeu que os olhos dele estavam marejados e, naquele momento, percebeu que Alex também a amava.

– Você tem os olhos dos Romanoff – ela disse, finalmente.

Era só o que conseguia dizer. Alex concordou com a cabeça. Ele tentou abraçá-la, mas Natasha se afastou.

Já chega.

Somos os Romanoff.

Como os Kalashnikov, só que mais durões.

Mas seu irmão ficou ali, esperando, até que, por fim, relutantemente, ela o puxou para o abraço mais rápido da história, apenas longo o bastante para dar dois tapinhas nas costas dele.

– *Yal yublyu tebya, Sestrenka.* – "Eu te amo, maninha."

Natasha assentiu, uma expressão dolorosa em seu rosto.

– Agora será que podemos começar logo essa briga?

Os três entraram sem dizer mais nenhuma palavra. Foi só quando Natasha virou uma esquina que viu de relance seu irmão e Ava trocando um beijo silencioso de adeus.

arquivo editar exibir

S.H.I.E.L.D. – DOCUMENTO CONFIDENCIAL
ACESSO NÍVEL X
INVESTIGAÇÃO DE MORTE EM SERVIÇO
REF: S.H.I.E.L.D. CASO 121A415
AGENTE ENCARREGADO: PHILLIP COULSON
INDICIADA: NATASHA ROMANOFF OU VIÚVA NEGRA
OU NATASHA ROMANOVA
TRANSCRIÇÃO: INQUÉRITO DO DEPARTAMENTO DE DEFESA

DD: Você sabe que o governo turco não está muito contente conosco.
ROMANOFF: Não tínhamos escolha. Sem a Dra. Orlova, Ivan Somodorov não conseguiria construir outra O.P.U.S. Sabíamos que essa seria a grande oportunidade de dar um golpe fatal.

DD: Você queria acabar de vez com o entrelaçamento quântico? Não havia parte alguma em você que estava curiosa para ver como essa tecnologia poderia progredir? Em solo americano, sob a segurança e o zelo do nosso governo?
ROMANOFF: Porque temos um histórico muito admirável nesse departamento? Há progressos que não são progresso nenhum, senhor. Alguns progressos provocam tanto danos quanto benefícios.

DD: Os seus famosos unicórnios? Raios-vita e radiação gama?
ROMANOFF: Exatamente, senhor.

DD: Não ficou nem um pouquinho tentada, Agente Romanoff?
ROMANOFF: Se me dissessem que eu poderia voltar no tempo e reverter tudo o que aconteceu em Odessa, aí sim poderia ser tentador.

DD: Mas isso você não pode fazer, certo?
ROMANOFF: Não há como voltar atrás, senhor. Nem para mim.

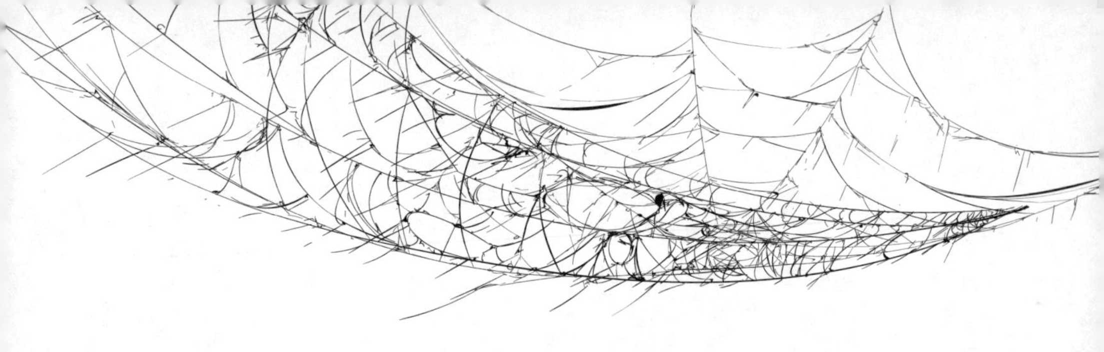

CAPÍTULO 31: AVA

INSTALAÇÕES DE SOMODOROV, CISTERNA DA BASÍLICA, ISTAMBUL

Chegaram ao subsolo por uma rampa íngreme.

Quando os olhos de Ava se ajustaram à escuridão, ela mal pôde acreditar no que apareceu à sua frente. Aquele lugar não parecia com nada que ela já vira na Terra. Fileiras de colunas iluminadas espalhavam-se na vastidão do breu, e tudo isso ficava ali, oculto, sob a movimentação da cidade antiga. Algumas pilastras eram mais grossas que outras, iluminadas por uma estranha luz avermelhada.

Estavam na cisterna. Não em uma cisterna qualquer, mas na Cisterna da Basílica, conhecida pelos turcos como o "palácio subaquático" – ao menos de acordo com uma placa na parede. Era um monumento histórico, dizia o parágrafo inscrito. A única fonte de água fresca em Constantinopla, apesar de a cidade ser cercada por água, era um pequeno rio chamado Lycus. Por ser insuficiente em suprir as necessidades da cidade inteira, que não parava de crescer, os turcos tiveram de construir um aqueduto para o abastecimento de água, distribuindo-a em vários tanques a céu aberto. Isso eram as cisternas.

Era o que a explicação na parede dizia. Mas as palavras não faziam jus ao que Ava estava vendo. Uma imensa caverna subterrânea, talvez do tamanho de um campo de futebol, pouco iluminada.

Luz suficiente apenas para contar os guardas, ela pensou.

Ava foi contando enquanto avaliava a dimensão do espaço. O lugar estava fortemente vigiado e armado, mas não de maneira a impossibilitar a entrada. A quantidade de guardas era compatível com a de um monumento, não com a de uma base militar.

Deve haver mais deles.

A caverna era dividida em áreas menores por uma série de passarelas de madeira que cruzavam o espaço, suspensas sobre o reservatório de água que enchia o solo rochoso. Alguns turistas estavam atravessando as passarelas.

Turistas. Que maravilha. Vou ter que me lembrar disso.

Entre as passarelas, fileiras de enormes colunas erguiam-se em intervalos constantes e pareciam sustentar o teto entalhado. Os mastros e as vigas eram irregulares e tinham uma aparência absurdamente luxuosa, como se pertencessem a um antigo edifício em um passado glorioso.

Bem diferente da época atual.

Ava estava maravilhada.

O meu pai vinha trabalhar aqui todo dia? Será mesmo que é aqui que Ivan mantém um laboratório? Em um lugar tão lindo e pacífico?

Natasha ergueu o punho. Uma luz piscava nele, e ela puxou a manga da jaqueta preta para encobri-la, aproximando-se de Ava e Alex.

Sussurrou baixinho:

– Procurem a entrada das instalações.

– Como pode haver um laboratório aqui? – Ava respondeu.

– As cisternas devem ser só um jeito de chegar ao subterrâneo sem ser notado. Pensem nelas como um gigante saguão de entrada. Provavelmente não veremos nada parecido com um laboratório até chegarmos no perímetro, mas ele está aqui, em algum lugar. Escondido à plena vista, certo? É só achar a porta.

Natasha avançou pelas sombras.

– E quanto a Ivan? – questionou Alex, olhando para a irmã.

– Deixe-o comigo.

– O que *não* vamos deixar para você?

– O alto astral? Não é o meu forte. – Natasha quase sorriu. – E podem me dar cobertura. Por isso estão armados. Mas é só por isso. Se tiver um coração batendo, ele é assunto meu. Entendido? – Ela pegou Ava pelo braço. – Ava?

– Entendido.

– Não faça nada. Você é você, e não eu. Pode achar que é, mas não é. Você não sabe o que vai acontecer lá dentro, mesmo que pense que saiba.

– Eu tenho as suas memórias – Ava rebateu. – Eu sei como vai ser.

– Mas você não tem o meu estômago. Não para isso.

Ava não respondeu.

– Estou falando sério. – Natasha apertou ainda mais o braço dela.

Ava o puxou de volta.

– Eu entendi.

– Você que é a profissional, Tash – disse Alex.

Natasha olhou o irmão nos olhos.

– Isso mesmo. Eu sou. Então nada de ataques de heroísmo. Da parte de ninguém.

– Me coloque lá dentro – disse Ava. – Aí resolvo aquela coisa do microdisco, depois fugimos daqui. – Ela estava olhando para todos os lados, procurando por algum sinal de luz que indicasse outra entrada. – O mais rápido possível. Estou me sentindo em uma sepultura, assim tão debaixo da terra.

Então não faça bobagens. É para isso que eu estou aqui.

Ava tentou não pensar no que estava prestes a acontecer. Se Natasha estivesse certa, então basicamente cada neurônio do seu corpo seria revirado. Com sorte, reviraria também os neurônios de cem outros entrelaçados, onde quer que eles estivessem no mundo. Inclusive Alex, possivelmente. Ele não demonstrara ainda nenhum sinal, mas isso não significava que não fizesse parte do programa.

Ava tentou retomar o foco na conversa.

Alex falou baixinho:

– Tenho certeza de que entramos pela porta dos fundos, a que usam para visitantes, o que provavelmente é uma vantagem para o disfarce deles. A gente podia partir dali e ir até o outro lado.

– Afirmativo. – Natasha apontou para os fundos da caverna com a cabeça. – Venham comigo, vocês dois.

Ava e Alex seguiram Natasha Romanoff para fora da luz, mergulhando naquela escuridão histórica.

Na história de Ivan Somodorov.

Ava balançou a cabeça.

Ótima escolha, Ivan. O lugar é realmente perfeito para um tiroteio. E, melhor ainda, está escondido debaixo de uma área urbana muito populosa – com uma massiva rede de energia elétrica. Não é de se estranhar que você tenha montado acampamento aqui.

Enquanto assimilava o ambiente, seu cérebro entrelaçado funcionava com agilidade.

Perfeito para snipers. *Dá para atirar de qualquer canto ou rachadura escondida. Boa cobertura, mas de fácil penetração. A cisterna, porém, está cheia d'água. Precisamos saber a profundidade e a amplitude...*

– Ava – chamou Natasha.

A menina olhou, assustada.

– Passarela.

Era hora de agir.

Eles pegaram a passarela mais próxima, permanecendo no lado mais escuro. Um após o outro, correram feito ratos na escuridão, passando de coluna em coluna, costurando seu caminho pelo labirinto de madeira.

Sobre as águas iluminadas e ondulantes da cisterna, uma passarela se conectava à outra. A luz que refletia na superfície era linda, hipnótica e também capaz de distraí-los. Ava evitou olhar. Optou por manter os olhos nas paredes mais à frente.

Procurem a entrada das instalações.

As cisternas devem ser só um jeito de chegar ao subterrâneo sem ser notado.

Pensem nelas como um gigante saguão de entrada.

Fora isso que Natasha dissera.

Ava foi saltando de uma passarela à outra, escondendo-se atrás de uma coluna no instante em que um grupo de guardas se aproximava. Eles estavam concentrados em uma conversa.

Alex gesticulou para Ava, que congelou atrás dele.

Der'mo.

Ava olhou para trás e viu mais dois guardas.

Estão fazendo a troca de turno.

À frente, tudo que ela via era o cano das armas, brilhando ao refletir a luz.

As possibilidades de tráfego em uma passarela não são muitas. Sobretudo quando esse tráfego está armado com pistolas automáticas. E usando mais Kevlar do que um esgrimista.

Não são guardas.

São soldados.

Os mercenários russos de Ivan.

Natasha acenou e, sem espirrar a água gelada e escura, mergulhou. Alex a seguiu, depois Ava.

O frio penetrou por suas roupas. Ela usou uma coluna para ganhar impulso e, debaixo d'água, foi nadando até a coluna seguinte, e depois até mais outra – até ficar bem longe das armas.

Lenta e silenciosamente, ela apareceu na superfície, perto da parede da caverna. Somente seus olhos emergiram da água avermelhada, e apenas para checar o que estava ao seu redor.

A cabeça de Natasha e a de Alex apareceram sobre a superfície, próximas à dela.

Espaço livre.

Ava acreditava que eles poderiam usar as sombras pesadas daquela parte da caverna como cobertura.

Ava seguiu os outros até a beirada cheia de farpas da passarela. Era preciso apertar bem os dentes para evitar que batessem. Seus olhos estavam ardendo.

Chegaram, então, à seção mais escura da caverna, a mais distante da entrada. Ava tentou calcular a distância que cruzara: havia vinte e oito fileiras de doze colunas em cada cisterna, e ela já tinha passado por vinte e duas delas.

Elaborou a matemática estratégica.

Se o laboratório de Ivan é ligado a este espaço, a entrada só pode estar perto. Uma entrada de serviço, talvez, ou um ponto de controle fechado. Nada fora do comum, mas inacessível.

Ali.

* * *

Lá estava, a menos de vinte metros de distância.

Uma fita amarela separava uma única passarela em frente a uma porta de ferro.

A porta do laboratório. Com certeza é aquela.

Ava suspeitou de que a placa na porta dizia "acesso restrito".

A madeira sob seus pés começou a vibrar, e ela nem teve que olhar para saber que havia soldados subindo pela passarela atrás dela.

Natasha passou por ela de raspão, indo em direção à porta. Já estava empunhando uma faca.

Ela arrombou a antiga trava antes mesmo de parar para pensar. O metal cedeu na quarta tentativa.

Fácil demais.

Ivan praticamente deixara a porta aberta para eles.

Como sempre, ele estaria esperando.

Os três se entreolharam em uma última comunicação silenciosa. Ava sabia que estavam todos pensando a mesma coisa.

Faça como quiser, Ivan.

Vamos em frente.

* * *

Assim que abriu a porta, Natasha notou que ela não era a única coisa que havia mudado desde Odessa.

Ivan agora possuía tecnologia de ponta. O lugar não tinha nada a ver com o antigo armazém nas docas decadentes da Ucrânia. Era, isso sim, uma imensa instalação científica de última geração, do tamanho de um hangar de aviões – que era exatamente com o que se parecia. Uma base subterrânea de pesquisa militar, dedicada a uma única coisa. Coisa esta que se encontrava cuidadosamente elevada sobre uma plataforma de aço, no centro do recinto.

A O.P.U.S., em todo o seu esplendor.

Atiradores cercavam a base da plataforma, que, embora tivesse poucos metros de altura, estendia-se por cerca de dez metros.

Mercenários.

De novo.

Agora que havia luz suficiente para de fato vê-los, ela notou que estavam todos de preto, usando camisas polo de manga curta, coletes à prova de balas e calças militares enfiadas em botas pretas da polícia de Istambul.

Os rostos estavam mascarados.

Estão trajados como a polícia de choque.

Isso explica o armamento pesado e a proteção de corpo.

Enquanto os três se escondiam atrás de uma pilha de engradados em um canto da parede rochosa, Natasha foi contando o número de armas. Havia armas demais para contar.

Ela estreitou os olhos.

De onde estava, podia ver mais do que apenas os mercenários. Podia ver tudo – e algo em particular.

Ivan Somodorov.

Ela o observou sair de trás da O.P.U.S., no alto do andaime onde ficava a máquina, bem no centro do ambiente.

O fantasma de seu passado não era mais um fantasma agora.

O velho russo sorriu de lá de cima.

– Natashka? Sei que está aí. Eu disse que você viria, e você não me decepcionou. Você nunca decepciona, não é, *ptenets*?

A cabeça calva dele brilhava sob as lâmpadas fosforescentes penduradas no teto da caverna. Essa era a única parte do corpo dele que não estava escondida pelo casaco largo de *nylon* preto. Natasha desviou o olhar do rosto de Ivan, mas não conseguiu evitar o traçado grosso das tatuagens que dividiam o pescoço dele. Ela não precisava enxergar o desenho para saber o que estava escrito.

Sem homem, sem problema.

Era assim que Stalin se justificava ao dar chá de sumiço em todos os seus inimigos políticos – e Ivan também.

Natasha sentiu um nó se formar em seu estômago.

Ivan olhou para o relógio, balançando a cabeça.

– Receio que vamos ter de apressar as coisas. Temos uma agenda apertada. Doze minutos, na verdade. Não podemos deixar as crianças esperando.

Natasha não disse nada.

Alex e Ava olharam para ela.

– Venha aqui ver seu velho amigo, meu passarinho – Ivan gritou de novo, fazendo ecoar a sua voz e o seu sotaque pesado por todo o ambiente.

Mas Natasha Romanoff já não tinha paciência para os joguinhos de Ivan, o Estranho.

Tivera de jogar com ele a vida inteira. Era preciso acabar com aquilo, mas sem que isso significasse uma bala nas costas do seu irmão mais novo. Não valia a pena arriscar a vida dele e a de Ava.

Natasha sabia que, se fosse necessário, sacrificaria a própria vida por eles. Sempre soubera disso, essa nem era uma questão.

A única questão que restava era por quê.

Primeiramente, seria pelo dever. Uma noção de responsabilidade ou lealdade. A natureza do trabalho que ela tanto amava e que tão bem executava. O bem maior, para a maioria das pessoas.

Era uma antiga lição russa, e ela havia aprendido muito bem.

Agora, porém, tudo mudara.

Agora ela estava aprendendo outra coisa. Algo que estava apenas começando a entender. Algo diferente de tudo o que já havia sentido em muito, muito tempo.

Amor.

Natasha não estava com medo.

Estava determinada.

Só tinha de distrair Ivan por tempo suficiente para que Ava pudesse fazer o que viera fazer.

Alex olhou para ela.

– Tash? O que você vai...

Natasha deu um passo à frente.

Ava a segurou pelo braço.

– Não faça isso.

Mas Natasha passou por eles e dirigiu-se ao centro do ambiente.

arquivo editar exibir

S.H.I.E.L.D. – DOCUMENTO CONFIDENCIAL

ACESSO NÍVEL X

INVESTIGAÇÃO DE MORTE EM SERVIÇO

REF: S.H.I.E.L.D. CASO 121A415

AGENTE ENCARREGADO: PHILLIP COULSON

INDICIADA: NATASHA ROMANOFF OU VIÚVA NEGRA OU NATASHA ROMANOVA

TRANSCRIÇÃO: INQUÉRITO DO DEPARTAMENTO DE DEFESA

DD: O que ele queria realmente de você? Ivan Somodorov. Porque posso pensar em modos muito mais simples de se eliminar um alvo do que o atrair para uma antiga cisterna de Istambul.
ROMANOFF: Existe um antigo provérbio do Gulag que diz: "Se você quiser punir três irmãos, faça o primeiro matar o segundo na frente do terceiro."

DD: E era nessa situação em que você se encontrava? Você era um dos três irmãos do Gulag?
ROMANOFF: É só um antigo provérbio, senhor.

DD: Conheço outro antigo provérbio do Gulag.
ROMANOFF: Qual é?

DD: Não vá ao Gulag.
ROMANOFF: Não tive escolha. Ninguém ali teve.

DD: Acho que você está em negação. Acho que você queria ir. Acho que você quis procurar Ivan Somodorov, quis ir até ele. Os outros também. Você levou a cruzada até Odessa, e depois até Istambul.
ROMANOFF: Assim como ele a trouxe aos Estados Unidos, antes disso. Assim como ele roubou uma criança da mãe.

DD: Então a questão que de fato importa é: o que você queria dele?
ROMANOFF: Não acho que essa seja uma questão, senhor.

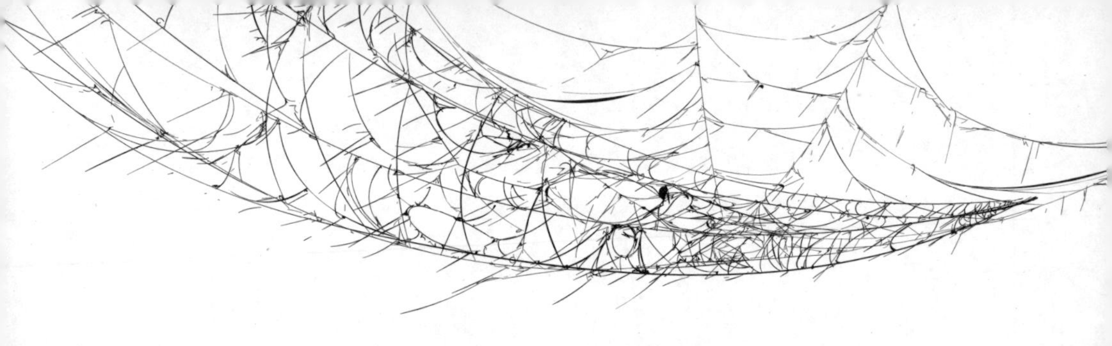

CAPÍTULO 32: NATASHA

INSTALAÇÕES DE SOMODOROV, CISTERNA DA BASÍLICA, ISTAMBUL

– Ivan – Natasha falou em tom baixo e ameaçador. – Não precisamos envolvê-los. São só crianças. – Ela foi movendo a mão lentamente, até mirar a arma na cabeça dele. – Isso é entre você e eu.

Os soldados encapuzados apontaram as armas para ela. Natasha podia sentir os *snipers* assumindo seus postos ao redor do perímetro.

São muitos contra mim, pelo menos dez.

Mas já passei por isso antes.

Ivan deu de ombros.

– Não estrague tudo, Natashka. Tenho esperado por este dia há muito tempo. Assim como meus jovens amigos ao redor do mundo. – Ele deu um sorrisinho. – Podem não estar sabendo de nada ainda, mas logo saberão.

– Está falando do seu exército de menores de idade? Os Quânticos?

– Gostei. Acho que vou chamá-los assim também – Ivan confirmou.

– Sabe essa história toda de entrelaçamento quântico? Não vai acontecer. Vou garantir que não aconteça – disse ela. – Sabemos o que você está fazendo. Você não vai escapar ileso.

Ivan sorriu.

– Acho que você não entendeu. Eu já escapei. Olhe ao seu redor. Estamos todos juntos. Quem você acha que está lutando ao meu lado neste momento?

Estão aqui. Os Entrelaçados. Esses soldados encapuzados.

Ivan tem mais de cem.

Mais do que imaginamos.

São os atiradores mercenários dele.

Seu exército.

E não devem ser mais velhos do que meu irmão.

Natasha expressou sua repulsa:

– Você é um doente. Eles mal têm idade para lutar.

Ivan não se comoveu.

– Pelo que me lembro, na idade deles, você já sabia manusear uma Glock – disse, sorrindo. – Sou o pai desse exército, Natashka. Assim como fui um pai para você.

– Você nunca foi um pai para ninguém, Ivan.

– Claro que fui. E o meu mais bem-sucedido par quântico, as minhas meninas. Minhas *ptenets*, há muito perdidas, minhas chaves para o futuro. Pense nisso como uma reuniãozinha familiar, só que essa reunião vai mudar o mundo.

– Não, obrigada – respondeu Ava. – Não tenho interesse.

As luzes piscaram em todo o teto da caverna.

Uma sobrecarga de energia.

Já está acontecendo, Natasha pensou.

– Aqui vamos nós... – Ivan olhou para o alto. – Tivemos de fazer um gato para roubar boa parte da energia da cidade. Cruze os dedos e torça para que não acabemos com uma nova Chernobyl. Daquela vez, eu bem que disse a Moscou que nós não estávamos prontos ainda. Mas também não contei com a ajuda de vocês, minhas *Devushki*.

– Nossa ajuda? Jamais e em momento algum ajudaremos você – disse Ava.

Natasha olhou sobre o ombro para Ava e Alex.

– Como treinamos, crianças. Você, para a esquerda. Você, para a direita.

Tornou a olhar para Ivan.

– Desculpe. Acho que vamos recusar.

– A vida é uma série de decepções – afirmou Ivan, dando de ombros.

Natasha devolveu o gesto – e então atacou.

Alex foi pela esquerda. Ava foi pela direita.

Ava avançou contra o soldado mais próximo dela – que tombou atirando enquanto ela rolava para longe.

Alex tirou a arma do soldado mais próximo e o golpeou com ela. O homem caiu feito pedra.

Natasha foi para cima dos soldados que restavam entre ela e a plataforma da O.P.U.S. Primeiro, caiu em pé sobre dois deles. Depois, enquanto muitas balas passavam pelos dois lados de sua cabeça, saltou a tempo de dar uma rasteira em dois brutamontes que estavam na base da escadaria que levava à plataforma.

Eu sou a distração. Ava e Alex vão se sair bem. Vão me usar como cobertura e passar pelos soldados. Essa é a jogada. Foi assim que treinamos.

Ela realizou o máximo de disparos possíveis, aproximando-se cada vez mais do dispositivo de aço reluzente sobre a plataforma.

Agora ela conseguia ver como a máquina estava conectada a uma imensa rede de cabos de energia, assim como estivera oito anos atrás, no armazém em Odessa. Ainda tinha a aparência esdrúxula de um monstro marinho, como um polvo gigante com um tentáculo sobre cada navio ao redor dele.

Só que essa máquina O.P.U.S. era dez vezes maior do que a de Odessa – e parecia conectada a uma energia dez vezes mais forte. O raio de explosão atingiria metade da cidade na superfície.

Sem desespero, Romanoff.

Ela já tinha chegado tão perto que agora podia ver o cronômetro na superfície do dispositivo. Não tinham muito tempo.

Dez minutos para acabar com a festa.

Mas Natasha não podia fazer nada sem Ava e o microdisco.

Um disparo de *sniper* perfurou o ar ao lado de Natasha, que se esquivou, agachando no chão.

Em seguida, ela escalou a plataforma de metal da O.P.U.S.

Ivan Somodorov virou-se para ela. Agora eram apenas os dois. Exatamente como no início de tudo.

Natasha Romanoff e Ivan Somodorov.

Ela percebeu que os tiros cessaram.

Ele não permite que atirem em mim. Por quê?

Quer ter ele mesmo a honra de atirar?

Ela não demonstrou sua preocupação.

– Vim matar você, Ivan. Já passou da hora.

– Sei que é assim que você pensa – ele disse. – E fiquei esperando, minha Natashka.

– Não sei por que precisa ser assim – Natasha falou. – Mas precisa.

– Isso é um pouco filosófico – respondeu Ivan. – Mas creio que agora já não importa mais. Fico feliz que esteja aqui para testemunhar. Logo, muitas peças cairão nos seus devidos lugares, e nascerá um novo movimento. Será o grande renascimento de tudo o que perdemos. A Sala Vermelha em toda a sua glória. O império do povo e a maior federação que o mundo já viu.

– Supere isso, Ivan. Você está começando a falar como um otário. Vamos acabar logo com isso.

Ivan sorriu, o que só o fazia parecer mais com um animal feroz.

– Agora? Hoje é Lua de *pierogi*?

– Nem me preocupei em olhar.

– Claro que olhou. Você sempre olha. É a sua maior fraqueza, seu segredo mais terrível.

– Cale a boca, Ivan.

– Por que acha que você era um alvo tão fácil para a O.P.U.S.? Todas aquelas adoráveis conexõezinhas, estendendo-se por todos os lados, desesperadas para se ligarem a alguém, a qualquer um.

Ele riu e sacou um cigarro.

Um Belomorkanal.

O último, ela pensou.

Ivan o acendeu e tragou.

– Você deve se dar tão bem nos Estados Unidos, *ptenets.*

– Naquele caldeirão? – disse ela. – Me dou, mesmo.

Natasha ergueu a arma.

Atire.

Ela ouviu mais uma tropa de *snipers* entrando e assumindo seus postos ao redor da sala.

Os reservas de Ivan.

Ela contou os passos.

Havia tantos – muito mais do que ela gostaria.

Ele se preparou bem para isso. Para nós.

Ela parou para calcular.

Posição de dez horas. De três. De cinco.

Nem precisou olhar. Os cálculos não adiantavam.

Ainda assim, Natasha não baixou a arma.

Ivan ergueu a mão.

– Não precisa – disse ele, olhando para os homens por sobre o ombro. – Ela não vai atirar. Ela não consegue. – E virou-se de volta para ela. – Nunca conseguiria.

– Você parece bem confiante – disse Natasha. – Para alguém que está bem na minha mira.

– Claro. Eu conheço você muito bem. – Ele apontou para o braço esquerdo dela, sorrindo com o canto da boca. – Fui eu que cortei as suas asas.

Natasha ajustou ainda mais a mira.

– Não é a nossa lua, minha Natashka. Ainda temos muito a conquistar juntos. Eu sabia que você voltaria para mim. Por que mais eu teria feito tudo isso, senão por você?

– Porque você é um louco psicopata, *camarada*?

Ele se aproximou.

– Porque é a sua missão, *ptenets*. Estar aqui, agora. Você só não se lembra. Só não sabe. Este laboratório contém o último protótipo funcional da O.P.U.S.

– Ou disfuncional – Natasha zombou. – Tanto faz.

– Você fez exatamente aquilo para o qual foi treinada. Provou que poderia funcionar. – Ivan sorriu. – Tudo de acordo com o plano de Yulia Orlova, a única cientista soviética que conseguiu resolver o quebra-cabeça do entrelaçamento quântico. – Ele apontou para o equipamento. – Eu lhe apresento a sua *magnum opus*, a O.P.U.S., que ganhou esse nome graças à equipe dela.

– Poupe-me dos detalhes – disse Natasha, mas Ivan estava hipnotizado.

Ele apontou para as grandes letras na lateral de metal da máquina, uma por vez. Seu dedo mal tocou um *O* prateado.

– Viu? Orlova. É ela. Ou era, antes de eu transformá-la em algo menos que humana.

Ivan passou o dedo para a letra *P*.

– Essa é para o marido de Yulia, claro. Anatoly Pavlov. Foi ele quem inventou a interface inicial entre cérebro e computador. Eu mesmo o matei.

O pai de Ava, Natasha se lembrou.

Ivan apontou, então, para o *U*.

– Pyotr Usov. Ele não passava de um funcionário da Sala Vermelha, mas mantinha o laboratório aberto até altas horas. Também chegou a um fim trágico. Foi encontrado flutuando em uma caixa d'água, depois de ter insistido demais para ser promovido.

Ivan deu de ombros e moveu o dedo uma última vez.

– O que nos leva, humildemente, a este que vos fala. – Ele sorriu. – Ivan Somodorov, velho militar. Defensor do Povo. Patriota da Sala Vermelha. Amigo antigo dos Romanoff, vivos e mortos.

– Que roubou tudo de todos e depois chamou de ciência – completou Natasha, curta e grossa.

– Ciência, não. Progresso. Não há como impedir a evolução. Isso está acima de nós dois, Natashka.

– Orlova, Pavlov, Usov, Somodorov? O que é isso, um poema? – Ela apontou com o cano da arma para o rosto de Ivan. – Escrito no ritmo do DNA de Ava?

– Um ato de rebeldia em um momento de equívoco parental... – Ivan suspirou. – Mas não tem importância. Você fez o seu trabalho, e eu a congratulo por isso. Voltou para mim e deixou este velho aqui muito orgulhoso.

– Não há motivo para orgulho. – A voz dela não demonstrava sentimentos.

Ele deu um passo adiante e pousou a mão sobre o cano da arma.

– Você não me engana. Será para sempre *Devushki Ivana*. – Com delicadeza, Ivan afastou a arma. – Demorou bastante, mas você ficou esperando, e eu estou comovido.

– Ainda não terminei – interrompeu Natasha. – Tenho algo mais a fazer. Também pela minha *Devushki Ivana*. – Ivan pareceu curioso. Ela não desviou o olhar de seus frios olhos russos. – Realmente demorou bastante, para todas as meninas do Ivan.

– *Da?*

– *Da.*

Antes que ele pudesse responder, Natasha apertou o gatilho.

Espatifou como vidro.

A bala atravessou a mão que a acorrentara ao aquecedor em tantas noites de inverno.

Penetrou no maxilar de Ivan, estilhaçando e moendo o osso até virar poeira.

Cruzou a base do crânio.

Seus olhos se apagaram.

As pernas cederam.

Natasha desviou o rosto antes de o corpo tombar.

arquivo editar exibir

S.H.I.E.L.D. – DOCUMENTO CONFIDENCIAL
ACESSO NÍVEL X

INVESTIGAÇÃO DE MORTE EM SERVIÇO
REF: S.H.I.E.L.D. CASO 121A415
AGENTE ENCARREGADO: PHILLIP COULSON
INDICIADA: NATASHA ROMANOFF OU VIÚVA NEGRA
OU NATASHA ROMANOVA
TRANSCRIÇÃO: INQUÉRITO DO DEPARTAMENTO DE DEFESA

DD: Então você eliminou o alvo. Ivan Somodorov. Mais um da sua lista. A sensação deve ter sido boa.
ROMANOFF: [pausa] O senhor já matou alguém, senhor?

DD: No Afeganistão. A onze mil metros de altura.
ROMANOFF: Sem ofensa, senhor. Mas não é a mesma coisa. A sensação nunca é boa.

DD: Como é a sensação, Agente?
ROMANOFF: Uma arma pode disparar nos dois sentidos, senhor. Você quer eliminar a pessoa na mira? Então tem de aceitar que irá matar aquela que puxa o gatilho. Não há escolha.

DD: Você parece repetir isso com frequência.
ROMANOFF: Sou russa.

DD: Você era.
ROMANOFF: Era, senhor.

DD: Que seja. Você eliminou Ivan Somodorov.
ROMANOFF: Acho que preciso de uma lista melhor.

DD: E quanto à O.P.U.S.?
ROMANOFF: Era a próxima na lista.

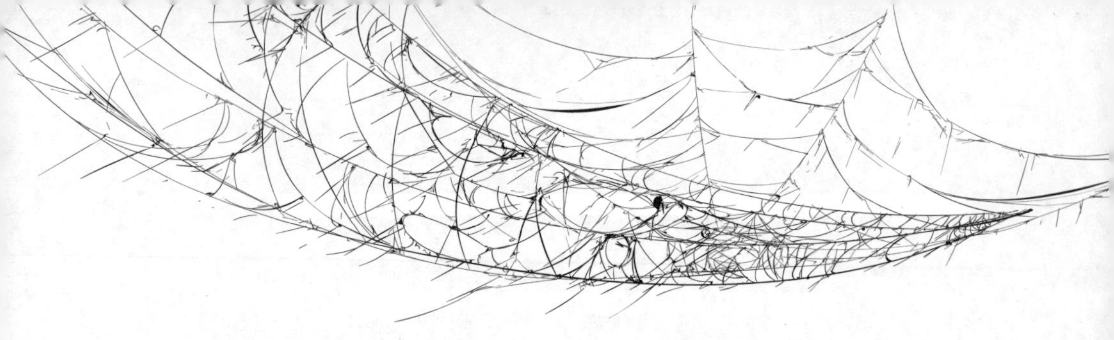

CAPÍTULO 33: AVA

INSTALAÇÕES DE SOMODOROV, CISTERNA DA BASÍLICA, ISTAMBUL

A rajada de tiros que se seguiu foi ensurdecedora, até para quem estava do outro lado do laboratório.

Ava protegeu-se atrás de uma mesa tombada. Alex arremessou um soldado encapuzado contra um balcão de suprimentos atrás dele e agachou-se junto dela.

– Natasha – disse ele, sem fôlego. – Parece que está encrencada.

Ava olhou para a plataforma da O.P.U.S. Uma fileira de atiradores a separava deles.

Mas isso não importava.

– Está demorando demais – disse Ava. – A gente tem que dar um jeito de ir até lá.

Alex concordou.

– Como?

Tenho que desativar a O.P.U.S.

Conectar o microdisco e acabar com o exército.

Minha mãe começou tudo isso. Agora cabe a mim terminar.

Ela não respondeu nada.

E pôs-se a correr.

– Espere! – Alex gritou.

Ele pegou a arma de um soldado inconsciente e a passou para ela. Só então Ava reparou que ele já tinha uma arma na mão.

– Vou atraí-los para longe de você. Ou então você não vai conseguir avançar nem mais um metro – disse Alex.

– Nem pensar. É arriscado demais. Me dê cobertura daqui mesmo.

Alex ergueu a arma.

– Só alguns segundos. Vou continuar me movendo. Encontro você na plataforma.

Um tiroteio começou do outro lado do laboratório.

Ava não conseguia contar os disparos.

Alex já estava em movimento, e ela sabia que não conseguiria impedi-lo. Ele sacou outra arma do cós da calça e a destravou.

Ava olhou para ele.

– Você não foi treinado para isso.

– Vou ficar bem. Sou um Romanoff. – Alex tocou o rosto de Ava. – Espere eles virem atrás de mim. Daí você corre.

Balas dispararam na direção dele. Eles tinham sido avistados.

– Abaixe! – Ava gritou, puxando-o com o máximo de força.

– Espere – ele gritou de volta. – Me dê cobertura!

Com toda a sua força, Alex lançou-se sobre a plataforma, mergulhando de cabeça na linha de fogo. Saltou rumo à fumaça e ao caos.

Alguns momentos depois, ele gritou para Ava:

– Agora!

Ela correu na direção da plataforma.

Ava logo avistou Natasha no outro canto, com as costas apoiadas no lado oposto do andaime de aço. Ela estava cercada, mas Ava sabia que isso nunca fora um problema para ela.

Metade da caverna estava pegando fogo.

A poucos metros dali, o núcleo da O.P.U.S. estava faiscando e soltando fumaça. Nada sobreviveria à quantidade de tiros disparados naquele local.

Eles precisavam agir com rapidez.

Alex se escondeu atrás de uma estante de aço, disparando duas armas ao mesmo tempo. Ava foi seguindo conforme ele limpava a área. Estava poucos passos atrás dele, encarnando a dupla quântica de Natasha Romanoff.

Mantenha-se abaixada... Mova-se rapidamente... Cabeça baixa... Não faça contato visual...

Seja veloz e ágil para passar despercebida...

Ava viu quando Natasha paralisou do outro lado. E a ouviu gritar em russo:

– Irmão, saia daqui!

– Agora – ele disse, quase sem fôlego. – Agora, Ava!

E continuou disparando.

Ava nem conseguia falar. Ela cambaleou para a frente e ajoelhou-se diante da O.P.U.S. Abriu um painel lateral com as duas mãos, procurando a entrada do *drive* enquanto as balas passavam raspando por cima de sua cabeça.

– Não estou conseguindo... Não estou achando.

– Continue procurando! – Alex gritou.

Ele não parava de atirar.

Ava avistou um painel lateral faiscando, já escurecido pelo fogo, e o chacoalhou com cada vez mais força até encontrar um cabo solto o suficiente para ser arrancado da lateral do equipamento.

Então o removeu.

Ela sentiu um choque elétrico percorrer seu corpo e viu um fio solto na ponta do cabo, que estava pegando fogo. Ela o derrubou no chão.

– Está danificado demais. Nem consigo achar onde posso conectar o microdisco.

Pense.

Você não é apenas Ava Orlova.

Você tem o código da sua mãe e as lembranças de Natasha.

E o coração de Alexei.

Estão todos lutando com você e por você.

Pense em uma solução.

Ela olhou para a massa de fios conectados à máquina.

É um circuito.

Complexo, mas essencialmente um circuito, conectado a uma CPU.

Você vai conseguir hackear.

Natasha saberia hackear.

Ela puxou um fio vermelho e grosso do emaranhado. Depois, um azul.

Após desencapar as pontas com a boca, ligou uma extremidade à outra.

Em seguida, enfiou a mão bem no meio da máquina e tirou dali o cérebro – a placa-mãe, do tamanho de uma caixa de sapato.

Pronto.

Assim posso conectar o microdisco, desde que eu consiga rearranjar os fios dessa parte...

O equipamento faiscava nas mãos dela, e uma teia de eletricidade azul se espalhou por toda a máquina. Ela quase o derrubou.

Olhou para Alex.

– Está tudo ativado, Alex! O laboratório inteiro pode explodir a qualquer minuto!

Ele já tinha se dado conta disso.

– Você tem que continuar! – ele gritou de volta.

Naquele instante, o braço de Alex foi quase arrancado. Uma bala passou por ele de raspão, fazendo-o largar uma das armas. Ava deu um berro. Ela ouviu mais tiros, então pegou a arma que ele havia lhe dado e disparou na direção do atirador. Um *sniper* distante ainda estava mirando Alex: Ava podia ver a luzinha vermelha no peito dele.

– Alexei! – ela gritou. – Alex, não!

A bala foi disparada e encontrou seu alvo, mas não no peito de Alexei Romanoff. Acertou, na verdade, o painel faiscante que ela tinha acabado de arrancar da lateral do equipamento. Só de tocar naquilo, as mãos de Alex ficaram com queimaduras, mas isso não o impediu de continuar.

– Quem é que precisa de espada? – ele gritou. – Sou eu que vocês querem? Venham me pegar!

Ava entendeu o que ele quis dizer pelo modo com que Alex manipulou a arma, erguendo o pescoço e desviando das balas como um urso gigante tentando se livrar de uma abelha preguiçosa...

Até tombar ao lado dela.

Ava gritou:

– Alex, não!

Deitado de costas, Alex abriu os olhos. Forçou-se a falar:

– *Sdelaty eto...* – "Faça isso."

Mais balas perfuraram a máquina ao lado dela, e Ava encolheu-se no chão. Os ferimentos de Alex estavam sangrando sobre o piso de pedra.

Natasha apareceu ao lado de Ava.

Sem hesitar, tirou o painel das mãos de Alex.

Olhou para Ava.

– Kabul, lembra?

Ava fez que sim. Aquele não era somente o nome de uma cidade no Afeganistão, mas também de uma operação. Uma das mais infames.

Ela sabia exatamente o que Natasha estava pensando. Olhou para Alex e depois para a O.P.U.S.

– Depressa!

* * *

Natasha saiu correndo pela porta do laboratório, desviando dos disparos e levando consigo os cabos de energia.

Quando alcançou a beirada da passarela de madeira, estancou. A visão dali era desanimadora, para dizer o mínimo. Centenas de capangas de Ivan, vestidos como policiais de Istambul, invadiram a caverna subterrânea e ocuparam as passarelas diante dela.

Armados até os dentes.

Natasha ergueu a massa de cabos e de aço bem acima da cabeça, dando um chute no atirador que tentava sair da água, logo abaixo dela.

Com um golpe no crânio do mercenário, o homem afundou de volta na cisterna – mas não antes de Natasha atirar o emaranhado em chamas sobre a água, ao lado dele.

Uma onda de energia branco-azulada percorreu toda a cisterna, saltando da superfície da água como se o próprio líquido estivesse pegando fogo.

Este é o cheiro.

Do fogo.

A cisterna está em chamas.

Até a água está em chamas.

Ela ouviu os gritos furiosos dos atiradores que ainda estavam na água. Não morreriam, mas também não ficariam conscientes.

Natasha Romanoff acabara de derrotar metade do exército de Somodorov.

Em cinco segundos.

Ela se afastou do tsunami de fogo que forrava a superfície do maior lago da cisterna e pôs-se a correr como se sua vida dependesse disso.

E realmente dependia.

arquivo editar exibir

S.H.I.E.L.D. – DOCUMENTO CONFIDENCIAL
ACESSO NÍVEL X

INVESTIGAÇÃO DE MORTE EM SERVIÇO
REF: S.H.I.E.L.D. CASO 121A415
AGENTE ENCARREGADO: PHILLIP COULSON
INDICIADA: NATASHA ROMANOFF OU VIÚVA NEGRA
OU NATASHA ROMANOVA
TRANSCRIÇÃO: INQUÉRITO DO DEPARTAMENTO DE DEFESA

DD: E então?
ROMANOFF: Pare de gravar.

DD: Eu nunca paro de gravar.
ROMANOFF: Senhor.

DD: Continue.
ROMANOFF: Isso não tem nada a ver com vocês, nem com os Estados Unidos. É nesse ponto que a sua participação na história acaba.

DD: Não é assim que funciona.
ROMANOFF: O resto é pessoal. Não tem nada a ver com salvar vidas norte-americanas. Não tem nada a ver com salvar a vida de ninguém.

DD: O que você pensa ser pessoal na sua vida a essa altura, Agente Romanoff?
ROMANOFF: Não quero falar. Vocês não têm nada a ver com isso. É algo meu. Algumas coisas têm que ser só minhas.

DD: Segundo quem?
ROMANOFF: Não tem a ver com a Iniciativa Vingadores, nem com a segurança da população turca, nem com uma missão de paz. É a minha vida.

DD: Vocês são a última linha de defesa dos cidadãos dos Estados Unidos, sem mencionar do restante do mundo. Aja como tal.

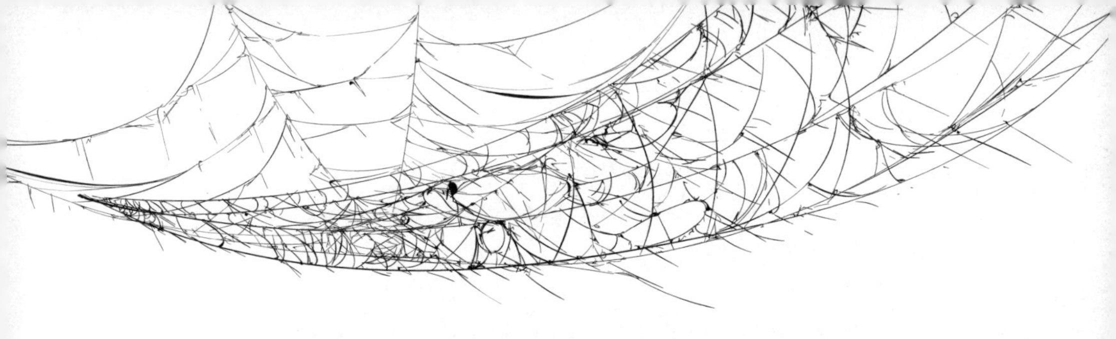

CAPÍTULO 34: AVA

INSTALAÇÕES DE SOMODOROV, CISTERNA DA BASÍLICA, ISTAMBUL

Ava apertou com força a mão de Alex. A pele dele estava pálida e pegajosa, então Ava a apertou cada vez mais.

– Fique comigo, Alex. Estamos chegando perto.

Ele concordou com a cabeça, mas não abriu os olhos.

Ela voltou sua atenção ao equipamento à frente. A O.P.U.S. estava praticamente brilhando. Estouros faiscantes de energia pareciam pulsar dentro do imenso ninho de fios.

– Parece estar ligada. Acho que consegui fazer funcionar. Acho que consigo causar o curto-circuito.

Era hora.

Ela revirou o bolso e achou o pendrive preto.

Era tudo de que precisava, o último passo para desativar o projeto diabólico de Ivan. Ou pelo menos deveria ser. Contanto que o código de Natasha funcionasse.

Ela observou Alex. Ava o havia rolado de lado para conter o sangramento do braço e da perna direita.

– Está na hora, não é? – Ele abriu os olhos, piscando.

Ela confirmou com a cabeça.

– Vai funcionar – Alex afirmou.

– E se não funcionar?

– Aí teremos de fazer tudo isso de novo. – Ele tentou sorrir, mas acabou fazendo uma careta. – Vai lá. Continue.

– Dez segundos.

Ava analisou a placa-mãe para encontrar o local correto de inserir o microdisco.

– Cinco.

– Está com medinho? – Os olhos dele estavam fechados, e a voz, enfraquecida. Ela sabia que Alex precisava ser atendido, pois perdera muito sangue.

– Ao menos eu não sou metida – ela disse, encarando a máquina à sua frente.

Três.

Dois.

Um.

Agora.

Ela inseriu o microdisco na placa-mãe solta e conectou um último fio faiscante, de modo a completar o circuito.

Pronto.

Ela fechou os olhos e abaixou-se ao lado de Alex. Os lábios dele esboçaram um sorriso. Foi a última coisa que ela conseguiu sentir contra seu rosto.

– *Molodets.* – "Bom trabalho, garota."

E aí o mundo explodiu ao seu redor.

Ao redor deles.

Em milhões e milhões de lascas de seu passado.

Do passado de Ava, Alex e Natasha Romanoff.

De Yulia Orlova, de Anatoly Pavlov e de Pyotr Usov. Sobretudo, de Ivan Somodorov.

Nuvens de fumaça escura e espessa envolveram Ava e todos os que ainda viviam. A fumaça corria pela caverna subterrânea da cisterna, estourando pelos túneis e explodindo por todas as entradas.

Um batismo, ela pensou.

Só que de fumaça e fogo e morte e destruição...

E sem uma igreja.

A maior das explosões...

Do tipo que acontece no fim do universo...

Não no início.

Ava podia se sentir perdendo a consciência, a força lhe escapando.

A mente de Natasha Romanoff estava desaparecendo de dentro da sua.

Estava funcionando.

Ela estava esquecendo.

Não de tudo – apenas do que não lhe pertencia.

De todo o resto ela se lembrava.

Talvez esse tenha sido o último presente deixado pela minha mãe.

A memória.

* * *

Ava tirou a placa de metal amassada e queimada de cima dela. A base do painel havia derretido por completo.

– Acabou – ela disse, acordando em um mundo de pó esbranquiçado e cinzas. – Quero dizer, acho que acabou. Sinto que sim.

Ela colocou a mão na face quente de Alex.

– Vamos, Alex. Vamos sair daqui. Você vai ficar bom.

– Mandona.

Um banho.

É isso que eu quero.

Lençóis limpos nos cobrindo por mil anos.

Alexei Romanoff ao meu lado por outros mil.

Ela olhou para ele. Seu rosto estava pálido, mas os olhos estavam se movendo sob as pálpebras fechadas.

– Você consegue andar?

Ela alcançou a mão dele e a apertou.

– Por você? Qualquer coisa. – Os lábios dele quase não se moveram ao pronunciar as palavras. – Sempre.

Sua última palavra foi quase um suspiro. Ele apertou a mão dela lentamente. Sem força.

Uma vez... Depois mais uma.

– Aguente firme – ela disse. – Só mais alguns minutos.

Ele tinha perdido muito sangue.

Era graças a Alex que ela estava viva – e que havia recuperado uma mente só sua.

Se ele não tivesse atraído as balas de metade dos atiradores de Somodorov, teria ela sido capaz de desligar a O.P.U.S.?

E se sua mãe não tivesse aceitado o emprego na Luxport – se não fosse a responsável pelo projeto – e se seu pai não tivesse trabalho no laboratório de Istambul... Ivan a teria capturado para ser sua cobaia?

Mas, se não a tivesse capturado, ela teria conhecido Natasha Romanoff?

E, se não tivesse conhecido Natasha Romanoff, teria encontrado Alex?

Ava não queria nem pesar nisso.

Ela ouviu Natasha a chamando de longe, tentando passar por cima dos destroços.

– Precisamos sair daqui. A polícia, a polícia de verdade, está espalhada por todo lado...

– Aqui! – Ava gritou de volta.

Mas, conforme a fumaça se dissipava, ainda com os olhos ardendo, ela sabia que faltava uma coisa.

Havia só mais uma coisa a fazer.

Algo que nunca fizera antes.

Sobre o leito de destroços pontiagudos, Ava rolou sobre a lateral de seu corpo ensanguentado e cheio de cortes.

– Eu te amo, seja lá qual for o seu nome. Alex Manor ou Alexei Romanoff. Está me ouvindo? Eu te amo. Quero brincar com o seu cachorro e conhecer seu gato idiota. Quero praticar esgrima com você e dançar com você e sair para tomar sorvete com você.

Ela sorriu.

– Quero beijar você, beijar para valer, até não saber mais onde você termina e eu começo. – Ela inspirou o cheiro de Alexei na camiseta. – Que tal?

Ouviu o barulho de uma mesa sendo arrastada. Natasha a havia empurrado para passar.

– Alex?

Ava se inclinou sobre ele, procurando ouvir as batidas sólidas e firmes de seu coração, assim como ouvira na noite anterior, ao adormecerem no Hotel Dacha Odessa.

Ela esperou.

Não escutou.

Não escutou nada.

– Alexei?

Enquanto se levantava para ficar ao lado dele, a angústia a invadiu.

Tocou a lateral de seu rosto ensanguentado.

Estava frio.

Ela sabia que Natasha estava gritando. Algo estava errado, porém, porque Ava não conseguia ouvir nada.

O mundo ficara em silêncio – como se o sangue estivesse vazando de seu ouvido, não do de Alex.

Tudo parou. Nada mais se movia. Ela não sabia se o fogo na água ainda estava queimando, ou se as cinzas ainda estavam caindo pelos ares.

Não importava.

Nada importava.

Nada

Virou-o de lado

Soprou ar em sua boca já azulada

Beijou seus lábios gelados

Segurou seu rosto tranquilo

Lá longe, a irmã dele batia os punhos contra seu peito

Erguia e batia

E de novo

Respire, droga

respire

Ele virou mármore, ela pensou

Tão já
Como os meus pais
Como Ivan
Como a neve que cobria o rosto de Alexei
em seus pesadelos
Pessoas não deviam virar mármore
Deviam ser quentes
E deviam ficar
E tocar
E sussurrar
E rir e amar
e chorar e esperar
e esperar
Esperar
Alexei Romanoff
Você precisa esperar
esperar por mim
Alexei
Não...

arquivo editar exibir

S.H.I.E.L.D. – DOCUMENTO CONFIDENCIAL
INVESTIGAÇÃO DE MORTE EM SERVIÇO
REF: S.H.I.E.L.D. CASO 121A415
AGENTE ENCARREGADO: PHILLIP COULSON
INDICIADA: NATASHA ROMANOFF OU VIÚVA NEGRA
OU NATASHA ROMANOVA
TRANSCRIÇÃO: INQUÉRITO DO DEPARTAMENTO DE DEFESA

Registro de evidência: Como recebido pelo Escritório Turco da S.H.I.E.L.D. em Istambul.

O.P.U.S. permanece carbonizada, recuperada, encaixotada.

A ser despachada para instalação segura da S.H.I.E.L.D., para pesquisa e desenvolvimento mais aprofundado.

Observação: Todas as entradas/saídas do equipamento foram desconectadas. Aparelho desativado e inerte.

Sujeitos afetados pela tecnologia O.P.U.S. tiveram seu condicionamento mental prévio restaurado.

Informações confidenciais foram determinadas como "SEM RISCO".

[Romanoff_N]

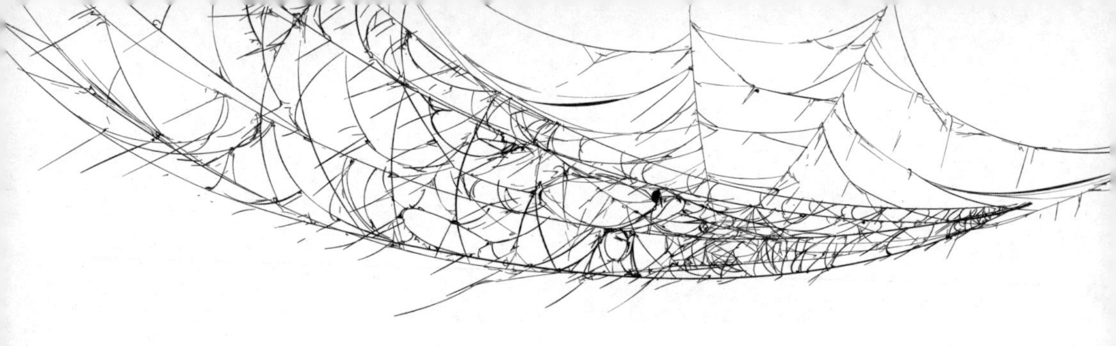

CAPÍTULO 35: NATASHA

TRANSPORTE DA S.H.I.E.L.D., EM ALGUM PONTO SOBRE O MEDITERRÂNEO

– Não! Eu não vou! – Ava estava gritando no compartimento de carga do avião da S.H.I.E.L.D. Do avião de Coulson. Natasha mal conseguia pensar, quanto mais pilotar uma aeronave.

Ava socou a porta de metal até sua mão ficar roxa.

– Me solta! A gente não pode deixá-lo aqui. Precisamos esperar. Alex vai voltar.

Enquanto ela falava, o piso do avião começou a inclinar. Ava cambaleou, mas Natasha a segurou de pé.

Tinham de ir embora, querendo ou não.

O cérebro de Natasha, treinado pela S.H.I.E.L.D., estava funcionando em modo piloto automático. Foram duas horas e quarenta minutos de carro até a fronteira com a Bulgária. E alguns poucos minutos no avião, o que significava que já não estavam mais sobrevoando o espaço aéreo turco.

Estavam mesmo partindo.

Natasha colocou a mão no cabelo cacheado da menina.

– Ava – disse, gentilmente. – Alexei não vai mais voltar. Ele se foi. Todas as partes dele se foram. Nós duas sabemos disso.

Ava afundou no piso do compartimento de carga.

Natasha agachou-se ao lado dela.

Ava estava tremendo. Tentou falar, mas a boca tremulava tanto que era difícil formar palavras.

– Mas ele estava comigo hoje de manhã... Nós dois. No hotel.

Parecia impossível.

Só podia ser.

Natasha entendia.

– Eu sei. Mas ele teve de ir. – Ela abraçou a menina. Ava a abraçou de volta com tanta força que Natasha teve medo de sua arma disparar.

Ava tremia, ainda chorando.

– Por quê? – ela perguntou.

Natasha focou os olhos na janela para evitar que marejassem.

– Não sei.

– Por que todo mundo some? Por que sempre resta apenas você e eu? – questionou Ava, as palavras quase ininteligíveis.

Natasha sentiu-se incapaz de olhar para ela. Não conseguia olhar para nada além da parede. Não sabia o que aconteceria caso se permitisse desviar o olhar. Ela estava tentando canalizar tudo que sentia para o vazio sólido da parede.

– Não sei também.

– Não é justo – disse Ava, com a voz rouca.

Natasha respirou fundo.

– Não é.

– Não me deixe também.

– Não vou deixar.

Natasha olhou para o teto. Receava que apenas a parede de aço não fosse forte o bastante para conter tudo o que ela estava sentindo.

Ao virar os olhos para cima, ela os sentiu ardendo sob os cílios.

Não.

Ainda não.

Não eu.

Não posso chorar agora.

Mas em alguns segundos o teto ficou tão pesado quanto as paredes, e até os olhos de Natasha começaram a arder com a pressão.

Era coisa demais para qualquer um suportar.

Quando será a minha vez?

Quando vou poder me entregar a alguém?

Quem vai me segurar?

Natasha Romanoff desistiu.

Deixou que o teto e as paredes desmoronassem. Que tudo se estilhaçasse em mil pedacinhos à sua volta. Que o mundo acabasse.

Perdi meu irmão.

Meu irmão, a última pessoa da minha família.

Eles ganharam, e eu perdi.

Meu irmão e eu.

Uma parte de mim nunca voltará.

Eles o roubaram de mim por anos, e agora eu o perdi para sempre.

Natasha fechou os olhos e deixou as lágrimas brotarem.

Correram por sua face, seu pescoço, seu cabelo.

Pingaram sobre a cabeça de Ava, aninhada em seus braços, mas Ava estava soluçando demais para notar.

E, se tivesse notado, não teria se importado.

arquivo editar exibir

S.H.I.E.L.D. – DOCUMENTO CONFIDENCIAL
INVESTIGAÇÃO DE MORTE EM SERVIÇO
REF: S.H.I.E.L.D. CASO 121A415
AGENTE ENCARREGADO: PHILLIP COULSON
INDICIADA: NATASHA ROMANOFF OU VIÚVA NEGRA
OU NATASHA ROMANOVA
TRANSCRIÇÃO: INQUÉRITO DO DEPARTAMENTO DE DEFESA

Certidão de Óbito: Adolescente Desconhecido

Nome: xxxxxxxxxxxxxxxxxxxxxxxxxxxxxxx
Idade: xxx
Gênero: xxx
Cidadania: xxxxxxxxxxxxxxxxxxxxxxxxx
Cidade natal: xxxxxxxxxxxxxxxxxxxxxxxxxx

Data: xxxxxxxxxxx
Local: xxxxxxxxxxxxxxx
Horário: xxxxxx
Missão: xxxxxx
Causa da morte: xxxxxxxxxxxxxxxxx

[EDITADO]

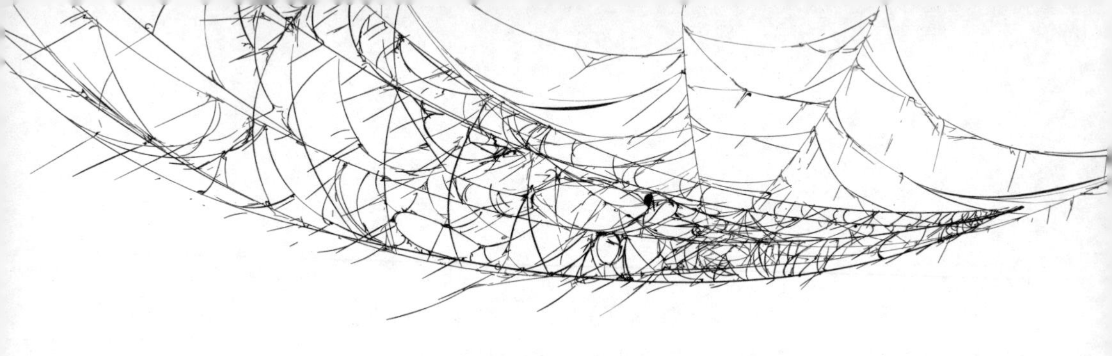

CAPÍTULO 36: AVA

IGREJA DE TODOS OS SANTOS, MONTCLAIR, NOVA JERSEY

A orquestra do Colégio de Montclair tocou Tchaikovsky no velório.

O Lago dos Cisnes.

A mãe de Alex Manor – ou a agente veterana da S.H.I.E.L.D. que fazia o papel de sua mãe – não conseguia parar de chorar.

O rosto dela ficou enterrado em um lenço por quase uma hora. Dessa vez, ela não estava usando um moletom de gatinho. Sua atuação era bem convincente, seja lá quem ela fosse. De ser uma má atriz Ava não poderia acusá-la. Talvez até mesmo uma agente em serviço pudesse acabar se apegando. Em se tratando de Alex, podia ser que as lágrimas fossem mesmo reais. Um de seus encantos era saber fazer as pessoas gostarem dele.

Assim como a irmã dele sabe afastá-las.

Ava olhou para baixo, controlando-se para não chorar. Mesmo por trás de seus óculos de sol emprestados, ela ainda se recusava a derramar lágrimas. Não na frente daquelas pessoas.

Daqueles estranhos.

A igreja estava lotada de estudantes do Ensino Médio, os mesmos rostos que Ava vira sorridentes em seus sonhos. Era estranho vê-los chorar. Apenas o amigo de Alex – o melhor amigo de Alex – parecia estranhamente composto.

Ele estava sentado em frente ao caixão, ao lado de cinco outros meninos que Ava vira apenas no torneio de esgrima.

Ele mantinha o braço ao redor dos ombros da irmã, que estava soluçando.

Aquela é Sofi.

Alex disse que o nome dela era Sofi.

Ava sentou-se no fundo, ao lado de Natasha, que estava irreconhecível com uma peruca loira e enormes óculos de sol que a faziam parecer uma modelo parisiense que passara a noite em um avião. Coulson, do outro lado dela, estava como sempre com cara de Coulson.

Ele parecia não ter controle sobre isso.

Tony Stark tivera de ficar em casa, embora não quisesse. Mas não haveria como explicar sua presença no velório de um adolescente qualquer do interior de Nova Jersey.

Steve Rogers mandara flores, no formato da bandeira americana, por respeito a Natasha. Pepper Potts fizera o mesmo. Bruce Banner, o último dos Vingadores, apenas mandara um bilhete em um pequeno envelope branco. Natasha ainda o apertava em sua mão.

Ava olhou para o folheto que segurava, com a foto de Alexei em sua jaqueta de esgrima, segurando uma espada. Ele estava parecendo com ele mesmo: metido e engraçado, cheio de atitude e de vida.

Ela tocou o brilho branco na foto – a espada dele. Sua antiga mochila de esgrima, agora sem razão de ser, estava no apartamento de Natasha. Ela havia dado a Ava o equipamento deixado por Alex; nem mesmo ela conseguiria jogar fora. E nem Ava sabia quando ou como ela teria forças para abrir aquela mochila.

Talvez nunca.

Sua respiração ficou presa na garganta.

De repente, pôs-se de pé. Precisava sair dali. Ela caminhou pela entrada principal da igreja e sumiu no estacionamento lá fora.

Onde viu, com horror, o carro funerário.

O carro funerário de Alexei.

Que o levaria para o cemitério, para a sua cova.

Sua cova.

Onde ele ficaria para sempre.

Não.

Não é real.

Não pode ser real.

Ava sentou-se no meio-fio e deixou as lágrimas correrem. Tirou os óculos, finalmente deixando os olhos se acostumarem com a luz. Atrás das lágrimas, ela se sentiu queimando, assim como vinha se sentindo desde Istambul.

Ela sabia como estava sua aparência: a velha e boa Ava, só que completamente mudada. Tudo estava diferente, e não apenas seu coração partido. Desde a destruição da O.P.U.S., suas pupilas faiscavam uma luz azul que ela não conseguia explicar. E não era a única mudança...

Você se foi, Alexei.

Você me deixou, e agora estou sozinha com tudo isso.

Não é justo.

Ava não sabia o que nada daquilo significava, e não sabia como iria encarar – o que quer que fosse – sem ele.

Só sabia que teria de tentar, pelos dois.

– Você nunca imagina ver alguém sendo levado em um carro funerário.

Era uma voz simpática.

De um estranho.

Assustada, Ava apressou-se para enxugar os olhos.

Ela ergueu o rosto e deu de cara com Dante Cruz, sentado ao lado dela com as mangas da camisa dobradas e sem o paletó. Os olhos dele estavam vermelhos. Quando viu o rosto dela, ele ficou tão surpreso quanto Ava.

– É você – disse Dante. – O que está fazendo aqui?

– O quê?

Ela tentou se recompor, mas seu coração estava disparado. Ela não tinha nada a dizer aos amigos de Alex, e sobretudo não para esse amigo.

Não na vida real.

Nunca estive na vida real dele.

– Eu sou o Dante, amigo de Alex. Dante Cruz. E você é a menina da Filadélfia. A que Alex estava paquerando no torneio.

Claro.

É só o que ele sabe.

Ela se sentiu aliviada. E arrasada.

– Meu nome é Ava. Ava Orlova. E não sei do que você está falando.

– Você sabe, sim. Eu reconheço você. Era você quem estava olhando para Alex. Na última vez em que vi o meu melhor amigo.

Ava não sabia o que dizer.

– Eu não...

– Falei para a polícia sobre você quando ele desapareceu. Pedi para irem atrás de você. Até descrevi o seu rosto para o retratista da delegacia. Não encontraram nada.

– Não era eu.

– Então por que está aqui?

– Alexei e eu éramos amigos. Eu... Eu sinto falta dele também.

Dante lhe dirigiu um olhar cético.

– Alex. O nome dele é Alex. Podia pelo menos falar o nome certo. – Dante estava irritado, o que pegou Ava desprevenida.

Ele a encarou. E, quando fez isso, parecia o retrato perfeito do filho de um policial. Seus olhos estavam sombrios e sua expressão era inquisitiva.

– Ok. Tudo bem. – Ava tremeu. – Talvez eu estivesse na Filadélfia.

Mas disso ele já sabia e não precisava de uma confirmação. Ele abanou a cabeça. Ava sentiu calafrios.

– Só me diga uma coisa, Ava. Se você não tivesse ido atrás dele no torneio, se não tivesse cruzado o caminho dele, meu melhor amigo ainda estaria vivo?

Ava não tinha como responder. Não tinha como encarar. Não tinha como falar.

Especialmente, não com Dante Cruz.

Ele fazia mais parte da família de Alex do que a própria Natasha. Seus olhos arderam, enchendo-se de lágrimas.

Você sabe que a culpa é minha.
É claro que a culpa é *minha.*
Ele ainda estaria vivo se não tivesse me conhecido.
Se eu não sonhasse com ele.
Se Natasha não o tivesse seguido.
Se eu não vivesse dentro da cabeça dela.
Tudo que aconteceu foi por causa de uma de nós duas.
Natasha e eu.
As duas pessoas que o amavam mais do que ninguém.

– Foi o que pensei – Dante disse, amargamente. Ele ficou de pé, deixando-a sozinha na sarjeta. – Tenho de entrar. Tenho um melhor amigo para enterrar.

Os olhos dele estavam sombrios. Ele puxou a jaqueta sobre o ombro.

– Sinto muito – Ava disse, cheia de tristeza. – Eu sinto tanta saudade dele.

Dante olhou para ela, mas Ava já não podia conter as lágrimas.

E nem tentou.

arquivo editar exibir

S.H.I.E.L.D. – DOCUMENTO CONFIDENCIAL

INVESTIGAÇÃO DE MORTE EM SERVIÇO

REF: S.H.I.E.L.D. CASO 121A415

AGENTE ENCARREGADO: PHILLIP COULSON

INDICIADA: NATASHA ROMANOFF OU VIÚVA NEGRA OU NATASHA ROMANOVA

TRANSCRIÇÃO: INQUÉRITO DO DEPARTAMENTO DE DEFESA

DD: O que espera que eu diga?
ROMANOFF: As minhas expectativas são espantosamente baixas, senhor.

DD: Não consigo decidir se você deve ser suspensa ou presa.
ROMANOFF: O que eu mereço não necessariamente é o que deve ser feito.

DD: Por sua causa, um adolescente está morto.
ROMANOFF: Não é preciso me lembrar disso.

DD: Ok. Mas saiba que só você é responsável pelas suas ações, Agente. Comece a agir de acordo com essa responsabilidade.
ROMANOFF: É o que sempre faço.

DD: Algo mais a dizer?
ROMANOFF: Não é o que eu tenho a dizer que importa, e sim o que tenho a fazer.

DD: Que é...?
ROMANOFF: Com todo respeito, senhor, não é da sua conta.

DD: Terminou?
ROMANOFF: Ainda não. Vá se ferrar, senhor. Agora eu terminei.

DD: Você é que será terminada, Agente Romanoff... [agitação] Agente? Aonde você vai? Não pode dar as costas a um agente federal...

ONZE MESES DEPOIS

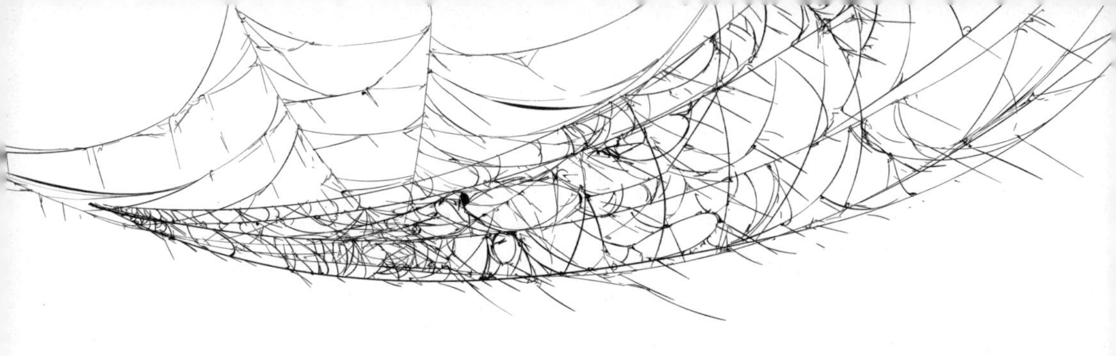

CAPÍTULO 37: NATASHA

ACADEMIA DE OPERAÇÕES DA S.H.I.E.L.D., SEDE ADMINISTRATIVA

Natasha Romanoff passou pela entrada principal da Academia, limpando a neve de sua jaqueta de couro preta.

Ela só parou em frente ao clandestino Memorial de Honra da agência, todo gravado na parede de pedra.

Respirou fundo ao ver o nome dele. Era como ver a sua própria lápide.

ALEXEI ROMANOFF.

Ela contornou as letras com a ponta dos dedos enluvados, recostando a cabeça contra a pedra.

Quanto tempo já faz, um ano?

Você não está morto.

Você está rindo. Está aprendendo a andar de bicicleta. Correndo atrás de balões no zoológico de Moscou. Brincando com um cachorro que salta mais que a altura da sua cabeça.

Ela fechou os olhos.

Tinha sido mesmo assim? A nossa infância? Havia algo de real fora da Sala Vermelha? Será que um dia saberei?

O que deixaram de mim mesma?

E o quanto deles ainda está enraizado em minha mente?

– Surpresa? – Coulson falou atrás dela.

Natasha abriu os olhos, assustada. Desencostou a cabeça da parede.

– Não estava esperando. Ele ainda não era um agente.

– E teria sido um grande agente. Ele demonstrava ter a habilidade. E sabe-se lá quantas vidas ele salvou em Istambul.

Natasha assentiu, forçando-se a virar.

– E Ava?

– Venha. Vou lhe mostrar.

Natasha espiou pela janela de uma porta comum, em um corredor comum.

– Ela toca no assunto?

– Não, a menos que precise.

– Mas não está dificultando o desenvolvimento dela?

– Ao contrário, parece estar a incentivando. Ela é a melhor da classe em todas as disciplinas, sem exceção, Agente Romanoff.

Natasha olhou para o Agente Coulson.

– E aquela... questão?

Ela não sabia como chamar aquilo – a estranha eletricidade azul que irradiava de dentro de Ava desde a explosão da O.P.U.S. em Istambul. Ela estava muito próxima da radiação, por isso foi a mais atingida.

Se Alex tivesse sobrevivido...

– Ela não perdeu o brilho, se é a isso que você está se referindo. Ainda não sabemos muito a respeito. Nós permitimos que ela faça experimentos no laboratório, porém. Ela alterou algumas antigas espadas de esgrima, que agora se tornaram retráteis. Parece que isso a ajuda a canalizar o poder.

As espadas de Alexei, Natasha pensou. *As que eu dei a ela. Então não sou a única que não consegue esquecer dele.*

Ela só fez que sim com a cabeça.

– E?

Coulson falou com naturalidade:

– Digamos que eu odiaria ser atacado por aquilo.

– E você mesmo a tem monitorado? – Natasha perguntou.

– Algumas vezes mais do que outras, como prometi. Mas ela não tem só a mim. Ainda conversa com a filha do taxista. Acho que a menina cuida da gata dela.

– Oksana.

Ele confirmou.

– E às vezes Tony Stark liga para ela. Pelo jeito, ele gosta de lhe contar piadas.

Natasha revirou os olhos. *Quem entende Tony Stark?*

– Há algo mais?

– Cartas ocasionais de um garoto chamado Dante Cruz. Ele era...

– Amigo do meu irmão. Eu sei.

Natasha observou Ava escalar uma parede até o topo, com o rabo de cavalo balançando de um lado para o outro. Ela parecia leve como uma pluma. Sem medo. Nada a segurava.

Como se a parede à frente fosse a única coisa que importasse, a única coisa em que ela estava pensando.

Ava não parece um ano mais velha. Parece quase um ano mais jovem.

– Entre – falou Coulson.

Natasha empurrou a porta e entrou.

Uma dúzia de alunos da Academia – meninos e meninas – estavam suspensos em cabos, praticando rapel no teto altíssimo do ginásio.

Ava girava em seu cabo, golpeando os alvos ao redor dela. Chutou com as botas para pegar impulso e escorregou uma arma até a mão, eliminando os oponentes sem grandes esforços.

Pontuação máxima.

Foi só então que Natasha se deu conta de que Ava não havia dado um só tiro. A Glock que ela empunhava ainda estava faiscando a chamativa luz azul. Ao que parecia, a arma na mão dela funcionava como um pulso eletromagnético, descarregando a energia da menina. Ela podia ser o próprio Zeus atirando relâmpagos do céu.

Natasha ergueu uma sobrancelha.

– Viu? – Coulson sorriu.

Natasha manteve os olhos em Ava.

– Ela brilha mesmo.

Uma campainha soou e todos os outros cabos despencaram no chão, trazendo com eles os recrutas.

Ava ergueu um punho triunfante.

– Oba!

Natasha a examinou. Era difícil acreditar que aquela menina de rabo de cavalo cor de canela fosse a mesma pessoa.

– Ela está pronta?

– Ela é impressionante – disse Coulson. – Foram só onze meses, mas, como eu disse, foi sempre a melhor da classe.

– E os pesadelos?

– Um pouco melhores. Ainda persistem. Ela precisa de uma família, Agente Romanoff. Pessoas que a apoiem, algo mais do que amigos. Talvez você possa ajudar?

– Eu não tenho família – Natasha respondeu automaticamente.

Ava não notou Natasha ali até ouvir os outros alunos cochichando, empolgados. Natasha Romanoff era a Viúva Negra e, nas academias da S.H.I.E.L.D., os Vingadores eram mais do que celebridades.

Eram heróis.

Ava virou, e seus olhares se cruzaram. Algo parecido com um sorriso se formou em seus lábios.

Em seguida, ela saltou do cabo, girando 360 graus no ar como havia feito ao pular da ponte na Filadélfia.

Mas, desta vez, sem Alex.

Natasha assistiu lá de baixo. Ela entendeu o recado.

Estou aqui e sei o que estou fazendo.

Não sou mais criança. Aquela menina ficou no passado.

Assim que Ava aterrissou diante dos agentes, sua jaqueta, que não fazia bem parte do uniforme da Academia, chamou a atenção de Natasha. Era justa, de Kevlar branco, de mangas longas e colarinho alto. Parecia ser uma antiga jaqueta de esgrima, descosturada e refeita para servir no corpo como uma luva.

Quando Ava se virou para pegar uma garrafa de água, Natasha sentiu o coração parar. Ela não estava com uma jaqueta qualquer. Era a jaqueta de Alexei. Letras desbotadas ainda diziam "MANOR" nas costas.

Conforme a menina vinha em sua direção, Natasha reconheceu o bordado familiar em seu peito. Duas ampulhetas cruzadas, formando quatro triângulos vermelhos e brilhantes que se encontravam no centro.

Natasha sorriu, apontando para o símbolo vermelho.

– Viúva Vermelha, é? Esse nome está pegando?

Ava deu de ombros.

– Estou dando um tempo para ver se pega.

– Ah, é? De quanto tempo você precisa? – Natasha ergueu um molho de chaves. – Olhe, tem um avião me esperando... A S.H.I.E.L.D. tem uma base no Rio, e um velho amigo meu está metido em uma encrenca na América do Sul...

– E? – Ava ergueu uma sobrancelha.

– E daí que eu devo um favor a ele. E, claro, podia contar com algum apoio. Ou, pelo menos, com umas férias.

Coulson pareceu surpreso.

Natasha sorriu.

– O que você acha? Quer me ajudar, Viúva Vermelha?

Ava fingiu indiferença.

– Se você quiser... – disse, finalmente.

É como olhar no espelho, Natasha pensou. *Ela podia ser a minha sombra.* E sorriu.

– Vá buscar as suas coisas. Encontro você lá fora.

Ava olhou para Coulson, esperançosa.

Ele assentiu, dando-lhe permissão, e ela saiu pela porta antes que ele pudesse mudar de ideia.

Garota esperta.

* * *

Quando Coulson conduziu Natasha até a porta de entrada da Academia, ela viu Ava lá fora, sob a neve da noite, ao lado de uma Harley vermelha e reluzente e de uma sacola cheia de, Natasha suspeitou, equipamentos de espionagem.

Tremendo.

Coulson acenou na direção da motocicleta.

– Brinquedo novo?

Natasha sacudiu a cabeça.

– Amanhã é o aniversário de Ava. É o presente dela.

– Ah. – Coulson sorriu. – Bem, espero que desta vez você tenha lembrado do cartão.

Natasha tirou um cartão do bolso.

Ele tirou uma caneta do bolso.

– E não é que a caneta tinteiro Montblanc de 1956 ainda está aqui comigo...

– Já assinei. – Natasha deu de ombros. – E usei uma Bic.

Ele riu.

– Pegue leve com ela.

Natasha olhou para Coulson.

Ele suspirou.

– Ok. Nem tão leve.

Ela chegou à porta.

Coulson a segurou pelo braço.

– Ela pode não ser o seu irmão, Agente Romanoff, mas ela é o mais próximo que você terá de uma irmã. Talvez até de uma amiga.

Natasha empurrou a porta. Franziu a boca, quase como se estivesse sorrindo.

– É emocionalmente complexo, sabe, Phil?

– Ah, é? – Ele sorriu. – Eu diria que é um começo, Natasha.

– Bem, não é o fim – ela respondeu. E saiu sob a neve da noite.

arquivo editar exibir

S.H.I.E.L.D. – DOCUMENTO CONFIDENCIAL
INVESTIGAÇÃO DE MORTE EM SERVIÇO
REF: S.H.I.E.L.D. CASO 121A415
AGENTE ENCARREGADO: PHILLIP COULSON
INDICIADA: NATASHA ROMANOFF OU VIÚVA NEGRA
OU NATASHA ROMANOVA
TRANSCRIÇÃO: INQUÉRITO DO DEPARTAMENTO DE DEFESA
OBSERVAÇÃO NO ARQUIVO: REGISTROS PESSOAIS –
ACESSO RESTRITO.

Nota do Diretor: Segue abaixo o primeiro arquivo atribuído ao caso 121A415.

COULSON: Agente Romanoff, está disponível para uma missão? O diretor Fury quer que você trabalhe sozinha.
ROMANOFF: Estou um pouco ocupada. Cachorrinho novo.

COULSON: Hã? Você adotou um cachorro?
ROMANOFF: O que você acha?

COULSON: Certo. Precisamos de você em Odessa em doze. O MI6 tem dados sobre um antigo espião russo que andamos rastreando.
ROMANOFF: Alvo?

COULSON: Pense nisso como uma chance de você se reconectar com um velho amigo. Ivan Somodorov.
ROMANOFF: Tenho tantos amigos quanto cachorros. Chego em seis.

COULSON: Nunca é tarde para fazer amigos, Agente Romanoff.
ROMANOFF: Sempre é tarde.

COULSON: Você pode me chamar de Phil.
ROMANOFF: Romanoff desliga.

arquivo editar exibir

ARQUIVOS CONFIDENCIAIS: TÁBULA RASA ULTRACONFIDENCIAL

DE: Romanoff, Natasha
PARA: Romanoff, Natasha
TESTEMUNHA: Coulson, Phillip

EU, NATASHA ROMANOFF, JURO QUE, NESTA DATA << VEJA ARQUIVO >>, PEDI AO AGENTE PHILLIP COULSON DA S.H.I.E.L.D. PARA REALIZAR UMA LIMPEZA DE NÍVEL ALFA SEIS EM MEU CÓRTEX CEREBRAL, E NO DO MEU ÚNICO IRMÃO BIOLÓGICO VIVO, ALEXEI ROMANOFF.

EU, NATASHA ROMANOFF, AFIRMO QUE TANTO EU QUANTO MEU IRMÃO CONCORDAMOS COM O PROCEDIMENTO, NA ESPERANÇA DE ESCONDER DA SALA VERMELHA OS ÚNICOS MEMBROS SOBREVIVENTES DE NOSSA FAMÍLIA.

EU, NATASHA ROMANOFF, CONCORDO EM TRANSFERIR A GUARDA DE ALEXEI ROMANOFF PARA O DIRETOR PHILLIP COULSON DA S.H.I.E.L.D. APÓS O PROCEDIMENTO DE HOJE. TODAS AS TRANSAÇÕES FINANCEIRAS SERÃO DEVIDAMENTE SALDADAS COM OS FUNDOS DA FAMÍLIA ROMANOFF, ADMINISTRADOS POR PEPPER POTTS.

EU, NATASHA ROMANOFF, AFIRMO QUE FACILITEI O PROCEDIMENTO COM BASE NAS PRÁTICAS ADOTADAS DURANTE O MEU TREINAMENTO DE VIÚVA NEGRA NA SALA VERMELHA.

EU, NATASHA ROMANOFF, AFIRMO TAMBÉM QUE PEDI AO DIRETOR COULSON E À SRA. POTTS PARA GUARDAREM TOTAL SEGREDO, INCLUSIVE DE MIM MESMA.

EU, NATASHA ROMANOFF, AFIRMO QUE ESTA É MINHA VONTADE.

ISTO É UM JURAMENTO.

Leia também

PANTERA NEGRA: O JOVEM PRÍNCIPE

Pantera Negra. Soberano de Wakanda. Vingador.
Este é o seu destino. Agora, porém, ele se
resume a T'Challa – um jovem príncipe.

CAPITÃ MARVEL: A ASCENSÃO DA STARFORCE

A Starforce Kree reúne os mais poderosos guerreiros de elite do negócio cósmico. Vers, a recruta mais nova, traz à equipe poderes impressionantes com suas explosões fotônicas, mas sua natureza impulsiva tem inspirado desconfi ança junto aos outros membros da Starforce – Korath, Att-Lass, Bron-Char e, principalmente, Minn-Erva, a atiradora mais valiosa do time.

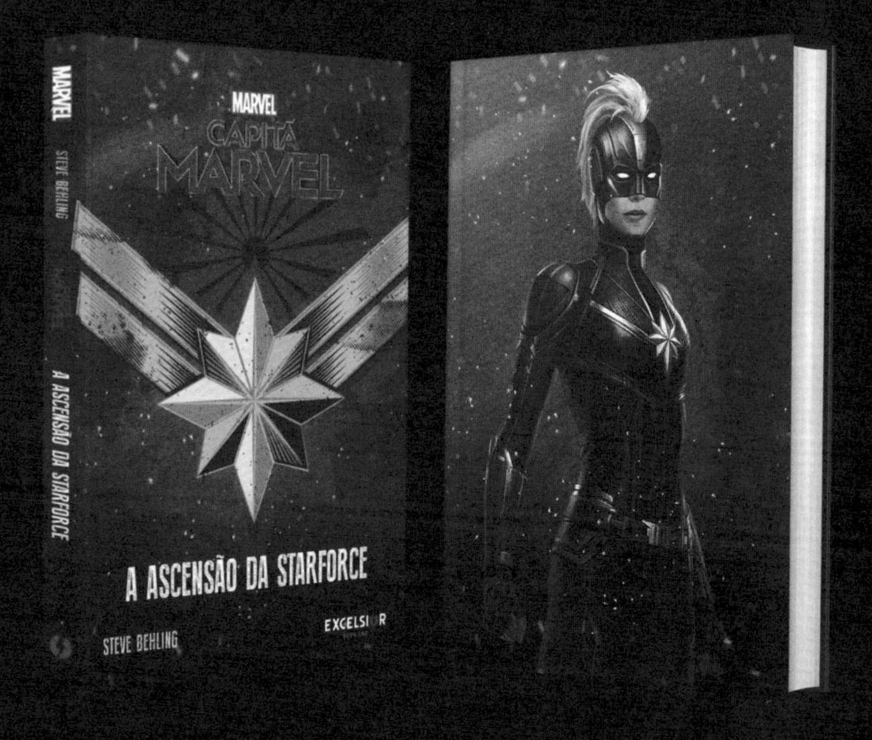

LOKI: ONDE MORA A TRAPAÇA

A pergunta que nos assombra há séculos: podemos mudar nosso destino?

Muito antes de encarar os Vingadores frente a frente, um Loki mais jovem está desesperado para provar seu heroísmo e sua capacidade, enquanto todos ao redor parecem esperar dele apenas vilania e depravação... exceto por Amora. A aprendiz de feiticeira de Asgard parece ser sua alma gêmea – alguém que valoriza a magia e a sabedoria, que pode até enxergar o melhor que existe dentro de Loki.

THANOS: TITÃ CONSUMIDO

Tempo. Realidade. Espaço.

Mente. Alma. Poder.

Descubra as origens do inimigo mais formidável que os Vingadores, o Doutor Estranho, os Guardiões da Galáxia e o Pantera Negra já enfrentaram — um inimigo que até mesmo um grupo de indivíduos extraordiários, unidos para lutar em batalhas que ninguém mais poderia, não conseguirá parar...

TIPOGRAFIA ADOBE CASLON PRO
IMPRESSÃO COAN